人生编

中国天机

· 50 ·

王蒙和乡亲

目 录

我要跟你讲政治 …………………………………… (1)

革命与胜利,新中国诞生 …………………………… (1)
斗争、运动、跃进……马不停蹄 …………………… (67)
意识形态的加温结果是"文革"浩劫 ……………… (130)
改革开放的新时期开始了 ………………………… (180)
欢喜、忧患、未来 …………………………………… (255)

我要跟你讲政治

五岁到十一岁,我的追求是当一名好学生。十一岁开始,我的追求是当一个革命者,而且是职业革命家。不到十五岁,我已经离开学校,成为一名青年工作干部了。十九岁我开始了我对于文学的义无反顾的追求。二十三岁,我却又在"反右"斗争中落马……

如此这般,我与政治难分难解。是我的幸运还是不那么幸运呢?

我是中国革命、中国历史、中华人民共和国的建设与发展的追求者、在场者、参与者、体验者、获益者、吃苦者、书写者、求证者与作证者。我喜欢追忆、咀嚼与研讨中国的政治,我有责任说出真相,我必须泄露一些"天机",而不能听信各式的信口雌黄。

我很高兴,终于,我有机会在近耄耋之年,写出了《中国天机》(*God Knows China*)一书,痛痛快快地写写自己的政治见闻、政治发见与政治见解。

童心未泯的人说中国的近现代史是儿童的过家家游戏。痞子则认定政治是无赖的老千赌博。野心家认为政治是风险虽大利益却惊人的冒险,是权力的按照丛林法则进行的残酷争夺。人们就是这样,以自己的眼界与高度,以自己的波长与频谱来接受与解释政治的种种信息。当他们叙述中国的时候,各执一词的歪曲与诚恳的叙述是一样多。

我至少希望我的见闻与见解宽一点深一点真一点也能与读者共享一点天机的端倪。

天机能不能泄露？政治生活中有太多的现象与实质的距离，有策略与理念的错位，有说什么、做什么、记住什么、故意忽略什么的讲究，有声东击西、欲擒故纵、指桑骂槐、投石问路、虚张声势、韬光养晦……的手段。

　　但政治仍然是伟大的事业，有仁人的爱心，有志士的奉献，有智慧的奇葩，有哲学的辉煌、诗学的激情、战略家的神机妙算，有千奇百怪的命运与偶然，有历史的沉重，更有祖国与世界人民的愿望与利益在平凡的与不平凡的政治人物的生涯中威严做主。小头小脸的庸人当然不可能体会到历史主导的郑重与宏伟，他们只能用最卑劣的眼神来偷窥历史中的不经八卦，再一知半解地曲解政治生活。而假大空套(话)更是使政治的信誉丧失殆尽。

　　不要认为只有中国的政治才有若干不宜一味泄露的天机。我在境外听到看到过老布什总统在竞选演说中说不增税，一上台就增税的两次巧言令色的演说的音频与视频。他指着自己的嘴巴说："请注意我的口型，我说的是不不不，不增加税收……"再如奥巴马在竞选中宣传："一个声音可以改变一家房屋，如果它能改变一家房屋，它就能改变一个城市。能改变一个城市，就能改变一个州，能改变一个州，就能改变一个国家。如果它能改变一个国家，它就能改变世界。你的声音就能改变世界。"这样的逻辑与费正清博士指出的中华传统文化中不合逻辑的"身修而后家齐，家齐而后国治，国治而后天下平……"是一模一样的。在美国的三一学院我听过当时的第一夫人希拉里的讲演，演讲前一个小时就挤满了人，希拉里则迟到二十多分钟，这才叫 VIP。

　　再如法国总统密特朗，一九八二年他以社会党领导人身份来华访问时我见到过他，他还签名给我送了一本书《此时此地》，我后来将我的书的法文版寄给他，他也签名回了信。但他当选了总统再来华访问时，他是里三层外三层，想与之握个手也绝非易事。

　　但总体来说，政治在走向更加透明、更加开放、更加民主、更加守法、更加进步的方向。

不容易闹,政治。法国的一位总统,我想应该是德斯坦,他来华时对中国的领导人说:"法国有数千万人,这数千万人搞得法国政府狼狈不堪。当我一想到中国人口有十几亿的时候,我实在非常同情中国政府。"类似的话我也听美国的政治家说过。

还有德国的总理说过,政治家好像养在鱼缸里的热带鱼,一举一动都被观察着放大着。

但我还是写下了我认为应该公开也可以公开的天机。我相信它有建设性的作用。而且我相信,如果我不写,不会有别人写了。

我写下了我认为可以参考也可以议论的某些见解。也许一时半会儿它们没有可操作性,但同样它们是一个有兴味的,而且是重要的话题。

见解就是见解而已。我"服过役",在北京的城区、国营大厂、生产大队、政府的部门里,我都上过班,我知道主持工作与参政议政之间有多少距离。但至少我们可以努力构建一个更健康的关系:在执政者与平头百姓之间,在官员与知识分子之间,在拥护者与反对者之间,多一点沟通,多一点理解,多一点互补与互相支持吧。为此,我也就不怕说出自己的一点见闻、一点见解,并泄露某些天机喽。

我还完全理解人们的政治肝火。一谈到政治问题,一想到权力的掌控与使用,一想到位置到底属于谁,想到政策的倾斜与调整、资源的分配与得失,一想到某种政治际遇下的机遇与风险,一看到政治人物的浮沉升降荣辱进退,一想到政治斗争或政治博彩的生动与诱人,你或是羡慕佩服,你或是跃跃欲试,你或是妒火中烧,你或是庆幸嘲笑,你或是愤懑无奈,你或是一肚子恶气,你或是牢骚满腹。政治是不可能像数学力学哲学语言学一样冷静地言说的。

但是我力求不要像某些志大才疏之辈一样牛皮烘烘、空话连篇、大言欺世;不像某些鼠肚鸡肠的人那样唧唧咕咕、是是非非,却听不得一点不同角度的说法;不像某些青涩之辈那样动辄谩骂泼脏水歇斯底里,而从来于事无补;当然也不像某些小人庸人,只会人云亦云、看风使舵、投其所好、一派奸佞。

我不会哗众取宠。但是我一定会语出肺腑,不无独出心裁。我的独出心裁希望不致使朋友们受不了。

我入党已经六十四年。我当过文化部长与全国政协文史委主任、中央委员与全国政协常委。我被错划为"右派分子"打入另册达二十余年。我参加农村体力劳动前后共十一年。至今,极"左"与极"右"的人动辄对我进行两个方向的炮轰。我和最上层的人最下层的人包括劳改释放犯都有交往。我访问过境外的六十几个国家与地区。我见过我国的最高级别的政要领导人物。我见过外国高端政要:中曾根、诗琳通公主、日夫科夫、撒切尔夫人、金日成、金大中……同时,我从来没有停止过我的文学追求。这样,第一,我非常政治,想否认也不可能。第二,我非常文学,我从来没有去追求过、真正感兴趣过,哪怕是一星半点的"仕途"。但我有真正的主人翁的责任感与理解担当,我有入乎其内又出乎其外的灵动与清醒。

我想努力做得最好,我要努力把我见识过体会过的政治的,尤其是中国政治的天机娓娓道来。我不指望读者会非常足够非常深刻地同意我的见解,但是我指望人们会思考、参考、长考我提出的话题。行了。

目前的中国,立论建言,谈何容易?但仍然不能只扮演一个旁观与说风凉话和瞎起哄的角色。天日昭昭,人史共鉴。我愿接受读者与时间的考验。

革命与胜利,新中国诞生

1. 一名少年的感受:旧中国气数已尽

剑走偏锋,让我先从一件比较离题十里的事情说起。一九四七年,我十三岁了,去北京图书馆读书。我碰到的困难是样子与个子太小,而此图书馆的规矩是谢绝儿童。每次我都心怯气馁地与它的工作人员讲解道理,说明我已经是初中三年级学生,已经读过鲁迅巴金冰心泰戈尔嚣鹅(即维克多·雨果)。而且我当时已经戴上一副二百度的近视镜,我是来认真读书的,不是来玩儿的。

那时的图书馆借书很麻烦。先要查卡片,再填写借书单,然后找座位坐下,等二三十分钟,才由工作人员给你把书送来。

有一次,我借的书是苏联革拉特珂夫著的《士敏土》。我此前已经接受了革命的宣传教育,已经知道苏联好,革命好,知道人类社会一上来是原始共产主义,接着是万恶的奴隶制,然后是封建社会,然后是资本主义,资本主义是最后一种阶级社会形态,到了这个时候要发动无产阶级革命,胜利了,要推行无产阶级专政,然后是各尽所能、各取所值的社会主义,再一步,就是各尽所能、各取所需的共产主义的人间天堂了。

我十三岁时自认为已经盗得了天火,接受了粗浅的历史唯物主义,因为,我在声明我自己思想"左倾"后(见《一辈子的活法》一书),地下党员何平给我读的第一本理论著作就是华岗著《社会发展史纲要》。

（解放后华岗曾任山东大学校长，后因所谓胡风一案，落入泥沼，甚至身陷囹圄十余年。）

从何平那里我读了苏联文学作品《钢铁是怎样炼成的》《虹》《我是劳动人民的儿子》，并且得知了《士敏土》《铁流》等名著。所幸的是这样的书并未被国民党所彻底禁止。

一个少年阅读《士敏土》的经验是了不起的，这本书充满了革命的阳刚型躁动，亢奋、热烈、混乱、杂嚣。我忘不了主人公格利融化在红旗与人海中的神圣与献身的感觉。融化还是保留自己？这是革命中常常碰到的一个难题。我忘不了小说中描写的清党时一个被清洗的"小资"当场开枪自杀，而领导人连脸上的肌肉也没有动一下的情形。威严的血腥反而增加了革命的神圣感与吸引力。革命不是戴着白手套所做的科学试验，不是绘画绣花与请客吃饭。革命是暴动，是一个阶级推翻另一个阶级的暴烈的行动，毛泽东作如是说。我忘不了一个知识型神经质型富农，十月革命后被充军时的歇斯底里的欢呼。我更忘不了女主人公黛莎的强健的身躯与鲜艳的红头巾，她干脆主张性献身，为了革命者伤员的快乐而献出身体，并与一位强有力的领导人动辄"干"在一起，这样的描写令一个十三岁的男孩心怦怦跳，发热而且扩张。我的对于革命的向往与对于苏俄女共产党员黛莎的向往融为一体。

黛莎真棒！

是的，越是在建党的初期，中国共产党的反封建矛头越是犀利，用巴金小说《家》里的冯乐山老爷子的腐臭调门攻击共产党共产共妻的是保守没落的国民党。

即使后来在新民主主义青年团工作的时候，我热烈地阅读瞿秋白的记叙十月革命后的苏联的《饿乡纪程》与《赤都心史》，我的心里梦里仍然有与一把镰刀与一柄锤子不可分的苏俄壮妇、红头巾的黛莎，她比一切饥饿与混乱更鲜明也更有力。

半个世纪后,我在美国讲学,面对美国的大学生们,我说:"对于青年来说,没有比性与革命更吸引人的了,而革命的高潮期、革命的吸引力比性还要更加巨大与强烈。"

苏联歌曲充满热血沸腾的动员力:"兄弟们/向太阳/向自由/向着那光明的路/你看那黑暗已消灭/万丈光芒在前头""……你光荣的生命牺牲/在我们苦难的斗争中/你光荣地抛弃头颅""生活像泥河一样流/机器吃我们的肉……"

当然,这些歌曲都赶不上《国际歌》:"这是最后的斗争/团结起来到明天……"更赶不上《共产党宣言》的口号:无产阶级失去的是锁链,得到的是全世界。还有就是:"全世界无产者,联合起来!"世界上就是有这样的悲情,这样的献身,这样的壮美与沉醉。唱着这样的歌,读着这样的书,呼喊着这样的口号,你敢于向敌人的刺刀猛冲。

而在一九九六年,当我参观伦敦的马克思墓的时候,我想起来的是一九八七年访问匈牙利布达佩斯市时听一个匈牙利朋友讲的政治笑话,他说,中苏珍宝岛边境冲突时期,他们那里流传着一个段子:马克思托梦说,他已经将"联合起来"的口号改为"全世界的无产者,你们互相离开得远一点吧"。

你可以说,一九四六年的认识是太天真了。可以说,那时如何会想得到中国革命、国际共产主义运动会是这样曲折和充满歧路与歧义?歧路亡羊,歧路会令羊羔们发疯。可以说,热血沸腾难免酝酿荒唐与风险,艰难险阻难免挑动拼命与不计后果。但人类就是这样活过来的,青春就是这样热烈,应该这样热烈一番,不可能经验老到后再过活再做一些想做的事。历史更多得多的时候不是在沙龙与会客室里,不是在明窗净几的书桌前,经过千百次观察、制图与运算,经过千百次果蝇与白鼠的试验才确定了自己的运动方向与方式。历史的操盘手不是心如死灰、形如槁木的冷面冷心,不是"饮水差知等暖寒"(钱锺书诗)的智者……而是有时是电能积累后的晴天霹雳,也许是惨叫,也许是痛哭失声,也许是高歌入云、地覆天翻。历史不是绣花女与外科医生的精美作业,历史有些时候更像是艺术家与不要命的敢死队员和冲锋枪手的随心所欲与鬼斧神工。

革命的思想动机是从哪里来的?人与人各不相同。小时候家里生活无着,不止一次是到了做饭的时间,母亲、姨妈与姥姥临时想辙:吃什么?做什么?没有粮食啦,没有蔬菜啦,什么能充饥的都没有啦,然后东翻西找,找出一件旧棉袍,当掉,买二斤杂面条,回来烧火做饭。

我们的境遇其实并不符合典型化的阶级理论,我们不是工农,不是"吃的猪狗食,做的牛马活",不能说家境的困难是来自地主阶级的剥削与反动政府的压迫。我们的困难是由于父母不和,由于母亲的没有职业也缺少求职的能力。旧中国的一大特点一大痼疾就是大量的人没有固定的工作,甚至也不想找工作,因为中国人从来没有想到过人人都应该或者都可能上班:为社会工作。小时候,我见到的邻居街坊,他们当中的妇女,百分之八九十在家赋闲。男人呢?至少百分之二十,也是待着没事。

但我还是因之产生了一种天生的对于富人的仇恨。认为自己的穷困是富足的人为富不仁的结果,这是一个非常煽情也十足不需要动脑筋的挑动与激励。我长期住在西四至平安里一带,我多次路过西四的山东老馆子同和居,常常闻到从这个馆子里冒出来的鸡鸭鱼肉的香气,看到胖乎乎的我以为是庸俗不堪的用餐者从馆子里走出来。我相信衣食无着的读书人都特容易痛感到吃得饱穿得暖的人是多么庸俗低下。我对这样的馆子这样的食客十分敌视,也可能与我喜爱文学有关,我读过的作品早就培养了我的喜贫仇富的思想。我在小学三年级的作文中,就宣称"假如我是一只老虎,我要把那些富人吃掉"。

还有一个很细微的经验。曹禺的话剧《雷雨》第三幕,在鲁贵这样一个城市贫民的家里,那种穷困,那种穷极无聊,捉蚊子、发牢骚、唱小曲,深夜时分火车自远而近,再自近而远的声音与风声雨声雷声和电闪,都让我特别动情,远远比周家的乱伦故事更能抓住我的少年心。在旧中国做富人是那样可憎,而做穷人是那样可鄙。例如话剧《北京人》里的卖"果子干"的铜碗敲打声音,不知为什么那样地让我痛感到生活的卑贱、匮乏、渺小与空洞,我认定空虚与无所事事才是对于生命的污辱与踩躏,是最大的犯罪。后来我认定这一切都是反动政府造成的,是国民党与蒋介石造成的。我渴望神圣的事业、巨大的变革和使命的威严。我愿意像飞蛾一样扑向熊熊的烈火。我祝祷熊熊的烈火将万恶的旧社会烧成灰烬。

已经到了一九四八年了,我刚刚十四岁,我已经加入了处于地下的党组织,我已经"潜伏"起来了,我们家迁入小绒线胡同46号。隔着南墙,那边应该是帅府胡同的一家邻居。每逢夏日,邻院常常传来那边的自拉自唱的胡琴与清唱声音。也许邻居的琴艺与唱功实在无可恭维,也可能我那时太不理解传统戏曲,还可能与当时的不无幼稚的激进思想有关。一听到这种陈词滥调式的琴声与清唱我就一百个不舒服,我感觉到的是停滞、守旧、封建、空虚、陈旧乃至腐朽,我感觉到的是一代代国人就这样麻木不仁地过着日子,我想着的是解放战争正在取得伟大的胜利,我想着的是新生活中将再没有这种琴声与清唱的地位,代替它们的将是苏联式、义勇军进行曲式、黄河大合唱式的歌曲、钢管乐与大交响乐队。

得从日本人的投降说起。一九四五年暑假,从来不懂得政治更不知国际形势为何物的将近十一岁的我,来到郑谊老师家里,与众多的同学在一起听老师讲战胜日本侵略者的意义。一下子,历史课上得知的鸦片战争、英法联军、八国联军、甲午海战的知识都激活了。即使是日伪时期小学课本里也充满了这些耻辱的记录。我体验到了爱国主义的情操有多么强烈与悲壮。从老师家里出来,我不发一言,我想着的是我应该为伟大的祖国、为中华民族而献出自己的生命。

国民党军队的到来也曾受到了夹道欢迎,还有一次说是蒋到北京了,我们中小学生也上了街,神马也没看见,蒋没有乘敞篷车。顺便说一下,那时的中小学生最喜欢说"神马"了,神马就是"什么"的重读。骂人可以说"神马东西"或"神马玩意儿"。新近网上火起来的"神马都是浮云",其实是老调重弹,而且多数人被神马绕进去了,以为有多玄妙。许多新东西可能很旧,许多旧的东西未来可能打扮一新,再次行时出彩。我们的创造比我们想象的更贫乏。

日本刚刚宣布投降的时候,我听到的舆论最初对蒋是有利的,郑老师讲到"新生活运动"也用的是完全正面的话语。新生活运动可能相当成功,在二〇一一年的一个电视连续剧里,提到打"素麻将",即玩麻将而不赌现钱,兴许符合新生活运动的要求。一九四五年与一九四六年,让老百姓失望的是接收大员的表现与"大员"的称谓。看得出,蒋对于"胜利"完全没有准备,急急忙忙地拉上美国海军陆战队接收平津。这只能使国人的敏感的爱国主义神经受到挫伤。大员云云,绝对地脱离群众,没有任何亲民的行动哪怕只是作秀。还有,由于汪伪也一直沿用着中国国民党的名义,他们摇身一变,在例如沦陷区的《小实报》上发表声明欢呼抗日战争的胜利,乃至高呼什么蒋的"万岁",令人起疑。头一天,《小实报》正面报道的还是日伪的"官方"活动与言说。

我认为蒋没有一批真正的志同道合的"同志",在他的国民党里堆积着太多的庸人、寄生虫、鼠目寸光与无用无能之辈。早在他们狼狈逃窜之前,他们在政治上精神上信心上已经垮定了。在共产党的强大的舆论攻势面前,国民党差不多是失语状态,他们没有口号、没有纲领、没有说法、没有旗帜,更没有自己的歌曲,他们只有腐败、自私、讲情面、互相糊弄、混日子与低水平的暴力手段。

苏联与苏共瓦解的教训,咱们应该汲取,当年孙中山先生建立的充满英雄主义与献身理念的国民党的教训,咱们也应该认真总结。首先,你要面对挑战,敢于承担历史的责任、发出自己的富有创意的声音来。不要失语,不要搪塞,不要只知照抄照转、照本宣科、空话连篇——那就是失语啊!

二〇〇八年播出电视剧《潜伏》以来,呼啦一下子到处是谍战片,是汪蒋共日混战。至少有一点是真实的,日本投降了,汪伪中一些人摇身一变以重庆的国民党身份取代南京的汪伪身份。我记得的有一九四六年接替汪精卫担任汪伪政府主席的陈公博被国民政府处决。还有川岛芳子以中国人的出身起日本姓名帮助日本侵略者,被枪决。当时的《小实报》上报道,此女被要求服刑时穿白色衣服被拒。而李香兰以日本人的出身、中国人的假象帮助日伪,不算汉奸,在初审被宣判处死刑,后来在李拿出自己的在日出生的证明后,她获无罪释放。有趣的是,据她自己回忆,她的这个保命证明是她的一位苏联朋友帮她拿到手的。我的初中老师讲到此事,颇为不平。无干系的老百姓,似乎更愿意看到红极一时的人五人六在形势发生变化后受刑赴死的狼狈——看到当初威风凛凛的大家伙倒霉,小人物才过瘾,才能出一口鸟气。而周佛海,一会儿被国民党重新起用,一会儿被判处死刑,一会儿被蒋保成无期徒刑,我记不清了。直到解放后,《中国青年》杂志上还讨论过周佛海的私德与政治罪状的事。有一个说法,就是周的字写得好。周最后是死在国民政府的监狱里的。

接收大员的贪污腐化、道德沦丧,鲜明地展现在电影《一江春水向东流》里了。我相信这种题材的影片,对国统区的人心,起了重大作用。国民党政府失策点之一是它的"接收"完全脱离了群众,它的接收与治理没有任何政治上的理念追求,没有任何像样的说辞。他们竟然一点也不懂得做群众工作,更不要说群众路线了。统治者的日益无能化,而有知识有能力的人日益反对派化、革命化,这样的旧中国,还混得下去吗?

更不消说的是到处都是饥荒,是贫民,是乞丐,是流浪无助的残疾人,是贫富的悬殊。旧社会的乞丐,形形色色。有的哀哭;有的用砖头砸着自己的胸口"叫街",砸得胸脯红一块紫一块青一块;有的跪在街头,面向人最多的地方,用利刃当众划破自己的脑袋,半是感动半是恐吓,好让周围的人给钱救济;有的在北风呼啸的冬季,穿着破烂的单衣进入你家的门洞,完全是必死的决心与场景,家主看到这种情况,连忙拿出金钱与食物,只求乞丐换一个歇脚的地方,怕就怕他死在你家的门洞里。乞丐中还有精神失常者、携带儿童者、缺胳臂少腿者,人过于可怜了会显得恐怖。

还有日伪时期大街上公开营业的"土膏店"——大烟馆。国民党政府后来取缔了。还有被视为极其堕落的舞厅。还有前门的娼妓集中的八大胡同。还有北平城内的规模如山、臭气熏天的垃圾堆。还有几乎天天可看到的报纸上的报道:一个穷孩子,靠在垃圾堆中捡煤核为生,一天他捡到一个变了质的鱼头,他吃了这个鱼头,中毒而死。

如果我说旧中国如同地狱,这仅仅是就外观谈外观,就视觉印象谈视觉印象,我无意在二〇一一年再补充进行推翻旧社会的煽动。

对于一个十几岁的孩子,最令人不能忍受的是到处的破破烂烂,是到处的病病歪歪;是到处的缺胳臂少腿、又瞎又聋、五官不全、极端肮脏、身上的疮口吸引着飞蝇;是被劣质的化妆品所涂抹的、身上似乎发着腐尸的气味的女人;是到处的愚昧无知粗暴而又卑贱;是一个空心的存在,有政府,有警察,有乌乌泱泱的行人与车辆,有吱嗷吱嗷地叫春的流行歌曲,有绑票的土匪,有愤怒的青年,有"时日曷丧,予及汝皆亡"的决心,只是没有主心骨,没有信念,没有目标,每天早晨起来都不知道今天应该干点什么。旧中国是一个空心的存在,是一个等候灭亡的大脓包,是一个等候历史的处决枪响的死刑犯。无数爱国志士说过这样的话:中国不亡,是无天理!

2. 毛泽东说:不革命行吗?

如果是我为旧中国,尤其是为中华民国作证,我无法做到但知欣赏与怀恋它的仁义道德、情深意长、诗词歌赋、山水园林、温文尔雅……我也不会念念不忘蒋对胡适的礼遇。

我不禁会马上想到闻一多、李公朴的遭遇刺杀,"左联"烈士的被枪决,我会想到那种末世的人与人之间的虎狼般的仇视,这样的令人发指的事情甚至出现在我的家庭成员之间,这是我的直感也是我的隐痛,与任何意识形态无关。我会想起那种登峰造极的愚昧,报纸上的一个又一个的大仙、半仙、仙姑、铁口……算卦、相面与看手相人的广告。解放战争期间,四川出过一个叫做杨妹的女子,说是她可以不吃饭,为此上峰组织了专家组,由科学家们对其进行研究,最后发现了她不是不吃,是偷着吃,科学家们得出了人还是要吃饭的伟大结论,报纸上登载了对于她的大便的化验结果和对她的肛门残留物的分析。报纸上还对这样的事情群起而攻之,认为是滑天下之大稽,是不折不扣的散德性。

我看到过这样的国人,他们一看到打预防针的医疗车便吓得晕死过去,其中也有我的亲属;西四报子胡同(现西四三条)胡同口的"土膏店"与前门八大胡同的妓院,还有林立的当铺;用铁索穿过脖项从锁骨上套过去的逃兵;抓住共产党后的刑罚,日伪时期时兴的是灌辣椒水,国民党时期则有从头顶上割一个十字注入水银以活活地剥皮,与从脑瓜顶上点火燃烧人体的脂肪,名叫"点天灯"。

还有旧社会各种蹂躏妇女、强暴妇女、污辱妇女的习俗。我很小的时候就听长辈说到过对于不规矩的女人的骑木驴游四街的惩罚办法:木驴上有一个尖尖的木橛子,插入淫妇的阴户……几千年的性压抑、性特权、性暴力、性变态、性剥夺与性扩张,足可以使一个民族疯狂,足可以令反抗与复仇的烈火燃烧,足可以招致杀身的血光之灾。光冲这一条,中国的一场或几场嗜血的风暴已经不可避免。这叫做闹之有理,乱之有理,灭之有理。

我不能不对于"骑木驴、游四街"的记录多分析几番。这样的骇人听闻的残酷古今中外都极少见。

一、它反映了旧中国的强大压迫系统,那是社会政治的压迫,更是价值系统、道德系统、精神控制体系的压迫。表面上看它是性压迫,它是一个象征、一个标志,它警告它的全体子民,违背这种以压抑为特色的奖惩系统的人将会得到什么样的结果。杀鸡吓猴,用最惨无人道的方法对付淫妇,同时也就吓倒了一切乱臣贼子、叛逆挑战者。

二、不一定非得骑上木驴不可,只消看看《水浒传》中的英雄好汉是怎样手刃淫妇的,你就能活活吓死,武松杀嫂、石秀杀嫂、宋江杀妻……甚至有杀后掏出淫妇的肠子心肝等内脏的场面,血腥性残暴性登峰造极。

三、万恶淫为首,这是一个警告,绝对不允许人性的自由解放,存天理、灭人欲,这样的口号斩钉截铁,灭你没商量。这说明,悠久、精到、恢弘的伟大中华文化传统中,包含着不是以人为本而是以人为敌、以人为奴的疯狂。当然,也有有学问的人考证说,存天理、灭人欲的本意不是扼杀人性,好的,就算你考证得有理,也改变不了此六字给人们的悖谬感与反人类感。

四、正如毛泽东在《湖南农民运动考察报告》中讲过的,君权、族权、神权、男权几条绳索是纠结在一起的。这样的绳索越是捆得狠捆得紧,各种突破、各种犯禁的冲动、各种胡作非为就越严重,事实上旧中国的性混乱未必少于旁人,三妻四妾、养汉老婆(这是我们家乡妇女们对骂时最喜欢互赠的帽子)、谋杀亲夫、买卖女性、卖淫嫖娼……

五、封建主义的旧中国,压制系统十分强大完备。除了压迫女子的系统外,还有商纣的炮烙之刑与挖心之举,有吕后把戚夫人做成人彘的"创意",有夷九族与瓜蔓抄,有鱼鳞剐(用渔网紧锁罪犯,再用小刀凌迟处死)……历史证明仅仅有压制惩罚手段是远远不够用的,关键在于我们需要有人民的拥护,有为人民带来好处的愿望与成果,有法理的依据,有更选接班的与度过一切权力交接的和平与有序的程序,等等。

旧中国的问题积累得太多了,当然是积重难返,其实不仅仅是蒋介石和国民党的问题。愚昧、迷信、无知、夜郎自大、自吹自擂的大清国与其子民,忽然间又会变得奴颜婢膝、视故国如无物。所以需要大变局,改弦更张。从某种意义上说,蒋政权也在为商纣与秦始皇、吕后直到晚清的无能昏聩的统治者还债。

……刚有了希望,有了大变化,又吹上了,又昏头起来。例如:

今天居然有这样的糊涂虫,以为《三字经》与孔夫子本来已经造就了东土的人间乐园,以为压根就不必革命也不必现代化,只需靠《弟子规》与《二十四孝》,只需穿上汉朝式的"汉服",背诵字字珠玑的《三字经》,学习博大精深的《论语》——神州大地就可以过上堪称范本的最美好文明的幸福生活。这样的人只需请他读读《红楼梦》《金瓶梅》《水浒传》《三国演义》《东周列国志》……他对《三字经》《弟子规》的旧中国的认识,应该能稍稍清醒一些了吧。

二〇〇九年五月,在汶川大地震一年后,我到了重灾区北川县,满目废墟,仍然有遇难者的遗体在摇摇欲坠的倒而未塌的楼房里悬挂着与风干着、痛苦着、不安着。人的尊严与生命的宝贵,在重大的灾难面前已经荡然无存。虽然我已经多次看到了新闻图片与摄像报道,这样的景况仍然让我感受了大震动大悲哀。专家们说,这样的地震是上万年的地壳的各种运动、各种力量的作用与潜力的积存的结果,是物质不灭与能量守恒定律的结果。

我感到了庄严,也有恐怖,更是震动,是内心的九级地震。

那么,人民的大革命呢?我坚信中国的人民革命也是上万年的挤压、冤仇、抑郁的潜能积蓄的结果:从夏桀的酒池肉林,从商纣的挖出比干的心,从几千年的独裁压迫、几千年的为富不仁,从几千年的敲骨吸髓,从窦娥的冤案与岳飞的惨剧,从东周列国的智谋阴谋、百姓的血流成河,从《水浒传》中好汉们砍瓜切菜般的暴力,从武大郎与潘金莲的荒谬与悲惨的故事,从插入女人阴户的木驴橛子与对于司马迁和太监的阉割……直到民国的一切混乱与内忧外患中，积蓄了暴力反抗的认知与能量，它已经不可避免，它决心让一切阻挡它的复仇与突围的势力化为齑粉。

你可以投身革命哪怕是天真的革命，你可以害怕躲避革命，你可能反革命，这对于革命的发生与胜利并不起什么作用，就像你不可能阻止任何一次地震一样。

而且，革命不是地震式的纯然的灾难，革命是能量的释放，是电闪雷鸣摧枯拉朽，更是对于未来的争取，对于光明与欢乐的拥抱。风暴中有盲目性，更有伟大理念的驱动与照耀。有血腥，也有救苦救难的仁德与奴隶翻身的喜悦，不错，翻了身也并非万事大吉，但至少我们痛快了那么一遭，解放了那么一回。

一位相当著名的美籍华人女作家说过，她从纪录片上看到了新中国成立后的一九四九年中国的各地场面，她深深地震撼了，她泪流满面地盼望着自己有生之年也能参与这样的盛况，欢庆完了即使遭了罪也心甘情愿。

一九四九年，全国解放，万民狂欢，到处高唱"解放区的天是明朗的天，解放区的人民好喜欢"。而我最感动的是《妇女自由歌》：

"旧社会，好比那，黑咕隆咚苦井万丈深。井底下，压着咱们老百姓啊，妇女在最底层……"

这是控诉，这是为几千年的中国女性一恸。而另一首用东北民歌的调子和革命的新词唱道："东北风啊，刮呀，刮呀，刮晴了天啊晴了天，庄稼人翻身啦……"那是关于土地改革的呐喊，是对于流血斗争的号召，它的潜台词是："有冤的报冤！有仇的报仇啊！血海深仇今天报！"

近十几年来有不少文学作品反映土地改革时期的斗争的严酷性与野蛮性。例如把一只猫放到地主婆的裤裆里以拷问浮财的下落。我在新中国的政治运动中也屡屡听到上级对于"狠"的强调。怎么回事？能不能把革命搞得温柔一点？如今，似乎谁都有权利提出这样的质疑了。然而,在中国,改天换地、革命,是掉脑袋的事,只有一大批将生死置之度外的人的狠上加狠的拼命,再加上革命领袖的引导组织,才有成功的希望。没有你死我活的斗争与决心,就没有革命的壮烈与勇气,就没有这样的拼死革命的革命党人。革命是没有退路的,革命走上的是不归之路。不仅共产党人是这样,孙中山组建的中国国民党当年也是这样。马克思说过,暴力是孕育着新社会的旧社会的助产婆。林彪到处提倡"刺刀见红"。有许多年,甚至连毛主席都认可了"革命加拼命"的口号。我曾经窃自疑惑,革命已经很伟大、很忘我,很"抛头颅、洒热血"了,还闹出个未必没有贬义的"拼命"一词做啥?一个执政的团体,哪有号召自己的百姓拼命的?

然而这都特别适合旧中国的国情。一场腥风血雨的土地改革,不仅分到了土地浮财,而且培育出一批只有向前冲锋不能向后转弯的革命先锋,叫做革命敢死队、革命候补烈士。或者是革命胜利,或者是血染刑场,这就是中国的革命党人的处境,而且,后来成为革命党人的悲情选择。

呜呼,在伟大的神州大地上,缔造了久远的灿烂精致的文明,同时历代统治者、被统治者,相互间也用尽了手段,无所不用其极。国人好起来能好出个花儿来,恶也能恶得天昏地暗、大破纪录。我们这里积累了许多智慧、规则与潜规则,一套又一套的幸福迷人醉人,我们的经过熏陶培育的一波又一波的感情的浪头,无比的深挚动人。同时积累了不知有多少的矛盾冲突:怨、凶、愤、憝、恨与乖戾。还有君子报仇,十年不晚的耐心。还有先下手为强,后下手遭殃的经验。还有"量小非君子,无毒不丈夫"的信条。表面的你好我好大家都好后,只过了一分钟,可能是不共戴天的相砍相杀。

所以,在二〇一一年,我非常理解卡扎菲的命运,他是怎样的成为了革命领袖,他是怎样的死于曾经向他欢呼歌唱的群众的义愤。

其次是,如毛泽东所宣布,革命者的思路是以其人之道还治其人之身。(从长远来说,这个说法是可以商榷的。如果只是冤冤相报,你治我我治你,社会还怎么进步?)

　　我只想请读者读读《红楼梦》,毕竟人们难以给曹雪芹戴什么意识形态的帽子。请想想,中国的封建社会成熟、烂熟到荣国府、宁国府那步田地,不革命,还能不亦乐乎吗?还能和谐吗?还能围着老祖宗歌舞升平吗?还有人按照《三字经》与《弟子规》办事吗?《红楼梦》的年代并没有革命党也没有五四运动啊。而一旦革起命来,你搂得住火候吗?

　　没有几个读者读出了我的痛心。

　　事情并非仅仅如此,有效的乃至无效的压制系统,造成了顺从,也造成了势利;造成了麻木,也造成了淡漠;造成了听话,也造成了无情;造成了忍气吞声,也造成了得机会就挖老板的墙脚的阴损坏。就一个荣国府再加一个宁国府吧,谁来负责?谁来谋划?谁不贪污中饱?谁不自掘坟墓?连外人如皮货商人冷子兴都看出了荣宁二府的危机来了,最最精明强悍、最最受信任、最最大权在握的王熙凤却只知捞油水。

　　于是我在旧中国看到的是全民的腐败,是头上长疮、脚底板流脓的烂透。我的母亲和姨妈刚刚找到了一个图书管理员的工作,立刻就往家里带回了化公为私的曲别针、胶水直到半管铅笔。一位同学的舅舅在大观楼电影院看管存衣处,他就有权让我们好几个孩子免费去看电影。到处是假文凭、假发票、假收条、假证件、假简历、假资格认证。人人挖墙脚,人人捞外快,人人当看客与捞客,人人认为自己有理:他与她既然是被排斥被糊弄被剥夺被支配被随意调遣的,人人没有任何责任。天塌了不是我闹塌了的,地陷了不是我挖坑挖陷了的,谁毒死了不是我下的药,撑死了不是我做的饭,饿死了也不是我多吃了你的口粮。长期的封建专制主义所造成的自私、旁观、欺骗、雁过拔毛、敲骨吸髓、见一面分一半……已经不可救药。连蒋介石的文胆陈布雷,在解放战争的最后关头,由于建议国民党的大佬应该出血纾难,受到蒋的训斥,结果只能自杀殉蒋,可见封建社会、中华民国、蒋介石国民党的沉疴难愈,死路一条。

在拙著《季节》系列的第四卷《狂欢的季节》中,我写道:

> 一连串政治口语套语熟语:反动本能、蛇蝎心肠、刻骨仇恨、丧心病狂、处心积虑、野心狼狈……颠倒黑白、信口雌黄……含沙射影、素洁溅墙……腐烂透顶、妖精跳梁……金猴奋起、玉宇辉煌……
>
> 几亿人憋了几千年,少哭少笑,少吃少喝……鳏夫寡妇,忠臣孝子,阳痿阴冷,瓜菜代粮,尊卑有别,长幼有序……什么时候这样欢实过?

我也不会忘记,我们讲了几十年的阶级仇、民族恨。没有阶级仇民族恨,哪里来的拼死拼活的战斗?没有拼死拼活的战斗,哪里来的从胜利走向胜利?哪里来的法国大革命、美国独立战争和南北战争、世界反法西斯战争、中国人民革命战争的胜利?没有这些胜利,哪里来的中国史与世界史?

歌剧《白毛女》里的喜儿唱道:"天翻身来地打滚,仇人今天见了面……"

样板戏《红灯记》里李铁梅唱的是"仇恨入心要发芽……"还有咬碎钢牙什么的。

仇恨种变成了仇恨芽,仇恨芽变成了仇恨参天大树、仇恨大森林。好,这样的仇恨是正义的,是先进的,是革命的,是恨之有理的伟大的,但也总不会是恨上千秋万代……

这些毕竟已经进入历史。幸亏有个十一届三中全会,结束了以阶级斗争为纲。

这个时候又有人怀念那种以斗为纲的生活的火热伟大与过瘾了。或者干脆认为所有的斗争都是多余的、残酷的与有破坏性的。人们,你们怎么会这样幼稚与愚傻呢?民族、国家、阶级利益与立场的冲突,是时时地地的存在。民族主义、国家主义、阶级主义是一种非常现实、易于被广大人民理解与接受,具有强大的动员能力、煽情能力的说法。"阶级仇、民族恨",革命"样板戏"的这种提法绝非空穴来风。没有这些就没有历史。但这是一把双刃剑,它可以发动真正神圣的战斗,无坚不摧,无敌不克;它也可能引发某种褊狭与非理性的所谓"圣战",给人们带来痛苦与灾难。

"时日曷丧,予及汝皆亡。"早在《尚书》中就记载了人民反对夏桀的这样激烈的口号。"皆亡"云云,甚至使我想起人体炸弹。这也说明,逼得某些人宁愿与你皆亡的历史事实与历史纪录,是当真存在过。这确实值得深思,而不能仅仅是动用巡航导弹泰山压顶。

"慷慨歌燕市,从容作楚囚。引刀成一快,不负少年头。"汪精卫的此诗令我沉吟半生,看来仅仅是不怕死,完全不足以成就一个革命者一个政治家的品格。同时,辛亥革命确实有过怎样的感召力与浪漫悲情,浪漫悲情又可能是如何的靠不住,这都令我不是在十七岁,而是在七十七岁的时候跌足长叹不已。

一九二八年二月六日,共产党员陈铁军(陈燮君)在刑场上举行了悲壮的婚礼。这令人肃穆而且悲伤。战斗产生豪情也产生英勇,战斗产生不可想象的伟大与火热。但人们更愿意生活在一个正常的家园里,我更愿意看到在酒店,哪怕是在农村家庭的流水席上举行的,或者干脆是没有婚礼的,在床上、在一间草屋里、在一株大树下的男欢女爱。我希望中国不是一个盛产刑场从而盛产烈士的地方。我希望中国是中华儿女的幸福家园。

我们尊敬壮烈却也渴望平凡,向往伟大却也咀嚼细节,锻造钢铁却也抚摸肉身,崇拜英雄却有时感到一丝丝恐惧:英雄们是在带领我们上刀山下火海,还是带我们奔向全面的与殷实的小康社会呢?几十年前,我们肯定会把殷实小康看做一个没有出息的、庸俗透顶的、绝非红彤彤光灿灿的小农口号。

让我们再回到骑木驴的话题上来。一、怎么可能想出这样残忍、卑劣、下流、龌龊、丑陋、变态、无耻的方法来糟蹋女人？只有彻底的性无能、孱弱、懦夫、阉猪，只有在一个盛产太监、缺少洗澡习惯、视人体为臭皮囊，偏偏又制定了无数道德的清规戒律的地方，却又要装腔作势、作威作福、仇视人性的男人，才会对妇女的性器官与性欲望艳羡、迷醉，同时恐惧、憎恨、苦大仇深、不共戴天、六神无主到这一步！我们的先人当中真有孬种，真有劣种，真有无耻之徒，真有人类的公敌啊。痛哉！

二、我想起了作家权延赤执笔的有关毛泽东回忆录中的一段，这一段我曾经亲耳听到胡乔木同志的证实。说是中南海怀仁堂演出京剧《白蛇传》，剧情进展到法海制服了白素贞，将她收到雷峰塔下压住，永世不得翻身之时，毛泽东愤然起立，大声喝道："不革命行吗？"

不论你对毛泽东有什么样的看法，不论你是不是希望从此告别革命，不革命行吗？不革命行吗？不革命行吗？……的呼号，湖南口音的血泪悲声，至今仍然震响在中华人民共和国的大地上，也许是整个地球的上空中。

3. 沉醉在革命胜利的欢乐里

"不革命行吗？"的呼号声犹在耳。好的，让我们大家都来革命吧。更困难的问题摆在历史面前：怎么革命？如果革命失败了，尤其是如果革命胜利了，底下的事情怎么办？革完了命就能万事大吉吗？庄严地面对着人民英雄纪念碑，不断回顾革命的伟大、悲壮、艰苦卓绝，增加革命党人的自信，增加老百姓对于胜利者的崇敬信服，对于结束乱局、写出新篇章可能是必要的与有益的，显然又是远远不够的，太不够哩。

让我们先从旧中国的覆亡说起。

一九四九年的胜利，超出了一切人的预计，这里有七大定理：

一是胜利者的增光定理，胜利的燎原定理，胜利者如有天助定理。越是胜利越会延伸与扩张其胜势,攻陷几个据点会变成长驱直入,敌方的一人起义会带动一千人一万人投诚。歌声会激起笑声,欢呼会收获雷鸣般的回响,英雄主义会传播英雄主义,信赖会变成无坚不摧的力量。革命的几个浪头会掀起真正翻天覆地的地震与海啸。列宁在创建《火星报》时的题词是:"星星之火可以燎原。"壮哉!危殆哉!

二是霉头定理,或曰兵败如山倒定理、大势已去谁也没辙定理,或曰落井下石定理。蒋与他的伙计们,一步被动步步被动。关键是他们对于第二次世界大战后的中国提不出什么设计乃至说法来。难矣哉,你手握大权,还要讲得响亮,想得超前,做得漂亮,拿出两手好活,说到做到,令人信服。此时蒋方面之不争气、无能令人咋舌。在气势恢弘的共产党人面前,国民党干脆失语了。共产党的说法是和平、民主、联合政府、土地改革、反帝反封建,是成龙配套的崭新的意识形态。而国民党讲的是剿匪,恰恰是自高自大、高高在上、蛮横粗糙的剿匪之说,不打自招地承担了发动内战的责任,使自己陷入万劫不复的深渊。而国民党的理念部分,也都是陈词滥调,空洞无物,如忠孝仁爱信义和平、智仁勇之类,哪里是马克思主义、生产力要突破旧的生产关系,还有社会主义、共产主义、新民主主义的对手!被革命反革命的集团是有气无力、踯躅嗫嚅的晚期病号姿态。这与中国共产党的鲜明、热烈、激昂、新锐,我要说,是充满着青春气息,尤其是与中国共产党的批判性、勇猛性、高屋建瓴、势如破竹、大喊大叫的强势成为鲜明的对比。国民党是屋漏又遭连夜雨,船迟偏遇顶头风,霉头已经触定了。

顺便说一下,落井下石不见得仅仅是人性弱点的一种表现。落井下石,其实是历史的性格、政治的铁律、群众的必然趋势;是天地不仁,以万物为刍狗的一个证明。你老蒋不是倒霉了吗,干脆请你完蛋。一人一口吐沫,你最肮脏;一人一锹黄土,你被活埋深深。一个政权穷途末路,尤其是一个阶级一个圈子病入膏肓,你不干脆将它彻底火葬,难道还让它半死不活地苟延残喘?那不是只能延长历史的阵痛?只能延长外科手术给国土与人民造成的伤害?物竞天择,优胜劣汰,我们能说大自然的丛林法则是不道德的吗?当然,这要看是春秋大义还是一时的浮沉。在春秋大义的问题上,没有人有权利质疑傅作义将军的起义,也未必可以嘲笑杜聿明将军的被俘或某某某的被击毙。而如果你是在"反右"或者"文革"中,针对某个人的一时处境搞落井下石,你必然会成为人人不齿的人渣。

　　第三个定理是人心稀里哗啦定理与人心变实力、实力变人心定理。还可以称之为人心骤变定理、人心与实力互变定理。卡扎菲可以充当利比亚独裁者四十多年,也可以在几个月或几天内、几小时内变成人人喊打的过街老鼠。天时地利人和,天时地利最后也都变成了人和。项羽与刘邦打,项羽似乎一直占先,而刘邦却能积败为胜,搞成个四面楚歌。人心人心,宛如神意——天意。中国革命的胜利,前半段是人心变实力,共产党的主张、政策,包括意识形态都增加了革命的实力。第二次世界大战后,由于苏联与各国共产党人对于反法西斯战争胜利所作出的贡献与牺牲,全世界左翼思潮飘红。长期处于压制与匮乏,人民急切、愤懑,充满着对翻天覆地的变革的期盼的中国,只能选择大勇大斗,准备对旧中国下猛药、动大手术的共产党。只消看一个东西,左翼文艺的声势大大超过了非左翼的声势。老解放区的歌唱家特别骄傲于他们的唱"红歌"(那时候的红歌是界限分明、含义明朗的)对于聚拢人心、激发革命意志的贡献。而蒋方面,几乎无歌可唱。到了一定程度,例如一九四七年、一九四八年,战争进入了转折点,人民解放军实力已经不弱于蒋方面,实力反过来又争夺了民心,解放军的每个胜仗都为自己争取了拥护者。这叫做出现了咸与革命的局面。实力一旦进入占优势的民心,民心就稀里哗啦地变成祖国山河一片红了。然后噼里啪啦,国民党政权呈现出分崩离析,人民革命的前进变成了摧枯拉朽的新局面。解放前夕,国统区的报纸在报道战场上的胜败的时候,常说解放军方面采取的是人海战术，好啊，共产党早就说过，靠的是群众，人民才是历史的创造者。蒋方面为什么不想一想，人海硬是冒着枪林弹雨往共产党方面靠拢，为共产党效命，这是为什么？

派生出来的第四个定理是亿万百姓的起初的旁观角色与角色的可塑性定理。解放战争期间，共产党人与左翼人士是真心诚意地宣传革命方面的主张，但他们并不占人口中的多数。人口中的多数是什么情况呢？甚至包括蒋方面的大量公务人员、军警人员，直到中上层人员与"党国要人"，多数摆出的是旁观——最好也不过是——当差、奉命的架势。在旧中国，不咒骂政府的百姓已经是大大的"良民"了。蒋方面的大权在握、重兵在握、美援在握、金条在握，反而使他们脱离了民心，失去了对于国家、民族、人民、理念的发言权。旧中国的国家机器队伍，最多最"好"也是只有听喝，只有有令不得不行，根本没有自己的是非与立场，更不要说自己的可以以生命殉之的理想与原则了。

于是，第五个定理是量变变成了质变、小胜变成了所向披靡、小败变成了一朝瓦解的规律。一九四九年对于人民来说，乃至对于革命者来说，是大大提前了的胜利，是克服了停滞的惯性的飞奔，是大家使历史变成了狂欢，胜利变成了凯歌秀，足球赛变成了二十八比零的破天荒大捷：多数百姓其实是不上场的看客，能不热泪盈眶？能不欢呼胜队？能不向失败者扔香蕉皮与易拉罐？能不向胜利者山呼万岁？

第六个定理是理想主义帮助革命、意识形态的主动权常常是在革命者在无权者方面定理。很简单，你掌了权，人民要的是政绩，你的政绩纪录堪称千疮百孔。人民要的是听其言而观其行，而一个掌权的大佬，最容易犯下的失误就是说得多做得少，说得好做得没有那么好。掌权者反而较易丧失威严与公信力。革命者们呢，你没有权，人民要的是你的主张，你的主张美轮美奂，你的决心比天高，你的艰苦朴素的榜样当然不是执政者能够望其项背的，尤其是你的牺牲精神与烈士纪录从而产生的悲情与壮烈的形象,大大帮助了你去获得民心。

第七个定理:批判者的意识形态调门越高,就越能给执政者以打击。而执政者的调门越高,往往越是给自己将军。例如,国民党政权的军事要地到处写着"养天地之正气,法古今之完人",北京市张自忠路上就有这样的口号,我多次从那个牌子下经过。报刊上却全是对于国民党的贪官污吏的腐败事迹报道,这不能不让人感到滑稽,让人感到国民党当真是人所不齿。还有武汉,在一次有美军军官与国民党军政要人参加的舞会上,突然停电,美国人趁机猥亵直到强奸与会要人的妻女。看完这样的"新闻",再看看宪兵队大门口的正气呀完人呀等说法,你能不气破肚皮笑破肠腹吗?

……新中国的缔造者与拓荒者和他们的接班者们啊,我是爱你们的,咱们可要从国民党政权的覆亡中汲取教训啊!

至少有三年,从一九四九年到一九五二年,我沉醉在胜利与解放的凯歌里。共产党、解放军对于我好像是把握了神杖,到处点石成金、化悲为喜的神人。一九四八年年底,北京城里到处是恶臭的垃圾堆,苍蝇蚊虫在污物上乱飞,穷人的孩子在垃圾堆上用一种专门的粗铁丝钩刨土找物,希望能找出一点尚非全无用处的废品,例如煤核。(按:那时的北京人家里多半烧小煤球炉。有时煤球没有完全烧透,其核心部分还可以燃烧或制造再生煤球。)这样的事情与景象是一种天然的控诉。

国民党的市参议会,没完没了地讨论清理垃圾的事宜,参议员的发言炮声隆隆,只见垃圾堆越来越大,越来越臭,不见丝毫减少或减小。这是国民党北平市政府的一个老大难的问题。

一九四九年十月一日以后,过了一两周,用解放军的大卡车,三四天工夫,把全部垃圾都运走,北京变得宽敞清洁明亮。

(现在的某些第三世界城市,例如印度的加尔各答,城市里仍然有腐臭的巨大的垃圾堆。想想吧，什么是有效的管理呢？）

国民党时候的物价，我知道有多么疯狂与不可思议。租房子的合约讲的是每月缴若干袋洋面（面粉），绝对不能讲法币或者金圆券。物价一天涨好几次。而一解放，群众对货币对经济生活的信心大增，一九四九年夏，鸡蛋曾经落到旧币一百元（折合新币一分）一枚至两枚。这也是胜利会自行增光的一例。

五十年代初，北京修起了好几个影剧院，交道口影院、新街口影院、首都剧场、天桥剧场等都是那个时候呼啦一下子冒出来的。此外还有什刹海游泳场、什刹海体育馆，尤其是王府井百货大楼，让我感动得落泪。怎么共产党像变戏法一样一挥手一跺脚就变出了一个欣欣向荣的北京来！

我至今记得一九五一年"十一"前夕，我看了纪录片《一定要把淮河修好》，影片题名出自毛主席的批示。我学会了影片的主题歌曲《淮河两岸鲜花开》：

> 淮河两岸鲜花开，
> 胜利的歌声唱起来，
> 秋风吹来稻米香，
> 肥壮的谷穗迎风摆……

这首歌词曲都相当一般，但是我仍然欢乐陶醉。各种让年轻的男孩子听了心烦的靡靡之音，诸如白光、李丽华、白云、顾兰君的令人空虚扫兴的歌曲给耳朵听出了茧子以后，到处是军歌战歌红旗歌颂歌凯歌礼赞之歌，就好像从一间小黑屋里一下子走到了晴空万里、骄阳如火的原野里。我乐得发傻！

我还在《人民日报》上看到了周恩来总理国庆招待会上的讲话全文，说是中国历史上从来没有这样一个政府，一年当中做了这么多好事，有这么大的成绩、这么高的效率。当真啊当真，果然啊果然！

而一位党内的著名老人在报纸上著文说，比较新中国成立前后，对比如白昼之于暗夜。

我坚信,我雀跃,我喜从心生,我懂得了:马克思主义、社会主义、共产主义使人们将历史的发展规律把握到自己的手心里,我们是从胜利走向胜利。我相信,我的此生,将看到社会主义战胜了取代了资本主义,普·弗·尤金博士所预言的共产主义图景将成为中华大地上的现实。五十年代初期,中国干部的学习材料是尤金的《论共产主义》。

极少数情况下,我也稍有困惑,美好的生活就是如此的简单明快、非常省事吗?我们的文艺生活感情生活从此就是这样的分明化与简单化吗?不再有伤感,不再有怨怼,不再有依恋,不再有迷惘,不再有"深悔蹉跎",不再有"蔷薇蔷薇处处开",不再有"天涯海角觅知音"(以上引号内的字都是过去唱过的旧歌词)。我甚至由于一次不自觉地哼哼了"处处开"的调子受到领导的教诲,领导指出,我的流行歌曲调子像是从重庆的防空洞里吹出来的。防空洞云云,语出毛主席的整风报告。

斗争与胜利最能赢得欢呼了。在万里晴空下,党喜欢讲一句话:荡涤旧社会的污泥浊水。党曾经打出一面旗帜:反恶霸。天桥那边揪出一个"南霸天",妓院里揪出一个"西门庆",商行里揪出一个"两头硬",甚至小贩里也稀里糊涂地出来了一个二流子,曾经将一个特务头子拜了干爹……具体情节与称谓我已记不清晰,但是社会上总会有些强梁之士、霸道之士、奢靡纵欲之士、拔尖冒顶之士、通吃(到哪儿都吃得开)之士,他们在二十世纪五十年代初期,屡屡被共产党抓起来枪毙了。于是一片欢呼,比给金腰带拳击选手欢呼的分贝高得多。老子讲的是损有余以奉不足,共产党讲的是你横我比你更横,共产党专拣硬的富的高阶的厉害的砸,毙有余以欢不足,为弱势贫民出了多少鸟气,于是威信大增,声名大噪。

后来,从一九五〇年十二月到一九五一年十月,再进一步,掌权后的阶级斗争发展为空前绝后的镇压反革命运动,"镇反"与抗美援朝、土地改革并列为三大革命运动。镇压指标是人口的百分之零点五到百分之一,按当时的五亿人口计算,这个数字就是二十五万到五十万人。这个数量今天看来未免吓人。但有前辈说,中国的历史证明,建立一个新的政权,不镇压反动派是不可能的。长久以来,中国共产党在讲到巴黎公社失败的教训时,都强调是由于他们没有坚决地镇压反革命。姚文元的笔记也写有"巩固政权、杀人"的字样,而林彪强调的是,政权就是镇压之权。

一面是歌舞升平,欢呼赞颂,一面是大张旗鼓,杀反革命,这才叫天翻地覆,这才令人镇服!

我当时已经在新民主主义青年团北京市第三区工作委员会(尚未召开过团代会,所以没有产生正式的团委,只叫工委)工作,任中学部长。我听过有关报告,报告中屡次提到公安部部长罗瑞卿的指示,说是可杀可不杀的一律不杀,杀了就是犯错误。这后半句话,即杀了(可杀可不杀的人)是犯错误,是当时刚刚召开的公安工作会议的新的精神,说明了"镇反"工作进入了新的阶段,即已经不是大张旗鼓地杀反革命的阶段。当然,原来我也没有听说过有可杀可不杀的一律杀掉的指示。大张旗鼓,这四个字给人的印象极其深刻。我在团市委开会的时候,听到我的直接领导讲,除了共产党,谁能这样大喊大叫地杀人?他是赞叹,也是震惊。

报纸上公布了被杀的反革命的名单,只有一个人名令我的心一动:管翼贤。他是日伪时期在北平发行量极大的《小实报》的总编辑。该报很有可读性,我小小年纪也对该报上的八卦颇有兴趣。第二次世界大战后管某被国民政府所逮捕,未作出司法判决,最后干脆由人民政府将他枪毙了。他的被镇压,其实是国共合作的果实。我当时心动,是觉得那只是一张小报而已。我不了解此人,也与之毫无瓜葛。

首先,镇反杀人,这是暴力革命的题中之义。显然,我听的报告所讲的会议的议题就是杀人,首先是该杀的要杀。

其次，人分成三种，一种是该杀的，一种是不该杀的，一种是可杀可不杀的。这种分法，令庸人无法不肝颤。

这使我想起苏联影片《列宁在一九一八》中列宁与高尔基的辩论，高尔基找列宁提意见，说是杀了许多不必要杀的人，列宁回答，两个人在打拳击，你能说哪一拳是必要的哪一拳是不必要的呢？

列宁确实是天才。

不必要杀的人，应该不但属于可杀可不杀者而且属于不应该杀者。列宁的回答雄辩，拳击运动员互相挥拳，大部分是打空的，极少数打中了，但是你不能说那些空拳是不必要的。这还有点庄子的味道，一条路，对于走路的人有用的只是你留下的脚印所占的路面，然而如果只给你提供脚印大的路面而不给你一条路，你将无法行走。

你无法再想下去，因为这会得出宁可错杀一千，不可放过一个的结论。

毕竟毛主席在延安就讲过，在（革命队伍）内部"肃反"的时候，一个不杀，大部不抓。还讲过，人头不是韭菜，割下来不会再长。中国共产党一直强调自身的"肃反"不像苏联搞得那么"左"，杀的人没有苏联多。

一切比喻都是跛足的，人头不是韭菜，这个比喻通俗则通俗矣，听起来仍然不怎么舒服。对于人头，可以有更文明的解读。

我还在想一个问题，人类历史是嗜血的吗？没有暴力就没有国家，就没有英勇的反抗与牺牲，就没有战争，非正义的与正义的战争。我们是强调正义战争的正面意义的，问题是战争双方或多方没有谁认定己方是在进行非正义的战争。"鉴湖女侠"秋瑾和清朝的统治者，吉鸿昌、黄继光与戴笠、麦克阿瑟，本·拉登与乔治·布什，热血的四溅激励了伟大的英雄主义。当我们高唱"这是最后的斗争"的时候当然是准备好了流血或者要敌人流血。没有流血的前景，还能有那种悲壮感吗？举手宣誓、奋不顾身、献身、九死不悔、粉身碎骨、砍头只当风吹帽、肝脑涂地……如许多的表达忠勇忘我的语词当中，都暗示着流血、杀头、鸣枪致敬、红旗覆体……这才称得起流芳百世。你我他都过着太太平平的好日子,谁还能流芳百世?

暴力使用,生命代价,流血鲜红,还意味着坚决,更准确地说,叫做决绝。你参加了土地改革的流血斗争,你的手上沾上了恶霸地主的血。还乡团的恶霸地主反攻倒算,屠杀贫农团的骨干,他们的手上沾上了农民乡亲的血。还有转弯的余地吗?没有了。革命是逼出来的,逼出来的革命又反了过来,那肯定就是反革命的疯狂屠杀。然后逼得革命者也必须大开杀戒,叫做以赤色恐怖压倒白色恐怖。以血还血,以命抵命,历史的大戏就这样拉开了帷幕。人民,尤其是贫下中农、工人、贫民是多数,而地主老财是少数,正是阶级斗争的理论与流血斗争的严酷性,造就了千千万万的革命大军势如泰山,势如人海,出现了人民将反革命势力碾轧成齑粉的可歌可泣可畏可叹的局面,如周立波的获斯大林文学奖金的小说的题目,叫做《暴风骤雨》。

等到风平浪静以后,再说点和风细雨的风凉话,夫复何益?

正是流血的革命与反革命的斗争,培养了钢铁般的革命战士,培养了由特殊材料构成的共产党员(语出斯大林),钢铁是血战炼就的。没有这样的钢铁战士,就没有中国人民革命的胜利。

正是流血的生死斗争,造成了威武雄壮的活剧,不是话剧,而是活剧,这好像是毛泽东发明的一个词。这也造成了铁的纪律,造成了对于领导人的忠诚,造成了对于自己的事业的终极自信自豪。

列宁说:没有革命的理论,就不会有革命的运动。马克思说,理论一经掌握群众,就会变成物质的力量。马克思还说,理论如果彻底,就能说服人,就能掌握群众。这些都是伟大的名言。我们的实践证明,这些论断都对。

同时,一、革命的理论可以归结为简单的呼号:造反有理。

二、我相信流血斗争的事实、流血斗争的实践,先于暴力革命的理论。古今中外,多数情况是,生活先于理论,实践先于命题。远在贫下中农用武器反抗地主老财以前,人们已经从宫廷斗争、族群斗争、个人怨仇之争中见识了暴力冲突的难以避免,并懂得了取胜的重要性。王侯将相,宁有种乎?大丈夫,应如是,彼可取而代之。陈胜、吴广、刘邦、项羽的叛逆性格与跃跃欲试,固不待任何伟大理论的构建。

三,理论一经掌握群众,就变成了物质的力量。群众一旦拥有了力量,他们也就掌握了理论、主导了理念而不是被理论所掌握所主导。土地改革的各种经验,与其说是靠理论的教诲启发,不如说是靠群众的本能特别是具有造反精神的积极分子的带动。甚至于,我们会看到,群众一经掌握理论,一经变得人多势众,拥有力量,就会不太在意原初理论的各种说法与规范,乃至于会以自己的感觉与天赋、机灵与情绪来发挥与改变当初动员他们起来造反的理论。在你死我活的阶级斗争中,没有哪个实践型的革命者动辄念及回到理论的原点。

四,我不知道马克思的原文的"彻底"的确切含义。我知道许多理论到最后经不住实践的考验,是由于它的片面的过分的彻底而不是不彻底。检验真理要靠实践,长期的与反复的实践,而不是靠彻底性的评估。

五,许多不同的乃至针锋相对的理论都能在某时某地对于某些人有巨大的说服作用。说服力未必可靠。一时说服?永远说服?任何理论都有自己的有效期,任何理论都需要与时俱进。

马克思谈到的是理论掌握群众才能变成力量。我的经验有另一面,群众掌握理论,必然要突破理论、改变理论、变化该理论的原貌。同是马克思主义,被俄国的工人掌握、被法国的知识分子掌握、被古巴的爱国军官掌握、被中国的贫下中农掌握,其面貌不会尽同。

一九四九年以前,中国青年学生们冒着被盯梢、被列入黑名单的危险寻找革命的意识形态书籍,《大众哲学》《延安归来》《马克思主义的三个来源与三个组成部分》《联共(布)党史简明教程》《中国革命与中国共产党》《新民主主义论》《论联合政府》《帝国主义是资本主义的最高阶段》，尤其是《共产党宣言》。一九四九年共产党不但带来了新的面貌，也带来新的意识形态：劳动创造世界，社会发展史，剩余价值，阶级与阶级斗争，社会主义与共产主义，陈独秀的"右倾"机会主义与李立三、王明等的"左倾"机会主义。国统区的人个个如醍醐灌顶、振聋发聩。每个社区的老太太也都以讲述新名词为荣。共产党的看家本事是发动群众，人人参加政治学习，人人联系思想讲说自己对于伟大的党的认识，知今是而昨非，人人发言帮助旁人与检讨自己，个个以说歌颂党歌颂新社会的话为荣耀。

当时有一句名言：共产党领导的是人民的铁打江山。太棒了！靠阶级斗争发动了人民大多数。靠镇压反革命树立了权威与庄严，也大大改善了社会秩序。靠一大批公益公共建设提供了新的希望。例如北京出现了游泳池，这不仅是体育设施，而且是反封建的现代性表现，旧社会连游泳也是天下奇闻，男男女女穿得那样少，一块戏水，这是孔夫子能够忍受得了的吗？靠崭新的与强有力的意识形态聚拢了中国人心。再不是一盘散沙，再不是四分五裂，再不是有气无力，再不是口欲言而嗫嚅，足欲行而踟蹰了。越强大就越欢呼，越欢呼就越强大。越说理就越正确不移，越正确不移就越说起来口若悬河。毛主席曾经论述，解放了的新中国的一个普通工人农民，由于掌握了理论，其见识比美国的国务卿什么的高明智慧多了。

正是共产党为奄奄一息的旧中国带来了全新的风景。扩建了的天安门广场，红旗招展、锣鼓喧天、彩旗飘扬、白鸽放飞、"五一"和"十一"的游行、国家领导人与世界各国共产党领袖的巨像、海陆空三军阅兵、彩车、秧歌队与腰鼓队、节日的礼花、天安门城楼下的集体舞、唱不完的红歌……

这是美好的解放初期，兴奋中一切都是美好的，一切的愿望都有实现的可能，一切的允诺都正在变成现实。各种高调如天花乱坠，如遍天彩虹，如遍地开花。与闻其盛，那真是三生有幸啊。

4. 统购统销,是不是意味着政策的收紧

回想起来,革命是一件相当浪漫的事。马克思在宣布革命是历史的火车头,革命时期一天等于二十年,无产阶级失去的是锁链,得到的是全世界的时候,他是浪漫的。回想苏联学者有过专著:《〈资本论〉的文学构造》,确实,《资本论》是一本文学性很强的充满激情的书,《共产党宣言》更是极佳的抒情散文范本。列宁也很浪漫,试看高尔基是怎样写列宁的,说是列宁喜欢听贝多芬的《热情》奏鸣曲,列宁说他愿意每天听它,同时列宁叹息:他还不能抚摸那些天才的音乐家的额头,因为他当时不得不与反对革命的艺术家和其他领域的知识分子们斗争,不得不"敲他们的脑袋"。还有,苏联人写道,列宁说过,他更喜欢的是普希金而不是马雅可夫斯基。毛泽东更不用说了,他的"问苍茫大地,谁主沉浮",他的"吓倒蓬间雀",他的"重上井冈山"的冲动,当然会使拳王泰森崇拜,并把毛泽东头像刺青在自己的胳臂上。而切·格瓦拉呢,直到前几年,有关他的话剧还在北京演得热火朝天,叫人涕泪横流。

同样是在中国,陆贾早就提出来一个问题:马上得的天下,能不能还在马上治理呢?他已经在那么早就提出了起义者与执政者的角色转换问题。

不仅是毛泽东,就是我这样的小孩革命人,也在那个年代感到了警惕,生怕世俗的官员生活习惯侵蚀掉革命的浪漫主义。到了一九五三年,一宣布第一个五年计划开始了,说是曾任团中央领导、后任清华大学校长的蒋南翔说了,学校的团的工作不要帮倒忙。还有我发现了机关工作的千篇一律、套话空话、奉承上级、文山会海以及同人间或有的勾心斗角的这一面。我不无悲哀,怎么革命的胜利的结果会是出现这样等因奉此,唯唯诺诺,念稿子,走形式,走过场,笑里藏刀,台上握手、台下踢脚的一套?怎么仍然是龙格龙格龙、呛呛其

呛其？怎么还有中、发、白与条子、万子、饼子？怎么生活还是照旧地平凡？

幸亏有毛泽东，他马不停蹄地发动着一个斗争又一个斗争。

……一九七六年九月九日，毛泽东主席去世，同年十月十八日中央宣布粉碎了王洪文、张春桥、江青、姚文元等的"四人帮"集团。一九七七年四月，也就是在"四人帮"完蛋后、三中全会会前，当时的以华国锋为主席的中央编辑出版了《毛泽东选集》第五卷。后来，这个选本没有站住。我还记得，原文里的笔误如"干净彻底"，写成"干尽彻底"，也没有改。当时发行了一大批"毛选五卷"，不少人读了。大家的印象是四个字：马不停蹄。毛泽东的一生确实是战斗的一生，新中国的二十七年，确实是马不停蹄地斗斗斗的二十七年。

一九五〇年是抗美援朝，我的许多青年朋友写了血书要求上朝鲜前线。

一九五一年冬季开始，全国展开了反贪污反浪费反官僚主义即"三反"，还有反偷税漏税等工商业者的问题的"五反"运动。我算是见识了搞运动的轰轰烈烈。

一、反贪污浪费偷税漏税偷工减料等深得民心，发动大多数，整治少数，这是搞运动的不二法门。二、要搞就往大里搞，高分贝、大规模，夸张激烈刺激。中国是个古老的国家，是个老谋深算的国家，中国人民是见多识广、见怪不怪的人民。拿破仑说得好，中国是睡狮，我印象中的旧中国似乎到共产党打下了天下为止一直是百年沉睡千年沉睡。当然是我幼稚，旧社会的青天大老爷审案中用板子打被审者的屁股、老太太过年的时候戴上一朵红绒花、林黛玉葬花、武松杀嫂、诸葛亮七星坛祭风、练气功可以练到灵魂出窍出泥丸宫即脑瓜顶上的头颅门、我的祖籍天津往南的沧州一带的义和团……所有这些都使我感到伟大祖国是大梦难醒，是在梦里演大荒，是说着梦话来唤醒众人。而毛泽东的一套做法是大喊大叫，大轰大嗡，是千人万人十万人百万人扭秧歌敲锣鼓喊口号斗坏蛋,他力图唤醒中国。直到此后,一搞运动就鼓吹新生事物需要的是大喊大叫。可惜没有研究大喊大叫的是不是一定是新生事物。还有,大喊大叫的结果,究竟是醒过来了呢,还是翻了个身睡得更深了呢?

一九五二年初,由北京市教育局领导的"三反运动"召开了全市中学教育系统斗争大会,当场给我的母校河北高中校长郭敬辉上了铐子,当做"大老虎"(不知道把贪官叫老虎是不是旧中国的遗产,旧中国时,常常说斯时的肃贪是只打苍蝇不打老虎)抓起来了。后来证明郭校长无事。运动初期敢干、硬栽、蛮干,叫做有罪推定以打开局面,叫做天翻地覆,叫做把响动做到极致。运动后期网开八面,无罪推定乃至一笑了之。我从来没有见过没有听说过这样的大踏步前进、大踏步后退的运动战的政治运动搞法,这是天才创造,这也是匪夷所思,简直如同游戏。除了印象深刻的郭校长,团市委一位同人,在南方正参加土改,被铐上铐子押运回来,后来没有事,他后来担任了很重要的工作。但另一位,稀里糊涂被打成了"老虎",他不过是被"隔离审查"了一两个月,他的老婆——一位两腮绯红的深度近视女性——却立马与他离婚另嫁了一位比她小好几岁的男生。她是那位男生的领导。我始终怀疑这未必仅仅是极"左"政治的苦果,更可能是夫妻生活不协调的后遗。还有不知道运动中的这一婚变,是不是与她个人的领导地位有关,那是一个爱领导尊重领导的年月。西方有人说权力是男人用的春药,我们呢,"时代不同了,男女都一样"。

革命充溢着理想、崇高、神圣感,革命也带几分二杆子劲,猛打猛冲,又拼又闹,连撕带咬,难矣哉。无怪乎"文革"期间的样板戏《杜鹃山》里,主人公雷刚唱道:"干革命为何这样难。"

即使"三反""五反"的搞法有点怪怪的,有点过家家的味道,总体来说,仍然颇富革命气息。挥泪斩马谡,枪毙了刘青山、张子善,震动全国,对违法腐化者决不轻饶。说是刘张二人直到宣布对他们的处理了,他们都压根没想到,他们会被处决。从法制上说,刘张一案的程序并不完美无缺;从政治上说,中国共产党向全国全世界悲壮地宣布,我们绝对不走太平天国、义和团的老路,绝对不会在胜利后腐化堕落分裂,宁死不腐,宁杀不容腐,在反腐问题上,没有任何情面可讲。铁面无私者,共产党也。

一九五二年五月毛泽东亲自主持了对于影片《武训传》的批判。这使我一惊一怔。曾在我所在的团市委任书记的许立群,以杨耳的笔名写了批判文章,使团市委的小干部们咸以为荣。传出了周扬对《武训传》的认识落后于杨耳的说法。

许立群是"一二·九"运动中涌现出来的革命青年。上世纪六十年代当过中宣部副部长。"文革"中投入秦城监狱,由于长期坐单人牢房,出狱后有一阵子话都说不清了,说是他将"表蒙子"叫成"锅盖"。改革开放后他编了一本倾向与《中流》等可以比肩的刊物,可能是《当代思潮》吧。后自杀。我还记得在团市委时,他率团参加在东柏林举行的"世界青年联欢节"回来,给机关干部们作报告的情景。说是在记者招待会上,一位西方记者问:"中国青年都是怎么样保卫世界和平的?是不是像东德青年那样在大街上走来走去?"(走来走去是指其时在东德举行的游行示威。)许立群同志回答说,中国青年用各种行动与方式表达对世界和平的捍卫,可惜的是在西方国家,人民没有这种自由。团市委的干部们都为许立群同志"撅"了西方记者而欢欣鼓舞。但我并没有觉得他的回答多么出彩。

一九五二年十月,"三反""五反"运动结束。极短暂的一段时间,我体会到感觉到了和平、建设、新生活、幸福等等。青年艺术剧院在青年宫剧场上演了苏联的诗剧《卓娅》。里面有一首歌《蓝色的星》,曲调软绵绵的,它唱道:

  生活是多么幸福,
  生活是多么美好,
  我愿意永远这样生活,

让蓝色的星儿照耀着我……

实话实说,幸福、美好、生活、照耀,这些词儿我都是解放后大致从苏联文艺中学来的。这一类词在当时的我党这边,觉得不无小资产阶级味儿。

这种美好幸福的感觉没有能够向纵深方向发展,看来,还不是时候。

是的,也不能说和平建设就一定比浴血奋战凡俗,大规模、有计划、按比例地建设云云,先说是一百四十一项,后扩大到一百五十六项重点工程,令人五内俱热。

紧接着,一九五三年六月十五日,毛泽东在中央政治局扩大会议上讲了党在过渡时期的总路线和总任务。此后,毛泽东曾多次讲到过渡时期总路线的问题。当时还有一个比喻,说过渡时期的总路线好比一只鸟,鸟身子是社会主义的工业化,鸟的两翼是对农业、手工业与对工商业的社会主义改造。说是毛泽东在修改有关文件时,把党在过渡时期的总路线进一步完整准确地表述为:"从中华人民共和国成立,到社会主义改造基本完成,这是一个过渡时期。党在这个过渡时期的总路线和总任务,是要在一个相当长的时期内,逐步实现国家的社会主义工业化,并逐步实现国家对农业、对手工业和对资本主义工商业的社会主义改造。这条总路线是照耀我们各项工作的灯塔,各项工作离开它,就要犯右倾或左倾的错误。"

我能回忆起来的我个人当时的反应主要是:原本以为一九四九年新中国建立以后会有一个新民主主义的建设或运行时期,没想到刚过三年,毛主席就宣布开始搞社会主义了。当时的说法是,革命的基本问题是政权问题,一九四九年,革命者夺取了政权,新民主主义革命的历史任务从而已经完成了,这以后面临的历史任务是社会主义工业化与社会主义改造。

至少我这个相对幼稚无知的少年共产党员,心里一怔,敢情不经意间,新民主主义已经跨过去了,何其急切也。敢情新民主主义只是夺取政权的口号，而不是新的社会理念，"管"不了新社会的建构。新民主主义的理论竟这样悄然飘散，似乎与早先讲的不尽一致，但早先说的也不太明晰不太具体。

一致的是心情，就是后来的毛主席的说法：一万年太久，只争朝夕。毛主席此时说的两个社会主义改造需时十到十五年，后来呢，三年后我国完成了两个或三个（加上手工业）社会主义改造，用三分之一或五分之一的时间飞速地也是简化地——其特点是一阵敲锣打鼓——皆大欢喜地进入了社会主义。我们想起了苏联的社会主义改造的严酷性与难以想象的艰难险阻，不禁对中国的社会主义事业的一帆风顺难以相信。反过来想，毛泽东早年就讲过："天下者我们的天下，国家者我们的国家，我们不说谁说，我们不干谁干……"而马克思主义的经典理论指出，阶级社会对于人类来说，只能算是史前时期，只有社会主义、共产主义来到了，人类的历史才刚刚开始。中国酝酿得太久了，需要改天换地，需要大手笔，需要大匠运斤，需要呼风唤雨，把一切掌控到革命家革命党手里。

一切按总路线办，总路线是灯塔，离开了灯塔照耀就要犯错误。这样的思路极富中华传统文化的整体主义、唯大论、唯高论、泛哲学论的特点。我们的文化传统认定，"天得一以清，地得一以宁……侯王得一以为天下贞（正）"，毛泽东的《矛盾论》也强调，解决了主要矛盾，次要矛盾就会迎刃而解。我们的社会主义教育强调的也是大河不满小河干，有了大才能有小，有了高才能有低。斯时则是，只要掌握了大道——众妙之门——总路线就一通百通，无往而不利。

反过来，毛泽东说，如果不讲社会主义，就是"群居终日，言不及义，好行小慧，其近道也，难矣哉"。据说毛主席解释说，孔夫子的这一段话用到这里，就是说大家整天在一起，只抓些救济防疫修桥补路之类的小恩小惠，却从来不讲"义"，什么是义呢？就是社会主义，那就不符合总路线——也就是"道"了。

直到一九九八年，我在美国三一学院待了一个学期，身份是校长顾问(presidential fellow)。那时整天从传媒上得知美国总统克林顿讲卫生医疗问题,我还在此学院听过第一夫人希拉里的讲演,谈幼儿保育(baby care)问题,我时而觉得不够味儿,不带劲,在我们这里,前几把手是不会把本应由卫生部长与妇联有关人员抓的事整天挂在嘴边的。

中国人是讲究抓大事的,我在美国觉得美国总统与其夫人抓的事太不及"义"与"道"。

……回首往事,不知道为什么我会屡屡想到一九五三年开始实行的粮食油料统购统销。从此,经济上的麻烦一天天严重起来。一九五三年初,我们的工资从供给制改为包干制。供给制是说,按每人的伙食费、衣装费、零花钱供给,只满足最低需要。包干制则是不分具体需要,给你一笔钱,全包在里头了。我的包干费好像是七等三级,每月约十七元。那时我们的伙食费是每月十二元,那么十七元的感觉与当今的八百元应该差不多。

一九五三年三月,说是粮食供应出现了紧张局面,解放后翻身、解放、太平、生活好了,人口急剧增多,还有什么霜灾水灾,还有农民惜售,还有农村闹粮荒闹吃不饱。当然,一遇到这种情况,私商与自由市场就成了祸首,是私商的活动威胁了人民的口粮,必须把私商排除,粮食的购与销都只能由强大的国家政权负责。

我对此并没有什么感觉,但仍然觉得不是什么好消息,不像是从胜利走向胜利、幸福的生活万年长、芝麻开花节节高,而像是冷锅里冒热气,天有不测风云——此事的浮出水面好生突兀。日子本来好得没有边儿了,怎么突然为口粮发起了愁?但此事也没有对自己与其他北京居民的生活有什么立竿见影的影响,我对它的印象一般。

后来到了秋天,有几天我们团区委的几个年轻干部,忽然一起议论说最近伙食太差,大家有点馋,想吃点解馋的东西。谁的主意我也记不清了,反正我们从副食店里买了一瓶子花生油,从粮店买了一点面粉。那时的北京,卖吃食的商店分类清晰:食品店,主要卖糕点烟酒饮料；副食店，经销油盐酱醋咸菜粉条淀粉味精等厨事用物。我们自己动手，炸了一堆油饼油条，足吃了一气。

没过几天，是十一月份，这天说是有重要文件需要传达，是讲从此取消油料——其后又是布匹的自由买卖。这些，统称之为统购统销。当时说的统购统销似乎是权宜之计，后来，一直到了一九九二年才正式取消，前后历时近四十年。

现今，网络上是这样解释"统购统销"的：

> 中华人民共和国初期的一项控制粮食资源的计划经济政策。一九五三年十月十六日，中共中央发出了《关于实行粮食的计划收购与计划供应的决议》。这一决议是根据陈云的意见，由邓小平起草的。所谓"计划收购"被简称为"统购"；"计划供应"被简称为"统销"。后来，统购统销的范围又继续扩大到棉花、纱布和食油。这一政策取消了原有的农业产品自由市场，初期有稳定粮价和保障供应的作用，后来变得僵化，严重地阻碍农业经济的发展。八十年代改革之后，该项政策被取消。

在传达有关油料统购统销的文件以后，我们几个人后悔不已，说是我们前几天真不该那样的胡吃猛炸油饼油条啊。

我们是真诚地自责。

统购统销了，但开始尚无定量限制，我们也并没有感到有什么匮乏。何况开头，饭馆不要粮票油票，买点心不要粮票油票，肉蛋奶糖之类也是敞开供应。即使如此，我仍然没有想到，至今我也没有完全弄明白，那时并没有实行合作化更没有人民公社一说，本来解放后一切看好，为什么忽然要采取那样严厉的措施，说下大天来也不像是从喜庆中生发出来的措施。从此，螺丝钉越拧越紧，粮、油、布匹、副食、水产等都紧俏起来，一切采取"配给"的办法，如某些国家战时的供应体制一样。

食用油变得极金贵了，花生、核桃、菜子、芝麻、瓜子、板栗，其他干果,从此基本消失了影踪。领导苦口婆心地解释:例如栗子,听说欧美国家人民圣诞节的蛋糕上一定要有栗子,我们提供给他们栗子,可以换回重要的战略物资,所以我们就不必吃栗子了。这样的解释听起来颇为牵强:为什么欧美人爱吃栗子我们就不吃栗子了呢?我们不能多栽点栗子树吗?我们不能生产点别的东西换战略物资吗?封我们的嘴,勒我们的胃,满足欧美人士的口腹,我反正没有那么舒服。

六十年代初期,还号召过党团员把已经领到手的布票捐献出来。我们这些在一九五七年到一九五八年失去了党籍团籍的人,也自愿地捐布票。六十年代,北京郊区甚至有农民用两块大手绢做成马甲,穿到身上,倒是很性感。一个统购统销,竟然搞了几十年。

至于住房就更不消说了,长期以来,住房取消了私有制,一切房子由国家、单位领导来分。一分房,就会争个头破血流。我在文化部上班的时候,就收到过国家领导人批的有关房屋分配的条子。一分房子,领导为难,群众恶斗。我知道的文艺单位发生过各种怪事。一位长期分不到房屋的干部向派出所自首,说是此次分房如果再分不到,他准备杀人,为此他申请对他进行保护性防范性拘留。另一位分不到房的司机师傅,则当众往自己身上浇了汽油,准备自焚。他没有点着火柴,但皮肤受到了毁损,因此住了医院。这二位正是用此特殊方式,得到了分配的房子。

我熟识的一位处级领导,八十年代初期,仍然是一家四口住十平方米的一间小屋。他的子女,都已长大成人,儿子住在老夫老妻的头上,在下面安装了一张床,女儿住在老夫妻的床下,拉上布帘维护少女的方便与尊严。

好了伤疤忘了痛。现在人们又在大谈"不患寡而患不均",再发展一步就是宁要社会主义的草、不要资本主义的苗的老调了。不均当然撮火,无名中烧;寡则更让人丧气,欲哭无泪。寡并不意味着均,问题是大多数人都在那里寡,而少数人寡不寡,你哪里好过问?我们患寡也患不均。对于我们，发展是硬道理，共富均富、公平正义也是硬道理。

旧中国是半死不活，四顾茫然，一盘散沙，一群糊涂虫。新中国有强势的领导，防止了四分五裂、怠惰懒散、互挖墙脚、无所作为。同时新中国的领导大包大揽，大喊大叫。市场，他管；菜篮子，他管；吃喝拉撒、衣食住行、柴米油盐酱醋茶，他管；工农兵学商，他都管。当时的说法叫做组织社会生活。生活靠执政党组织，能不累吗？连何时抗旱、何时防涝、何时播种、何时收割、防止仓库里的老鼠、抓蟑螂……领导都要下令与操心。两口子过得不舒心，领导也管。有些事领导管得很成功，例如救灾、体育、扫盲、普及供电与自来水、普及收听广播电视、修水库与道路……没有强势的领导无法想象建设的巨大成就。但经济由领导包揽，不怎么成功。匮乏，匮乏，成了新中国的顽症，越是急切、拼命、大言、赌咒，越是加班加点、夜以继日、急于求成不要命，越是不成功。共产党、毛主席，总是快马加鞭、日理万机、事无巨细、忙碌紧张、气冲霄汉、十万火急、冲锋督战。例如周恩来总理，他就是活活累死的啊。尼克松访华的宴会菜单与背景音乐节目表，总理亲自定。红线女回内地后主要是唱粤剧还是演电影，总理亲自指示。著名女演员谢芳的婚姻，总理要关心。谢芳出国时连升三级，总理要指示。主播批修九评的播音员，各个提升一级，总理要下令。迎接外宾的车队出了事故，总理他也关心指示。活神仙也玩不转呀。呜呼，这样的教训难道能忘记吗？食不果腹的日子能够忘记吗？衣不蔽体的日子能够忘记吗？大量农村干部，成了春天的红人、夏天的忙人、秋天的穷人（因为秋天要决算分配）、冬天的罪人（冬天搞"整社"的情形）还能忘记吗？一九八四年，我是成人后首次回到祖籍河北沧州南皮县芦灌乡，乡里的干部出来接待我，所有的乡干部，没有一个人穿着囫囵的衣服，个个不是这里就是那里补丁开绽，露出了皮肉。到了新世纪呢，他们已经穿上软皮夹克了。还说什么呢？改革开放的效果能够否认掉吗？回到红旗招展、红歌响亮，就是解决不了温饱的日子！再不能"发昏章第十三"（按：这是明清小说中常用的取笑用语，言为发昏之深度，五四时期文人也喜用此语）了！

社会科学与自然科学一个不同点就在于，社会组织等事难于先在理想的范围与环境中进行科学实验。中国这样的东方大国、穷国、文明自成体系的孔孟老庄之国，学了十月革命的经验，引进了马克思列宁主义，到底怎么建设一个崭新的国家呢？怎么样避免走旧中国的回头路呢？我们的伟大实验开始了，然而也是代价昂贵、路径曲折的实验啊。

5. 共产党的旗帜在神州大地上高高飘扬

一九四九年后，一个是人民政府的政绩、效能、强势、名扬四海、威震八方，一个是共产党的旗帜鲜明夺目、神圣高扬、颂歌盈耳、星汉灿烂。

东方红，太阳升，他是人民的大救星，照到哪里哪里亮，好比黑夜的灯，南京到北京，哪一个不闻名，我们胜利的旗帜迎风飘扬……（此自然段全部出自解放初期的颂歌歌词。）

好啊，真是好，但是历史不能长驻，更不能返回，高潮不等于久远，欢呼不可能超出一定的时限，盛极必衰，乐极生悲，水满则溢，月盈则亏。

二〇〇四年秋，我应邀参加海南师范学院的一项文学活动，台湾的余光中教授与我，由海南的喻大翔教授主持，进行了一次对于散文的讨论。当同学们要我推荐一些好的散文作品的时候，我不假思索地说了"共产党宣言"五个字。

……一个幽灵，共产主义的幽灵，在欧洲大陆徘徊。为了对这个幽灵进行神圣的围剿，旧欧洲的一切势力，教皇和沙皇、梅特涅和基佐、法国的激进派和德国的警察，都联合起来了。

有哪一个反对党不被它的当政的敌人骂为共产党呢？又有哪一个反对党不拿共产主义这个罪名去回敬更进步的反对党人和自己的反动敌人呢？

……资产阶级在它已经取得了统治的地方把一切封建的、宗法的和田园诗般的关系都破坏了……它使人和人之间除了赤裸裸的利害关系，除了冷酷无情的"现金交易"，就再也没有任何别的联系了。它把宗教虔诚、骑士热忱、小市民伤感这些情感的神圣发作，淹没在利己主义打算的冰水之中。它把人的尊严变成了交换价值，用一种没有良心的贸易自由代替了无数特许的和自力挣得的自由。总而言之，它用公开的、无耻的、直接的、露骨的剥削代替了由宗教幻想和政治幻想掩盖着的剥削。

……共产党人不屑于隐瞒自己的观点和意图。他们公开宣布：他们的目的只有用暴力推翻全部现存的社会制度才能达到。让统治阶级在共产主义革命面前发抖吧。无产者在这个革命中失去的只是锁链，他们获得的将是整个世界。

时至今日，即二〇一一年七月二十日十六时四十七分，我重读这样的文字仍然感受到了切肤的痛苦、电击般的惊悸，也有"怎么还是这样"的悲鸣，与"原来早就说过"的叹服。

时至今日，阅读《共产党宣言》，我仍然感受到灵魂风暴的蓄积与血脉的贲张。再找不到这样强有力的抒情散文小册子了！

依据我的孤陋寡闻，没有哪个党比共产党更文学，没有哪个党派的纲领比《共产党宣言》更悲情。也许，《共产党宣言》是太文学了。至少，当年，共产党是一个激情的党，共产主义是一个激情的主义，共产党的口号是最富激情的口号，共产党人的相互认同、共产党人对于共产主义思想的认同，是一个最最亲密的感情认同。如果让我说说少年时代认同共产主义理想的感觉，很简单：愿为它死！

可惜，感情、自我期许、道义悲壮……决定不了政治的成败利钝、百姓的吉凶祸福。激情能造成奇迹，也能造成偏执；热烈能造成效能,也能变成蛮干。

在我的青年时代,党的生活、组织生活、党性、党刊……一切与党有关的名词,都有巨大的热力与神圣感。闻党而热泪涟涟,闻党而匍匐惭愧,闻党而升华庄严。

在一九四九年的党员支部或小组会议中,我印象最深的还有学习刘少奇的《论共产党员的修养》,我们一次又一次地朗读:

……如果只有……真正大公无私……第一,他就可能有很好的共产主义的道德……他能够对一切同志、革命者、劳动人民表示他的忠诚热爱,无条件地帮助他们……他能够"将心比心",设身处地为人家着想……他对待人类的蟊贼,能够坚决地进行斗争……他有"富贵不能淫、贫贱不能移、威武不能屈"的革命坚定性和革命气节。

第二,他也可能有最大的革命勇敢。因为他没有任何私心……

第三,……他没有任何个人的顾虑和私欲,因而不致蒙蔽和歪曲他对于事物的观察和对于真理的理解。

……

第四,他也可能最诚恳、坦白和愉快……在党内没有要隐藏的事情……除开关心党和革命的利益以外,没有个人的得失和忧愁……

第五,他也可能有最高尚的自尊心、自爱心……需要他去忍辱负重的时候,他能够毫不推辞地担负最困难而最重要的任务……

共产党员应该具有人类最伟大、最高尚的一切美德,具有明确坚定的、党的、无产阶级的立场(即党性、阶级性)。

我们的道德之所以伟大,正因为它是无产阶级的共产主义的道德……除了这种最伟大、最崇高的共产主义道德以外,在阶级社会中没有什么比这更伟大、更崇高的道德。

解放初期的党小组会上，我们朗诵着少奇同志的这些话，会放声号哭。

而党员是什么？是烈士，是钢铁，是圣人，是救星，是胜过爹娘的亲人。"早也盼晚也盼，望穿双眼，怎知道今日里打土匪进深山救穷人脱苦难，自己的队伍来到眼前！"（语出《智取威虎山》唱词）

世界上有许多国家建立了或者建立过共产党，但是像少奇同志这样讲党员修养的绝无仅有。这和中华文化传统的泛道德主义有关，与我们的杀身成仁、舍生取义的价值传统有关。正是这种道德化的党的教育训练，大大地激动了年轻的共产党员们的心。

在一九四九年的组织生活当中，我们一边读这些教导一边热泪横流。因为与这些教导相比，与文学作品如《钢铁是怎样炼成的》《把一切献给党》相比，与党员应有的光辉形象相比，我们觉得自己太差，太对不起党，太不符合规格。批评与自我批评，确实曾经极大地振奋了也扩展了我们的心胸。每次的组织生活我们都做着真诚的忏悔，把自己骂一个狗血喷头，把党歌颂如高天彩霞。普天之下，莫如党伟大；率土之滨，莫如党完美。

其后在中央团校二期的学习中，我们的组织生活更加激烈，有的变成了全班乃至全校的批斗。但那时的批斗确实不会把你打入另册，而是在批你的个人主义、个人英雄主义、喜欢自我表现、逞能，还有一个学员的主要缺点是说话啰唆，还有一个学员违反学校规定与女生谈恋爱……指出你的毛病发展下去会成为人民与革命的叛徒，你会成为铁托、拉伊克、张国焘之后，本人认错、检讨，认定自己如果不是得到党与群体的倾心帮助，迷途知返，不仅可能变成铁、拉、张，而且可能变成蒋介石与希特勒……然后是一片赞扬与感动，最后在痛哭流涕加欢声雷动中胜利结束。顺便说说，铁托当时被斯大林主导的欧洲九国共产党情报局认定为共产主义的叛徒与帝国主义的走狗，拉伊克原是匈牙利共产党领导人之一，被诬陷处决，后又平反。

改革开放以来，我参加了数次中央团校的老同学的聚会，我们那时已经五十多岁。我说的那位因恋爱而被大会批判的同学来了,与当时主持批判他的班主任见面,没有丝毫的怨言。

这是事实,五十年代的这些热血青年,一旦聚在一起,他们——不,应该说是我们,永远是无休止地怀旧,认定五十年代才是革命青年的天堂、中国社会风气的巅峰、社会主义与共产主义的范本。

但是,朋友们同志们为什么不想一想,没有那个时候的绝对化、神圣化、个人迷信化与盲目紧跟化的思维模式与狂热情愫,怎么可能有后来的不分青红皂白的政治运动、"大跃进"与大饥荒,特别是玉石俱焚的"文化大革命"?没有"文化大革命"又怎么会有信仰、信任、信用的"三信"危机?……

直到一九五八年,我被错误地当成"右派""批评帮助"的时候,我仍然跳不出这个严厉地进行自我批评的框子,自己陷害了自己,然后才长大了。其后的组织生活,很难听到认真的自我批评了。坊间有段子说,现在更时兴的是"表扬与自我表扬"。过去毛主席讲三大法宝,除批评与自我批评外,还有理论联系实际,有的说现在则是理论联系实惠了,而密切联系群众呢,说是也被密切联系领导所取代。很简单,群众在你的进退升降中不起明显的作用,只有领导,说你行你就行,不行也行,说不行就不行,行也不行,所以对于领导,不服不行。

这些说法当然片面、粗鄙,不无胡扯八道的成分,没有太多的人当真全部相信这些低俗的段子。但这些说法之所以于今天产生而不是更早产生,仍然是事出有因,值得面对与深思。

回过头再说一下中央团校,当时团校的批评与自我批评天翻地覆,但同时很讲民主。党、团支部的选举放手让党、团员进行,可以自己报名参选竞选,公开辩论,热烈舒畅。长期在体育系统担任中层领导工作的郝克强同志,就是民主选举当上我们十五班的团总支部委员,而长期担任台湾民主自治同盟领导人的徐萌山同志,则是我们选出来的党总支部领导。

在一九五三年和一九五四年间,还进行过清理中层活动,那是一个在党员干部内部进行的清理阶级敌人的活动。活动先是组织学习,学习材料包括苏联《共产党人》杂志的一篇文章《忠诚老实是共产党员的重要品质》,标题大致如此。那时的苏共中央的此机关刊物的文章常常被译介到中国来。其文风是架子拉得很大,名词分量很重,出语就像判决,教训你没商量。与苏联的结论式所谓"铁的逻辑"式洋洋大观的文章相比,西方的时政文字更像小打小闹,左边捅你一指头,右边搔你一痒痒。

但是《忠诚老实》一文到底说了些什么,现在早忘光了,当时也根本没有看明白,除了标题上这"忠诚老实"四个汉字以外,其内容与我们搞的"清理中层"风马牛不相及。亏当时有人想得出,让我们学习苏式的空话大话。二十世纪五十年代对我辈有巨大影响的苏联《共产党人》杂志上的专论还有《对新鲜事物的感觉是共产党人的最重要的品质》《批评与自我批评是社会主义前进的动力》等,到六十年代,此刊发表什么《共产主义与人》的长文,从当时中国共产党的观点来看,人呀人呀的,有点修正主义气味了。

至少在我们那里,有关《忠诚老实》的学习是和风细雨的。我们都是年轻人,没有什么历史包袱。我们响应号召、挖空心思要交代过去向党隐瞒的问题,实在无话可说,最后只能谈谈自己的说不出口的性心理,乃至自家上一代的绯闻,可能还有女同志的年龄报得不太准确的。我们都觉得很遗憾,组织那样苦口婆心地教导我们关心我们说服我们挽救我们,我们竟然没有什么好交代的,没有什么需要挽救的。我开始理解了,说是当年在延安有学习再学习,学得大家很激动,一个小青年终于不甘寂寞,想来想去确认自己硬是不知不觉之中参加了特务组织,乃坦白自首痛哭流涕……足足地折腾了一个不亦乐乎,后来挨了长辈领导的一个耳光和一阵臭骂,才承认了自己并无任何"历史问题"。

太正规了、太严肃了、太悲情了、太夸张了,正剧会变成悲喜剧乃至喜剧闹剧。往事不堪回首月明中。

一九八九年春我访问意大利,在罗马,我应意大利共产党一个广播电台之约,接受了意共一位女记者的采访。这位女同志说,她是在反法西斯战争中,受到共产党员的英勇忘我壮烈斗争的感召,参加了共产党的。几十年过去了,苏联出了斯大林专权的事,中国又出了倒行逆施的"文化大革命",她很苦恼,她问自己,难道是我错了吗?话说到这里,她在麦克风前呜咽落泪了。

我表达了对她的心情的理解,表达了对社会主义事业的艰难险阻的理解。我强调,邓小平的拨乱反正与改革开放,已经扭转了乾坤,中国走上了健康发展的道路。

是的,国际共产主义运动的态势远远不能令人满意,最好的理想、最好的动机、最大的牺牲,得到的远远不是最好的结果,痛矣哉!自二十世纪八十年代后期以来,国际共产主义运动进入了低潮。我的一位外国朋友是英国共产党党员,他说,后来,他这个党员再也找不到他的英国共产党组织了。看来不知所终、无疾而终的共产党党派并非少数。个中经验教训,不能不深思斟酌。不能一味感情激动,或大骂哪个领导人——例如戈尔巴乔夫。如果现在还停留在骂"修正主义叛徒"的水平上,那真就是脑袋掉了也不会知道自己的脑袋是怎么掉的了(林彪语),也就是活该倒霉与一败涂地了。

自一九五二年我担任了团区委副书记,有资格阅读中共中央华北局编印的绝密党刊《建设》了。此党刊与公开出版的报刊最大的不同就是《建设》上常有某个党员领导干部犯了什么错误、受到什么处分的报道。这些东西看多了我产生一个想法:为什么不把党刊公开发行呢?让那些不了解共产党、对共产党疑虑重重,乃至对党不怀好意的人看看共产党的内部文件吧,除了为国为民,除了戒骄戒躁,除了反贪反腐,共产党哪里有什么见不得人的事儿?时至今日,我仍然想着把当年的绝密的《建设》干脆解密,重印发行。这是多么珍贵的党史资料啊，还有助于推动受到网络冲击的纸质媒体与出版业。

共产党就是共产党，不必像苏共那样自称"时代的荣誉、智慧与良心"，虽然这十个字加一个顿号很美，很鼓舞人与吸引人，但这毕竟是修辞，是文学，是赞歌而不是施政的可以操作可以核查可以调整的条例。还不必用准宗教的赞美诗塑造党员的光环。那么是不是伟大的光荣的正确的呢？做得好就是，自己纠正了自己的缺点就是，从善如流就是，密切联系群众就是，到今天也是！做得不好就不是，就对不起上述"伟大""光荣""正确"这六个字，毛主席早就说过不再是伟大的光荣的与正确的危险。毛主席的提醒非常刺激，我希望我们没有忘记。

一九八七年我访问过一个友好的东南亚国家，人们谈起，这个国家的官员腐败问题十分严重，某些高官也悄悄地搞走私。这当然不好，很糟。但当地百姓的抨击抗议并不特别激烈，原因是当地百姓认为，当官的人当然要捞点油水。

革命党在野党都是理想主义者，他们要做的是以高调的理念衡量批判执政党，以说明彼可取而代之的道理。执政党高调入云，好话说出花儿来了，却又暴露出不少缺陷与问题，那只能是自己将自己的军。

当然，我们的以德治国的传统与大国国情，还有共产党的性质与允诺，也绝对不能容许类似那个东南亚国家的低调占上风，这毫无疑义。这里我要说的是，执政党的调子高亢入云，那就必须以严厉的姿态要求自身，我以我身证我言。否则你的超高调子，可能没有说服几个人，反而招致百姓对你的反感与不信任。

六十余年过去了，现在的情况大大不同。一个拼死拼活地闹革命的党已经成为中国的长期执政党。一些个准备着血溅刑场战场的党员变成了体面的各层各方面的权力核心的主导力量，享有高于普通百姓的生活与消费条件。赴汤蹈火的共产党员的形象，正在变成高人一等、大道通天的共产党员形象，如果说还不是作威作福的官老爷形象的话。对于某些境界不高的人,入党的义举壮烈、千难万险,变成了入党做官、入党而青云直上,"一等公民是公仆,子孙后代都幸福"。而一个穷党(语出毛泽东),正掌握着巨大的物质与权力、舆论,包括强力实力武装力量的资源。与此同时,几千万党员的世界第一大党,咸与社会主义的大一统思想,也在形成罕有的伟力的同时面临新的挑战。执政党党员数量迅猛发展,这样的党究竟是在大众化普及化通俗化实力化,还是在先进化精英化英雄化乃至革命化呢?入党究竟是为了享福与获得还是为了献身与付出呢?建党九十周年过去了,新中国成立六十余年过去了,党已经具有了哪些发展变化,又有哪些有待认识研讨的新问题呢?

改革开放初期,当我得知一位担任过专署领导同志秘书的党员,因为家庭原因,移民出国前办理了退党手续的时候,我蓦然心动,有一种噩梦突现的感觉。后来这一类事就多了,有的人已经出去好久了,党籍仍然封存在那里;有的时间太长,就按停止党籍处理。有的出去一段时间又回来了,继续当他或她的共产党员。有的已经有了美国的绿卡,有的已经有了其他的身份,一切正在模糊处理。

共产党还是那个抛头颅、洒热血、为了革命的原则随时准备赴死的激昂慷慨、斩钉截铁的党吗?

当年,我以为如果一个党员自己做了其他选择而退出了共产党,那就是叛变,就是投敌,就应该处决。

什么是党的旗帜?必须永远是鲜红的而且越来越红吗?在中国,如果党的旗帜是鲜红的,那么别的团体与人员是什么颜色的呢?党能不能、需不需要变得"三贴近"即贴近实际、贴近生活、贴近群众呢?革命党以最最崇高的理念为武器来痛批执政党的昏庸腐败。执政党呢?毛主席对于马克思主义的概括是"归根结底就是一句话,造反有理"。邓小平讲的则是"马克思主义的精髓是实事求是"。是的,头上长角、身上长刺、浪漫的与叛逆的共产党正在为务实的与注重民生的公共管理型的党所代替。诗人、烈士、意识形态鼓动家、战略家，还有与地主老财不共戴天、血战到底的以农民起义军为主体的党员结构，正在为官员、企业家、公务员、行业技术专家与遵纪守法、和谐平顺、勤劳致富的良民所组成的支持执政、提供执政人才的强大群体所替代。共产党的角色已经发生了变化，你再浪漫再怀旧也阻挡不住这些变化的发生。现在开会上主席台的领导连笑容也已经与老红军老爆破手老囚徒不一样了。这个过程早已开始，尚未完成，问题在于我们能有多少自觉与自信，我们能有多少理解与掌控把握。

当然，我们也坚信共产党基因中的"刺破青天锷未残"的生猛，宁折不弯的血性，敢于决裂、敢于挑战的逆向思维，敌人不投降就让他灭亡的坚决，所有这些一定还会不断地呈现出来。

我的一些看法：一，共产主义的理想是崇高伟大的，是普世的。

二，中华文化的终极社会理想是天下大同。早在《礼记·礼运》中就宣扬了下述高峰理念：

> 大道之行也，天下为公。选贤与能，讲信修睦。故人不独亲其亲，不独子其子。使老有所终，壮有所用，幼有所长，鳏寡孤独废疾者，皆有所养。男有分，女有归。货恶其弃于地也，不必藏于己。力恶其不出于身也，不必为己。是故谋闭而不兴，盗窃乱贼而不作。故外户而不闭。是谓大同。

我听到了一个朋友的重要说法，他建议将共产主义的译名改为"大同主义"，这更符合 communism 的原意。

而《孟子》的口号是："老吾老以及人之老，幼吾幼以及人之幼。"

如果说我们现在建设的是"中国特色社会主义"社会，是全面小康的现代化国家，那么，上述宣扬，可以说是"有中国特色的共产主义"，是大公无私的人间乐园。中华文化其实天生地倾向于接受共产主义与社会主义。

那么，三，共产主义是共产党人，也是中国的一切有志者有识者的共同的终极与永恒的理想。包括中国国民党,它的《党歌》里唱的是"三民主义,吾党所宗,以建民国,以进大同"。大同世界他们也要宣扬。理想永远鼓舞着有志之士去努力奋斗,理想永远不可能全同于现实。现实永远有着这样那样的瑕疵,而共产主义的理想是无瑕疵的社会。

共产主义更是一种崇高的忘我的无私的政治献身精神,为世人甘愿粉身碎骨的圣徒精神,醒世、警世、救世、救国、救民的精神,我不入地狱谁入地狱、地狱不空誓不为佛的精神。在夺取政权的斗争中,许多共产党员的英勇牺牲,在社会主义建设中,许多共产党员的卓越贡献,确实令人惊叹钦佩。

就是说,作为高端理想与目标的共产主义,关于消除三大差别,关于实现按需分配,本来不应该引起最大的分歧。问题主要是出在操作方面。1.关于暴力革命与无产阶级专政。2.关于消灭私有财产。上述两点可以不断进行深入的研究探讨。3.显然是有许多教训的是:由于对共产主义的粗糙与简单化的理解,而实行的一平二调、剥夺农民、剥夺个人生活资料、搞绝对平均主义的政策举措,造成了负面的后果。"大跃进"期间我们明确地反对过"共产风",就是指这些。这说明,不可以轻易地搞穷过渡,不可以想当然地把终极理想变成具体举措。再好的理想,简单操作,就只能收到适得其反的效果。

马克思、恩格斯设想的是在发达的欧洲资本主义国家、在一个社会化的大生产已经很成熟的地方首先建立社会主义。历史上的发展并非如此,俄罗斯远不发达,中国更是半殖民地、半封建社会,是自然经济、小农经济占优势的地方。我们的社会主义与共产主义,从宣传到实践,都有我们的非原点即不典型的特色。

有过这样的说法,说是欧洲的民主社会主义者宣称,他们做的是消灭无产阶级,我们做的是消灭资产阶级。我们应该顺着什么样的思路来消灭阶级呢?

胜利者永远有道理。一九四九年,中国共产党是胜利者。于是,四,就是说胜利、战功、凯歌,在神州大地上掀起了信仰共产党、崇拜共产党、讴歌共产党的高潮。这推动了新中国的各项建设与革命事业,也客观地保护了、积存了假大空与急于求成的失误,还有横扫一切的鲁莽与违背客观规律的欲速则不达。

五,解放后我们进行了大量的党员教育。但理念型挑战型的意识形态,一旦变成了权力的附庸,味道不无变化。人们的习惯认知是,真理会受到权力的迫害,人们会为捍卫真理而与权力作殊死的斗争。人们常常不愿接受以权力为背景的强制性灌输。在组织党内学习的时候,我们这里动不动讲什么文件学习不得少于几十个小时啊什么的,这让人听着多么扫兴啊。幸好,最近的党员干部学习,增加了专业性与选择性。我们说是要建设学习型政党,我们组织干部学习某个领域的知识,这太好了。与我们的使命相比,我们学到的不是太多而是太少,是我们的知识储备远远不够。人们会冒死追求真理,而人们不会因为听听听,听得时间长了就把自己听到的老一套的玩意儿认成真理。为了牢靠地奠定党的理论基础,我们只能开拓精神空间,勇敢地面对新情况新问题。

六,我们对于共产党员的说法不要过于高耸。如我们常说共产党员是绝对不可以求官的,要官的一律不给。但我们又说,提拔干部时要注意那些少言寡语的老实人,不要让他们吃亏。这等于承认,被提拔是一件占便宜——获得风光与利益的事。谁能对被提拔的风光与利益视而不见呢？事实上,一些党员,为自己的升迁,努力活动,费尽心机,无人不知,有的人还使出不正当手段。与其强调概不要官,不如强调用人唯贤而不是唯亲。我们应该要求党员诚信、清廉、积极工作、守法、自律、完成组织上交给的任务,必要时能够牺牲小我,顾全大局。但我们不能吹捧共产党员个个是钢铁英雄汉,个个是毫不利己、专门利人的圣徒。即使是树立已经不在人世的英雄榜样,也不宜太添油加醋、太报告文学化。

七,许多以阶级斗争为纲时期的说法现在我们还在沿用,但又说不通。人是有阶级属性的,阶级斗争是无法否认的,共产党搞阶级斗争,这是我们的看家本领。同时,人不仅有阶级属性,还有国家、民族、地域、宗教、集团以及性别、种姓……的属性。人的思想也不仅仅决定于阶级出身、财产状况,性格、教育、机遇、遗传基因、生理特点都可能有重大作用。我们曾经鼓吹,苏联利益就是国际利益,其实不然。我们曾经主张,社会主义国家间不可能发生战争,事实证明也并非如此。过去我们讲,利己是小私有者的特点,而一个不拥有私有财产的人一定是大公无私的。显然这也是片面之词。与其文艺化地鼓吹共产党员的大公无私、国际主义,不如树立国与国、中华民族与其他民族、公与私、上与下、个人与集体、地方与中央的资源与利益配置的法律体系与关系原则,例如和平共处五项原则。与其鼓吹圣贤标杆或责骂对方不是圣贤,不如追求公正与平衡、和谐与耐心,要追求的应该是合情合理。

八,尤其是一个长期执政的党,绝对不可以太吹乎、太拔高、太热烈、太欢实。对敌战斗可能首先在意激情与斗志,建设则需更加注意科学与理性,注意包括细节的每一步的扎扎实实。如咱们的一个爱国党派头面人物所说,共产党的理论不可搞得太豪华。执政者,一切的许诺都要求兑现,一切的描绘都要求落实,一切原则(如党没有自己的特殊利益,一切都是以人民的利益为自己的利益)都要求身体力行、为民表率。难以做到的事情不要许愿,难以达到的标杆不要忽悠。宣扬自己本人也做不到的事情,便是自挖墙基,自毁公信力。

九,既然强调"三个代表"重要思想,既然中国共产党是无产阶级也是中国人民与中华民族的先锋队,我们就必定要多为中华民族与中国人民的具体利益着想,我们就必定要多考虑全民全民族,尽可能考虑全民全民族的整体利益,而尽可能不要划分他们,给他们涂上颜色,哪个红哪个白、哪个左哪个右、哪个改革哪个保守、哪个主体哪个边缘。我们不能执著于阶级身份与阶级分野、革命历史与革命资格。应该强调的是团结起来向前看。同时,我们毕竟有着英特纳雄耐尔的国际主义胸怀,有着解放全人类的目光,有着为穷苦大众说话的传统,我们必须坚决警惕我们的官僚化与以权谋私即权力寻租化。

十,对于共产党,最可怕最危险的就是脱离了群众,仅仅依靠强力来维持局面。受群众拥护则党兴党强,脱离群众则党衰党亡。不是说忧患意识吗?忧什么患什么?忧的患的就是一个东西:脱离了群众,变成了少数人的"霸王别姬"。所有的井冈山传统、延安作风、革命先辈留下的精神遗产,最宝贵、最须臾不可离弃的是密切联系群众。对党员进行教育,首先是切勿脱离群众的教育;对党员进行考察,首先要考察他们是否密切联系群众。对于骑在群众头上作威作福的所谓的共产党员,应该坚决清洗。

6. 对《武训传》的批判开启了不断的文化思想斗争

前面已经说到,在一九四九年开始的如醉如痴的欢乐前进凯歌震天之中,首次令我略有"没想到"之感的经济生活中的事件是一九五三年的统购统销。那么,文化生活中、意识形态事件中,使我吃惊并略感尴尬的则是对于影片《武训传》的批判。

还有,就是此后一系列政治斗争政治运动,许多都是先从文艺作品的批判上发起。

我已经略略提到对于《武训传》的批判。此前有过对于小说《我们夫妻之间》的批判,没有引起我太多的反应:一、确实难说该作品写得多么好多么有影响。二、毕竟只是丁玲一个人在对其批判,而不是后来的有那么大背景那么大响动的毛泽东本人发起的大批判。

影片《武训传》中有一个人物,少女小桃,以生命殉了武训的事业。她是由青年艺术剧院的演员王蓓扮演的。王蓓是作家白桦的妻子。少年的我对于小桃的命运与形象非常动情,我始终弄不明白,如此这般,把武训硬是要批倒批臭,到底图个什么?武训变成了大坏蛋,那么小桃呢?她就白白地献出了自己的生命了吗?世界上有那么多善良的、纯真的、美好的生命,她们的献身,硬是被一个大坏蛋所占有所歪曲所利用了吗?怎么这样窝囊呀。

对《武训传》的批判有点像是晴天霹雳,不知从何而起:武训到底碍着谁啦?很难想象如果不批武训会对新中国的事业有什么负面影响,也许有更多的正面影响。本来嘛,新中国的使命之一也是劝学与消除愚昧、扫除文盲。肯定武训,将能肯定一大批虽然颜色不算红彤彤,但仍然可以成为中国共产党的朋友与新中国的好公民的有志于中国的发展富强的人士,使社会更安定,使新中国赢得更多的支持者。

但毛主席的自诩是当真要把"被颠倒了的一切再颠倒过来",包括天地、智愚、善恶、高下、是非。他讲的是"卑贱者最聪明,高贵者最愚蠢"。他讲的是共工与颛顼争帝位,因失败而怒,撞头不周之山,天柱折,地维绝,搞得天翻地覆……胜者颛顼不足道,共工才是英雄才是正统才是真正的胜利者。对于毛泽东来说,三娘教子并不正常,子教三娘才是正理。法海收牛鬼蛇神不是除妖,法海本身才是妖孽。对《武训传》的批判,开始了他的一百八十度翻转万众头脑的伟大革命。他老人家要与历史较劲,要与传统较劲,要与庸常共识较劲,要与一切现在的与已有的统治阶级、统治体制、统治观念、统治意识形态较量。他当然否定旧中国、否定孔孟之道、否定美国和西欧的体制与观念,他也对苏联和东欧的那一套并不感兴趣。他主张的是不破不立,先破除了再说;不塞不流,先堵住了再放水。我们的口号是:"不堵住资本主义的路,就迈不开社会主义的步",结果是堵塞容易,步照样迈不开。猛批《武训传》,已经是埋下了十余年后发动"文革"的种子。如今,不只是武训,连二十四孝的浮雕也赫然出现在显眼的北京西山八大处的必经之路边。

一九五四年对于俞平伯研究《红楼梦》中的所谓资产阶级观点的批判,进行得相对温和一些。对于我来说,使我大受震动的是李希凡、蓝翎的脱颖而出。这使得一些具有某种雄心或野心的人受到鼓舞。你只要努力靠拢历史唯物主义的命题，你只要高举马克思列宁主义的旗号而与不会举旗的老派人物缠斗，你本来是小人物，转瞬间就成了大人物。

蓝翎原名杨建忠，是我区（当时是北京市第三区）师大附中二部的教师团员，我们处理过他的处分事宜。他当时似是面临着婚姻及与领导的关系不好的麻烦，该校团总支部上报了对他的处分，此事后来的情况我不怎么记得，我只知道他后来小人物办了大事以后，调到了《人民日报》报社做编辑工作去了。这也很刺激我，人应该有所成就，有所成就以后，许多规矩管不了你。

王朔有一个说法，计划经济时期，唯一能有脱颖而出的机会的，唯一不是死按计划分配的，就是文学写作。

但是我仍然悄悄较劲：把《红楼梦》的出现与清代的资本主义萌芽联系起来，这样解释文学创作，您不觉得费劲吗？把贾宝玉与林黛玉的脾气和爱情悲剧，与当时的作坊、雇工、工商业联结起来，把"花谢花飞飞满天"与沿海的盐业或内地的打铁锻造业联系起来，有那个必要吗？又有那么顺当吗？

我又为毛泽东喝彩，万物皆备于我，不管是经史子集还是风花雪月，不论是帝王将相还是才子佳人，我都要给以新的解释发挥，我都要纳入我的新思想新文化的大业伟业大系统。历史从今天开始，认识从此刻奠基，过去的都不算，新世界自有新章法。

批胡适我则认为是理所当然，也不那么关心。在一九四九年初讨论中共提出的和平八项条件的第一条"惩办战争罪犯"时，解放区的媒体已经用援引各界反应的形式报道，有人提出胡适也应该列入战犯名单。

使我略微心痛的有对于《洼地上的战役》的批判。我在《人民文学》上读到了与胡风要好的路翎的短篇小说《洼地上的战役》，我觉得他写得很饱满、很动人。不久出现了宋之的对他的批判。这样，对路翎的批判中就包含了对小小的当时吗也不是的王蒙的批判。我必须反省自己:为什么热爱文学的结果是自己感情上的不健康?见花开而欣喜、悲花落而伤感、观沧海而浩叹、念故乡而长吟,这些在苏联文学中还是允许的,为什么到了中国这里,这些都算成小资产阶级情调?我们的伟大事业不是早就应该用铁扫帚把多愁善感扫除干净了吗?

批胡风,本来与我无关,胡风的文字我不能说是很理解很欣赏,但是我喜欢吕荧,原因不在于他的美学论述,而在于他翻译的普希金的长诗《欧根·奥涅金》(现一般译作《叶甫盖尼·奥涅金》)。说是吕荧竟敢在批胡风的高潮中,在某次大会上为胡风辩护,吕荧便也被批评了一番。天真的我想到了普希金,想到了达吉亚娜与连斯基,想到了同名歌剧的动人旋律《连斯基的咏叹调》与歌剧作曲者柴可夫斯基。我觉得尴尬也不无窝囊,我实不愿意在伟大的党与动人心魄的普希金和柴可夫斯基直到路翎中选择。我要共产党,我也要普希金、柴可夫斯基、路翎、吕荧,还有不必用来解释中国社会的资本主义萌芽的《红楼梦》,还有包括豪放派与婉约派的宋朝词人。直到二十一世纪,当我在开封的清明上河园中观看大型文艺演出《清明上河图》时,听到合唱辛弃疾的《青玉案》词中的句子:"东风夜放花千树,更吹落,星如雨。宝马雕车香满路。凤箫声动,玉壶光转,一夜鱼龙舞……"我仍然老泪纵横,即使在封建的中国,在上千年前,也有这么好的诗词、这么好的景象、这么好的语言。我想起了三十余年前第一次到美国,在一个非常随便的机会,谈起"下辈子"的话题,艾青老人说:"下辈子还要不要当中国人,对不起了……"

一个莫须有的话题,一个莫须有的说法,一个信口开河的场合,这话说完也就随风飘散了。当时,我根本没有再想过这个子虚乌有的问题。然而,在二十一世纪,在开封,在"一夜鱼龙舞"的歌声中,我突然想起,下辈子我还要当中国人啊,不然,到哪里去享受《青玉案》的美轮美奂?

这样到了一九五五年,从思想批判到政治审判,从小宗派到反革命集团，我有点目瞪口呆。写写信，发点牢骚，说些讽刺话，就变成了真刀真枪的反革命了吗？原来，不可能这样想的。但是毛主席的按语，锋芒毕露，雷霆万钧，气势磅礴，所向披靡，镇服之下无推敲，匍匐之外无分析。我服得一塌糊涂，同时我觉得不无扫兴。

北京市委的一位高级领导在一九五五年底作报告的时候，谈到了"胡风事件"。说是有民主人士提出对于胡风一案应该进行公审。领导同志说，我告诉他们，要是公审我们就要开杀戒，意即公审完了说不定就要枪决胡某，民主人士说，那就不要公审了吧，所以就不公审了。

显然，这是说话的策略与政治的机智，而不是认真负责的交代。这位高级领导同志后来在"文革"中也受到了难以言说的迫害。己欲立而立人，己欲达而达人，己不欲伤害则千万不要伤害人，己欲护则护人，己欲公正则必须毫不含糊地公正对待他人，这里没有打折扣的余地。

从批胡风，发展到各机关各单位的"肃反运动"。"肃反"与"镇反"又不一样，"镇反"是公安政法部门的事，大张旗鼓地抓、杀、关（有期徒刑）、管（即不坐监狱，命名为管制分子，限制其行动言论自由）。"肃反"则是各单位由人民群众检举揭发一些对于革命心怀抵触的分子、暗藏的反革命分子、隐蔽的定时或不定时炸弹。当时喜欢引用的是斯大林的名言："堡垒是最容易从内部攻破的。"这话可能说得不错，但也有可能被窝里斗沉迷者拿去当内斗的幌子。当时还喜欢讲消除隐患。隐患肯定是有一些的，斗得红了眼，老想着斗，未尝不也是隐患。隐患有一些，不可能那么多，年年消除起来，太玄乎了。

我的母校河北高中，有一位身高力大嗓门洪亮的地下盟员（后转为团员），叫翟佐良，他心直口快，爱提意见。我在区里工作时一次开团员会，停电了，他和一些人就拍着巴掌喊什么"要光明"，给领导以不良的印象。后来他怎么到团市委工作来了，我不知道。自从他来了之后,一搞运动他就被揪出来,搞得狼嚎鬼哭,斗个不休,最后又都是不了了之。加之他的爱人是出名的善良老实也相当可爱的女性,人们谈起他的事儿来,都有点为之叹息。这次批着批着胡风,"肃反运动"起来了,首当其冲的又是此位翟兄,叫人说什么好!

我当时工作的团区委,与区工会、区妇联共用一个小楼,简称之为工青妇楼。我们共同用一个伙食团和一个厨房。大师傅姓任。记得有一次闲聊,任师傅忽然想起,说是有人认为,宋庆龄是"国母",应该担任国家主席。此事不知为什么在"肃反"中被提了出来,我估计是我们这个工青妇小楼实在揭发不出反革命言行来,挖空心思,人们想起了老任。不久,老任被从厨房逐出,改当清洁工了。看到胖胖的他,以大厨的体态,穿着工作服扫院子擦地板,我们都偷偷地笑,又不敢真笑。也就一个多月,他的隐患问题说是搞清了,他继续回厨房掌握大家的饮食命脉无疑问。这些事我想起来,觉得有点天真活泼。

……而这一切都是为了未来,是为了社会主义与共产主义。正因为社会主义和共产主义的理想太好了,我们甘愿为它们吃尽苦头。

从此文艺尤其是文学界的斗争不断,用周扬的话说,文艺成了"阶级斗争的晴雨表",成了这样的晴雨表,它就永远首当其冲,永远成为阶级斗争的手柄,成为发动斗争的最好的按钮,我国的文艺事业也就再无宁日了。批丁陈,"反右",拉出延安时期丁玲、艾青等的文章再批判——有人说那是炒回锅肉,批《海瑞罢官》与《谢瑶环》,批文艺黑线,批《三上桃峰》,批黑画,批无标题音乐,批《创业》……越批越乱越邪门,不知伊于胡底了。

这样,我们就不得不试图深入地探讨一下社会主义、共产主义、国际共产主义运动、苏联与中国共产党和各国文艺知识分子的互动问题了。

我说的是文艺知识分子,包括作家、文艺学家、艺术学者、文艺批评家等。在我国,文艺的范围比较广,有些技巧性、天资性比较强的领域，其专家未必是知识分子，我不太可能说到他们。我说的主要是比较有其思维观念特色的文艺专家们，其中主要是作家。

是的，自古以来，在我国，人们已经感到诗"穷而后工"的定理，韩愈更提出来"欢愉之辞难工，穷苦之音易好"。人们还总结了"不如意事常八九"的人生况味。作家诗人文学家，敏感、多情、个性凸显，富有理想因而常失望，牢骚满腹、不满现实、富有批判性。这在旧社会，是激进的共产党人最最欢迎的事。许多作家，尤其是现实主义的作家，揭露黑暗，同情下层，他们是天然的无产阶级革命的盟友。在中国，不仅是鲁迅与一批左翼作家，包括老舍的《骆驼祥子》、冰心的《去国》与《到青龙桥去》也都是在客观上宣告了旧中国的死刑。

我有一个看法，就是语言比生活要纯得多，爱情诗比任何男女的爱情和婚姻更迷人，爱情诗表达的是爱情中的诗情，而现实的爱情与婚姻无法避免的油盐酱醋、锱铢分厘、口角逞强、你想吃饺子我想吃面，都从爱情诗里剔除了。明月、清辉、玉盘、冰轮等字眼，也比天上的月亮更不受朔望、晨昏、晴阴、风雨的影响。纲领与文件也比政治的现实纯美高尚得多，更不要说政治抒情散文与政治抒情诗了。五十年代，我读文件常常读得沉醉，读文件我一直读到《人民日报》上常常全文刊登的苏联副外长、驻联合国代表维辛斯基的喋喋不休的讲话。在审判布哈林的时候，维辛斯基当过法官。耽于语言文字的人有更多的幻想和天真，也有时会有更多的牢骚，一定的。

文学，常常成为一个批判的因素、变革的因素、激励乃至煽情的因素。如果你读过雨果的回肠荡气的《悲惨世界》，你在热泪满面、愁肠百结的同时，会认定法兰西这样暗无天日的地狱，早该土崩瓦解、亡国灭种。你会不理解法兰西为何至今存得好好的。而如果你读了陀思妥耶夫斯基的《白痴》，你可能疯狂，你可能愿意揣上两枚炸弹去赴死。看看所有旧俄的大作家的作品，托尔斯泰、屠格涅夫、契诃夫、陀思妥耶夫斯基、奥斯特洛夫斯基、冈察洛夫、谢德林，包括普希金与莱蒙托夫,你不能不得出俄罗斯需要一场铁与血的革命的结论。虽然除高尔基外,没有哪个旧俄作家宣扬革命,陀氏更是坚决地反对暴力革命,并因此受到苏维埃国家的冷遇。客观上,十九世纪的俄罗斯的文学高峰,从思想上情感上准备了一九○五年的革命,还有二月革命与十月革命。

我不会忘记法捷耶夫等人的著作,我从他们的作品中可以断定,他们是真心实意地追求与宣扬革命与社会主义,他们的崇高的革命情操令人叹服。

不仅在苏联,欧洲美洲也有不少作家走向了反抗资本主义的旧秩序的道路,我从小已经知道阿拉贡的名字,他的名著就叫《共产党人》,他死后在法国进行了国葬。我也不会忘记法国作家法齐、艾吕雅,共产党员画家毕加索,意大利党员作家莫拉维亚,同样是共产党员的意大利电影导演贝尔多鲁齐的《末代皇帝》当然也是我们熟悉的。我也记得当年的世界各个角落的左翼作家,智利的聂鲁达、巴西的亚马多、土耳其的希克梅特,还有一位著名的希腊共产党员诗人,他曾经将红旗插到法西斯伪市政厅上,我忘记他的名字了。

外国的文学知识分子中也有特别令我痛心疾首的例子,如匈牙利著名马克思主义哲学家、文艺理论家卢卡契,参加了一九五六年十月发生的匈牙利事件,苏军干涉后他与事件的领头人伊姆雷·纳吉一起被南斯拉夫大使馆交还匈牙利当局,纳吉被处决了。卢卡契被允许回到书堆中去。卢卡契一生推崇现实主义与人道主义,对资本主义进行了深刻的批判,对社会主义极尽讴歌与追求,同时他无法接受苏联斯大林、匈牙利拉科西的社会主义模式。他一生的追求很难说有多么成功。胡乔木同志多次与我谈到卢,他很佩服卢的理论见地。

一九四九年中华人民共和国成立前后,郭沫若、茅盾、巴金、老舍、曹禺、冰心、叶圣陶……纷纷从世界的各个角落回归北京,其场面是举世少有的。有一次作协开会，我说起一九四九年作家们云集北京的情形，张光年同志甚至在怀念中流下了眼泪。

绝大多数的中国作家日益趋向革命，更不要说丁玲、艾青、何其芳了。但是我们忘记了一条：在作家选择革命、文学趋向革命的同时，革命也在选择作家，也在甄审文学。革命有它的整体性、涵盖性、坚决性与无所不包的允诺，革命者认定我们有权让一切服从服务于革命，与功在万世而九死无悔的革命相比，一首歌、一篇小说、一本书，必须毫不犹豫地充当革命的匕首与投枪、革命的箭矢与弹药。简单一句话，作家追求革命，革命告诉作家说，你必须听我的！

所以有延安时期对于王实味的斗争，一直发展到要了他的命。还有对于丁玲、艾青、萧军等人的《在医院中》等作品的批评。

这种由党出面整作家风的做法延续下来，更受到了苏联的由斯大林时期的二号人物日丹诺夫主导的对于苏联一大批作家艺术家的整饬的鼓励。于是有了解放战争期间对萧军的批判，有了解放后的越来越震天动地的针对文艺家的政治运动，有了"文革"中老舍、傅雷、钢琴家顾圣婴的被迫害致死。

无怪乎胡乔木同志对我说，要总结文艺问题上的惨痛教训，郑重地昭告天下。

延安时期，陈云同志有一个有名的说法，即对于共产党员作家来说，他们首先是党员，其次，即第二位的身份才是作家。陈云同志的意思是明确的，你既然入了党，就应该首先考虑党的任务、党的要求、党的利益、党的规矩；你不是什么特殊人物，文学也没有什么特殊性；写什么作品，怎么样去在文学事业上取得成就，那是第二位的事情。

上世纪八十年代，根据有关部门中上层领导同志的指示，重新宣传了一下上述教导。

可是这个"首先是、其次是"的论述格式，译成外文后，外国人是死活也闹不明白究竟是啥意思。先是一个日本记者，后是一个欧洲人,没完没了地与我讨论:什么叫"首先是党员,其次是作家",是不是中国有规定,首先入了党,成了党员才能获得发表作品的权利?

在革命成功之前,文学的批判性战斗性毫无疑义,哪怕是文人相轻、妇姑勃豀、杠头搬杠、小题大做,客观上也可以归纳到革命与反革命的血战中,例如鲁迅的关于硬译的观点,竟也被涂上了鲜红的颜色。

革命者取得政权以后呢?继续革已经被打倒、被驱逐、被镇压的阶级敌人的命?继续打落水狗?好的,"宜将剩勇追穷寇,不可沽名学霸王",但不可能只此一宗,全部作品都是这样的规格。提出新的社会问题与进行新的批判与呼号?怎么你像是成了对立面?马上有人说你变成了批评革命批评共产党的啦。难矣哉革了命而且取得了革命胜利的作家们哟!不仅中国如此,例如南非的纳丁·戈迪默,她是诺贝尔文学奖得主,她长期从事与白人种族主义者的斗争,她蹲过种族主义者的监狱。一九八六年在纽约的第四十八届国际笔会上我听过她的发言,她的自信与全称肯定或否定的句式只有一个人可以与之相比,就是我一九九八年在康州三一学院听到了她的讲演的曾经的第一夫人即现美国国务卿希拉里。

正义在手、所向无敌的纳丁,在南非剧变、她追求的各族平等事业取得了决定性的胜利之后,显然没有找好新的感觉。二〇〇八年,她在家中遇匪,因为她拒绝交出结婚戒指,她还遭到了殴打。或谓,抢劫她家的人正是她当年为之奋斗的弱者与被欺凌者。

共产党面临着从革命党向执政党的职能与格局的转变,文学呢?革命前的文学会很良心很激烈很高潮很成功,革命前的文学家像志士丹柯,掏出来并举起来自己的心,充当火炬,照耀着黑暗的世界……革命后的文学呢?踌躇意满?一片赞歌?一派欢笑?一律拥护?继续思考?继续批判?以笔为旗?以笔为枪?宣泄新的牢骚?进入纯文学非功利状态?与政治拉开距离?干脆追求印数、成为产业并且上到福布斯财富排行榜？全世界还缺少这方面的成功经验。

我的初步想法是：

文艺，尤其是文学，在旧中国常常倾向于左翼，用舒乙同志的说法，就是一九四九年时，跟着国民党逃亡台湾的作家人数，不足全体作家的百分之十。

但是，文学知识分子心目中的革命与社会主义，太文学化、理念化、感情化了。文学知识分子是一些个主体性极强的人，他们对于革命的理解与追求，决定于他们自身的主观色彩。它与现实的以农民为主体、以武装斗争为主要路径的中国革命，与有中国特色的从新民主主义到社会主义事业，与执政兴国的大操盘大格局……不可能完全一致。革命由于自己的胜利与严酷性和全面承诺性，对于文艺的要求是文艺必须听命于革命。各种整顿不可避免。雷霆万钧的革命语言已经积累了我们的前进的排除万难的气势与惯性，革命成功了，对文艺的整顿仍然是有增无减。

越是真正投身于革命、最最拥戴革命的作家，越是受到了政治运动风暴的冲击，例如王实味、丁玲、艾青、罗烽、白朗等。而解放后一心拥戴革命的老舍，结局也最悲惨。

只有鲁迅，最早就预见了所谓革命文学的不足恃，他警告说，不要以为革命成功了，革命方面会拿着面包黄油来欢迎革命的文学家。

作家不一定是政治家，他不一定认为他的每一部作品都有鲜明的政治目的。他们容易感情冲动，说话常常夸大其词，自己沉醉在自己的心理活动中。他们往往会被领导人与大众认为是孤芳自赏、脱离实际、"唯女子与'文人'难养也，近之则不逊，远之则怨"。而文学知识分子也会不太宾服于大大小小的领导，会认为他们是官迷、逢迎上级、不学无术、官僚庸俗。作家要是动辄热衷于政治起来，企图用文学规范政治，是作家的倒霉，也是文学的倒霉，还是政治的倒霉、人民的背兴，那是造罪也是遭难。捷克的异议作家米兰·昆德拉、秘鲁的诺贝尔文学奖得主略萨,认为富有多义性的文学本身就是反对独断论与专制主义的有力武器,但是他们没有想到:例如萨达姆·侯赛因、卡扎菲都热爱文学,都有很好的写作篇章,还如墨索里尼,更是致力于以审美的法则来拯救与规范世界。

不能以文学来矫正政治,正如不能以政治全面整饬文艺。以政治常识读本与文件汇编、社论标题来全面地具体地修理文艺,就是邓小平同志所讲的"横加干涉",也是灾难。

一九四九年以来,半个多世纪的经验已经得到了国内上下左右的重视与汲取。一九七九年以来,情况好多了。文艺人的处境进入了新中国成立以来的最好时期。

仍然会有距离。领导要讲的是政治要求文艺讴歌现实。有的境界没有那么阔大的作家要的是抒写自己的感情波浪、内心世界。领导应该也必然按照领导的要求讲话,只要没有横加干涉,就是好领导。作家必然也只能按照自己的情感与内心需要写作,只要不闹反对大政方针到了搞颠覆的程度,只要不违反宪法与法律,也应该得到自由与保障。

同时,更有全民族、全体人民的汇合点,当然也是作家、艺术家与执政党的汇合点:推动中国的富强、繁荣、进步、文明、民主、和谐、稳定、现代化。这是领导的决心与追求,同样也会带来文艺人的命运的积极的变化,引发文艺人士的百感交集,推动与铸炼中华文艺的新果实新花朵。

同时我也盼望人们对文艺的作用理解得宽泛些。李瑞环同志就喜欢讲"民乐"(不是指音乐而是指快乐)是政治上的成功的表现。执政党有义务让人民高兴,并为此注意满足人民的文化需要。孔子早就把诗歌的积极作用理解为兴观群怨,即通过文艺来感染人、启发人、满足人、沟通彼此。最后是怨,诗歌里可以有抱怨、有讥刺,这好比是社会的一个限压阀门,能用文字歌谣什么的将各种矛盾困扰有所宣泄和反映,免得一味捂着盖着堵着封着,最后造成高压锅的爆裂。

　　文艺考验与训练的是人们的精神能力，特别是创造力、想象力、汲取与消化的能力。动辄批判文艺作品，搞到像我在"五七干校"那样从学习材料上看到，贫下中农批判童话《拔萝卜》说，萝卜明明是贫下中农种的，作家却说是兔子种的，这不是睁着眼说瞎话吗？这样下去，不仅写不出也读不成童话，整个民族的智商与想象力定会全面下降，还有什么可能建设创新型社会？还有什么可能科教兴国、文化兴国、人才强国、文化强国？

　　文人相轻，自古已然。问题在于，在阶级斗争的高潮中，文艺龃龉被拔高成了阶级、路线、政治斗争。这造成了某些善良却也是天真与不完全结合实际的文人的噩运，也培养出来一批斗士，其中就有姚文元式的"金棍子"，与其他一些英雄好汉，还有一些以文艺为敲门砖的官员。他们在斗争中表现得好，虽然没有著名作品，却成了著名文艺家（上面的提法来自艾青）。应该说越是没有著名作品，越是要通过主动掀起斗争而搭上车，成为著名的人五人六。他们以从上边找靠山，从政治上压倒对手、压倒成了冤家的同行为取胜法门。五十年代上边支持周扬，批胡风、丁玲。八十年代，似乎是周扬失势，而丁玲被抬举了。中央电视台直播了邓力群同志在丁玲的遗体告别仪式上的谈话，他激动地大谈丁玲的共产党员的品质，而大批某些人只是"来去匆匆的过客"。过客云云，我更早是听彭真同志这样讲赫鲁晓夫的。还有，不乏老作家如姚雪垠、臧克家、魏巍等热衷于给中央领导写信告状……文人相轻进入了国际共产主义运动、党、政治局或书记处的层次，呜呼哀哉！

　　现在好了。李岚清同志就多次强调要把文人相轻变成文人相亲。领导不再热衷于在文艺知识分子群中划分左中右了，不再呼风唤雨地掌控文坛的反倾向斗争。而是遇到文艺问题就事论事，一律个案，有行政性的措施，如哪一本书或哪一部电视剧控制发行放映，却不作进一步的发挥,不作意识形态的论战与延伸。管理也主要是管出版发行放映上网展出演出环节,尽可能不参与创作上的争论,这聪明多了也圆熟多了。

但又出现一个新的问题,意识形态的歧义是一个事实,这个事实不会因为行政管理权力的运用与奏效而改变。你可以不让某本书加印,但是你管得住的恰恰是最遵守规则的国有大出版社,你的控制使得某类打了擦边球的书籍的发行权全面转给了非法盗版者,使他们获得了暴利,使作者与守法的出版者沮丧叹气,使非法者乐得受益。我亲眼见到,《往事并不如烟》与《中国农民调查》转入"布"下,即转入书摊老板的包袱皮下,更加神秘地畅销售出的情景。

而意识形态的歧义仍然存在,不但存在而且在积累膨胀。靠躲避与讳忌,解决不了思想认识、意识形态上的问题,躲避与回避不是长久之计。

你规避的意识形态歧义,正是境外人士热衷的话题。你越不想说什么,港澳台、西欧北美的著者与读者越是关心,至少是逗起了好奇心,就越是大量地出书谈什么。你的答疑解惑的话语权无条件地出让给境外了,连《中华人民共和国国史》《中共党史(1949—?)》这一类的书,也常常是英国剑桥大学乃至中国台湾出版起来很方便随意。是不是我们太多地束缚了自己的手脚,这是值得考虑的。一九九八年我访问匹兹堡大学,接待我的女士就是中共党史专家。她研究起来可是抽丝剥茧、百无禁忌。

我们必须正视歧义、讨论歧义、争鸣歧义,有信心地以实事求是这个思想路线上的法宝解决歧义。我们的大学、社科院、文联、作协、宣传部、文化部、媒体,再不能规避现当代历史与文艺话题,不敢谈、不会说、讲不明白人文文艺的热点话题了;再不能只敢于念念有词地照抄照转、说那些隔靴搔痒的空洞标题了。

当初,一九七八年十一届三中全会作出党的工作重点转移,从以阶级斗争为纲转移到以经济建设为纲的时候,我们未必能预见到这样的转移的深刻后果与全面后果。一九九二年十三大提出社会主义市场经济的时候,也未必预见得了"市场"二字所引起的全局性变化推移。以文艺而论,文艺的市场导向的看不见的手日益发挥作用,文艺的政治功利取向渐趋淡化,文艺的精神追求几乎顶不住市场追求的强大影响,文艺的崇高性正在为娱乐性消费性所排挤,传媒正在与人民的消费需求与市场的效益结盟。同时,文艺知识分子的生活条件工作条件从来没有像现在这样好过,创作与研讨的空间日益开拓。我们的一些老人,一心怀念着打着快板为急行军的子弟兵鼓劲的文艺的火红岁月,对于当前的文艺生活发出恶毒的咒骂。一些不择手段地一鸣惊人的文艺知识分子,正在从不同的方向痛骂现实,要求全盘西化,或者干脆提倡回到"文革"的原教旨上去。这很有趣,也很考验中国共产党。我们怎么能够没有自己的强有力的、真正内行的与才华横溢的人文知识分子、文艺知识分子呢?

斗争、运动、跃进……马不停蹄

7. 万民打麻雀的奇观

一九五五年底,毛泽东发表了《关于农业合作化问题》一文,这是根据他在当年七月三十一日省市自治区党委书记会议上的报告整理而成的:

> 我们的某些同志却像一个小脚女人,东摇西摆地在那里走路,老是埋怨旁人说:走快了,走快了。过多的品头论足、不适当的埋怨、无穷的忧虑、数不尽的清规戒律,以为这是指导农村社会主义群众运动的正确方针。
>
> 否,这不是正确的方针,这是错误的方针。
>
> 目前农村中合作化的社会改革的高潮,有些地方已经到来,全国也即将到来,这……带有极其伟大的世界意义。

毛泽东的文章令我与我周围的年轻干部和年轻党员如醉如痴,犀利、炽热、冷嘲热讽、生气洋溢、呼风唤雨、风格跃出,高举社会改革(后来干脆叫社会主义革命)的大旗,登高一呼,应者云集。他期待也相信群众运动的高潮,认为只要老百姓发动起来,你热我热大家一起热,没有解决不了的问题。而且,他坚信中国是在为天下立心,为生民立命,为世界书新篇,为万世谋幸福。

真是好文章:解放、胜利、扫荡残敌、荡涤污秽、抗美援朝、新生的共和国敢于与美国与联合国军血战、"三反""五反"、高度的清廉质朴、统购统销、把市场掌控起来、一切由我们来安排、批判旧思想旧文化、让胡风类的心存二心的文人们粉身碎骨……一面是大闹天宫,翻天覆地,一面是海晏河清,风调雨顺。然后,大手笔开始了,几千年的小农经济的农村,未费什么大力气,噌噌噌,组织起来了。人心齐,泰山移,组织起来力量大。新纪元、新篇章、新时代,怎么一切都会是这样伟大无边、高明无边、痛快无边!

列宁说过,组织是无产阶级的唯一武器。道理很简单,一对一,无产阶级多半不是资产阶级的对手。剥削阶级掌控了多数的物质与文化资源,剥削阶级成员往往会具有体能、智能,从身体、容貌风度到寿命到教育到职业素质上的个人优势。而无产阶级、被剥削阶级,不但被剥夺了剩余价值,也被剥夺了许多机会与信息来源,它想维护自身的利益,靠的是人多势众、人海战术。光人多也不行,一盘散沙让资产阶级不屑一顾。什么时候人海变成了无坚不摧的可畏的力量了呢?由共产党把亿万群众组织了起来。劳动阶级的人数要多得多,他们当中不知有多少人的天才被一代又一代地埋没;一旦他们觉悟起来、组织起来,拧成一股绳,再也不客气了——成了潮流成了飓风海啸了,就会使剥削阶级形影相吊,哭爹叫娘,死无葬身之地。

不论是苏联还是新中国的领导人,就是本着列宁的这个一切依靠组织化的思想,坚决要把小农经济变成合作社——公社经济的。

从生产力的发展水平上看,中国远远没有组织大的集约农业经济的条件。我们高喊组织起来,靠的不是生产力,不是科学技术,不是农业机械,这里,靠的是政治,是气魄,是好文章,是文气的沛然强势,靠的是毛主席、共产党的无比威信与组织能力。

共产党已经将散漫的农民组织成了钢铁的军队,当然就能够将他们组成生产的大军。这支军队能够在与日本侵略军、与美国人支持的国民党军的交战中取得胜利,能够在朝鲜半岛与所谓的联合国军打成平手,那么,合作社与后来的人民公社的生产大军,就一定能够建设出一个极强大的富裕的社会主义新中国来!

历史上,战功是英雄崇拜的主要根据。辽沈战役、平津战役与淮海战役的胜利,使共产党和毛主席的威信如日中天。这样的威信当真做到了指向哪里打向哪里,冲向哪里胜在哪里。到了一九五五年底一九五六年初,全国敲锣打鼓地进入社会主义,不但农业合作化运动席卷全国,连资本主义工商业改造也是风起云涌,势如破竹,中国出现了社会主义一通百通、一顺百顺的奇观:农村干部与街道积极分子个个会批判杜鲁门与艾奇逊;知识分子哭爹叫娘地检讨自己有眼不识泰山,不识党的伟大;少年儿童也懂得与自己的具有某种反动身份的父母划清界限(我亲眼看到一个十一岁的孩子,在最亲爱的母亲因历史上的托派问题被逮捕后立即与母亲划清界限的动人情况);资本家也急着献出资产与企业,搞社会主义。

毛主席并且亲自编辑了《中国农村的社会主义高潮》一书,撰写按语,为那些朝气蓬勃、势不可当的农业合作社喝彩打气。什么鸡毛也要上天,什么穷棒子精神,光这些说辞就令人感动振奋大大升温。

> 遵化县的合作化运动中,有一个王国藩合作社,二十三户贫农只有三条驴腿,被人称为"穷棒子社"。他们用自己的努力,在三年时间内,从山上取来了大批的生产资料,使得有些参观的人感动得下泪。我看这就是我们整个国家的形象。

我当时阅读毛主席的这一段按语,可称是心潮澎湃。整个国家的形象,说得令人鼻酸! 是的,如主席所说,我们中国不就是六万万穷棒子吗? 六万万穷棒子团结起来,以三条驴腿的家底,改天换地,实现国家民族的复兴,谁能不为之动容,谁能不哭一声列祖列宗!

毛主席在"高潮"中撰写的一条条按语,就像钢锤打铁溅起了金星,就像焰火升天布满了礼花,就像大潮冲向巨岩形成着雪浪,就像乐队指挥含泪铿锵起各式乐器。啊,这是什么样的才华、什么样的激昂、什么样的决绝、什么样的威严与自信! 它比诗还多情,比戏剧还想象，比军令还雷厉风行，比烈士断腕还一切在所不惜！这是多么好的政论文学、激情文学与动员檄文……

可惜，无论多么好的文章、天下第一的文章，不等于是最好的农业经济学与农业科学！

一九五六年一月二十三日，中央提出了《农业发展纲要》，说是：

> 全国农业合作化的高潮正在引起全国农业生产的高潮，并转而促进整个国民经济和科学、文化、教育、卫生事业的新的高潮……

找出这一年的公文文件来重读一把吧，那是一个文学治国的时代，连《纲要》也满是文学的结构与情愫、文学的想象力与修辞。后来担任过杂志《新观察》的主编的女作家陈戈扬著文指出，等到《农业发展纲要》实现了，中国人民将再不知道什么叫哭泣，除非是太高兴了而笑出了眼泪。

她吃错药了吗？二十世纪八十年代末，延安时期的革命者戈扬出走异国，再没有回来。说是她在国外曾经与一位高级领导同志通话，领导同志说："你不要听信谣言……"她说："我已经听信了啊。"从此与国内的主流力量分道扬镳。她成了未必有多少政见的不同政见者。她的晚年是向隅而泣还是另有风景呢？

而一九八九年，作家出版社出版了古鉴兹先生的长篇小说《穷棒子王国》，暴露了某处农村，号称穷棒子王国，那里有不少黑暗现象，尤其是干部违法乱纪的恶行。遵化县原县委书记王国藩先生在北京市朝阳区法院告诉，认为该书构成了对于他的名誉权的侵犯。后法院判决，王国藩胜诉，古作家败诉。古要道歉、赔钱、封书。古鉴兹我倒是也有一面之识，他曾任作协主办的文学讲习所（现名鲁迅文学院）的领导。他给我的浅浅的印象是比较实心眼也死心眼。

到了"七〇后""八〇后""九〇后"成长起来的年代，还有人记得鸡毛上天、穷棒子办社的故事吗？全世界都是与时俱化，昨天已经古老,但中国的变化未免忒猛、忒大发了些。我认识一位定居美国的华人女作家,从一九八〇年相识,至今已有三十一年,三十一年来,她的住房、地址与电话号码从来没有变过,而我的在国内的亲友们,没有一个人是这样三十一年如一日的。

一九四九年到一九五二年,那是胜利和高歌的年代,到处是看得见的胜利、力量、欢呼、铁树开花、翻身道情、打到南京去……到处是所向无敌的信念与无坚不摧的铁拳。

一九五三年到一九五六年,是希望和咬牙的年代,山河由我重安排的年代。提出了社会主义改造的任务,经济秩序正在改变,社会主义说来就来,说成就成,毛主席挥动巨掌,指到哪里胜到哪里,几乎是不费吹灰之力。从此我们已经是最先进最公正最幸福最有效率的社会主义国家了。以《农业发展纲要》为例,如果不是合作化的大功告成,怎么可能制定这样的《纲要》?小农经济,汪洋大海,谁管得了农业的发展?

社会主义来得太容易了,说来便来了社会主义以后,一切还都是外甥打灯笼——照舅(旧),这又影响了人们对社会主义的尊崇。早也盼,晚也盼,敢情几句话一说,咱们的社会就成了社会主义呀,还是一样的贫穷,还是一样的水平,还是一样的寒酸……唉!

而且我其时屡屡听到一个说法,将中国农村的合作化与苏联农业的集体化比较,苏联那边,一个集体化造成了多么大的生产力的破坏,农民对私有财产的无保障感,引发了宰杀牲畜、撂荒土地,乃至富农的暴力反抗。而中国呢,一边搞着合作化一边是农业丰收,缸满瓢溢,丰衣足食。毛主席甚至指出有人反映哪里哪里的类似"涮羊肉"的菜肴不好吃了,这绝对不行,合作化了也还要保持各种名菜名点的好口味,真是英明到家了!

然后传出,以出产酸梅汤著称的信远斋食品店,恢复了酸梅糕的出产,说是周总理的指示,他年轻时在天津吃过酸梅糕,在他的亲切关怀下,进入了社会主义的中国人民,照旧吃得到老牌桂花酸梅糕。

主席和总理,你们也太辛苦啦。

事无巨细,都要领导操心。莼菜汤也是总理关心过才在北京的宴席上出现的。和平门烤鸭店也是。更不要说许多大事了。

将来的人也许责难上个世纪五十年代干什么事都高度地意识形态化与政治化。但我想起来仍然不无兴奋。一九五五年、一九五六年冬,全国开展了除"四害"的大行动。这也与《纲要》有关,要消灭苍蝇、蚊子、老鼠与麻雀"四害"。(后来把麻雀改成了臭虫。)

此前已经有一个口号,叫做爱国卫生运动。事情应该从一九五一年中朝军队宣布在朝作战的美军使用了细菌武器开始,我们国内大力开展了爱国卫生运动。旧中国为国际社会所诟病的事情之一,是国人的卫生状况不佳。把打扫卫生政治化的结果是那些年确实改善了我国的公共卫生状况。这种卫生运动中,包括消灭苍蝇蚊虫,甚至于发生过小学生上缴苍蝇头苍蝇翅膀来记录成绩的事儿。至于把麻雀也放到"四害"中去,是《纲要》制定后的事,我想毛主席肯定是从湘潭的农家生活中,从小就认定了麻雀会吃谷物,是侵犯了农民的利益。

于是,我亲身参与了万民打麻雀的盛事。那是一个星期天,根据市里的布置,各单位各街道各家各户,人们都爬到了屋顶上,手持竹竿,有的竹竿上绑着红布红绸子,有的竹竿上拴着响铃,有的在屋顶上预备下锣鼓钹镲各种打击乐器,也有的拿着或脖子上挂着口哨,也有的并无工具武器乐器,徒手助威。一见到麻雀,喊的喊,叫的叫,敲锣的敲锣,打镲的打镲,吹哨的吹哨,挥竿的挥竿,真是人欢马叫,你喊我笑,鬼哭狼嚎,乐音噪音齐上,天崩地裂,把树上的、屋檐上的、塔尖上的、楼顶上的各种小鸟,不知是否还有飞虫,吓得魂飞天外,仓皇起飞,无处逃遁,更无处栖息,在举国全民的呐喊声中欲停又无处可停,欲降落也根本不可能降落,眼看着一只又一只麻雀挣扎着乱飞着突然一个倒栽葱像一块石头一样直线落下,更是一片欢呼,觉得又歼敌一名,扩展了围歼聚歼战的胜利。

真乃盛世盛事,此前此后,更年轻的与更年长的,未必像我们能赶上这么盛大的奇闻奇观。盛世盛事的说法,一直刺激我想搞一副对联,上联是"盛世盛事多圣誓",下联呢,几十年过去了,勉强作出:"青春青莼忆清纯",很不理想,不知道有无高人指正。

一九五六年四月,毛主席作了《论十大关系》的报告,在口头传达的报告版本中,毛主席提到了打麻雀的事,大意是对打麻雀有不同意见,没有关系,如果打错了,我们可以再从国际市场上进口一些麻雀嘛。

一九五六年二月,苏共二十大召开,赫鲁晓夫作了关于斯大林问题的报告。从《论十大关系》中,从关于中苏两国的农业集体化的比较的谈论中,我已经听出了中国的事情将会比苏联办得好的含意。苏共二十大后我听到过一次传达清华大学蒋南翔校长的讲话,蒋校长说,苏共二十大对国际共产主义运动引起了很大的波动,但中国共产党是最稳定的。

毛主席关于打麻雀的说法也是充满了他个人的特点的,做对了是前无古人的伟业,做错了,调整过来就是了,不足挂齿,不以为意。

回过头来说打麻雀,那一天真是举国体制灭雀。说什么我国的体育是举国体制,这未必对。最多是政府比较重视,财政有相当的支持罢了,哪里谈得上举国?只有缺心眼的人才自己把什么举国体制揽过来说事,居然要为举国体制辩护一番。举国者倾全国之力也,我们什么时候倾全国之力练乒乓或者跳水来着?我们有病吗?也许我们全国的男孩都玩过弹玻璃球与扇三角(香烟盒),但也谈不上玻璃球或香烟盒的举国体制。

五十年代的灭雀倒是有点举国动员的意思,而且它像一个全民的登高节日,像儿童最多是少年的游戏。我们曾经怎样的天真,以为可以用类似儿童游戏的方法创造古今中外全然没看到过的乐园天堂。那时的环境也比较好,全市的机动车屈指可数,又赶上天朗气清,风和日丽,大家一起起哄,很好玩。人常常会有寂寞感,所以人是喜欢起哄的。起一大哄实是人生一乐,是舒展也是发泄,是潜能的激活也有潜恶的暴露。起哄中人们常常会感到起哄者的强大与被哄者的弱小卑微。起哄的是大众,人少的时候只能被起哄。被哄者在起哄者面前再无招架还手之可能,被哄者成为起哄者的祭品,起哄者感到了操有对于被哄者的生杀予夺的权力的快意。一起哄就有被哄者倒霉,而一跟随起哄,虽然你并未有任何选择和付出,你仍然自以为成了胜利者的一员。你即使不是胜利的将军,你也是胜利的士卒,你看到了敌人的陈尸会鼓舞雀跃。

我记得在全市齐灭雀的第二、第三天,各副食或食品门市部就卖开了炸铁雀。一般情况下,我不否定吃麻雀,在我的家乡,河北沧州,许多人包括本人吃过蝗虫。但这次灭雀运动中,我实在不想吃麻雀。我没有吃被称作炸铁雀的这些飞禽之肉。

严肃的事情做得太轻易了就会变成起哄,起哄的结果是对严肃的解构,从而掩盖了代价,掩盖了残忍,起哄也会使人发狂,恶作剧的心理会战胜常识,起哄中我们常常搞错。问题是在起一大哄的快乐中人们丧失了起码的斟酌与起码的爱心和小心谨慎。

起哄的大众的特点是见着人压不住火,见了火人压不住。起哄者很容易成为奴仆,也很容易成为刁民,还很容易变成暴徒或者恶霸。

……我不想再说下去了。我谨为我个人在这里表达我对麻雀生灵的哀悼与悔恨。好在,现在伟大祖国的土地上,屋檐上、林木中,到处看得见灾难后更加兴旺发达的麻雀一族,我们也无需从外国进口麻雀;我们的亲爱同胞,目前已经对飞禽走兽有了不同的认识与关爱。

我还要说,我知道至今广东有人用各种奇妙的方法捉鸟吃鸟,我希望他们能改掉这个陋习。

让我们回忆一下一九五五年底以毛泽东的关于农业合作化的号

召为标志的所谓中国的社会主义高潮。

这个高潮的掀起的基础是：一，领导核心的威望与权力。二，占有无可置疑的主导地位的意识形态。三，苏联的农业集体化经验。四，人多势众的群众运动的感染力、冲撞力、激发力。五，毛泽东个人的才华、文章、自信满满、爱国建国发展国家心切、浪漫而且勇敢。

这差不多也是第一次在新中国成立后提出了要反领导干部的"右倾"。从此反"右倾"不断：反"反冒进"；反农村问题上的以邓子恢为代表的"小脚女人"；"反右"；反彭（德怀）黄（克诚）张（闻天）的"右倾"机会主义；反刘少奇的"右倾"；反"右倾"翻案风……

这种"反右"不仅是政治思想上的批判斗争，而且是运用权力、运用威权进行的整肃乃至压倒。在反对反对派或被冤枉地认定的反对派的时候，威权当然管用，撤职、开除、降级降薪、坐班房、杀头的威胁当然管用。所以毛主席一面强有力地运用威权，一面号召众共产党员"五不怕"，不怕开除，不怕丢官，不怕离婚，不怕坐班房，不怕杀头。说实话，没有几个共产党员认真响应"五不怕"的号召，问题不在于怕与不怕，问题在于您到底要干啥？您既然代表真理，我怎么能怎么敢怎么想去向您挑战，找您练一练，去争取得到那五种后果？如果您代表真理，我得到了五种后果，又是为了什么呢？为了臭自己？为了贻害子孙家属？

只有老作家谢冰心喜欢讲这"五不怕"。她说，只有她是做得到"五不怕"的，她已九十余岁，她的先生吴文藻教授已经离世。她不是官员也不是党员。所以她无籍可开除，无官帽可丢，无老公可离，甚至以她的高龄，对生死也早不大在乎了。

政治的威权当然是重要的与风光的，有威权就可以把一个人的理念、愿景、心思变成亿万人民的创造历史的伟大实践，可以改天换地，再造乾坤，画出最新最美的图画。如果把社会主义、共产主义仅仅理解为一种体制、一种生产关系、一种所有制与分配制度、一种权力运作方式，那么，通过强势的与热烈奔放的威权运用，确实可以做到心想事成,指哪儿打哪儿。一九五五年、一九五六年、一九五七年、一九五八年直到一九五九年的中国社会的变化,是毛主席、共产党的巨大威权的运用结果,也是毛泽东个人的才华、想象力、感召力充分运用的结果。但是,如果认为,人们像寒冬腊月盼春风、半夜漆黑盼天明一样期盼着祝祷着的社会主义就是一个取决于领导的威权意志的组织形式与分配方案,那就大大的荒谬了。马克思的历史唯物主义理论中最核心也是最精彩的部分,在于他认定,社会制度的基础是经济,经济的核心是生产方式,生产方式的决定性力量也是生产方式中最活跃、最富革命性的因素是生产力,正是生产力的发展要求才是革命的根据,飞速发展的生产力要求突破过了时的成为生产力的发展的枷锁的陈旧的不合理的生产关系,最激烈的形式就是暴力革命。而一九四九年以后,尤其是在争取到了财政经济的状况基本好转以后,用劲都用在生产关系、所有制上了,而且用的劲偏于限制与削弱个人对于生产的主导权利与责任,增加集体——实际上是增加领导力量与威权中心对于生产的责任。经验证明,改所有制易而发展生产力难,靠威权加意识形态搞生产搞建设,靠群众运动靠人海战术搞现代化,而不是靠经济生活的客观规律,不是靠先进的科学技术与管理效能,这不是一条走得通的好思路。

六十多年的经验还证明,老百姓更关心的不是你的社会主义纯不纯、你的所有制的变化是不是符合马克思主义的原出发点。生产关系虽然重要,但它是可以随时调整的,可以是基本单干,可以是互助组、合作社、人民公社、队为基础、家庭联产承包、工农经济体,甚至于可以是"文革"当中提出来,但未闻其详也未能拿出一个基本实现了的样板的"五七指示""五七公社"。老百姓要问的是,能不能多打粮食,能不能让大家吃饱,能不能多挣现钱,能不能脱离中国农民的盖有年矣的饥饿、贫困、封闭、愚昧⋯⋯这其实也恰如列宁所说,"要把创造高于资本主义的社会结构的根本任务提到首要地位,这个根本任务就是:提高劳动生产率"。列宁还说,要预言共产主义的能否到来,其前提"既不是现在的劳动生产率,也不是现在的庸人"。

解放生产力似乎也不仅是调整生产关系的问题,生产力的发展与科学技术的发展、教育的普及、文化与现代性的接轨(即文化的创造性的更新)、积累与消费的平衡与良性循环、政治与政策环境的相对稳定及国际环境等,都有很大的关系。相反,如果不断地求新求变求大求公,以大化公化为推动社会前进的不二法门,如果生产关系处于不断变化、有关政策处于朝令夕改的情况下,未必所有的生产关系的变动都有利于生产力的发展。

新和变能带来新的刺激,但也会带来陌生与浮躁;大与公能够带来开阔的视野,但也会带来三个和尚没水吃,大眼瞪小眼,大懒支小懒,一支支干瞪眼。让生产关系听命于浪漫的心愿,时时变化,太随意啦。

没完没了地"反右",没完没了地鼓劲,这也未免太天真。回想全民打麻雀的场面,更像是一场少年儿童的恶作剧、恶搞的节日。一个缺少科学精神与科学知识的民族是不幸的,我们付出了代价,我们学到了不少的东西,我们再不能以反科学、非理性的干劲拼劲来取代科学的决策与按部就班的步伐了。

8. 搞运动

从迎接胜利到庆祝狂欢,从扫荡黑暗到百废俱兴,从改天换地到统购统销,从取缔一贯道到肃清胡风"反革命集团",从首届人民代表大会到第一个五年计划……我已经感觉到一点端倪,你不可能整天浸泡在泪花、红旗、秧歌、欢呼里。你不可能每天二十四小时地高唱"红旗飘,哗啦啦地响,全中国人民喜洋洋,胜利的船儿向前进,东方升起红太阳……"。这是瞿希贤作的歌,奇怪的是后来这首歌被删掉了这个开头,而只保留下不断重复的"在毛泽东旗帜下,我们胜利地向前进"。

辉煌的、梦一样的日子毕竟会被平凡的一天天所代替。你要开会,会上听到与言说一些并无新鲜感的话。你要一日三餐,今天与昨天前天明天后天都差不多。你接触的人当中有高尚也有卑微,有开阔也有狭隘,有火花也有黯淡,有清明也有糊涂糨子。革命在取胜即夺取了政权以后,就渐行渐远了那种血泪悲情、献身壮烈、冤仇如海、天翻地覆的激昂。浪漫的非凡的日子毕竟有限,平淡与重复说不定正是安稳的生活的特点。眼看着一个个喋血的革命者戴上了乌纱帽,挺起了将军肚,他们也在盘算着自己的级别升迁、级别待遇,眼看着好梦成真以后也就失去了梦幻的迷醉感,而好梦迟迟不能成真的话,人们会变得弃梦而务实即平庸起来,你怎么办呢?

我个人的不无幼稚与一厢情愿的抵抗庸俗、拒绝非革命化的途径是文学,是珍惜与编织我的少年的金光闪闪的日子。

我发现,胜利的最大危险是迷信原先取胜的方法,以为用同样的方法能够取得后续的胜利。毛泽东可能在一九四九年以后,已经太沉迷于他的鲲鹏展翅、呼风唤雨、横扫千军、大风大浪的领袖的日子了。他不能容忍平庸与千篇一律、不能容忍琐碎与小手小脚。他必须搞运动,如他词中所写:国际悲歌歌一曲,狂飙为我从天落。

当然,毛主席发动一个又一个政治运动不仅是为了保持革命化,首先,他老人家打年轻时候起就特别醉心于发动群众,打破清规戒律,大闹天宫,和尚打伞,无发(法)无天。《湖南农民运动考察报告》已经表现了毛泽东的完全不同的风格。他喜欢群众运动的大轰隆,他一直反对冷冷清清。他喜欢的是千军万马、泰山压顶的气势,他不喜欢的是孤家寡人、顾虑重重。他喜欢的是满不论(读吝),不喜欢的是规规矩矩。他喜欢的是不按牌理出牌,不喜欢的是照章办事。他喜欢的是直接号令人民群众,不喜欢的是一层层叠床架屋的组织程序。正如他说的,他认为世界万物中最宝贵的是人,只要有了人,什么奇迹都能干成。

同时,毛主席的志向太高,胃口太大,他确信几千年的旧中国与牛气冲天的欧美,到处都是压迫、剥削、颠倒、混账、牛鬼蛇神、魑魅魍魉。他要与天斗、与地斗、与人斗,而且其乐无穷。他要与地主资产阶级斗,与国际资产阶级斗,与日本和美帝国主义斗,与各国反动派斗,后来加上与苏联现代修正主义斗,国内则要与资产阶级知识分子斗,与小生产者中的自发势力斗,与仍然要找回失去的天堂的旧中国的残余势力斗,与一切异己分子、变质分子、蜕化分子斗,尤其是与党内的敌对势力的代理人斗,与错误路线的代表人物斗。一个二十年代的中国的共产主义者,会视一切怀恋旧的所有制与文化观念的人为敌手;一个革命的天才,会视一切庸夫俗子为对手;一个乘长风破万里浪的弄潮儿,会视一切船到码头车到站、老婆孩子热炕头的小农与小市民为绊脚石;一个勇敢的爆破英雄,会视一切拘拘谨谨、小头小脸的科处局部的官员们为废物。怎么办?英雄也罢,领袖也罢,只能直接诉诸人民群众,尤其是青年大众。

毛泽东的基本方式是发动群众,大搞运动,批斗少数,振奋全国,不断革命,不断跃进,从不停顿。

二十世纪五十年代毛泽东讲过总路线,说是:

> 要搞社会主义。"确保私有"是受了资产阶级的影响。"群居终日,言不及义,好行小惠,难矣哉"。
>
> "言不及义"就是言不及社会主义,不搞社会主义。搞农贷,发救济粮,依率计征,依法减免,兴修小型水利,打井开渠,深耕密植,合理施肥,推广新式步犁、水车、喷雾器、农药,反对"五多"等等,这些都是好事。但是不靠社会主义,只在小农经济基础上搞这一套,那就是对农民行小惠。
>
> 这些好事跟总路线、社会主义联系起来,那就不同了,就不是小惠了。必须搞社会主义,使这些好事与社会主义联系起来。
>
> ……不靠社会主义,想从小农经济做文章,靠在个体经济基础上行小惠,而希望大增产粮食,解决粮食问题,解决国计民生的大计,那真是"难矣哉"!

以上引自一九五三年《关于农业互助合作的两次谈话》。

可以看出,毛泽东更重视的是意识形态,是大概念、大理念、大概括、抓大事;而不太看得起行政管理与社会管理、公共管理的具体事务:发农贷、发救济粮……他还不大看得起小型水利,那么大型水利呢?后来的事实证明,他可能还是愿意搞大型水利的。他喜欢的是千军万马,浩浩荡荡,一呼百应,换了人间。

五十年代我还听过上级的多次关于"脱离政治"的批评。口头传达过主席指示,讽刺说有的青年以为学好了数理化就可以讨老公老婆了。原话应是"学好数理化,走遍天下也不怕"。

革命是有自己的惯性的,一个时时准备就死(当时的说法是把脑袋别在裤腰上)的革命党、一个个这样的革命党人,致力于大的政治变革,是社会制度的弃旧图新,而对于日常的行政管理与公共管理的不无琐细的事务,对于衣食住行、柴米油盐酱醋茶,对于派出所与街道办事处(现在叫社区),对于村委会与乡民政办的那些业务,干脆说对于一切民生具体事宜也许会烦厌起来。人们要人为地延长政治动员、铁血锄奸、拼死拼活、慷慨悲歌、挥手拿下、点炸药包、堵机枪眼的气势。为有牺牲多壮志,敢教日月换新天。为有壮志多牺牲,敢教运动年复年。这是最后的斗争,团结起来到明天。高屋建瓴、势如破竹,这八个字,是毛主席也是周总理的最爱。

到后来,"文革"中就有了这样的名言:"八亿人口,不斗行吗?"

当然我们也可以问,八亿人口,缠斗不休,行吗?

我第一次见识的最最最不亦乐乎的斗斗斗是一九五七年的"反右"。此前的土改对于城市、"三反""五反"对于多数不经手财产和金钱的普通人、反胡风对于不相干的人,都没有太大的影响。

现在有一个说法,就是一上来搞整风,提出要反对主观主义、宗派主义与官僚主义,提出要百家争鸣与百花齐放,是为了钓鱼,是为了引蛇出洞,是阳谋乃至于阴谋。我至少从个人的感觉上觉得并不一定全是这样。整风是一九五六年的中央全会上提出来的,当时说的是一九五七年下半年搞党内的整风。一九五六年末到一九五七年初,毛主席屡屡提出搞整风是要搞"小小民主",要和风细雨,要毛毛雨,不要搞大民主。这不像是做局的样儿,而是本来确实以为可以温和地、相对平稳地即有控制地"民主"一番的。但后来出现了要斗的架势,确实有点风风雨雨,有点不同意见,有点批评建议,好啊好,茬口自己出现了,端由自己降临了,毛泽东岂能放过这样的机会,不斗他个天翻地覆?

其次,其时苏联出了问题,斯大林的事被抖了出来。例如个人崇拜。我们中国的领导立即就说:我们早就注意不搞个人崇拜了,例如,我们这里不搞给领导人祝寿。我记得彭真同志说过,过生日有什么意思?无非是离着死更近一点嘛,低级趣味!他在一次讲话中是这样说的,我亲耳听到的。当时彭真兼任着北京市的第一把手,每年都要给北京的干部讲讲形势任务。

也讲到了许多我们更正确的地方,例如在延安的"肃反"中,中央提的原则是一个不杀,大部不抓。再如我们的农业合作化,比苏联不知道搞得好多少。

毛主席在讲文艺问题时嘲笑说,钟惦棐的("右"的)文章《电影的锣鼓》,南斯拉夫报纸转载了,而陈沂、陈其通、陈亚丁、马寒冰的("左"的)文章苏联《文学报》就转载了,这是物以类聚,人以群分。

还有一位领导人说过,苏联现在也在批"左"批教条主义了,说起批"左"与批教条主义,我们中国是老祖宗。就是说,中国共产党才是又批极"左",又批教条主义的老前辈、老模范。

毛主席不是没有议论过苏联的教条主义。他说过关于吃鸡蛋的事,苏联一会儿一个说法,令人莫衷一是。人们还说过,斯大林后来很少下去——到基层去、到群众中去等,而赫鲁晓夫在联系群众、接触实际这方面比斯大林好一点。至于大国主义,二位是半斤八两,一个样儿。我认为最初,他认为苏联的问题固然引起了震荡,他与中国共产党都不赞成那样批斯大林,认为赫鲁晓夫的秘密报告那是丢了刀子,但苏联的问题的暴露反而证明了中共的高明。他不无自信与欣欣然。

但后来,苏共二十大引起了那么大反响,先是波兰的波兹南事件:统一工人党领导人贝鲁特客死莫斯科,工人罢工,政府军开枪,原来吃不开的哥穆尔卡上台。匈牙利事件更导致了苏军的干预,伊姆雷·纳吉等被处决。后来出现了西方国家的一些共产党人尤其是知识界的共产党人退党等等。这时,中国的态度更多的是批评赫鲁晓夫丢了刀子,还说是他在苏共二十大报告后掀起的逆流面前惊慌失措,差点弄丢了匈牙利,是中国共产党的敦促,他才决定苏联的军事干预。我听到过一位老领导说,不干预,社会主义阵营丢了匈牙利,不更是灰溜溜的了吗?

这里,丢刀子的说法我觉得不怎么顺当,无论如何,一个伟大的革命领袖,不是一把刀子,不该用刀子来比喻革命的领导者。相反,我想起苏联的一本杂志上的一首诗,那上面说斯大林擦干了千千万万愁苦的劳动者的眼泪。这说得多么好啊。这样的伟人,怎么能是一把刀子呢。

当然这可能只是我自身的幼稚,我缺少阶级斗争、你死我活的精神与志气。本来,共产主义、共产党、列宁、斯大林这就是插在资本主义旧世界的心脏里的几把尖刀,不是你资本主义崩溃,就是我社会主义完蛋。你想不面对这样的实际吗?你以为这样的实际太不像彩虹映天与大海的波浪翻滚了吗?你一边待着去吧,你的革命你的社会主义只能存在于诗行与歌曲里。

好的,列宁与斯大林,被资产阶级恨得无以复加,凡是敌人反对的我们就要拥护,凡是敌人拥护的我们就要反对。我们曾经把问题提到这样的决绝的程度,没有共识,没有妥协,没有商量,就是要革你的命,取你的统治地位而代之,不做刀子,难道做糨糊不成?

有没有可能毛主席在号召整风号召双百方针号召鸣放的时候曾经寄希望于大家尤其是知识分子的通情达理、实事求是、和风细雨、爱戴有加、分得清九个指头与一个指头、分得清延安与西安,也就是说他相信自己的领导正处在最佳状态,英明、胜利、自信、一片颂扬、不左不右、厥执乎中,他设想的是在国际共产主义运动中,在人类历史上,俱往矣,数风流人物,还看自家。这样,他的正确处理人民内部矛盾、他的实事求是,将为全世界做一个出色的示范,民众与知识分子们衷心拥戴,上下一心,干群一体,军民一家,团结就是力量,意见充满建设性,批评是保护性的批评、鼓励性的批评,没有斯大林式的极端压制,也没有资产阶级代议制的混乱、虚伪与奢侈;正如此后发表的他的指示:叫做"形成一个又有集中又有民主,又有纪律又有自由,又有统一意志又有个人心情舒畅的生动活泼的那种政治局面"。

然而,这又谈何容易?

所以我认为后来的报告文学作品上的一个说法靠谱。说是民主党派人士的某些话,毛主席没有想到,尤其是一个"民主人士"说,现在的问题是共产党的小知识分子与民主党派的大知识分子之间的矛盾,此话使毛主席很受刺激,他联想到自己与所谓"大知识分子"打交道的不愉快的经验,他发怒了。

当然,这里不仅是个人的经验与敏感的问题。《读书》杂志上还有一个说法:"反右"运动标志了在中国的第三条道路的终结。在国共斗争中,民主党派实际是主张第三条道路的,"反右"后,彻底没戏啦。

这是我经历的第一次大的转弯子,开着开着征求各民主党派人士意见的会,《人民日报》的社论就出来了:《这是为什么?》一声断喝,"反右"运动开始。

运动一旦开始,它有自己的规律。

我想讲点小事。北京团市委所属单位有一个地方叫景山少年宫,少年宫划了两个"右派",其中一个姓李,茶庄店员出身。此人比较精明,自视不低,有一次与一女性拌嘴,他说了一句带流氓气的话,他说:"你有什么了不起?你再厉害也不过是个夜壶塞儿。"

当然恶劣。此事在"反右"中被当做"右派"言论提出，一位（不知是否就是上述那位）女性发言批判此李，谈起来义愤填膺，竟然当场气得昏了过去。而此女性的晕厥，激发了群众对于"右派"分子的切齿痛恨。

这说明，一，群众中是有矛盾的，是有良莠的区别的，运动使这些隐藏的矛盾爆发出来，能够激起一部分人反对给过自己气受的另一些人，这是搞运动能够成功的客观基础、群众基础。

二，政治与非政治的界限并不那么清晰，把非政治的事件政治化，能收到扩大蔓延发动激励的奇效，也使得一切与某个矛盾有关的当事人，如那位气得晕眩的女性，获得了一个出气——至少是出一口鸟气的机会，使得一些对于政治知之不多的人也极有兴致地投入政治运动。

三，就是说，每搞一次大运动，除了反什么什么即主要目标主要靶位外，也可以捎带手扫荡一些一般属于发动运动的领导不喜欢的东西，如小流氓、如老油条、如刺儿头、如娇气包儿、如懒汉、如自高自大目空一切者。有一个女孩，不到二十，在一个单位当打字员，年终评上了先进工作者，同科室其他同事不服，有一些挖苦话："人家肉皮多嫩呀，多招人喜欢哪。"小女孩受不了，就把奖状撕了……如此这般，小女子乃是"右派"的干活。人人受到警诫与教育，全老实多了。这样也就严肃了上下级关系、严肃了工作气氛，"反右"后各级领导的工作好做多了。

四，每次运动的斗争矛头，指向的是过去的或当时的强者、强人、优越者。解放初期，斗的是地主老财高官恶霸。后来的运动揪的是知识分子、尖子人才、有头脑有来历有主见有级别待遇的干部。这很好。我见过这样的人，他或她一无所长，业务上"政治"上资格上学历上相貌上体形体力上都抬不起头来，一搞运动，原来他或她不能望其项背的名人高人头儿脑儿，眼看着被揪被斗被封杀，眼看着他们尴尬狼狈丑态百出，他或她是何等的舒畅啊。甚至于，这样的弱者还有可能在运动中得到组织的"信任",去看管训诫折腾被揪出来的能人名人高人,那又多么威风!

我不止一次听过这样的批判,即批判者读错了被批者的文章标题,或转述错了被批者的原话,被批者如果试图说明辩白,只能说明本人不老实,本人与群众为敌,只能是越挣扎越完蛋,越挣扎越陷入泥沼,直到没顶。

我也看到过对待"有问题"的人任意辱骂的人,他们一辈子最大的辉煌就是曾经掌握了对于什么什么"分子"的专政权。专政之所以必要,不一定都是政治社会的需要,也还有个人情欲上的需要。

五,有些事情,有些矛盾,平日只能是一笔糊涂账,公说公有理,婆说婆有理。群众中也有向着灯的,有向着火的。一旦进入群众运动的范畴,一切都改变了性质。一旦领导指出,而且有毛主席的指示为最高依据,说某某人是混入人民队伍的阶级敌人,是披着羊皮的豺狼,原来为评他为先进工作者而产生的争论立马就烟消云散了。有这样的不合逻辑的情况出现,批评一个人难,打倒一个人易;指出某人的失误难,确定一个人的十恶不赦易;想让一个自我感觉良好的人好好听领导的话难,干脆把他开除查办直到判刑关笆篱子易。这也是"矫枉必须过正"的一解或歪解。原因就在于:在那个年代,对敌斗争往往是靠搞运动来进行的。正常情况下,领导不喜欢一个人,会有很多普通人为这个被批评责备的人叫屈喊冤,但一旦搞起了运动,不会有几个人敢于为一个在运动中被当做敌人揪出来挨斗戴帽子关禁闭的倒霉蛋说话,除非他自己活得不耐烦了。

六,有一条最重要的政策,其后果相当不堪设想。在被命名为对敌斗争的运动中,谁积极上阵,谁就立马得便宜。文坛就有这样的说法,写一百万字的成效,远远不如批倒旁人写的一百万字;出一本书的功劳,不如骂倒一本书的功劳;培养、树立、协助一个作家的影响,远不如消灭一个作家的威严。政治斗争的必要性谁也不能否定。但这种只顾一时效果的政策,却在事实上调动了一些人最卑劣的一面:

出卖朋友、打小报告、恩将仇报、吃谁的饭砸谁的锅、随风倒、一会儿一变……有一位非常有才能的老作家老师,为丁玲陈企霞集团叫屈时,他的声音很大很激烈。不久,批起"丁陈"来了,他又是激动得浑身发抖。不但有这样的文人,也有这样的地位相当高的政治家。不能说了,不能说了。

七,运动的命名应该是群众运动、革命运动,靠的是数量,是分贝,是大帽子,是气势雷霆万钧。这里重要的是一个人对另一个人的影响和人与人的互相影响。一个开始对于运动不知就里、态度有所保留的人甲同志,听到了一个与会者乙先生的大呼小叫之后,他的血压会增高,他的脉搏会加速,他的本来昏昏欲睡的头脑会为之一振。这时,被批判者丙老兄如果说了两句前言不搭后语的话,如果自相矛盾,如果态度不谦恭不老实,如果翻了眼珠或者撇了一下嘴,这时再有丁先生或戊先生指出丙某是在顽抗到底、自取灭亡,指出丙某在反攻倒算、企图秋后算账什么什么的,这时,恰恰是本来不积极、对这一切不甚了了的甲同志甚至于会被激怒起来,他会高喊打打打,他甚至于会过去打那个倒霉蛋丙某一个耳光;他也会为自己的政治激情而感动,会为自己的政治上的进步而感动。

人们需要关爱也需要严厉,需要抚摸也需要鞭挞,需要温情更需要断喝。后者比前者更迅速有效。

沉舟侧畔千帆过,病树前头万木春。千钧霹雳开新宇,万里东风扫残云。金猴奋起千钧棒,玉宇澄清万里埃。对敌人的仁慈,就是对人民的残忍。敌人不投降,就要他灭亡。任何地方都要分左中右,一万年后仍然是这样。农夫救助了冻僵的蛇,结果是蛇咬死了农夫。中华文明中的东郭先生,救了危难中的狼,结果差点被狼吃掉,仁固仁矣,陷于愚也。

这一类的话讲得太多了,这一类的话曾经刺激了我们。话语就是力量,话语也能专政。我们将嘲笑和远离善良的农夫和主张让世界多一点爱的东郭先生,而接受毒蛇与恶狼的逻辑。这不也是需要想到的吗?

如此这般,搞运动成了一门艺术。首先是最高领导的亲自发动与指挥,一声号令,具有极强的冲击力。其次是内容与性质要上纲再上纲再上纲。例如打麻雀,本来不是太大的事,变成了《农业发展纲要》中除"四害"的组成部分,意义就大了去啦。

搞运动要有一种坚信,就是群众力量大,群众智慧高,所谓的精英人物恰恰没有什么了不起。卑贱者最聪明,高贵者最愚蠢。你是大学教授,我干脆找一批工农兵批判你。你是科学家,我可以找文盲半文盲与只有小学初中文化程度的人批判你。众口难调,众声难抵,众众众,这是胜利的不二法门。

要树立敌手。一有了敌手,就有了政治的生动性、威严性、震慑性。敌手的数量每次运动中不超过百分之一、百分之二、百分之三。其实数量也不少,想想看,十二亿人的百分之一、百分之二、百分之三就是一千二百万或两千四百万或三千六百万,乖乖,岂是等闲游戏?

关键的关键在于掌握多数,团结多数,凝聚多数。关键在于,你应该明白,多数人是对现状不满的,什么现状?当然不是指施政或物质条件,而是指分配,例如,农村人口是多数,而城市人口的分配占先;工农兵是多数,而干部尤其是知识分子的分配占先;百姓、群众是多数,而精英的分配占优势。群众运动的核心是抬高群众,压低精英,必要时最高领导直接向群众喊话。

掌握多数的重要法门是自己的坚决性,那个年代常常引用一句名言,要想让别人不动摇,首先是自己不动摇。任何政治运动都不是完全可以平滑地被群众所接受的,任何运动开始时都会引起某种疑义。例如土改,斗得是不是太血腥了?例如"反右",是不是以言获罪?是不是打击了社会精英与饱学之士?例如"文革"——红卫兵,是不是削弱了领导,助长了无政府主义?这时候,领导越是坚决,越是提高调门,就越是无可置疑。

要知道人生中、人的心理活动中、社会生活中，政治运动群众运动中有一个现象叫做弄假成真律。开头，你对某个运动将信将疑，但由于领导特别是毛主席的号召与威信，你不无勉强地参加了，表态拥护领导的号召与声讨被群众——其实也是被领导所暗示所指引——揪出来的某个倒霉蛋，你本来是言不由衷地紧跟了也起哄了也闹腾了也喊了口号，也假作了义愤，三下五除二，几下子耍过去，你成了准积极分子啦，你与倒霉蛋的阶级敌人们已经面对面、撕破脸（以上六字也是被提倡推广过的）了。

心理学也是这样讲的，你碰到某些不快，你不愿意就此沉沦，于是你故作豁达，做满不在乎、自得其乐状，做了一两天，你发现自己是真的豁达阳光、满不在乎、自得其乐、刀枪不入啦。

早在延安时毛主席就已经特别强调领导方法讲究两条，一个是一般号召与个别指导相结合，即点与面的结合，一个是领导与群众的结合，即群众路线。毛泽东还提出来："形成一个以该单位的首要负责人为核心的少数积极分子的领导骨干，并使这一领导骨干和参加学习的广大群众密切结合，才能使整风完成任务。只有领导骨干的积极性，而无广大群众的积极性相结合，便将成为少数人的空忙。但如果只有广大群众的积极性，而无有力的领导骨干去恰当地组织群众的积极性，则群众积极性既不可能持久，也不可能走向正确的方向和提到高级的程度。"当然，这首先反映了毛泽东的"实践论"的思想，从点获得实践经验，再推广到面上去，让领导的意图与决策在群众的实践中接受检验与丰富化完善化具体化，同时，这也反映了搞群众运动的规律、搞运动的方法。群众一经发动，就会通过一个又一个的点推广普及为全面起事、遍地开花、人人折腾。群众的发动又离不开领导人、主要领导人与积极分子的亲密合作，又有重点的示范与响动，又有领导与积极分子的声势与感染，一个已经具有相当的威信的领导，当然能发动起势不可当的群众运动来。

这样的群众运动与群众运动式的工作方法，自有它的厉害之处。

例如斗争会与"同志"内部的批判会或曰准斗争会。这确实是老解放区的人民群众的一个创造,全世界其他国家包括苏联都没有这个先例。苏联做某些"对敌斗争"的事是靠契卡——克格勃与法庭,中国是靠群众。一旦政治口号政治动员掌握了群众,就撒开了天罗地网,就发射出了将对手轧为齑粉的大规模杀伤性武器。

简单地说,在对敌斗争阶段,这一套搞运动的方法是革命取得胜利的利器。解放后长期沿用,有些出现一定的成绩,如爱国卫生运动、如扫盲、如贯彻婚姻法等。但也有些事情造成了许多粗糙与混乱。甚至于,在共产党长期执政的条件下,搞运动的记忆积淀,能够成为产生乱局的原因之一,能够让对手通过搞运动来搞你、搞垮你的政权、搞垮共产党。我们当然需要创造新的执政方式、新的联系群众与取得群众信任的方式了。

9.一九五七年:携笔四顾心茫然

回我一九五七年的心路历程,我马上想到李白的诗《行路难》:

金樽清酒斗十千……
拔剑四顾心茫然……
欲渡黄河冰塞川……
忽复乘舟梦日边……

我当然没有李白那么牛,我也没有拔剑的道具与气度,我最多是携笔四顾,而心茫然云云,这是我有生以来的第一次。

小时候我不茫然,我明白自己的奋斗是为了考第一、第一,还是第一。紧接着我要爱国,我要革命,我要当共产党,那就更不茫然。当共产党的最大成果就是从此吃了定心丸,从此知道了今天和无数个明天自己如何活以至如何献身。

一九五七年,一、我的《青春万岁》打出了清样,即将出版,上海

《文汇报》与《北京日报》已经刊出部分内容。

二、我的《组织部来了个年轻人》已经震动全国,有惊无险,受到了毛主席的亲自过问与保护。我已经是知名全国、一鸣惊人的新锐作家。毛主席亲口肯定:"王蒙有文才,有希望",我知道的毛主席如此讲过的当代作家中只此小王一人。

三、但那毕竟是一篇被"保护性地批评"了的作品,我接受保护的同时,必须接受批评,而且要在今后的新作中显示出自己的突出的革命性坚定性政治性。我曾经试图写一篇小说新作,题名《无果花》,写一个敏感但不免偏激的空谈者。作为团区委的副书记,我本来十分善于对青年进行脚踏实地、循序渐进,而且方向坚定不移的教育。没有写成,当然。我对于接受批评、面貌一新的选择出自"政治正确"的考虑,完全不等于有了这样的真情与灵感。就是说,实际上在《组织部来了个年轻人》小说大讨论事件后,我有了方向,但找不到自己的文学感觉了。这该算是小小王某的"欲渡黄河冰塞川"吧。

而往大里看,斯大林问题的轰动、波兰事件、匈牙利事件,此前的东德骚乱,都令我沉重。此种状态下对于中国共产党的正确性与优越性的调门,也使我对苏联共产党的走向、为国际共产主义运动的前景感到忧虑。

我不知道为什么从那时候起,我就担心,我就操心,中国千万不要发生类似匈牙利的事件,那可是活活要人命啊,那可是小王这种人的最痛苦的噩梦啊。

我相信党的领导,我相信苏共是"人类的荣誉、智慧和良心"(这是苏共文件中经常提到的),我相信中共是"伟大的、光荣的、正确的"党,我热爱社会主义、共产主义的伟大理念,我热爱马、恩、列、斯、倍倍尔、罗莎·卢森堡、蔡特金、方志敏、李大钊、王孝和、刘胡兰、毛、刘、周、朱、多列士、陶里亚蒂、伊巴露丽……直到金日成与恩威尔·霍查;我也热爱人民尤其是青年,我希望的是群众尤其是青年跟着党走,而不是相反。

苏共二十大后,美国共产党员作家法斯特退党,连巴金都写了(或应邀写了)对他的退党表示遗憾的文章,虽然巴老本人并不是党员。但他的文章被认为写得太温和了,于是《文艺报》组织了"呸,叛徒法斯特"的专栏,要大长无产阶级的志气,大灭资产阶级的威风,要与叛徒划清界限,没有任何回旋的余地。

苏联的文学也叫我茫然起来。气魄宏大、渊博多思、文笔或有粗疏的爱伦堡写了小说《解冻》,斯时的苏联文化界因此被称为"解冻时期"。爱伦堡受到了批评。形象显得高贵、文笔具有一种温暖、可以称作笔下生春的女作家潘诺娃写了长篇小说《一年四季》,也受到了批评,好像是说她把人写得太渺小了。我记不太清了,苏联作协的领导人之一、高产的西蒙诺夫对之进行了尖锐的批判,指出了,人不是草本植物。而爱伦堡则揭露,一段时期,西蒙诺夫与潘诺娃两人住在同一个疗养地或创作之家,两人每天见面,同时西蒙诺夫正在撰写猛批潘的长文。

在这个"解冻"期中,我看了根据十月革命后"同路人"作家的小说改编的影片《第四十一个》。小说原名《蓝眼睛的中尉》。表现一个红军的女神枪手,俘虏了一个白匪军官——蓝眼睛的中尉,两人被风暴冲到一个海岛,相濡以沫,活了下来并产生了爱恋之情。影片中写两个人边烤火边谈话的情景,有许多火焰的特写,镜头极其动人。后来,风暴过去了,一艘白军的舰船被中尉叫了过来,在军官的狂喜欢呼之中,女神枪手判断清楚舰船的敌对属性,她向中尉发出了警告、再警告、再警告,她扣响了扳机,中尉是她击毙的第四十一个白匪。然后,她趴到了中尉的尸体上,痛哭失声。

中国的文学是分明的、坚定的、眼睛盯着党也盯着工农兵的文学,而苏联文学是怎么了?像《第四十一个》这样的作品,岂不是要把人劈成两半吗?美丽的爱情与坚定的立场,竟是这样活劈大活人!如此美化那个潇洒而且高贵的中尉,如此折磨那个野性的女神枪手,这样的作家、导演,到了中国来,还有什么好商量的吗?我想起了当年批判《武训传》的时候，我们团区委的一位同志、一位并非微不足道的同人所说的话："我认为，这个片子的编剧兼导演孙瑜，应该枪毙。"

我也想起六十年代初期，在中国上演的一个苏联话剧《柳波芙·雅洛瓦娅》，写一个女共产党员与她的反革命丈夫的关系，剧中有一个情节，优秀的女党员发现了丈夫的反革命活动，拿起枪对准了丈夫，终于没有开枪。苏联导演在中国排练此戏此情节时，问讯饰演柳的中国女演员如果她遇到了话剧中主人公遇到的情况，会对自己的丈夫怎么办，中国女演员无例外地回答："报告公安局"或"杀了他"，令苏联导演感佩有加的同时一脑门子雾水。我想，这是最后一次苏联导演帮助中国的话剧团排戏。不知苏联导演的更深层次的感想如何。

许多年过去了，我常常觉得我在一九五七年的感觉是：要出事了，命中注定，难逃此劫。

我记得，原《观察》（旧中国的一个时政刊物，有点第三条道路的味道）的创办人储安平先生，由于攻击解放后是"党天下"而受到猛烈批判，并最后被定为极"右"分子。《参考消息》上刊登了外电对他的状况的描述，他说他不论走到什么地方，都被认出是猖狂反党的储安平，他确实体会到了老鼠过街、人人喊打的滋味，他说到这里，大哭起来。

我的一个最要好的朋友、诗人，写了痛斥储安平的诗，说他是因痛恨党而咬碎了牙。后来，诗人本人也未能幸免。

我也被《中国青年报》约写批刘绍棠的文章，我写了，没有发表。可能其时已经觉出我的处境不妙来了。

而中国作家协会党组扩大会议上，说是反击丁玲、陈企霞反党集团，从发动柳溪揭露她的非婚恋人陈企霞的男女之事开始，以此作为反击什么什么集团的突破口，也令我心乱如麻。

大会从七月二十五日开始，直到九月十七日才结束。康濯发言时情绪激动,面红耳赤,口吃不止,他的手势与身体晃动的幅度很大。他说:"定一同志主管(文学)的时候,你(丁玲)就反对定一同志,周扬同志主管的时候你就反对周扬同志。"由于他的口音,他的声调给我留下非常深刻的印象。

会议从"反击"丁玲开始,又扩展到批判冯雪峰。说是冯雪峰当年参加过长征,他到了陕北后又接受中央派遣来到上海,到了上海,他与鲁迅、胡风等见面,却不与上海文化界的党组织负责人周扬见面。有人说到这里,周扬的面色很不好。鲁迅的遗孀许广平发言,说是鲁迅晚年,身体不好,但胡风、冯雪峰等人还去打搅他。说到这里,北京话说得很地道的鲁迅的遗孀许广平女士,脸涨得通红,声音颤抖,不知道她的表情如此困难是由于怀念迅翁、是由于痛恨反党分子还是由于有所为难。

发言发得激动以至于无法说下去的有楼适夷老人。他为什么如此激动,我记不清了。反正激动是非常具有传染性的,而等到大家都激动起来的时候,就只剩下激动了。

还有一位延安老作家,说是丁玲为了贬损周扬,说周扬不得已与人握手也罢,但他的手永远是冰凉的。然而此老昨天去找周扬谈话,应该是谈自己的"问题"的吧,他感觉到了,周扬同志的手掌很温暖。

我听了,只觉得一阵冰凉,又一阵遍体发麻发酥的温暖,如得了疟疾。

然后捎带上延安老作家李又然,说是李又然自称见过罗曼·罗兰,这可要了命啦。中国的革命栋梁,有几个认可罗曼·罗兰的?如果你一心见罗曼·罗兰,你跑到老区闹腾什么?有一个鲁迅,又有一个赵树理,当时看,也就齐了。罗曼·罗兰这种人,法国承认他是左翼,以农民为革命主体的中国,很难从罗曼·罗兰的为人、言论与作品《约翰·克利斯朵夫》上看出他的"左倾"来。

李又然的外表给我的印象是像个病人,如果不说像个吸毒者的话。革命革成李又然这副晦气样子,真不如打打麻将、写写言情、混混吃喝，偶尔也不妨抽两口大麻。太可怜了。而当时的周扬同志，是意气风发、精神振奋，沉溺在斗争的胜利的狂喜当中了。他为文坛"反右"斗争所作的总结报告《文艺战线上的一场大辩论》中指出"个人主义是万恶之源"，堪称语出惊人，雷霆万钧。他当然想不到，十年后，有人发难，以鲁迅的名义，把周扬打入了十八层地狱。发难人是时在中宣部的阮铭，然后此人流亡美国，然后到了台湾，给陈水扁当了幕僚，现状不详。咱们的事，真是让你想也想不到。

我当时只是文艺界门外的一名毛头小伙子。但当时我也觉得，"斗争"使当年的鲁迅身边的人不无尴尬，胡风、雪峰，这些曾经与鲁迅过往密切的人解放后反而显得另类与吃瘪了。

个人主义万恶论让我惊诧，因为，个人主义斯时我认为只是一个道德修养问题，我从没有从个人的价值与尊严、个性的解放等方面考虑。当时我的认识程度，个人主义就是有点自私自利、抠抠搜搜、鼠目寸光、斤斤计较；如老吃别人的请，却从来不请别人吃东西。谁没有点？怎么万恶起来？人人都可以万恶乎？人人都难免万恶乎？世界如此多的万恶乎？那么毫无个人主义的人到哪里去找呢？

同时也使我镇服，个人主义已成为万恶之源，多么伟大的社会主义啊！多么惊心动魄！根除个人主义，此后的人们都是大公无私的啦！

其实从反胡风与"肃反"时已经产生了这个问题，思想不端正，言论不妥当，态度不良好，自以为是、自高自大、不听话不服气不忍让不低头不垂手，做不到满脸堆笑，就会成为政治问题法律问题就可能进监狱坐班房。这可是我过去没有想到的。

批判"丁陈"的会议也有一点幽默，一个是从"丁陈"揭发到艾青，从艾青揭发到文艺评论家陈涌，说是陈涌说，各地搞政治运动，就像阿Q与王胡、小D等人一起捉虱子，见别的单位抓出阶级敌人来了，而自己这个单位没有，就好像小D与王胡抓到虱子了，阿Q却怎么也抓不到，令人起火。后来还有人说此妙喻最早是毛泽东发明的。

一个是老舍也发言批判"丁陈"等人,老舍的批判是随上头也随大流,但他坚持他的个人风格,称他人用尊称:您。听他讲,"丁玲同志,您的态度是错误的……还有您,陈明同志,您的思想是反动的……"真是哭笑不得啊。

巴金发言用四川话,很认真,但没有什么火力。曹禺的发言则提到自己乃是预备党员。好像还说到听了"丁陈"的一些说法做法,觉得不怎么光明正大。何其芳的发言也是四川味儿的,他们这些人,斗起人来照样是文绉绉的。

冯雪峰显然是做了诚恳、认真的自我批评,上纲上到说自己"得意时在党之上,失意时在党之外",这话我听着很有些刺激,怎么会这样说自己与党的位置关系呢?他作为一个参加过长征的老作家,怎么会产生这样的情绪哪怕仅仅是狠挖错误思想一闪念呢?

郭沫若立即反唇相讥,用他的老的川味浓郁的普通话,拉长了声音说:"你,得意时把党当做垫脚凳,失意时把党看做眼中钉。"他的发言中流露着一丝恶毒的快感。

也包括我自己,我在会上也发了言,表示拥护"上级"对他们的批判。我至今不能理解,为什么能做到,人无分老幼,地无分南北,教育程度不分文盲还是留洋的教授,地位不分高低,竟然以揭露旁人、揭露好友、揭露亲眷为"时尚"、为有觉悟——深明大义的表现。为什么以损害别人表现自己的"进步"为荣耀。这也是一个事例,物极必反。大家都崇拜正义的革命行动,认为革命的正义性高于亲情友情与一切私德的考量。与此同时,坦白从宽、抗拒从严、胁从不问、立功受奖本来是镇压反革命的政策,压到了一个运动的头上,人们一时甚至觉得分不清谁谁革命谁谁反革命了,用最高尚的名义调动了人类可能有的自保第一,跟随着喊打倒才安全的弱者乃至并不高尚的心理与行为。

丁玲的密友揭露,丁玲说过她要退出作家协会,于是以此为题加强了对她的批判的力度。

我一听退出作协也吓了一跳，固然这与法斯特的退党不能相提并论，还是怪吓人的。

丁玲在会上扶着额头说，她头晕……

而今，退出作协虽然未成潮流，但也并非大逆不道了。王力雄、李锐、郑渊洁、余开伟，还有一些人，已经宣布或实行了退出中国作协或某省市的作协了。还有一些以坚决革命标榜的老同志，也以退出作协作警告，表达他们反对某些与自己观点不同的同行的坚决性。

回过头来说说楼适夷吧。他出生于一九〇五年，是老一辈文学作家与翻译家。上个世纪九十年代，我在报纸上看过他的一篇小文，题名《冬夜来客》，说是年逾九旬的他在一个冬夜已经入睡后，接待了一位来访的上海记者，使他深为感动，原来读者并没有忘记我。但记者问的第一个问题竟是：

"您贵姓？"

这是一个很好的段子。说是记者的笔记本上有他的住址，他住的地方离火车站最近，记者下了火车便首先选择访问了他，但并不知道他是何许人也。寿则多辱，人老了可别再想什么好事了。

康濯是我最喜爱的作家之一，早在解放前我就读过他的描写土改后农村生活新气象的小说《我的两家房东》。在各种运动中他都太容易起落。一九五七年他开始是支持丁玲为一九五五年被当做反党集团被批评而鸣冤叫屈。后来又在会议上急赤白脸地批丁玲。他是一九二〇年出生的，到了一九八九年秋，年近七旬的他忽然因为一位新任领导去看望他而自认为自己可能要二次出山。唉，何必哟。

早在上初中的时候，我从地下党那边，从北京大学学生自治会的孑民图书馆那里，从北大工学院学生自治会那里，看到过一些描写解放区的生活的书，如黄炎培的《延安归来》，史沫特莱的《中国之战歌》，赵树理、康濯、马烽、西戎的文学作品，解放区版画集等，对于解放区的政治社会生活，有以下的许多积极正面、鼓舞人心的印象：

土改。千年的铁树开了花。受苦受难的农民翻了身。反映土改的木刻艺术中有农民拿着血衣控诉的画面,激动人心。还有农民与地富的说理斗争,更是让人浮想联翩。现在是被喑哑了几千年的贫雇农说话的时候了。

　　豆选。反映解放区的农民选举村长乡长。由于那时多数农民都是文盲,就由候选人坐在那里,背后放一个饭碗,选民们每人拿一粒豆子,选谁就将豆粒投入到你中意的那个候选人身后的饭碗里。这样的画面,令人泪下,也令人笑口大开。民主就是这样开始的。

　　我很喜欢的解放区的一个词就是"提意见"。这个词说明了什么?说明的是民主,是言论的自由,是真正的人民群众的当家做主,是老百姓对政事可以七嘴八舌。几千年过去了,什么时候老百姓能够对政事提过意见?

　　当时说的是"国民党的税多,共产党的会多",会多,为什么?共产党最讲民主,讲民主就要让大家说话,就要给大家出席会议的机会,给大家以麦克风,要让贫农雇农工人士兵以及基层干部和小知识分子们说话,要代表他们的利益。不能搞一言堂,只能搞群言堂。用毛主席的话说,让人说话,天不会塌下来,不让说话,最后会搞到霸王别姬的覆灭下场。

　　五十年代我还记得是一次什么大会,预备情况汇报给毛主席,毛主席指示,要发扬民主,就要拿出时间听大家说话,遵循主席指示,比预定会期延长了若干天。

　　我也喜欢一个词:批评与自我批评。古往今来,人与人之间,有利益的冲突,有性格的摩擦,有观点的分歧,有民族、阶级、血缘、信仰的区别与对抗,会发生许多互相伤害互相争执互相争斗的事。谁听说过人可以与人平心静气地交换意见?谁听说过人可以从善如流,知人是而己非?谁听说过有人可以批评责备自己而肯定他人的正确性?那样的人只有圣人,具有大德至性之人,律己严而能待人以宽的人,也就是千里挑一、万里挑一的得道的君子高士才有可能做到。读刘少奇的《论共产党员的修养》，则知道这样的人的过失如日月之蚀，能够自行纠正修复，功德圆满。

我们相信解放区干部的艰苦朴素、克己奉公、宵衣旰食、民胞物与，住着窑洞，吃着大集体伙食，穿着带补丁的棉衣，行军最高待遇不过是骑一匹马。说是毛主席召集会议还经常派自己的马去接一些人士。艾青就在"延安文艺座谈会"期间受到过毛主席的邀请，派马接他涉水去主席那里一谈。艾青老诗人，一直会流利地背诵主席亲笔写的此事的便条全文。我们相信，不论是毛、刘、周、朱，还是任（弼时）、陈、林、邓，都是会随时出现在贫农老大娘的炕头上，对百姓嘘寒问暖，与百姓同甘共苦。

我们相信，蒋氏王朝维护的是大地主大资产阶级的利益，维护的是帝国主义与洋奴买办的利益，因此他们所说的民主是最最虚伪的民主，是实际上的寡头独裁，是压迫剥削劳动人民的反动政权。而正是解放区的穷人翻身，豆粒选村长，大家提意见，七嘴八舌，滔滔不绝，领导带头接受批评，并身体力行地进行自我批评，这将是怎样的理想国、道德邦、君子域、高士盟、光明地！

谁能相信国民党蒋介石的四大家族能搞民主？谁能相信娶多少房姨太太的巴金小说里的人物冯乐山之流会搞民主？谁会相信杀人不眨眼的军统特务能够允许中国出现民主？谁会相信接收大员、五子（条子、房子、票子什么什么的）登科的贪官污吏能让百姓得到民主？谁能相信黄世仁南霸天能让喜儿与吴琼花得到民主？因此我们当然认定国民党的一套是假民主真独裁。国民党各省市闹个参议会，搞出一批老迈、平庸、口齿不清、空话连篇、南腔北调、绝对地脱离青年、脱离下层人众的废物在那里充当民主的摆设，那如果是民主，也只是地主、官僚、买办、阔佬的假冒伪劣的民主，绝对不是替人民说话的民主，而只有进行翻身、解放、斗争、革命的解放区，才有了破天荒的中国的民主！

问题在于，一九五七年的"反右"运动，使这些认定产生了困惑。

第一,我在整风运动的初期,非常欢呼党中央、毛主席的针对教条主义、宗派主义与官僚主义发动的整风运动。认为它显示了党的伟大胸怀,光明磊落,一心为公,从善如流,海纳百川,与民同在。第二,我并不认为所有的鸣放意见都是对的,尤其是一些民主党派与高级知识分子的言论,有放空炮的地方,有言过其实、终无大用(以上八字为刘备托孤时对诸葛亮讲到马谡时对马的评语)的地方,乃至有自以为是自不量力的地方。但是我确实没有发现当时已经形成了一股潮流,已经是黑云压城城欲摧了。

那么第三,形势一下子发展到了那一步,整着整着风突然转而进行相当凶猛的"反右"斗争,似乎突兀了些。是您让他们提意见的,是您常常讲知无不言、言无不尽、言者无罪、闻者足戒的。怎么这么多人因为提(不妥的、错误的、哪怕是浑蛋王八蛋的)意见而获罪了呢?

我承认也接受土改中讲得最多的一个逻辑:贫苦农民被压迫剥削欺负了一代又一代,你没有为他们鸣不平,而这些资产阶级知识分子,才经受了些许考验与教训,你就闹起来没有完了吗?好,我承认,我认定,是我们这些幼稚天真的学生娃娃的错,我们脱离工农,我们没有在战场上打过天下,我们没有事事站在劳苦大众的立场上,没有认清章伯钧罗隆基的真面目,我们敌我不分,我们在政治上是宋襄公式的蠢猪,我们活该接受严厉的批评处分,教训难忘。我多次表示,这样的教训终生不敢忘记,不能忘记,不会忘记。

这里的核心思想是知识分子的原罪观念。我们可以抱怨五十年代初期的思想改造,也许更早可以抱怨我在中央团校二期经历的思想改造,我们可以抱怨党的改造知识分子的方针政策。然而,知识分子的原罪观念并不是自上而下地灌输的结果,正是非工人阶级出身的大知识分子马克思等创立了无产阶级革命与无产阶级专政的学说,精到地分析了剥削阶级对于劳动阶级的罪恶,使工人阶级从自在的阶级变成了自为的阶级,使接受了马克思主义的知识分子懂得了自己出身的阶级欠下的血泪账,知道了是自己的阶级祖祖辈辈四体不勤,五谷不分;是自己的阶级好吃懒做,敲骨吸髓;是自己的阶级造就了一辈又一辈的吸血鬼。如今革命发生了,粗黑的双手,掌大印啦;专政的铁拳,砸烂那不公平的枷锁与地狱啦。小资产阶级、资产阶级、地主豪绅、买办洋奴的崽子们,到了你们还账的日子了。申冤在我,我必报应(语出《圣经》),跪下吧,叩头吧,彻底背叛你所来自的阶级吧,手刃你的列祖列宗吧,挖掉你的祖坟吧!

你还谈什么仁慈与残忍?谈什么怜悯与宽恕?谈什么温和与吉祥?谈什么和平与安宁?你的阶级对于杨白劳亲爱温柔(亲爱温柔,这是毛泽东喜欢用来挖苦知识分子的一个词)过吗?封建王朝对于农民起义亲爱温柔过吗?地主阶级还乡团的大胡子,对于十六岁的共产党员刘胡兰亲爱温柔过吗?

错打了某某某,错杀了某某某,几千年过去了,奴隶主、地主、资产阶级杀害了、欺侮了,尤其是强奸了多少杨白劳与喜儿!

这样,正如阿·托尔斯泰所说,知识分子的融于革命,是一个"在清水里泡三次,在血水里浴三次,在碱水里煮三次"的苦难的历程。

哈哈,现在这个历程当真开始了,给你戴上轻松舒适的与神乎其神的"右派"帽子啦,坚持吧,努力吧,脱胎换骨地改造吧。

关于脱胎换骨,有人揭发说,一个极端"右派"分子攻击说,那就是抽筋扒皮哟……

到了一九五八年夏,周总理讲,全国划了二十万左右"右派"分子,问题是你这二十万人不可能集合起来闹点什么事……周总理的口气很轻松也很自信,口气带着对于阶级敌人的嘲讽。

到了一九七九年,给错划"右派""改正"的时候,统计出来的数字是全国划了五十五万名"右派",比二十万的说法多了一倍半多。我相信周总理说的数字是当时报上来的准确数字。但运动一经群众化、白热化、积极分子化、层层加码化,那就不是叫一声停就立马能够停住的。再有就是当年公认为被划了"右派",最后"改正"时证明他或她当年虽然按"右派"批斗了个不亦乐乎,但其划"右",并未经过上级批准,他或她压根没有当上手续完整的"右派",因而也不存在"改正"的必要。这一类哭笑不得的事,似乎并非很个别。

还有一点个人的印象。一个是,被划为"右派"的很多是积极分子,不是积极分子,才不会给党认真提什么意见。我看到人们著文说,储安平曾经为他被吸收到制宪委员会里而踌躇满意,而他的朋友钱锺书先生看到他的激动,并不以为然。钱先生该时的心态是:

弈棋转烛事多端,饮水差知等暖寒。
如膜妄心应褪净,夜来无梦过邯郸。

钱先生凉凉的,储先生热热的。各有不同,下场也不同。作家里对革命最热的当然是丁玲、艾青、冯雪峰,冯是长征干部,丁和艾是延安老革命,还有党外的老舍,是唯一的一九四九年后仍然保持着旺盛的写作势头的老作家,恰恰是他们遭到了不幸的待遇,丁艾在前,老舍在后。

运动中有一些自杀的,其特点是他们不仅在政治上遭受了打击,而且在家庭内部的处境也颇为悲哀。而那些全须全尾地活了下来的人,其家人都是功不可没。

成了任务,给了指标以后,划"右"的故事千奇百怪、难以置信。有的像是恶作剧,如一个人在关键时刻上厕所,与会的其他人便干脆"推荐"他当了"右派"。有的像儿戏,如上级叫一个单位的小头头完成划"右"任务,小头头划不下来,便不满地说,除非你划我,第二天干脆划了他。有的像掷骰子,完全不知道是怎么碰上的。有的完全是个性招致,与政治毫无关系。与历次各种政治运动一样,上边的斗争是有政治含量与政治意义的,哪怕政治意义的解读各有不同;而群众化白热化以后,到了基层单位,那就是八仙过海,各显神通了。当年要死要活,事后忍俊不禁。我们这个古老的国家呀,怎么会上演这样的悲喜剧？

从此，一个是大家知道意见是不能乱提的，乱提意见是要吃不了兜着走的。尤其是反对的意见，是不兴随便提的。团市委一位在苏联学习了两年的同志告诉过我一句话：任何事业当中都会有反对派，但是，要注意的是，反对派最后会变成反动派。我在《联共（布）党史》与《斯大林选集》中常常读到"反对派"这个词。

这样，此后的任何决策都是顺风顺水一呼百应了。可以说，如果没有打"右派"垫底打基础，就不可能有此后的"大跃进"放卫星，也不会有六十年代初的大饥荒，也不会有"文革"。

一九六〇年初，粮食最最困难的时期，我们几名（错划）"右派"在市委生产基地猪场劳动，该地的厨子对我们说："当初听了你们哥儿几个的，也不会挨饿到今天这个样儿……"我们一个个哑口无言，一声不吭，无言以对，无话可讲。事后想起来，倒也算一个抖开了的"包袱"。

一个是领导是不能开罪的，说下大天来，领导说了算，你的命运、国家人民的命运，取决于领导而不是取决于你小子个人。从此，让领导高兴成了各级干部的天职。虽然连党章上都屡屡将反映真实情况列为党员的首要义务，再谈真实情况，难矣哉！

在全国政协开小组会的时候，一位部级干部在会上说，我的体会是，不反映真实情况，我早晚会因为弄虚作假而完蛋；反映了真实情况呢，不是早晚完蛋，而是立马完蛋……

一个名词从此板上钉钉，威力无比了，曰"反党反社会主义"。少见的是，你要打击的对象本人死活不承认自己有反心反意反言反行。本人信誓旦旦，保证拥护党、拥护社会主义，运动则绝对要坐实你的"双反"罪行。此情此景，也是过了这个村，没有这个店了。

人们的教训还有：友情是不能讲的，需要你撕破脸面的时候你必须立马撕破脸面。

作为一个国家，落后了就会挨打。作为一个老百姓，在政治运动中"落后"了也很危险,而积极了马上会青云直上。

想得通想不通,你跟着走就是了,跟着喊叫就是了。

风气渐趋不端,天下从此多事喽。

10. 一九五八年到一九六〇年,如火如荼拼跃进

"反右"斗争的震荡前所未有,越是匪夷所思,越是搞得超大型,越是添火送氧加柴,越是熊熊燃烧,越是能收到所向无敌的效果。

后来,主席总结说:"阶级斗争一抓就灵。"一抓就震动,一抓就上火,一抓就打破了常规,一抓就一片厮杀呐喊。然后,说什么就是什么,说咋干咱就咋干。平常有疑惑的事,到时候都深信不疑,平日里吞不下去的果子,到时候囫囵着也咽得下去,平日里没有把握的事宜,现在都保证超额完成任务。

我们的国情确有不同之处,有时给人感觉是小事难做,大事反而容易;和风细雨难做,十二级台风手到擒来;撤换一位处长困难,换一大批局长反而容易,换一大批才有气势,才不用委曲求全,不用像小脚女人或唱小旦(这也是毛主席的比喻)的那样谨小慎微地走路。有了气势就谁也挡不住,没有气势就要商量着办,一商量,麻烦了。

我列席上边的会议的时候也常常见识有气势的领导,说话时候势不可当。

搞大了还有一个作用,谁也不用与谁攀比,倒霉是都倒霉,沾光是都沾光,天上掉下了馅饼,一人一张;地下涌出了粪水,一人一身,这就好办了。

与知识分子商量点事,谈何容易?干脆划几十万"右派"分子,而且与地富反坏排列到一起,全给我下去改造去……结果是政治思想战线上的伟大胜利。

撤换几个政治局委员,谈何容易?干脆划成两个司令部,再来他一个炮打,轰隆轰隆,齐活。

有一年从外省要调一个人任某部门的一个局长,受到了该部门的上上下下许多人的非议,几近抵制。干脆,任命他或她做了副部长,反而没事了。

回过头来说一九五七年、一九五八年、一九五九年,也是两条道路由你挑:一边是"右派"分子,专政对象,帝国主义与国民党反动派的代理人,任凭你原来是什么香饽饽,一旦"右派"划起来,谁也没辙;一边是人民大众,齐声高唱"社会主义好,社会主义好,右派分子想反也反不了,帝国主义夹着尾巴逃跑了"。

你怎么办?

一九五八年,在党的八届二中全会上,刘少奇代表中央作报告说:

> 整风这条总纲带动了党和国家的全部工作。党的整风运动和反右派斗争,发展为全民的整风运动,而全民的整风高潮,又进一步地推动了全民的生产和建设的高潮。
>
> 整风运动和反右派斗争,是我国在思想战线和政治战线上的社会主义革命……由于这个斗争的胜利,就在最广大的人民群众中形成了一个共产主义的思想大解放,从而深刻地改变了我国的阶级力量的对比。
>
> 我国现在有两个剥削阶级和两个劳动阶级。两个剥削阶级:一个是反对社会主义的资产阶级右派、被打倒了的地主买办阶级和其他反动派;资产阶级右派实质上是帝国主义者、封建买办残余势力和蒋介石国民党的代理人。另一个是正在逐步地接受社会主义改造的民族资产阶级和它的知识分子……两个劳动阶级:一个是农民和其他原先的个体劳动者,这些劳动者……愈来愈成为社会主义的热烈拥护者。一个是工人阶级……所有这四部分人在整风运动和反右派斗争中都经历了重大的变化。
>
> 经过反右派斗争,反共、反人民、反社会主义的资产阶级右派,在群众中是彻底地孤立了并且开始分化了……

……我们清除了一批党内的右派分子。这批右派分子是混在党内的阶级异己分子和社会主义事业的叛徒,他们在党内极端地发展个人主义、宗派主义、地方主义、民族主义,进行修正主义和其他反社会主义、反共产主义的活动……清除了党内的这些阶级异己分子和叛徒,是党的事业的一个大胜利。

所有的这些话,都是字字千钧,掷地有声,永远难忘。这样的报告的理论感、逻辑感、阔大感、居高临下感与更上一层楼感无与伦比。这样的报告英明得你想匍匐痛哭,你以为不是马克思就是列宁同志复活了呢……而后来刘少奇同志本人的遭遇,更是令人彻底晕菜。

此前,在批判高岗饶漱石的会议上,也是刘少奇同志的发言上纲最高,少奇同志说,帝国主义或者已经或者正在我们的党中央寻找代理人,不这样提问题,就不是马克思列宁主义者。这样的语言威力如原子弹。

到了一九五八年出现了政治核子动力学。依当时的说法,我个人的理解,可以说是一个国家或一个人群,就像一个核子反应堆:加热后铀原子放出两个到四个中子,中子再去撞击其他原子,从而形成链式反应而发生裂变,并在裂变中释放超大量的能量……对于"人反应堆"呢,同样要加热——提出正确的政治口号、进行百战百胜的阶级斗争、加强领导人领导党的智慧与威望、发动一次类似中国一九五七年和一九五八年的政治运动。运动的结果是高温,是撞击,是揪出并斗倒阶级敌人,释放出来的"中子"将包括亩产万斤的"卫星",还有"冲破天"的豪言壮语,还有悲情无限的"超英赶美"的志气,还有绳索牵引机的发明,并且判定说是绳索牵引能将我国引入共产主义。还有报纸上报道,朱德总司令提出要准备好"过共产主义关",过去只知道共产主义是人间天堂,现在才明白进入共产主义需要艰苦过关。还有粮食过多、吃不了的担忧与三分之一土地种粮、三分之一土地种花、三分之一土地休闲的设想。连我当时都不太相信。难道各位领导当真认为中国的问题在于粮食过多?当然还有一年钢产量翻一番的目标。这样的"中子",只有中文成语才能表述,那就是"天花乱坠"。

只有中国的文化才会有这样的灵感。我们重视共性、统一、一元、大道、所向披靡、一通百通……远远胜过个性、分别、多元、小术小技、个案一一处理。我们认为不为良相便为良医,良相良医的关键都在于相同的仁心仁术。只有中国文化会把良相、良医、良工、良匠、良将、平天下、治国、齐家、修身、正心、诚意、种庄稼、种花、炼钢、放卫星、出孝子、养浩然之气……整合起来进行一体化的思考与期待。那么,核能、人能、智能、体能、心能、化学能也都是能,都能成为一回事。一个人比一个铀原子应该强大得多,人的裂变也就比铀原子的裂变应该释放出更多得多的大能量来。同样,一场球的胜负与一场战争的胜负或一个实验的成败其道理应该完全一致,都首先是心态问题、境界问题、人生观世界观即哲学观念问题,反过来说是有无私心杂念的问题。中国的体育评论、文艺评论讲任何赛事、文事,往往都是首先从人格修养与心态上讲起的。

自古以来的泛道德论(二十世纪五十年代是破私立公)、泛哲学论(当时是"实践、矛盾"两论起家论,徐寅生的一大贡献是运用哲学打好了乒乓球)、泛机变与泛意志论,加上近一二百年的屈辱紧迫感,于是中国的爱国志士们个个急上加急,火上浇油,一万年太久,只争朝夕,期待奇迹,期待重返世界列车的最前列,期待用自己的无疑的博大精深的文化实力,抓住牛鼻子(即主要矛盾)阶级斗争,把中国乃至世界这头巨牛引向前所未有的幸福与发达。

还要加上战争胜利的陶醉感,想用指挥三大(辽沈、平津、淮海)战役的经验,打几个生产建设的歼灭战,改变中国,改变世界,改变人类历史,改变农学、冶金学、道路工程学、水利学、能源学、政治经济学、军事学,也大大地发展马克思列宁主义,使整个中国整个世界整个人类的面貌一新。

于是出现了军事化的说法与做法。钢帅粮帅升帐,电力交通先行。"大跃进"认为钢与粮是元帅,电力交通是先行官。这不是打仗又是什么呢?

一九五八年,神州大地上出现了与战前动员一样的火热场面,挑战应战,此起彼伏,谁是英雄好汉,谁是稀泥软蛋,就看谁提出的数字高,整个一个数字大比拼:你说你要打一千斤,我就敢说打两千斤;你说你要深挖地二尺五,我就说我要深挖地两米五;你每亩地上底肥两千斤,我上两万斤。

生产的热情变成了数字的红口白牙的竞赛。我在农村亲身经历了公社社员一个月不吃食用油,把油上到玉米的根部的壮举。而报道中有所谓母猪下了崽,奶不够,乃有人哺乳小猪的惊人故事。顺便说一下,三下五除二,刚刚合作化了的农村又向"一大二公"的人民公社过渡了。

实践已经惊人,报道就更惊人。例如把破纪录的产量叫做"放卫星"。分析一下,放卫星云云,还是受到苏联的鼓舞。一九五七年十月四日,苏联发射了世界上第一颗人造卫星。毛主席乃提出,当时的世界已经是东风压倒西风,即社会主义阵营在科技上已经超过了资本主义阵营。

文学达到了高调的巅峰。如说站在粮囤的尖顶上,抓一片白云擦擦汗。如说个个老将都是黄忠,个个女子都是穆桂英,个个小伙都是罗成。然后一九五九年由郭沫若与周扬同志编辑了《红旗歌谣》,在红旗杂志社出版。最被推崇的是头一首:

  天上没有玉皇

  地上没有龙王

  我就是玉皇

  我就是龙王

  喝令三山五岳开道

  我来了

当时就说，此诗前四句是一个农民写的，后两句是一位干部加上去的。当时全国的诗歌乡诗歌县诗歌之家不计其数。

我也不忘湖北王任重同志亲自挂帅的写作班子"龚同文"，取共同为文之意。其中一篇文章引用了苏联马雅可夫斯基的诗句：

公社
　我的一切都是你的
　　除了
　　　牙刷

惊人，振奋，肝儿颤……

一方面，放眼四顾，周遭还是那个世界、那点土地、那一拨子人马，那些吃喝、那点生产与生活资料、那点家底；另一方面，说法忽然截然两样了，说的都是你没有听说过，也无从想象的梦话。携笔茫然完了，这不丢笔仍旧心茫然吗？

农村在"大跃进"，公社化，食堂化，吃饭不要钱。当时我在北京门头沟区斋堂公社军饷大队桑峪村劳动，食堂吃一回细粮，消息传遍四周，有几十公里外的亲属跑回桑峪村吃馒头的。

城里人继续整风整改，"反右"已经大获全胜，接着趁势"反五气"。什么叫五气？骄娇官怨暮。就是说要在全国扫除骄气、娇气、官气、怨气、暮气。反骄，已经多次提出，中国文化讲的是谦虚，谦虚了才好凝聚好管理。反娇，是因为咱们设想的是苦战三五年改变面貌，换他一个人间。什么叫苦战？就是加班加点，把人的力量用到极限。大炼钢铁时有连续炼铁七十二个小时不带睡觉的。打仗时已经提出连续作战、不怕疲劳的方针。中国人为了挖掉穷根，过上富裕文明的生活，不要命啦。官气，其实毛主席是最反对官僚主义的，对那一套官僚程序，最看不上的正是他老人家。和尚打伞，无法（发）无天，打游击的革命英豪，能接受装腔作势、啰里啰唆的官派官谱官样文章吗？出来一个怨气，有点模糊从事，有点凑数。我当时就较劲，如果怨的恰恰是骄娇官暮这四气呢？即怨您要咱们反的那些玩意，那不就是对您的支持吗？那不是应该提倡鼓励的吗？可能是专指对领导的怨气吧，那就不能不反一反了。暮，我也想不明白，人老了，病弱了，临终了，能无迟暮之叹之悲乎？噢，那是后来，咱们唱着"革命人永远是年轻"的红歌，从六十年代一直唱到新的世纪。梁启超就提出过"少年中国"的口号，李大钊则在五四新文化运动中鼓吹青春。与国民党相比，共产党是一个年轻的党。一九四九年时，毛泽东只有五十六岁，周恩来只有五十一岁，刘少奇只有五十一岁。共产党的锐意进取，敢说敢想敢干、不怕杀头、坐班房、开除、丢官、（配偶）离婚，都体现了这种年轻的精神。

时间距离越远，"大跃进"时候的事越难以置信。例如砸了锅去炼钢；例如由最杰出的科学家出面论证，如果充分利用太阳能，就能亩产万斤粮食；例如有了绳索牵引，就能把中国直接牵入共产主义。同时我们也会有一种含泪的感叹，人的精神、人的理想、人的献身，难道就这样具有不可承受之轻吗？上世纪六十年代老作家王汶石发表过中篇小说《黑凤》的上半部分，他的作品现在读起来仍然感人至深。他描写的那种跃进精神，如今已经远远离去。文学和艺术是不是会起一个对于乌托邦的推波助澜的作用呢？

五十年代后期以来，斯大林的名字当然是黯然失色了，九十年代初期，苏联也变成前苏联了，但是苏联国歌"俄罗斯联合各自由盟员共和国……"仍然大气磅礴，鲜有其匹。至今，俄罗斯仍然采用了此曲调作为今天的俄罗斯国歌。而我五十年代学唱的歌颂斯大林的歌曲"我们生在美丽的祖国原野……"是苏尔科夫作的词，也仍然给我一种令人泪下的冲击。同样，"大跃进"虽然没有取得积极的效果，"大跃进"中的歌曲，仍然难忘，例如：

戴花要戴大红花，
骑马要骑千里马，
唱歌要唱跃进歌，

听话要听党的话。

天大地大不如党的恩情大,
爹亲娘亲不如毛主席亲,
千好万好不如社会主义好,
河深海深不如阶级友爱深。

我们生活在社会主义的大家庭……
同甘苦,
共呼吸,
团结起来更亲密。

共产党啊来领导把山治啊,
人民的力量大无边。
盘龙山上锁盘龙啊……

头两首歌歌词出自《红旗歌谣》,第三首出自影片《为了六十一个阶级弟兄》,是反映一次抢险救人的,第四首则出自一部故事片电影。

"大跃进"中还有一些另类的歌儿。如影片《徐秋影案件》的插曲,东北民歌、郭颂演唱的《丢戒指》,后受到批评,不再在广播中播放了。

《徐秋影案件》说是根据一件实事编的剧,一个女士陷入了台湾特务设计的泥沼,最后自杀身亡。影片里有一则主人公徐秋影的日记,日记云:"我是一粒不幸的种子,蒙受着不能发芽的痛苦。"

改革开放以后,报上说,所谓的徐秋影的原型的案件,是一个假案。那么不能发芽的说法呢?无论如何,这是一个精彩的句子,一粒种子不能发芽,这令人心头沉重。

那个年代也许更有代表性的歌曲是《社会主义好》,我们在"反右"运动中落马以后,劳动中最常唱的歌就是此歌,最卖力气唱的词就是"右派分子想反也反不了",这样的"右派"分子、这样的"反右"运动、这样的阶级敌人、这样的歌曲演唱,也算是空前绝后、天下一绝了。

而在《丢戒指》的"姐儿呀,花园中,绣丝绒,咿个呀呼咳"受到批评的同时,大报上还展开了一个关于大粪的小讨论。一位教师著文,从前他见到有人写文章说是欣赏大粪,觉得不能接受,后来,"大跃进"运动中到了农村,看到了社员们是如何奋力积肥,得知了粪肥的伟力,他愿意欣赏大粪了。数天后,同样一张报,对此提出质疑,认为不必太矫情,对于大粪,也可以不提欣赏一词云云。

怎么会这么热闹又这么小儿科呢?斯时我常常参加掏粪积肥的活计,并没觉得有多么脏。掏完粪,自己洗干净就是了。一个掏粪,不值得如此闹哄,就是说,不应该轻蔑掏粪工人,也不需要将之高唱入云。这一类事一直发展到"文革"前夕,刘少奇主席专门接见著名掏粪工人时传祥师傅,并向时师傅说,你是掏粪工人,我是国家主席,咱们只是社会分工的不同,并没有高低贵贱的区别。这一者是很好,二者是不能完全说服人。你可以说没有高低贵贱之别,那么总有分工之别吧,行不行?分工有别,待遇、影响、贡献、威望、活动范围、世人心目中的位置……咱们都有区别,谁能否认?将高低贵贱换个词是可以的,区别也是实际存在着的。

回想这一段生命的历程,伟大祖国的历程,我感觉到了理想主义的力量,也痛苦于这力量的仍然不那么充分。人有多大胆,并不等于地有多大产,虽然当时有"人有多大胆,地有多大产"的口号。敢想敢干也不等于成功。不太敢想不太敢干,低调行事,也不排除积少成多,集腋成裘,最后做成了一些事情。也许在夺取政权的阶段我们可以多强调一点鲲鹏展翅,高屋建瓴,雄心壮志冲云天。执政党却必须脚踏实地、步步为营、不拒绝任何细小的改善与进展。大话太多了,后果不堪设想,至少所有的大话变成了将自己的军,为难自身,其教训痛哉！

"大跃进"的时期过去了，现在的年轻人已经无法知道我们曾经怎样傻过、拼过、苦过、闹过，闹革命、闹生产、闹元宵，这是老解放区的说法。可能与陕北或晋北的方言有关。和"红杏枝头春意闹"一样，着一"闹"字而境界全出。留下了记忆，也留下了一些红歌。当人们重新唱起红歌的时候，我可以说是五味杂陈，感慨万千！

这是一个火红的年代，这是一个疯狂的年代。这是一个高歌猛进的年代，这是一个蛮干硬拼的年代。这是一个英雄辈出的年代，这是一个盲动搞笑的年代。这是一个碧血丹心的年代，这是一个起哄架秧子的年代。这是一个意气风发的年代，这是一个信口开河的年代。这是一个豪情弥漫、诗情弥漫、神话弥漫与浪漫至极的年代。这是一个弘扬嘴功、吹牛不上税、"支票"满天飞的年代。这是一支大手笔，这是一场大灾难。这是一次大进军、大冲锋。这是一场大挫折、大窝心。这是真正的举国体制，这是真正的群众运动；这是真正的举国忽悠，这是真正的运动群众。这是一呼百应、地动山摇、热血沸腾、我以我血荐轩辕的年代；这是"心似平原走马，易放难收"、驰骋万里、白日做梦、荒唐游戏的年代！

如果说一九五七年的"反右"主要是与"资产阶级知识分子"和"民主人士"较劲，并取得摧枯拉朽的胜利的话，那么一九五八年的"大跃进"主要是与农民的拔河比赛。我斯时在北京郊区劳动，反正我接触过的农民没有一个人相信放卫星的虚夸产量。倒是不甚知种庄稼为何物的知识分子，包括科学家与文学家，在那里跟着忽悠。跃进来跃进去，饥荒来饥荒去，受到伤害最大的是中国的农民。我至今记得我在那里劳动的北京市门头沟区军饷大队桑峪村的农民党员把自己腌好的咸菜缸连缸带菜无偿地献到公社食堂的情景。我至今记得一九五八年年终结算时宣布每个工分折合四分钱左右时一位抗日战争时期的老党员、妇女队长喊了声"买个糖球去吧"的情景。党的威信有多么崇高，才能使家无余粮的农民把自己的个人生活资料无偿奉献？城市的干部、党员、职工都能愉快地这样响应号召吗？工分值那么低，一个是由于搞了食堂化吃饭不要钱，一个是由于公社化后劳动生产率的低下，同样是此位妇女队长，曾经叹息：一个缸，大家都往里添水才能行。她当时还是一心想搞好集体经济的呀。

对于农民来说，他们祖祖辈辈种庄稼，他们能不知道一亩地打多少斤粮食吗？对于他们来说，亩产多少斤，不仅是一个数字，而且是非常形象的一个堆堆、一个实体，是一摞麻袋、几车东西，需要多少人收割，多少人翻晒，多少人打场扬场，多少人装车，多少牲畜拉车，多大的仓库保存，他们都清清楚楚。对于农民来说，没有比产量更具体、更切肤、更贴心、更生动的了。他们怎么可能相信张嘴就说的虚夸产量？他们说，即使所有的白薯长得与下放干部们的块头一样大，站满一亩地，也达不到报上登的卫星产量：亩产八十万斤。他们说，即使把一块地吊起来六面种植，也放不成夸大其词的产量卫星。这样的话语虽然不中听，却是实实在在的声音，是怎样的被阻隔在领导层的身外门外百里之外呀。谁敢反映农民的这些话？包括我，我听见了也是装听不见，我敢面对事实面对真理吗？我不敢，不敢，不敢！痛定思痛，我们能不记住这样的教训吗？反过来说，我们能不惭愧吗？

我想从两个方面补充分析一九五八年的事态：

中国自古以来，是自我感觉超级良好的。泱泱大国，唯一的文明国家，诗书礼教，中央之国，四海之内，周边不是茫茫然无人迹的汪洋大海就是一些小小番邦，小番邦或归顺，或捣点乱，最后还是得臣服中国天朝大都伟邦。一八四〇年的鸦片战争以来，空前的生存危机、民族危机、文化危机、观念危机，震撼了全国。我们从天上掉入了深渊。慌了乱了急了拼了苦死了！从那时起，中国就没有踏实过。责任在清朝政府，干脆推翻它。推翻完了，局面更乱：张勋复辟，袁大头称帝，军阀混战，北伐革命，四一二政变，屠杀共产党，内战正酣，外战又起，九一八事变，七七事变，亡国灭种，近在眼前。终于撑到了"八一五"日本投降,又是三年内战。总算革命胜利,凯歌震天,四海来归,中华人民共和国成立了,压榨我们、剥削我们、坑害我们的帝国主义、封建主义、官僚资本主义三座大山被完全推倒,苦根祸根乱根连根拔光。谁不心急火燎?谁不热血沸腾?谁不认定昨非而今是,新中国将会迈开大步,跃进冲向前?千年的铁树开了花,万年的哑巴说了话,革命的胜利,当然是奇迹,否则一群土得掉渣的农民义军,怎么可能战胜武装到牙齿,又有世界上最强大的美国军事援助的"国军"?革命能搞奇迹,搞大会战,搞摧枯拉朽,那么建设就不能吗?如此这般,自视高了还要再高,期许大了还要再大,步子急了还要再急,干劲鼓了还要再鼓,气势牛了还要再牛,主观愿望像原子弹一样爆炸、再爆炸,科学、理性、规律、过程、步骤……全都给我靠边站!

我有时候甚至想,中国的一些事不好办,不是由于爱国志士太少,而是由于爱国志士太多,一人一个药方。这些药方如果都抓了药让祖国吃下去,不但能治死我们的共同母亲祖国,而且互相争执不休,互相攻讦责备,更加乱成一片。

我们的爱国志士,不是热情尚低,而是由于温度太高,所有的人都认为,中国的问题在于政治,政治的问题在于权力掌握在什么人手里,而谁掌权谁就会按一定的与坚决的意识形态治国,就要把政治制度社会制度改变一番,理顺一番。而只要理想的意识形态加社会制度一取胜,就会是一通百通,顺风顺水,国家大治,民生幸福,政事清明,民风高尚,超英赶美,世界前茅,伟大中国焕然一新。所有的爱国志士,都想、都认定正是自己,一准能把千百年欠下来的老账一朝还清,让中国前进,让国人扬眉吐气,让睡狮醒来,让敌人发抖。至于别的问题:资源、资金、矿藏、外贸、人口、科技、工艺、设计、医药、国土、教育、交通、住房、气候、环境……根本提不到议程上来。

急躁,急躁,还是急躁,新中国成立以来,辛亥革命以来,鸦片战争以来,特别是一九四九年以来,我们吃了多少急性病的亏?不论什么时候都是在煽情,胆子再大一点,步子再快一点,思想再解放一点。

我们的目标又是那么高高在上在前在高天日月之边。顺便说一下,我们动不动谈人均收入超过发达国家,至少在目前,这是一个不现实的目标。难道一个国家的成就就只反映在人均收入值上吗?我早在八十年代就主张,如果我们的工作做得稳妥,如果我们的人民生活日益提高,如果我们的官员廉洁奉公,如果我们的精神生活丰富高质量,如果我们能构建和谐社会、公正社会、民主与法制的社会,如果我们能坚持改革开放,与世界和谐相处同时捍卫我们自身的核心利益与文化传统……即使一两个世纪内达不到人均收入与发达国家颉颃的水平,我们也是幸福的自信的与快乐有尊严的。世界上不是没有某些国家,他们的人均收入比西欧北美国家高不少,但他们的生活质量并不理想。难道他们是我们的目标吗?

说到急躁病,我马上想起以地下学生党员为主体组建的北京团市委的工作作风。我们那个时候,哪一天不开夜车?哪个星期天不加班?到了晚上谁如果先睡觉谁简直是无颜面对同志同事。岂止周末用来工作,团市委当年的一绝是专门在大年初一开一天会,从早开到晚,从晚上开到第二天凌晨三点……我们当真以为靠我们的加班,靠全体中国共产党员的加班加点,能让全地球早日飘扬起社会主义、共产主义的旗帜,早日结束阶级社会的野蛮与不义。

还有一个问题,中华文化重整合,重统一,重共同性与事物间的联系,还重抓牛鼻子,渴望着找准穴位,一把抓,一揽子解决一切问题,至少是势如破竹地、迎刃而解地解决一系列问题,而缺少分门别类、精益求精、一步一步、一个一个、具体问题具体分析的科学主义与实证主义传统。为什么毛主席那样重视哲学,他认定他的胜利是哲学思想的胜利,大到治国平天下,小到卖菜打乒乓球,都要靠他的哲学的引导,有了起家的"两论"(指毛主席著作《实践论》与《矛盾论》),一定能无往而不利。那么用他的哲学指挥经济建设,指挥跃进就更是顺理成章的事。

中国人常常认定,大河没水小河干,哲学无理万事难。西方的实证主义则强调，小溪没水大河干，格致不精不细，哲学变空了。国人常常强调：有了大才有小，有了整体才有具体，有了大定有小，有了整体定有具体与细节。西方则时而强调：有了小才有大，有了具体才有整体。甚至于，有些事是细节决定成败。

我们习惯于嘲笑那些抓科学抓教育抓贸易抓女权抓乡村建设的人是只会抓牛耳朵牛尾巴牛睫毛，而我们抓政治抓革命才是抓住了牛鼻子，而这头牛的驱动力在于哲学。

同时，中华文化重道德面貌，重精神境界，重感情充沛，重随机应变，而缺少强调理性计算、逻辑论证、细节、程序、规则等的传统。例如，用抓三大战役的手段，集中优势兵力，抓粮帅、钢帅，抓交通、电力，特别是抓钢产量翻一番，举国为一千零七十万吨钢而奋斗。

我们用战争中的拼老命的办法，用肉搏时牙齿也可以当武器的办法，用砸锅砸勺变炼钢原料——然后变成烂铁的办法，用土高炉的办法，用请连风箱炼铁技术、大锤小锤打铁技术都未掌握的人当技术指导的办法，用下死命令不达数字目标决不罢休的办法搞全民炼钢。

用人海战术搞超英赶美，这太惨烈了，太感人也太天真，对不起，我要痛心地说，太可笑了。

我不懂战争中感情的强烈是不是具有极大的作用。反正咱们中国人是感情激昂的民族，听一出戏吧，我们的敲锣打鼓是多么昂奋激烈……可是，发展经济，改善民生，能用拼刺刀和肉搏的方式吗？

经济建设、发展生产需要的是科学，是掌握与绝对地遵从客观规律，是知识，是技术，是渐进，是打牢基础，是善于经营与巧于设计，是吸收世界人民的经验，是创新与精到，是调动人民的经济生活中的积极性，是充分考虑人民的物质利益。我们的代价高昂，我们的努力惊天地而泣鬼神，我们的空想荒唐，例如"大跃进"后到处是报废的土高炉与一块块的废铁，真是惨不忍睹。我们受到的教训太严厉了。我们不会忘记，我们不敢忘记，我们再也不能搞唯意志论、个人迷信、大话连篇、害己害人了。

11.困难时期,以退为进还是以进为退

一九五七年到一九六〇年,可说是峥嵘岁月,舍命年华,急切昼夜,亢奋政务。当时叫得最响亮的是"三面红旗":总路线、"大跃进"、人民公社。总路线有点怪,叫做"鼓足干劲,力争上游,多快好省地建设社会主义"。这个说法的政治性政策性规定性操作性并不充实,也难于摸到经络,但它的情绪性文学性口号性比较明显。与其说这是社会主义建设的总路线,不如说更像一个大众文学化的口号,这更像是一个突击队长的动员令。是不是有点简单化与通俗化了呢?是不是把搞建设、发展经济看得太轻易了呢?

六十年代初期的饥荒留下了沉重的篇章。回忆起来,夫复何言?我在感觉到无比沉痛的同时也不能忘怀当时的与艰难同在的坚决、坚强、坚忍。生产建设上的弯路,正在支出我们的曾经的丰厚的政治储备。政治资源好比一个基金,你做得好,就是正确地使用了基金,而且是良性循环,越用基金积攒得越多越大;你做砸了,就好比把你的基金浪费了一部分,是在耗费你的本钱。但我感觉政治还是有一种后续力、预应力、逆反力、总和力。后续力是说,具体的跃进呀公社呀已经明显受挫,但是共产党的发动群众、穷人翻身、涤除腐恶、劫富济贫、除暴安良的积极影响和正面记录,包括三大战役的威望与凝聚力还远远没有衰减。而解放后的"镇反""肃反""反右"等等运动,则有一种预应力与威慑力,就是使各种人都明白,推翻共产党的天下就是自取灭亡。直到二十一世纪,我还听到过这种说法:多吃菜,少吃酒,听老婆的话,跟党走。我还在斯洛伐克听到过一个华人导游给我讲:世界上的事,不要与美国叫板;中国的事,不要与共产党叫板;家里的事,不要与老婆叫板。从这里可以看出国内政治的后续力和预应力。

逆反力是指艰难困苦,玉汝于成。国耻国殇、生死搏斗成就了共

产党,成就了社会主义,成就了中国人的凝聚力。共产党是个吃苦的党,挨饿的党,被屠杀的党,被骂了个狗血喷头的党,挑战的党,逆风而进的党。党可能怕很多东西,就是不怕苦累与责骂。共产主义是个准备好了杀头与被视为洪水猛兽的主义。早在《共产党宣言》中,马、恩已经写道:

> 有哪一个反对党不被它的当政的敌人骂为共产党呢?又有哪一个反对党不拿共产主义这个罪名去回敬更进步的反对党人和自己的反动敌人呢?

越是困难,越是失败,越能够强调人的精神。如果共产党走到哪里都是顺风顺水、鲜花鼓掌,那肯定就不是共产党了。曹禺老师在六十年代写就的《胆剑篇》,就是借越王勾践卧薪尝胆、置之死地而后生的故事来动员全国人民艰苦奋斗,战胜六十年代初的弥天大难。

总和力即综合力,一九六〇年陷入饥荒的中华人民共和国,仍然有着综合的强势主张、强势语言、强势组织能力、强势意识形态。斯时的我国,并没有因为饥饿而垂头丧气,反而加大了反帝反修反各国反动派的调门,尤其是与苏联叫起板来,而且点着名批意共的领导人陶里亚蒂与法共领导人多列士。

我至今仍然不忘困难时期的意识形态的强势力量,这种不无夸张与浪漫的精神力量硬是撑过了难以想象的难关,但这种坚持、坚决、坚强的精神力量,也掩盖着某些隐患:唯意志论、偏执,失去了及时调整,乃至改弦更张的机遇,酿成更大的难题。

意识形态是强硬的,但农业商业等方面的措施有自己的务实主义。当时的说法叫做"调整、巩固、充实、提高",暗示着不再仅仅执著于速度与数量。

极端的物资匮乏形成了前所未有的各种计划招数,粮油早已凭票供应,此时加上了肉票。北京市民按户口每家有一个购货本,凭此本供应过芝麻酱、粉丝、肥皂、电池、火柴、白酒、料酒、豆腐……比较妙的是一种叫做工业券或购物券的东西,按工资发,例如每十元工资发一张券,我当时是八十余元工资,每月有八张券。我爱人芳是五十余元工资,就是五张券,我们家每月有券十三张,还是不错的。国家规定,稀缺的商品出售时不但要人民币也要收券。例如,买一台收音机可能需要收十张券,那么买一辆自行车,就要收二百张券,因为斯时的自行车更紧俏也更有用场。买一件木器呢,可能收券极多,因为当时的木材奇缺。买一块国产手表呢,虽然价格不菲,但由于其对于消费者的迫切性与实用性不如自行车与木器,可能要的券反而少些。据说这个发券收券办法是从第二次世界大战中的欧洲学的。这实在不失为一个既严格限制消费,又保留了个人进行选择的可能的好主意。

中国是一个有着长期的"不患寡而患不均"的心理传统的国家。至今回忆起这种票、证、券、本儿,还有人留恋,说那时的物价多么便宜,贫富差距也很有限,刺激不起消费的欲望来,视消费心理为资产阶级腐朽,似乎发券时代那才是周公伊尹之治,是真正的社会主义的范本。后来邓小平指出:"贫穷不是社会主义",你乍一听,似乎说得太浅显了,其实,事实证明,至今仍有人在鼓吹与大力美化票证券本儿的穷社会主义。

然后出现了高价商品特别是食品。有三块一斤、五块一斤的高级点心,而当时的普通点心每斤只要几毛钱。这种高级点心中甚至有使用了奶油、芝士等配料的西点,如当时我视为天堂供应品的黄油起酥。一般的所谓的水果糖、奶糖也是几毛钱一斤,同时出现了几元钱才能买一斤的高级糖果。然后餐馆里出现了固定菜谱、抬高定价的高级饭。一九六一年春节,也是最缺吃食的一个春节,我狠了狠心,花去了储蓄的数十元,与妻一起在西四"同和居"鲁菜馆,吃了一顿高价饭,有焦熘肉片,有干熘黄鱼,有黄瓜肉片汤,有米饭与小花卷。只是由于食油奇缺,这样的高价饭,却连北京人常用的花生油也没有用,是用椰子油烧的菜。可能椰子油也很好,但由于我们以往没有吃过，倒是买过用过有椰子油配料的肥皂，我吃的高级菜似乎有一股肥皂气味，好在，已经饿极，哪怕是直接吃肥皂，已经顾不上计较了。

当时我的大儿子王山，已经两岁，不知他从哪里学到了儿歌：

高级点心高级糖，

高级老头儿上茅房……

即使高度计划化，也还是需要有一点钱，否则上哪儿找高级茅房去？没有钱有官位，也不无裨益。北京市当时针对处级以上干部有黄豆的补助，也就是每月一两斤，令人致敬也令人羡煞啊。

我还到东安市场附近的和平餐厅喝过咖啡，因为这一杯咖啡不要票证，而内含多多少少一点糖与牛奶，我从理论上知道糖与奶都无限宝贵，便花费了将近一元钱去喝西洋滋味的"白咖啡"。与此同时，我路过邻居家，闻到他家飘出的热气腾腾的蒸窝头的玉米面的香气，我简直是陶醉了，世上果然有这样的异香，岂止是沁人心脾，简直是起死回生的仙气啊。

我还算略有余力，虽然饿得骑上自行车难以抬腿下来，或者推着自行车硬是无力抬腿上车，我总算基本上没有浮肿。北京人将浮肿叫做膀，音读阴平，一个阴平的膀字，真是令英雄气短，令你直不起腰来！

全国政协礼堂门边，有一个文化餐厅，我有幸不止一次在这里吃饭，包括赴宴与请客。它至今保留了一个习惯，不管吃什么，客人的主食小碟里总是放着两枚一长一圆的小面包。人们说这是由于一九六〇年前后"困难时期"，周总理常常邀请一些"民主人士"在这里用餐。周总理发现，小面包一拿上来，转眼就不见了，盖那些国内外知名的大人物，包括民主党派领导、民族与宗教代表人物、大科学家、文艺家……宁可自己不吃，也要把它们装入衣袋，带回家去给妻儿老小分享。总理很动情，下令餐厅要保证小面包的供应，可以吃可以带。

呜呼,纵是艰难也动人,纵是多情也太为难啦!执政执政,能掉以轻心吗?

当时强调了劳逸结合,其实主要是逸,班可以晚上,可以早下,农民则在冬天可以休闲。团市委书记甚至跑到"右派"们劳动的地方,关心大家,要大家多休息,别受累,别受寒,还视察了我们冬夜放在室内的尿桶,指出室内尿尿的安排是"正确的"。

文化上也在悄悄地调整政策,有了所谓"文艺十条",后改为"文艺八条",中宣部正式下发:一、进一步贯彻执行"百花齐放、百家争鸣"的方针;二、努力提高创作质量;三、批判地继承民族遗产和吸收外国文化;四、正确地开展文艺批评;五、保证创作时间,注意劳逸结合;六、培养优秀人才;七、加强团结,继续改造;八、改进领导方法和领导作风。

那些年是这样,虽然"双百"方针是毛主席提出来的,但随着政治气候变化,有时提,有时不提。气候肃杀时,提的同时更强调百家说到底是无产阶级与资产阶级两家,强调百家争鸣与百花齐放是阶级斗争的方针。而此次的"八条",一上来就大模大样地提"双百",有含意存焉。遗产与外国能提出来,在当时亦殊不易,遗产不可能没有封建,外国不可能没有帝修反。所以是批判地继承与吸收,留下了转弯的余地。批评而且要正确,也就是不能荒谬地、粗暴地、高压地进行文艺批评了,令人闻之落泪谢恩!劳逸结合变成了文艺政策的组成部分,则是由于饥饿。又要团结又要改造,这是非常好的说法,团结在先,还是舒服的,继续改造,则避免了以为你们要反"左"的误解,从"三面红旗"以来,从来就没有提过反"左",反"左"太敏感,不可以发昏章第十三,竟然白日做梦、痴人说梦,梦起反"左"来。

解放前后的各种政治运动,往往是先猛整,有枣三竿子,没枣三竿子,但一到运动后期,就要大大地甄别一番,把打击面缩小缩小再缩小,往往又是天恩浩荡,宽宏大量,皆大欢喜。再有就是搞什么运动都强调态度,态度好了,大事可以化小,态度坏了,小事可以扩大。

当年"反右"反到王蒙头上的时候，王采取的是要怎么检讨就怎么检讨，一概认下来，绝不辩白、绝不讨价的态度，这里边就包含着等到运动后期还有机会甄别的侥幸心理。但是，恰恰是"反右"运动绝对不允许甄别，不存在复查，不可以改变任何人的"结论"。道听途说，全国似乎只有一个人划了"右派"后来早在六十年代就给改正了，那就是在广播部门担任过领导的温济泽，是由于胡乔木同志亲自过问，他才得到了这罕有的幸运。别的运动并非如此，后期甄别没有事的面，宽泛到了几乎与初期揪斗隔离的面差不多的程度。刘少奇此后讲农村的社会主义教育运动时曾经讲过一个观点：运动初期，要看敢不敢放手发动群众，运动后期，要看敢不敢实事求是。初期放手，后期求实，这是马克思主义的要求。后来，"文革"中，并非作为正面的名言被多方引用，说是少奇同志说过，领导好比开汽车、打方向盘，一左一右的领导就是最正确的领导。

为什么偏偏最需要甄别的"反右"运动，绝无甄别、复查一说呢？就是因为这个以思想言语定性的运动弹性太大，可讨论的空间太大，如果是查敌特、查反动历史、查贪污受贿、查一个案件，都比较明确具体，有就是有，没有就是没有。而思想言语，如果允许复查，弄不好会来个大翻盘，不好收场。

斯时还有一件大事，在广州，一九六二年三月，有一个科技工作会议，还有一个戏剧工作或创作会议召开，周恩来、陈毅、聂荣臻参加了会议，并为知识分子搞了"脱帽加冕"。脱的是资产阶级知识分子的帽子，加的是劳动人民的知识分子的冠冕。当时的理论如下：知识分子不是一个独立的阶级阶层，而是依附于社会的统治阶级的。知识分子是毛，旧社会的地主阶级与资产阶级是皮。解放后，皮之不存，毛将焉附？故资产阶级知识分子必须改造自身，依附在新的统治阶级即工人阶级这张皮上。毛主席在谈到这个问题的时候，甚至不无幽默也不无强烈地说："如果你们不承认自己是资产阶级知识分子，好的，我承认（我原来是资产阶级知识分子）。"被称作广州会议的会议上,据说有人发言,土地改革后规定,地主、富农参加劳动三年至五年,奉公守法,接受改造,可以摘掉地、富帽子,人们问道,怎么知识分子的资产阶级帽子硬是去不掉呢?

现在说这些话,略显好笑,当时却令多少知识分子热泪盈眶。

我稍稍成熟一点了,不敢太热更不敢太盈,也没有那么多泪了。只有眶依旧,盈不盈,不敢说也不好说。

然后是一九六二年九月,广州会议后半年整,召开了八届十次中央全会,发表公报说:

>……我国人民坚决地粉碎了并将继续粉碎帝国主义及其一切走狗的任何窜犯、挑衅、侵略和颠覆活动等阴谋。——在由资本主义过渡到共产主义的整个历史时期,存在着无产阶级和资产阶级之间的阶级斗争。这种阶级斗争是错综复杂的、曲折的、时起时伏的,有时甚至是很激烈的。

周扬有个说法,文艺是阶级斗争的晴雨表。八届十中全会一开,"千万不要忘记阶级斗争"的口号响彻祖国大地。风向变了,最早告诉我的是作家黄秋耘。与我切肤相关的是,不可能再发表作品了。本来,在"调整、巩固、充实、提高"期间,一大批"摘帽右派"已经发表了新作,内有丁玲、艾青、秦兆阳、邵燕祥、刘绍棠……

我至今想不清楚:

文艺十条、八条,特别是总理加两个老帅的知识分子问题讲话,都极诚恳感人,怎么八届十中全会一开,都不算了?是的,没有人说过不算,没有人说文艺几条也好、脱帽加冕也好,有什么不妥,但是确确实实北戴河全会之后再没有人提及此事了,就与没有发生过此事一样。这可有点奇怪。

应该说这是"人治"的特点,几个领导说了许多大家爱听的话,更高的领导出来说话了,更高的领导无意反驳此前几位地位没有他高的领导说的话,但他的思路不同,原来的话立马作废,客观上则形成了一松一紧、一放一收,乃至又形成了大"阳"谋。幸亏我当初也没有寄予太大希望。这样的"人治"客观上形成了多变,也影响了公信力。

早在《易经》中就有"大人虎变"的说法。大人物是变幻莫测的,就像老虎身上的斑纹,一会儿一变。李白则有诗曰:"大贤虎变愚不测,当年颇似寻常人。"说来好笑,我用"五笔字型"打"寻常"这两个字的时候,首先出现的是"建党"二字,屏幕上竟然显出了"大贤虎变愚不测,当年颇似建党人"。

怎么虎变呢?以退为进?先调整与放宽政策,保持冷眼旁观,再就势收网,一网打尽?

许多同志说,一些货币回笼的做法,如高级点心高级糖,出自陈云同志的主意。那么,文艺若干条,说是周扬的意思?他有那么大权力与胆量吗?总理呢?从历史上看,他与中国的进步文艺人士有着极好的交往与相互理解。但一九四九年后他分管过文艺工作吗?偏偏在中国,文艺成了阶级斗争的晴雨表,谁没有事愿意沾文艺这个怎么说怎么有理,又是怎么说怎么没理,从而成为借题发挥的把柄的烫手山芋?

天下多事。到处是"千万不要忘记阶级斗争"的口号。有一出话剧干脆命题《千万不要忘记》,后来还由大导演谢铁骊将它搬上了银幕。写一个青年工人,被当过卖鲜货老板的岳母所"腐蚀",旷工打野鸭子,后来几乎酿成了事故,最后连女儿也明白了要与这个原小老板划清界限。

这样的戏只能说明对于当时提醒不可忘记的阶级斗争,没有抓住什么蛛丝马迹,弄个水果店老板娘出来充数罢了。

另两出戏在北京红里透紫,一个叫《箭杆河边》,是相识的文友刘厚明写的,彭真同志看了这出戏,并指出作家要深入生活,否则,你就不知道一个箭杆河嘛。谦虚谨慎的刘厚明则表示,他本是儿童文学作家,长期做教师,这次写戏反映阶级斗争,是赶鸭子上架,但为了完成任务,鸭子也要上架。

另一出戏后来也拍了电影:《夺印》,则从"不要忘记"引申到权力的争夺、政权的争夺问题。里面有个富农婆"烂菜花",腐蚀拉拢大队干部,拿着一碗元宵,喊得全村知晓,请大队长吃。这样的阶级斗争,也让人觉得都是小来来,只如儿戏,根本上不了台盘,无足挂齿。

不错,阶级斗争的口号与任务提出来了,阶级斗争的内容则远待充实,斗争在先,斗争是无条件的,而阶级待查,阶级还在摸索。

当时还上演过译自朝鲜的话剧《红色宣传员》。苏共当年有设立宣传员一说,据说苏方还多次建议我们也设立宣传员,我们设立了一回,无疾而终。但这个时期从朝鲜又进口了宣传员的大戏。

要搞阶级斗争啦,全国人民都已明白,到底怎么个斗法,还在酝酿之中,可能上边也在酝酿。有一阵重点在农村搞社会主义教育运动,过了一段,又是城市"五反",都不算够劲,都使不出力来,最后搞到了文化,文化才是一抓就灵,哇,当真掀起了高潮。

为什么我要推敲这个以退为进、以进为退、以退为退、以进为进或者是有进有退亦进亦退的拗口词与绕口令呢?

我们的政治智慧是太发达了。可以是以退为进,就是说,在有所调整有所退让、搞搞高级点心、搞搞脱帽加冕的同时,考验考查各方,紧接着发起更进一步的攻势:社教、城市"五反"、文艺整风(后来被说成是假整风),最后终于盛开为"无产阶级文化大革命"的火焰。

也可以是以进为退,"大跃进"受挫,但气可鼓而不可泄,故而要更加提高"三面红旗"万岁的调门,另辟蹊径,另开大路,另举大旗,反帝反修备战、千万不要忘记阶级斗争、斗志昂扬、气势磅礴,先不提少提"大跃进"的得失为好。

可进可退呢,就是说,该高级点心高级糖咱们也点心糖果过了,该抚慰提携,咱们也脱过帽加过冕啦,你实在想买自行车,也攒了不少工业券了,就是在八届十中全会的公报中也提到了既反对修正主义,也反对教条主义,文艺作品中糟改几个小老板或富农,给浪荡女人"烂菜花"抹抹黑,自然只是小事打哈哈,事实上,各位小老板日子过得不比别人好,至少也不比旁人差。五十年代后期"反右"以来,真正成为阶级斗争的靶子的是党内某些领导干部与知识分子,老板、富农反而相对平安。"文革"一开始,红卫兵们又去砸了一回地富,那是由于"小将"们的无知,让地富们吃了挂落儿。

我常常觉得,中国几千年的文化,早在先秦时期就奠定了格局,谈学术,很难突破先秦诸子的框架,谈政治,很难突破纵横捭阖御民谋国的一套。这是一个骄傲也是一个悲哀,我们成熟得太早了,物极必反,成熟得反而孩子气起来。

二十世纪六十年代前几年对于我们来说很重要也很特殊。一九五七年的"反右",一九五八年开始的受到挫折与后果严重的"大跃进",一九五九年又搞了反"右倾"机会主义,批彭德怀、黄克诚、张闻天,各单位也上挂下联地搞了一批"右倾"机会主义分子,后来平反了。一路拼死拼活地走来,导致了一九六〇年开始的三年的饥荒。共产党、新中国经受了巨大的考验、巨大的风浪。

一方面,我们不能不为领导尚未从各种挫折中汲取足够的教训,没有进行足够的执政理念与执政路线方针政策的调整,没有足够的认识与勇气克服已经为害不小的主观主义、唯意志论、个人迷信、脱离实际与极"左"的一套,而思之沉重,痛心至极。另一方面,我们又不能不感叹,除了中国共产党以外,除了那个年代以外,没有哪个国家哪个执政集团哪一位领导人能够胜利地顽强地,仍然是毫不含糊地经受那样的挫折、困局与考验。

总体的胜势强势威势并没有改变。新中国给全国人民带来的希望并没有改变。

局部的、具体的妥协、后退、让步,并不拒绝。例如人民公社,既然是公社,大家的一切都应该属于公社,接着上边却说以大队为基础,没有多久,立马变成以生产队即小队为基础,以生产队为结算单位,大队、公社,起的仍然是村政权和乡镇政权的作用。

除上面提过的各种权宜措施外,还应该强调的是反对共产风、浮夸风、命令风、(干部)特殊(化)风,还有瞎指挥风这些"反五风"措施。有的版本则是反平调——一平二调风,是指对于生产资料与生活资料的任意调动与拉平。这里的共产风云云,令人思索。在这里,"共产"二字作为定语竟然不是正面的意义。

是的,谁都一样,不可能永远向前向前向前,该拐弯就得拐弯,该后退就得后退。

根据地尤其是延安传下来的军事共产主义生活方式、同甘共苦的优良作风在这几年也起了重大作用。人们看到的是,大体上官兵一致,军民一致,上下一致,你困难我也困难,你二十八斤粮食定量我也是二十八斤定量,越穷越显出一心一德地刻苦奋斗的精神来了。

精神的作用、文艺的作用、意识形态的强化,在六十年代初期达到了极致。脍炙人口的红歌《革命人永远是年轻》《社员都是向阳花》《唱支山歌给党听》《毛主席的战士最听党的话》、红歌剧《洪湖赤卫队》《红珊瑚》《江姐》、红书《红岩》《苦菜花》《铁道游击队》《野火春风斗古城》、红彤彤的大歌舞《东方红》都是出在这个年代。至今仍然有些老同志认为,那时的文艺最值得称道。

毛泽东在这方面可以说是身体力行。他的著名的《满江红》,"蚂蚁缘槐夸大国,蚍蜉撼树谈何易"与"一万年太久,只争朝夕",敲响了六十年代的中国战鼓。

还有一条,叫斗争,共产党是斗争出来的党,是杀一条血路出来的党,直到八十年代搞改革开放了,小平同志还喜欢讲改革开放要"杀出一条血路"。

三大战役的硝烟已经散尽,抗美援朝的烽火刚刚平息,金门炮战的呼啸声声在耳,新的战线——批判苏联修正主义的号角又呜呜吹响,酝酿着极大的对抗。一九六二年十月,打响了对印自卫反击战。

中国人在支持越南抗美斗争方面的调子也越来越高。

国内更是到处都有战斗厮杀的呐喊。我想起了毛主席的词《十六字令》三首：

> 山，快马加鞭未下鞍。惊回首，离天三尺三。
> 山，倒海翻江卷巨澜。奔腾急，万马战犹酣。
> 山，刺破青天锷未残。天欲堕，赖以拄其间。

似乎是预言了解放后到六十年代中期，乃至一直到改革开放时期的形势。"快马加鞭未下鞍"，是一九四九以来毛主席的整体状态。"惊回首，离天三尺三"，是"大跃进"。"倒海翻江""巨澜"，尤其是"战犹酣"，是我们的"镇反""三反""五反""肃反""反右"、反"右倾"，以及反帝、反修、反对各国反对派的斗争。那么"刺破青天锷未残"与"天欲堕，赖以拄其间"呢，那是中国的自诩，也是中国对于国际共产主义运动的大形势的估计，傲则傲矣，仍然不是实事求是的科学理性的分析与应对。

斗争斗争斗争。对外的斗争，对内的斗争，交响于神州大地，成了那个时候的中国大地上的主旋律。共产党的哲学是斗争的哲学。斗争是共产党的长项，是共产党的看家起家本领，而且不仅是哲学，对斗争的欣赏与赞叹成了共产党的美学、共产党的审美标准。正是在斗争中，正是斗争的号角与旗帜，正是拼刺刀的你死我活的严峻，才调动起了人的潜能，才高扬了人的意志，才团结了所有的战友，才能像大青松一样巍然挺立，像红岩一样傲然于世间。

至今仍然会有人怀念那个战鼓隆隆的年代、"战犹酣"的年代。人啊，不好办啊。斗得过了，造成混乱分裂，伤害了好人，影响了生产力与文明的发展进步。老是不斗，只知道你好我好大家都好，光剩下和谐与微笑了，人的精气神硬是找不见了，而拜金主义、腐化堕落、消极懈怠、庸俗圆滑、不思进取等都一股脑儿发作了。

也就是说，在"精神懈怠的危险、能力不足的危险、脱离群众的危险、消极腐败的危险,更加尖锐地摆在全党面前"(胡锦涛《在庆祝中国共产党成立九十周年大会上的讲话》)的时候,想完全回避斗争是不现实的。

不是共产党,不会造成那么大的失误,当真是亲者痛而仇者快,如六十年代初期所见。不是中国共产党也抗不住那样大的困难压力与风险,不可能照样乘风破浪向前进。换成别的政治力量,新中国必定土崩瓦解,重陷国而不国,分崩离析,乱作一团,大难临头、莫知后事的苦境。功兮罪兮,历史将长久地在这里沉思!

意识形态的加温结果是"文革"浩劫

12. 六十年代,毛泽东、格瓦拉、胡志明

上个世纪六十年代,一些拉丁美洲的左翼游击队及左翼大学生,喜欢悬挂三位革命领袖的画像:毛泽东、格瓦拉、胡志明。

我想起了爱伦堡在他的小说《暴风雨》中多次引用的意大利游击队的歌词:

> 快点打口哨,同志,
> 是战斗的时候了。

爱伦堡是犹太裔苏联作家。苏联卫国战争中,他写了许多文字痛斥法西斯德国,希特勒曾经扬言,攻下莫斯科后首先要处决的是斯大林与爱伦堡二人。他获得斯大林的优待,常常是半年住在法国,半年住在苏联。五十年代他与一批欧洲左翼知识分子一道,积极投入了亲苏的保卫和平运动。他的小说气魄宏大,喜欢搞跨国描写。他的文章《谈作家的工作》启发了我走向写作。但是我的一位做党务工作的同事说:爱伦堡是个"老油条",根据是他歌颂了半天苏联,抗击了半天法西斯,但他本人不是苏共党员。一心以为自己革命的人当中,也会有这样的蠢材,那是没有办法的事。

斯大林去世、苏共二十大之后批斯大林后,他写过《解冻》,又写过回忆录《人·岁月·生活》,相当精彩地描写了苏联的斯大林

时代。

现在回过头来说咱们。改革开放以后,二十世纪的九十年代,切·格瓦拉又在中国大红大紫了一回,北京人民艺术剧院小剧场上演了《切·格瓦拉》,锐气十足,火冒三丈,说是上演前串场人向观众大喝:"有大款没有?滚出去!"

美国拳击明星泰森的胳臂上刺着毛泽东的头像。遗憾的是,自从中国观众注意到泰森与他臂上的刺青以来,这位常常制造麻烦的拳击名将,并没有在比赛中胜出过。

毛泽东本人的说法则是:与天奋斗,其乐无穷;与地奋斗,其乐无穷;与人奋斗,其乐无穷。其原因,窃以为应该按照马克思的教导来理解:斗争中,无产阶级,失去的是锁链,得到的是全世界。斗争对人的挑战很有吸引力。

还有,一个人如果一辈子耽于斗争,他会斗出瘾来的。斗则进,斗则意气风发、精神振奋、血液顺畅,全身机能进入最佳状态;不斗则"修"、锈、朽、臭,不斗则血脉停滞、二便积痞、三餐无味,直到一命呜呼。

我们一般认为,一个乐观笑哈哈的人能够健康长寿。但是我也听说过,一个爱斗的人必须天天告状、辩论、抗议、咒骂、纠缠不休才能正常进食,正常入睡。

二十世纪六十年代我们向往古巴,我们唱:

> 美丽的哈瓦那,
> 那里有我的家,
> 明媚的阳光照新屋,
> 窗前开红花……

一九六二年,苏联在古巴部署导弹,后在美国肯尼迪政府的压力下撤走了导弹,古巴对此深感屈辱,对苏联有些怨言。我们在痛斥赫鲁晓夫丢了苏联的脸的同时,在报纸上大声宣告:卡斯特罗不愧是真正的马克思主义者。

后来，古巴方面对中苏论战的态度并不符合我们的期待，我们才改了调子，说是反华的合唱中加上一个卡斯特罗，也没有什么了不起。

经过"三面红旗"与六十年代初的饥荒，经过一九六〇年纪念列宁诞辰九十周年时的我们的三篇批修文章，六十年代形势的一大特点是与苏联决裂，双方越走越远。

一不做二不休，你苏共嘲笑中国的"大跃进"，嘲笑中国人喝的是大锅清水汤，嘲笑中国人三个人才穿一条裤子，我则干脆宣布你是叛徒、修正主义，发展成"社会帝国主义""霸权主义"，总之是敌我矛盾。人们说，当时的王明站到了苏联方面，著文批中共是"小资产阶级"，从中国人的观点来看，这只能算小打小闹，小手小脚，远没有中国批苏联时给它戴帽子的威猛慷慨。

这里边也有文化上的互不理解，互不欣赏。苏共在它的理论文章中硬说毛泽东的"东风压倒西风"的提法，是"用气象学的术语判断国际形势"，这有点像小孩抬杠。当然，一直念叨东风压倒西风，也无助于真的去压倒反动派。而一位新疆的老作家由于说了"东风压倒西风"的首创权是林黛玉，"文革"一开始，被斗了个七零八落，就更滑稽了。我在凤凰台的《锵锵三人行》节目中听赵忠祥先生怀念说，周总理关怀指示，鉴于当时电台播音员对于批修的"九评"檄文的出色播报，参加播放反修檄文的播音员每人提升一级。我更是只能长叹了。

九篇批修檄文，广播的读法确有新意，并不是每一个时期都能提供这样的机遇，让广播员大显身手。尤其是读到引用的苏方的反华文字时，我们的出色的广播员念得阴阳怪气、半死不活、似人似妖、非驴非马，令听的人浑身起鸡皮疙瘩。而讲到我方的最激越的文字时，义正词严、泰山压顶、豪迈大方、视对手如草芥，也令听众贪者廉而鄙者立，怯者勇而懦者强，如火熊熊，如水滔滔，如剑凛凛，如马萧萧。

一九八〇年我首次访问美国华盛顿时,《美国之音》的一位台胞背景的广播员对我说,六十年代听到北京广播时,一听到"人不犯我,我不犯人,人若犯我,我必犯人"之类的话,"我们真有点吓得发抖啊……"

像我这种学生娃娃追求革命,我们的革命精神资源包括左翼书籍、歌曲、影剧,我们也崇拜左翼文化人如丁玲和艾青,我们深受客观上起了控诉旧社会体制作用的批判现实主义的影响。当然我们的向往也包括了苏联,一直延伸到旧俄的托尔斯泰与柴可夫斯基。苏联的存在、有关苏联的宣传、苏联的文化,都是激动人心与终生难忘的。二十世纪五十年代后期以来的事情的发展是这些精神资源的一一破产与不断破产,是我们的美梦我们的痴迷的一次又一次破灭,一次又一次化为灰烬。一回运动,失落一回。一遭批判,惶惑一遭。一场运动,清除一批,从精神上"消灭"一批中国的还有更多的苏联的文艺大师与他们的作品。清除了再清除,消灭了再消灭,硬是除不尽,灭不光啊。

当然还有一个高山仰止的巨大存在,就是毛泽东。问题是,好花也要绿叶扶,太阳也要月星衬。毛泽东越来越伟大,其他的一切越来越粪土,一座孤零零的高峰,让人有一种说不出来的悲凉感与寂寞感,甚至是颓丧感。伟大伟大,伟大是不可能孤家寡人的啊。

毛泽东的才华与胆识、他的独出心裁与特殊的行事风格、他的如同惊雷一样的变化莫测的说法,令我们不断地振聋发聩、瞠目结舌。当今的所谓雷人雷语,与毛泽东相比,真是小巫见大巫。

一九六一年,我听到过一次市委领导同志的讲话,里面说"毛主席,就是当前的马克思,就是活着的马克思……"我完全被雷倒了。我知道,国际共产主义运动的团结将更加不可能,中苏的裂痕,将更加扩大。赫鲁晓夫能承认中国共产党的领导人就是当今的马克思吗?

马克思是无产阶级革命理论的奠基人,是一个伟大的学者。直到新世纪的西方金融危机中,还不断有人回想起马克思的理论预见来。但是毛泽东有与他相比较的必要与可比性吗?马克思并没有从事过夺取政权的实际斗争,而毛泽东也没有创立一种崭新的革命理论。

还有一个有趣的说法,一位不比骂爱伦堡是"老油条"的人高明多少的副局级干部,告诉我他学习《毛选》第四卷的体会。恰恰是最艰苦的一九六〇年,编辑发行了《毛泽东选集》第四卷,内容是在人民解放战争中毛泽东撰写的文章与讲话记录。对这一卷"雄文"(郭沫若语)的宣扬主要是"敢于斗争,敢于胜利"八个大字。我当时有点糊涂,我觉得我懂得什么叫敢于斗争,不懂啥叫敢于胜利。我想的是敢于斗争了,那么胜负并不决定于你的勇气而是你的实力、策略与运气,胜了就是胜了,败了就是败了,胜败是斗争的结果而不是斗争的决心、预计与过程。说敢于胜利,等于用主观状态解释胜负,妥当吗?

自我感觉良好的副局级领导告诉我:明白吗?现在的国际形势正如《毛选》第四卷时期的中国形势,敌强我弱,但社会主义阵营占有着整个地球约三分之一的土地、人口与物资,如果按照毛主席的战略策略办,我们就可以取得世界革命的胜利了。问题是苏修不敢斗争,不敢胜利。你说可恨不可恨!

我不知道这是他老兄的独出心裁还是有什么背景方面的特指。他知道世界到底怎么样了吗?

还有一位同志告诉我,中医从第三次国内革命战争的重庆谈判后的打打停停中得到了启发,给病人吃药也是吃吃停停,结果把难治的病治好了。

从苏联卫星上天,判断出"东风压倒西风",看来未必靠得住。但是毛主席与周围人当时处于兴奋状态,则反映出来了。

于是一方面是对于毛主席的歌颂已经入云,可以说已经毋庸林彪的"四个伟大"的出笼了;一方面是对赫鲁晓夫的痛斥。

大有来历的说法是:"苏联现在是凉水洗鸡巴,越洗越抽抽啦。""赫鲁晓夫攻击我们的领袖是过时了的老套鞋。"(按:赫在东欧讲过一些人死抱着过了时的教条不放。领导人,就像过时的老套鞋一样,应该予以抛弃。)

我恰恰是在新疆明白了啥叫套鞋。每年春季,乌鲁木齐等地,一片泥泞,人们在皮靴的外面,还要套上一双橡胶做的小船似的套鞋,才能行路,到了一个地方,先将泥泞的套鞋脱下,再进室内,免得搞得到处肮脏。

人们干脆将赫鲁晓夫称为"赫秃子"。因为他已经掉光了头发。

田汉先生在中国文联组织的一次学习会上大骂赫鲁晓夫这个秃子,并且自嘲说:"虽然我也是一个秃子。"田汉是这样的紧跟着上边走,仍然没有逃脱"文革"中遭受迫害的噩运。

不仅党员作家田汉,非中共作家老舍也讲过:"苏联现在是不行啦。"

甚至刚刚回到祖国大陆来的李宗仁先生,也在言论中注意反修批修。苏方乃尖酸地评论说:"这位蒋介石的密友,这位国际共产主义运动中的新星,指示说:要粉碎苏共。"

我看到过几位做外事工作的同人,他们议论说:"对于苏联人,我们就是要设法激怒他们,让他们生气,让他们出洋相。"

我宁愿理解为这是毛泽东早已有意与苏联决裂,这里并不仅仅是与苏联争国际共产主义领导权的问题,不仅仅是争谁是活着的马克思的问题,而是毛主席考虑到中国的国家利益。当年宣布一边倒是不得已,是美国逼出来的。

美国的资深汉学家费正清博士在《美国与中国》一书中早就指出,美国应该放弃没有希望的国民党而援助中共。他甚至在朝鲜战争时期说,美国在争取新中国的友谊方面只不过是暂时落后于苏联,与新中国的友谊将取决于谁能帮助中国走向现代化而不取决于意识形态。费正清还说,中国有长远的抗击北方异族侵略的传统,目前的中苏友好，可以维持十年到十五年。不仅是费正清，英国的蒙哥马利元帅也预计过，中苏友好的寿命是十五年。

费正清由于在朝鲜战争期间主张与新中国打交道而被美国的非美活动委员会要求出席作证——其实就是去交代问题与接受审查。而中国方面也指责他妄图离间中苏友好，并指责他是美中央情报局的特务。愚蠢，有愚蠢者的光荣证；明白，有明白者的晦气铭。

一九六五年一次由陈毅副总理兼外长举办的记者招待会，此会既有斯时的中国的外交高调，又有陈毅元帅的个性与军人特色。他怒火万丈，怒发冲冠，他幽默放松，随心所欲。一开始元帅先调侃记者先生不要受到中方的洗脑，后又声色俱厉地声称：

> 如果美帝国主义决心要把侵略战争强加于我们，那就欢迎他们早点来，欢迎他们明天就来。让印度反动派、美帝国主义者、日本军国主义者也跟他们一起来吧。让现代修正主义者也在北面配合他们吧，（他捋着头发喝道：我等着你们来，头发都等白了！）最后我们还是会胜利的。伟大的苏联人民和苏联共产党不会准许他们的领导作出这样罪恶的决定。

他还绝无商量余地地说，有人攻击我们没有裤子穿，我要说，即使不穿裤子，我们也要发展核武器。

你可以说这是气壮山河，英雄气概。鸦片战争以降，还没有任何一个中国政府敢于对外、对列强这样昭示自身的坚强勇敢和对抗。你可以说这里憋了一口鸟气：鸦片战争以来，中国人受到的伤害太大了，割地赔款，丧权辱国；一九四九年以后，美国与联合国的敌意；几年来的中苏关系，"三面红旗"的不顺利，在西藏问题上与边界问题上和印度的摩擦……旧账未还，又添新仇，增添了国人的愤懑。不平则鸣，愤怒出诗人，愤怒也出外交家、政治家、军事家。此时不英雄，何时英雄去？

你还可以说，从"反右"以来，或者从批武训、批胡风以来，或者从三大战役以来,一鼓作气,一往无前,拼了再拼,勇了再勇,战了再战,战到二十世纪六十年代,粮食不足兮,犹有气势;天降大任兮,何患灾荒?建设受挫兮,锐气不减;四面受敌兮,更添怒火。光脚的不怕穿鞋的,丢锁链的不怕丢巨额财产的,中国人更有一句名言:我们连活都不怕,还怕死吗?气可鼓不可泄,力拔山兮气盖世;元帅一怒兮,亿民吼,诗人长啸兮,鬼神愁!中华儿女多奇志,不爱红装爱武装……说是外交,是对外的记者招待会,实际是代表中央说给全体人民的!

几十年来,我体会到,内政外交是一个整体。在对内拧紧阶级斗争的弦的同时,对外也常常会强调斗争。对外同仇敌忾、不惜一战的气氛,有利于、有便于在国内拧紧阶级斗争的弦。对内拧紧了阶级斗争的弦,也有助于对外展示我们的英勇无畏的形象。我们自古就有"多难兴邦"的说法。有"亚圣"孟夫子教导我们:"……入则无法家拂士,出则无敌国外患者,国恒亡。然后知生于忧患而死于安乐也。"许多政治家岂止是不怕,而且还善于因势利导制造相对紧张的局势。许多政治家怕的是百姓耽于安乐,个个护着坛坛罐罐,尤其是官员干部,歌舞升平,声色犬马,内无死谏诤言,外无哪怕是假想敌,"国恒亡"。人要有一定的紧张度才能出成绩破纪录,国、党也要有一定的紧张度。"此去泉台招旧部,旌旗十万斩阎罗",这是陈元帅的名句。前两句是"断头今日意如何,创业艰难百战多",悲壮英勇,催人泪下。从五十年代末期到六十年代一直到七十年代前半期,我们的紧张性与战斗性欲停不停,欲止难止。当时的说法叫"树欲静而风不止",就是说我们这棵树木想安静下来,但是国内外反华反共反人民反社会主义反"三面红旗"的邪风它不肯休止,除了奉陪到底,一直斗下去,还有什么别的可能?

后来的说法就更加到位,叫做"极而言之":马克思列宁主义是不会变的,帝国主义是不会变的,修正主义也是不会变的。凡有人群的地方就有左中右,一万年后还是这样。说是苏共要求停止争论,好的,原来准备争一万年,现在减少一百年的争论,改为争九千九百年了。

中苏究竟是怎么回事?巨大的政治战略,未必拘泥于细节,用不着讨论某一次会议某一次不快某一个说法的程序上或常理上的是非曲直。也不必牵强附会到毛泽东不喜欢欧式建筑的尖顶或者其他的中苏关系的恩恩怨怨——例如,是不是第三国际压了毛泽东而支持了王明。对此的说法并不一致。我还要说,上个世纪的六十年代,我曾经为中苏关系的恶化而痛心疾首,而恐惧困惑。我至今不能忘怀五十年代时中苏蜜月的种种美景,不会忘记"中苏友好是千秋万代的事业"的庄严宣告。我不但为《钢铁是怎样炼成的》《青年近卫军》《日日夜夜》《铁流》《士敏土》而激动,我也为《我们祖国多么辽阔广大》,为《喀秋莎》,为苏联电影《攻克柏林》与《斯大林格勒大血战》而沸腾。青少年时期撒下的中苏友好的种子,在我们这一代人身上很难说毁就毁,说除就除。说实话,与苏联决裂,与苏俄为敌,是对我的大手术,是生生挖掉我的青年时代心中最美丽最崇高最刻骨铭心的一部分灵魂。

我至今为中俄关系的良好发展而庆幸。二〇〇四年我获得了俄罗斯科学院远东研究所授予的荣誉博士学位。二〇〇七年,我出访俄国,参加俄罗斯的中国语文年的一项活动——莫斯科书展,同时有我的小说选、散文集(与冯骥才合集)和对我的作品的评论集俄语版在书展上发行。俄方与我方的高级领导人员,都称我为"俄罗斯人民的老朋友",就像中国人称呼斯诺一样。

但是半个多世纪后,我说的是今天——二〇一一年冬,我们不能不承认,与苏联分手,与社会主义阵营分手,跳出三界外,不在五行中,坚持的是新中国的独立自主,直到后来创造了与美国等西方国家改善关系、实现关系正常化的可能性——这是毛泽东对中国、对世界、对国内外的一大贡献,哪怕这个贡献是以某种牺牲或某种强横做代价的。

毛泽东一辈子没有少受推崇、歌颂、膜拜。有的相当夸张。例如曲子很好听的维吾尔民歌《毛主席的恩情唱不完》里唱道：

> 把天下的水都变成墨，
> 把天下的树木都变成笔，
> 把蓝天和大地都变成纸，
> 让天下的人都变成诗人，
> 也唱不完毛主席的恩情。

我记得一位维吾尔族的农妇萨蒂姑丽听着这首歌，拉长了声音对我说："人们怎么这样会说话呀……"

但是也有一些事情，毛泽东的贡献尚未被人们普遍认知，同时又无法广为宣扬。我个人认为，一个是一九四九年时候决定不动香港与澳门；一个是六十年代初期，干脆与苏联分道扬镳。这两件事都难以说破，也不好讲出多少理论，然而这是符合中国人民利益的，也是符合世界人民利益的。

一九四九年保持香港和澳门状态不变，这就为中国留下了窗口，与非社会主义阵营国家，特别是与西方大国的来往、沟通、贸易、交流变得十分方便。以致中苏论战开始后，赫鲁晓夫的苏联一直将中国的军，大意是你讲了那么多世界革命的话，反帝反殖（民主义）的话，你为什么不收回港澳呢？我们至今记忆犹新，五十年代印度宣布要收回印度境内的葡属果阿，不费吹灰之力就将葡萄牙殖民者赶走了，当时我都想过，我们何不早早收回港澳呢？我甚至在莫斯科的华语广播中听到过对于澳门的赌业的报道，莫斯科一直在挑动中国内地来动港澳，毛泽东却胸有成竹地自有主张。

而且他从来没有说明过他在港澳问题上的主张。对此，人们只能是心知肚明。

而中国与苏联、美国的关系，只能意会，不能言传。二〇〇四年我访问俄罗斯的时候，俄罗斯科学院远东研究所所长、原苏共中央工作人员、著名汉学家、对华友好人士季塔连柯院士对我讲到,早在延安时期,毛泽东就希望搞好与美国的关系,毛泽东曾经给罗斯福总统写过一封信,但是没有受到美方的重视,没有得到回应,其后在中国的革命战争中,美国又完全站到蒋政府方面,敌视新中国,逼得中国只能一边倒。季院士认为,毛泽东的倒向苏联阵营,是为了中国人民的利益,但是后来毛的认识有了发展,他可能认为他的希望没有实现,他需要重新布局中国与苏美的关系。

一些媒体也说到,早在延安时期,毛泽东等就很希望与美国建立直接打交道的关系,中共领导人认为,苏联太穷困,将没有能力对新中国的建设作出贡献。而美国能。

这也符合前面提到过的费正清博士的观点。看来费博士的讲法绝非无的放矢也不是空穴来风。

二〇一〇年在美国哈佛大学,我参加一个中美作家交流的活动,美国朋友傅高义与我们中国作家共用晚餐,我与傅谈了毛泽东给罗斯福写信的事。他知道此事,他说,毛泽东的信根本就没有到罗斯福总统那里,而是被扣在当时的美国议会中国小组那里了。他们根本没有看得上中共与边区。他们坐失良机。

我还听金一南将军在北京电视台的《中华文明大讲堂》里讲过,一九四九年南京解放以后,司徒雷登曾经与我们联系,以巨额经援为诱饵,要新中国远离苏联与社会主义阵营。这就是时间差,时间差改变了许多历史。但时间差并没有改变基本的因子。

国际政治很伟大、很宏观、很奥妙精微。同时,国际政治也很简单、很实在、很具体、很常识,有时还非常粗糙。"文革"后咱们这边有些人以为到了修复中苏关系的时候了,我听到了振聋发聩的大实话:"跟苏联搞好了关系有什么用?苏联又没有钱。"

一面是心比天高,一面是身为贫窘,这是晴雯的悲哀,也是当年苏联的悲哀。这也是一切左翼空谈家的悲哀。盛世才是个坏蛋,他曾经一度亲苏亲共,他与中共人士陈潭秋、毛泽民、林基路有过一段合作,他去了一趟苏联,苏联的贫穷与压制,吓倒了他。他背信弃义地枪杀了陈、毛、林三位烈士。

尤其是执政党,你不能只知道搞诗情外交、作秀外交、精神外交,还有诗情政治、作秀政治、精神政治。

季塔连柯院士还提到,一九四九年后中共的路线斗争如此之多,原因之一就是毛泽东要清除亲苏派。

这使我想起我参观四川广安县邓小平纪念馆的一个印象。纪念馆的展品中,有介绍一九七五年邓小平复出的资料,当时毛主席讲邓的优点,特别补充指出:邓反修积极。这句话是有点意思的,既然反修积极是一个优点,就说明当时并不是所有的人反修都同样积极,有不积极的,才能反衬出积极的可贵。按照季塔连柯介绍的苏方说法,朱德、宋庆龄与陈云(这个排列次序,依季氏原讲法)就从来没有发表过"反苏"的言论。

六十年代不仅是批苏修,而且牵扯到意大利共产党总书记陶里亚蒂与法国共产党总书记多列士,对他们也是大肆挞伐。对于我这样的学生娃娃来说,这很难想象很难理解。毕竟是在邪恶的资本主义环境中悲壮地进行着悲壮的斗争的共产党啊,是团结起来到明天的共产主义战士啊,说一声"修",怎么稀里哗啦地就"修"上了。变"修"了? 我怎么从中品味出一丝滑稽的意味? 以致很长时间以来,我们家的食品变质变馊变味,我都称之为变修了。

是我们中国人正在破除迷信,解构了国际共产主义运动的神圣光环吗? 是我们挖了自己的意识形态的墙脚吗? 是生活,是现实在启动了这一切无情的却是不可避免的降温工序吗?

我再一次体会到文艺的无力、意识形态的无力、青年人政治热情的无力。国家利益才是高于一切的。丘吉尔说:"没有永久的敌人,也没有永久的朋友,只有永久的利益。"

而什么苏联的今天就是我们的明天啊,我们的祖国多么辽阔广大(苏联歌曲)啊,红莓花儿开在野外小河边哪,法捷耶夫、西蒙诺夫、肖洛霍夫啊,乌拉、斯大林哪,无产阶级的国际主义、全世界无产者联合起来(《共产党宣言》里提出的口号是"工人无祖国")呀……与其说是不堪回首,不如说是不好意思回首喽。

还有就是外交。与清朝和民国时期的外交的怯懦软弱昏昏然相比,上个世纪五六十年代的外交极富毛泽东氏的个人的特色,可以说是天马行空,搅得周天寒彻。我记得苏联外交家、著名汉学家费德林给我讲的故事,一九五九年毛泽东接见前来参加中华人民共和国十周年庆典的赫鲁晓夫,毛氏穿着泳裤披着睡衣在中南海游泳池边接待赫氏,并要求赫先下水再谈话。赫又不会游泳,大为狼狈。

新中国此时还是一个年轻的国家,是一个革命造反的国家,是一个心怀愤懑的国家。那时候毛主席常常接见外国的革命领袖。一九七〇年毛主席还针对柬埔寨政变等事件专门发表"五二〇"声明,提出全世界人民团结起来,打败美帝国主义及其一切走狗,并举行了示威游行。为支援古巴,我们游行过;支援越南,也游行过。毛主席的战略叫做"战略上藐视敌人,战术上重视敌人"。外交上多半是搞战略上藐视敌人的,是要出一口长气的,语言的犀利是无人能够比拟的。而另一方面,其实中国的涉外事务很谨慎细腻,军事上则常常体现为战术上重视敌人的。对印自卫反击,打完了主动后撤。对金门的炮击,打一阵子也就降下调来了。还有什么单日如何,双日如何,有打有不打,还有春节期间停止炮击,以示对金门百姓的关怀。再如那年周总理在万隆会议上的讲话,是多么心平气和、有理有礼有节啊。

俱往矣,从那个时候到邓小平的对外开放,同时韬光养晦,不搞对抗,决不当头,又是一番聪明得多、实惠得多的风景喽。

13. 赵朴初的批修散曲,文采风流似匕首

写到这里,天假我笔,我觉得我十分想写一些二十世纪六十年代

中国的精神生活、文化文艺生活、心态风景。

首先,我想到的是赵朴初老师的名作《某公三哭》:先是《哭西尼》,是以赫鲁晓夫的口气哭一九六三年遇刺身亡的美国总统约翰·菲茨杰拉德·肯尼迪。

(秃厮儿带过哭相思)

我为你勤傍妆台,浓施粉黛,讨你笑颜开……卖掉祖宗牌。可怜我衣裳颠倒把相思害……为啥总统不能来个和平赛?你的灾压根儿是我的灾……真是如丧考妣,昏迷苦块……这一片痴情呵……再把风流卖。

这是说赫鲁晓夫背叛了马列,投降于美帝,要和美国搞和平竞赛,下流无耻不堪。

当时批苏修主要批四无三和两全:四无是指无军备、无战争之类,记不清了。三和是和平共处、和平竞赛、(从资本主义到社会主义)和平过渡。两全是指苏共宣布自身是全民的党、全民的国家。

第二首《哭东尼》,东边的尼,说的是后去世的印度领导人尼赫鲁。

(哭皇天带过乌夜啼)

掐指儿日子才过半年几,谁料到西尼哭罢哭东尼……俺攀亲花力气,交友不便宜……下本钱万万千,没捞到丝毫利……而今后真无计!收拾我的米格飞机,排练你的喇嘛猴戏……

这是骂赫鲁晓夫的联印反华,也捎带着批了一下印度某些人对藏独势力的支持。

第三首《哭自己》,则说的是一九六四年尼基塔·谢尔盖耶维奇·赫鲁晓夫被赶下了台。

美国总统、印度总理、苏共总书记,三人名字中都带"尼"字。过程是这样的:一九六三年,肯尼迪遇刺,赵朴初写了《尼哭尼》,半年后,尼赫鲁去世,赵朴初写了《尼又哭尼》,然后仍是半年过去,中国

143

原子弹爆炸，苏联的勃列日涅夫等把赫鲁晓夫赶下了台，赵朴初又写了《尼自哭》。

一九六五年二月一日，根据毛主席指示，《人民日报》发表了赵朴老的此三首散曲，并更改标题如所述。现在回过头来看第三哭：

（哭途穷）

……一筋斗翻进阴沟里……许多事儿还没来得及；西柏林的交易，十二月的会议，太太的妇联主席，姑爷的农业书记……光头儿顶不住羊毫笔，土豆儿垫不满砂锅底，伙伴儿演出了逼宫戏……一声霹雳惊天地，蘑菇云升起红戈壁。俺算是休矣啊休矣！眼泪儿望着取下像的宫墙，嘶声儿喊着新当家的老弟……硬说我寡人有疾。货色儿卖的还不是旧东西……要到底，没有我的我的主义。

中心还是批苏修。很翔实。女婿要当苏共中央的分管农业的书记，太太要当妇联主席，可能确有此说。光头当然是赫的生理特点，写上去不符合西方绅士的文明准则，国人看了则大呼痛快。"顶不住羊毫笔"是指我"九评"一发表，赫就下了台，"九评"的威力何其大也。土豆儿的故事则是说赫在匈牙利提倡"土豆烧牛肉"的共产主义。这也与事实和原话不无出入，我就不在这里涉及这桩公案了。

后面几句则顺手扫了扫勃列日涅夫，指斥他搞的是没有赫鲁晓夫的赫鲁晓夫主义。

《哭自己》中还提到了中国原子武器试爆的成功，当然，在那个严峻的年代，这边是原子爆炸，那边是赫逆下台，真够自己乐和一回的。有觉悟，同时那三年困难时期的处境还不是太悲惨的人们，读了赵朴老的散曲，欢声笑声雷动，不但不再为饥荒而忧愁，而且个个得意洋洋，就像中国的"大闹天宫"已经取得了决定性的胜利一样。

赵朴老太伟大了，太有才了，政治正确是太没的说啦。曲儿做得这样挥洒自如、刻薄刁钻（无贬义）、生机亢奋、妙趣横生、嬉笑怒骂，天下第一文章。个中中学、西学、马(克思)学、毛(泽东思想)学、诗学都很有火候。拿着美国已故总统、印度已故总理,主要是苏共总书记足足地开了一回涮,美美地大大耍笑了个不亦乐乎!两首曲里都有"上帝啊"的字样,也反映了作为佛学家的赵朴老对西方基督教的疏离,事后或许有人挑剔此曲对基督教不无失礼,当时却正是中国人出一口鸟气要紧。无怪乎他受到了主席的欣赏,无怪乎他得到了全民的喝彩与欢呼!它反映了备尝艰辛的国人对于敌人的幸灾乐祸之心与对自己的陶醉之意。

令人叹息的是现在,像赵朴老这样的精通文化、政治、佛学、书法与古典诗词(曲)的佼佼人物,已经失传。现在找个人又能出火,又能装饰门面,又精通政治,又擅长词曲,又能成为党的笔杆子,又潇洒风流、刀刀见血的文曲星已经甚为为难。乱世英雄出四方,愤怒便是诗人王。那时的愤怒出诗人,愤怒出英豪。现在的情况是愤怒颇多,破口大骂的也好找,而诗人太少。例如网上的愤青愤老儿说脏口儿的,有几个文采风流的?

从"三哭"的冷嘲热讽之中,我甚至想到了鲁迅风,叫做"横眉冷对千夫指"。市场、和谐、孔孟之道、《三字经》与《弟子规》,你好我好大家都好让世界充满爱,北京欢迎你,同一个世界、同一个梦想……上哪儿再找鲁迅与赵朴初的曲儿去呢?

当然,也不无遗憾,第一哭——其实是嘲笑哪怕是敌人的生理死亡或遇刺死亡,似不怎么慈悲,不怎么博爱,也不怎么神佛。除非是战争中被咱们击毙。生老病死,是刺激佛陀悟道的人皆有之的痛苦,不一定把生理死亡、病理死亡政治化阶级斗争化。第二,肯尼迪之死,其实与我们无关联,我们没有欢呼莫名其妙的刺客行为的必要。当年我国一家报纸为此事登载了一张幸灾乐祸的漫画作品,说肯尼迪这回啃了泥地啦,受到有关领导的严厉批评,这个批评是对的。赫鲁晓夫的下台呢,咱们也用不着庆祝胜利,因为勃列日涅夫是更强硬更不好斗的对手。我们的喜庆,反映的是我们的水准有限,可以欢呼的文章题目有限，弄不好是自作多情。说到底，处理国际冲突、分歧，我们还在摸索。而文人学士，即使有极大的才华，也还是慎用自己的文才更好。当然，归根结底，我们还是怀念赵朴老，他的书法，他的文才，他的佛学修养，他对于中国佛教事业与佛教文化的贡献，他对宗教文化发展的积极作用，他说的相当超前的一些话，他对于中国革命、统战事业的贡献，使我们怀念他并痛惜其后继无人。

这也说明革命潮流的伟大无比，二十世纪中国的革命潮流是这样一个潮流，佛学家、文学家、政治家、商家、工业家、华侨领袖、军事将领，各界名流……自觉自愿地投身于革命大潮之中，于是各种出色的人物涌现，人才兴了革命，革命激励了人才，如果不是这样一个翻天覆地的革命法，而是按部就班地考公务员，能出赵朴初这样的奇才吗？

但是我要说一下，我有一个无师自通的规矩：不因为任何我不喜欢的人的生理、病理、灾祸、意外死亡而欣喜。除非是政治处决或战斗送命，死亡不是一个政治事件，而是自然现象，至多是社会事件（如死于飞行事故）。对于正常人，它是一个不幸，它是无奈，它是大自然从而是上苍的事儿，我为此感到敬畏、无力与悲哀。我为之而默哀。因为我也一样，或迟或早，总要死于生理、病理、灾难、事故等状况。让我在这里为所有坑害过我也被我所厌恶的人的已经死亡或将要死亡而致哀，我也希望他们不必因为我的必定离世而欢喜。

毋庸赘述，当时有当时的情况，现在中美、中俄、中印的情况都非过去可比，我当然更愿意祝祷的是与三国和他国关系的良好发展，哪怕以少读文采风流的赵朴老式的散曲创作为代价。

而"大跃进"后到"文革"前，这个时期的重要精神事件之一是向雷锋学习。毛主席题字"向雷锋同志学习"，刘少奇题字"学习雷锋同志平凡而伟大的共产主义精神"，周恩来题字"向雷锋同志学习憎爱分明的阶级立场，言行一致的革命精神，公而忘私的共产主义风格，奋不顾身的无产阶级斗志"。

贺敬之的长诗《雷锋之歌》适逢其盛,为许多青年所朗诵:

> ……你来了呵,
> 更不是为
> 向仇人们鞠躬致敬——
> 说是为大家的"安宁",
> 必须
> 践踏爹妈的尸骨,
> 把难友们的鲜血
> 倒进
> 老爷的杯中……
>
> 雷锋!
> 你满腔的愤怒呵,
> 你刻骨的疼痛……
> 你对党感激的
> 含泪带笑的目光……
> 你对新生活
> 如饥如渴的憧憬……
> 全部投入
> 我们阶级的
> 步伐——
> 化成了
> 战斗的
> 轰天雷鸣!

我最感动的是藏族女歌唱家才旦卓玛演唱的、根据雷锋日记谱写的歌曲《唱支山歌给党听》,真挚朴实,情深意长,出自肺腑,如泣如诉。直到数十年后的一些庆典活动上,才旦卓玛的此曲仍然是必有的无可替代的极品节目。再想想她与她的艺友们表演的高大完整的歌舞《东方红》，想想她在大歌舞中演唱的《北京的金山上》，谁能不热哭一场？那才是赤子的声音、农奴歌手的声音。半个多世纪了，我们数亿中国儿女在才旦卓玛的洁白如珠穆朗玛高峰上的雪冠、纯净如喜马拉雅山上的蓝天一般的感恩歌声中度过了大半生。"唱支山歌给党听，我把党来比母亲""毛主席就是那金色的太阳""北京城里的毛主席，我们虽然没有见过您，您给我的幸福却永在我身边"。最后几句话出自我最最喜爱的歌曲《金瓶似的小山》。至今我最喜爱的 CD 之一，仍然是《红太阳颂》。

一九八六年我以新任文化部长的身份去西藏参加雪顿（藏剧）节时，才旦向我讲到了她住房上的某些困难，我特别向自治区党委领导伍精华同志介绍了才旦卓玛的贡献与周总理对才旦的关心。当年才旦一到北京，当晚就到周总理家里用饭。后来，才旦当选为西藏自治区政协副主席，之后，新疆歌唱家帕夏·依仙也当选为新疆的政协副主席，她们的住房之类的事得到了较好的安排。我为中国的少数民族老艺术家的一点安排与尊严略尽了绵薄之力，我很高兴。虽然，从指责官本位的角度看，为艺术家争取官职与级别，绝对不是最理想的办法。

从才旦卓玛的歌声我联想到斯时黄宗英在《人民文学》上发表的报告文学作品《小丫扛大旗》，黄宗英提出一个概念——党的嫡亲女儿。能够像才旦那样给党唱山歌的孩子，该算是党的嫡亲女儿了吧？

我读完黄大姐的文字，非常感动羡慕，什么时候我能够像宗英大姐那样歌颂党歌颂毛主席呢？那真是从天上捧出了红太阳啊。

而真正代表这个时期的歌曲，我认为是《我们走在大路上》，它的词曲作者都是李劫夫。

我们走在大路上，
意气风发斗志昂扬，

毛主席领导革命队伍，
披荆斩棘奔向前方。
向前进！向前进！
革命气势不可阻挡！
向前进！向前进！
朝着胜利的方向……

五星红旗迎风飘扬，
六亿人民奋发图强，
勤恳建设锦绣河山，
誓把祖国变成天堂……

我们的朋友遍天下，
我们的歌声传四方……

确实是有代表性的时代强音。"大路上"，因为这是光芒万丈的理想之路，它表露的是我们对自己选择的发展模式的自信。意气风发……当然，"反右"也好，"三面红旗"也好，都是高调强势的姿态，一洗民族二百年来的委靡耻辱。"披荆斩棘"，说明敌人与困难都很多，压根就甭想一帆风顺，而共产党的最大特点是一不怕困难，二不怕反对，三不怕失败，四不怕掉脑袋。"不可阻挡"，谁阻挡就让他灭亡，让他化为齑粉。"朝着胜利"，我们不胜谁胜？有一回没怎么胜也还要朝着胜利的方向。朝着胜利的"方向"，方向这两个字太精彩喽，现在也是一样，党时时提醒要走上正确的方向。"奋发图强""锦绣河山"，誓建天堂……仍然是忒火了。唉，人间最恨不是天堂！不但现在不是天堂，一万年后也不是天堂。天堂不在人间，这并不是一个誓不誓愿不愿的问题，而是一个需要理智思考的问题。人不是神，人是猴子变的，人间压根就不是天堂，倒更可能是猴堂树林堂烂泥塘百兽堂。当然，我们要把社会人间建设得更美好，让它朝着天堂的方向一点点前进。至于"朋友遍天下""歌声传四方",这比较实际,我们可以做到,我们早已经做到了。

此曲也很有气势,听着这首歌,我似乎看到了一个个的大方队,高歌入云,阔步前进,一扫旧中国的混乱散漫羸弱迷茫,太让人倾倒了。

在一九六二年一次中国文联的学习会中,辽宁的一位音乐家丁老师,我想他应该是《我们走在大路上》的词曲作者李劫夫同志的同事,他告诉我,该曲的旋律颇受苏联歌曲《莫斯科,你好》的影响。他哼唱着:

……向前进,高声唱,
我们穿过大街绕过花园,
莫斯科,莫斯科,人民的光荣永远属于你。
你永远年轻,我们衷心热爱的莫斯科……

在我五十年前的印象中此曲的词作者是法捷耶夫,现在则说是奥·法捷耶娃,那就与我所迷恋的法捷耶夫不是一码事了吗?

我听着,二者是有点"靠谱",不知道内行们怎么看。这也很正常,我们的群众歌曲受苏联的影响,不足为奇。劫夫的词曲最后还是高度地中国化了的,是中国化与革命化的结合。

让我一千次选择
是你
还是你呵
——中国

让我一万次寻找
是你
只有你呵
——革命

生
一千回
生在
中国母亲的
怀抱里

活
一万年
活在
伟大毛泽东的
事业中

呵
一切
都已经
证明过了
一切一切
还在
继续证明……

这里有
永远不会退化的
红色种子
这里有
永远不会中断的
灿烂前程!

这也是赤子之歌。这一段也是出自《雷锋之歌》。

一面是极度的匮乏,一面是极度的昂扬,一面是难以想象的承担,一面是从未有过的高姿态。

用昂扬的姿态未必能成功地发展经济,用昂扬的姿态,却能相当成功地维持着新中国,经历了那样的困难,仍然要继续昂扬下去。

而此时的歌剧《洪湖赤卫队》《江姐》《红珊瑚》,此时的长篇小说《苦菜花》《野火春风斗古城》《铁道游击队》《红岩》《艳阳天》,现代戏曲《革命自有后来人》(即《红灯记》)、《芦荡火种》(即《沙家浜》)、《朝阳沟》……都是革命得不能再革命了,人民得不能再人民了,红彤彤得不能再红彤彤啦。

我还不忘歌曲《社员都是向阳花》:

> 公社是棵常青藤,
> 社员都是藤上的瓜。
> 瓜儿连着藤,
> 藤儿牵着瓜,
> 藤儿越肥瓜儿越甜,
> 藤儿越壮瓜儿越大。
>
> 公社是颗红太阳,
> 社员都是向阳花。
> 花儿朝阳开,
> 花朵磨盘大,
> 不管风吹和雨打,
> 我们永远不离开她!

民歌风的调子,亲切动人。歌词亲切通俗,朗朗上口。斯时我的大儿子王山出世,他妈妈抱着他迎着阳光照了一张照片,我给此照命名为"社员都是向阳花"。

这是一个红彤彤的年代啊。所谓的"右派",被打下了气焰,红彤彤的苗子如作家浩然正在蓬勃成长壮大。他不但写了大量清新活泼的反映农村生活的作品，而且发明了一种与众不同的写作方法。我亲耳听他讲过，有多少思想，就有多少生活。我分析，他的意思是说，你只有从思想上找准自己的立足点，你的生活经验才是有用的。另外他说，例如你在生活中碰到一个作风简单粗暴的农村干部，你千万不要去写农村干部的简单粗暴，而要反过来去着力塑造一个作风细腻、温和体贴的农村干部典型。例如你碰到个态度不好的商店店员，你当然不可以写社会主义的商店里有态度不好的店员，而是要写一个模范的英雄的与顾客心贴心的店员。浩然的倒写现实法举世罕见。这样的作品，弄不好会培养出倒读书的读者，看到先进人物就想到恐怕是够落后的啦，读到勇士，没准想到作者是不是又碰到一个懦夫？

我的好友黄秋耘告诉我，当时的作协党组书记邵荃麟曾经为作家不能真实地反映生活而焦虑，他甚至想到过创办一种内部发行的刊物，题材与写法可以放宽一些，既能让作家有直抒胸臆的机会，又不至于因作品反映了生活的阴暗面或艰难面而产生副作用。

我开玩笑地说，现在有什么什么级别以上干部才能得到阅读权利的文件，我们能不能设想一种什么什么级别以下的非共产党员百姓才能阅读的特殊读物呢？

一九六五年以后，金敬迈的《欧阳海之歌》被领导宣布为是开辟了文学的新时期的作品。作品的特点是不停地写主人公对毛主席的崇拜与学习毛著的心得。我认真地读了作品，想知道是不是今后所有的作品都要这样写。也就是说，今后主要是写英雄人物成长过程中是怎么样学习毛主席著作的。

此书作者在"文革"中曾被吸收到"中央文革小组"文艺组工作，后来又翻身落马，"挂"（拖着不作结论）了半辈子。他的命运实在不让人羡慕。

我还念念不忘话剧《霓虹灯下的哨兵》，周总理也表扬了这一出戏，他说每当他听到剧中说到"是老乡们推着小车，送着军粮，送我们过了黄河，过了长江，解放了全中国……"（大意）就会感动得落泪。我还记得其中一个小情节：那个小资女性林某，在家里听留声机，放的是舒曼的《梦幻曲》。当话剧中一提"梦幻曲"三个字，台下的观众便哄堂大笑。其实舒曼原作题名是《童年》。一九九六年我去过德国波恩市郊区的舒曼墓，他的坟墓上摆着孩子们献的鲜花与儿童玩具。舒曼是一个音乐天才，早早地死于精神病院。

六十年代的一些领导人的诗词，十分成功。胡乔木有词曰："大海航行歌四起，营地乐，胜家乡"，说明那时《大海航行靠舵手》已经普及。

而陈毅元帅的"大雪压青松，青松挺且直。要知松高洁，待到雪化时"早在此前已经家喻户晓。

真是不破不立，不塞不流，不止不行啊。没有"反右"的雷霆万钧，能有这样的精神振奋吗？精神特振奋，能够不付出代价吗？

也许真正能代表那个时期的精神的作品还是得请出老人家的词《满江红》：

小小寰球，有几个苍蝇碰壁。嗡嗡叫，几声凄厉，几声抽泣。蚂蚁缘槐夸大国，蚍蜉撼树谈何易。正西风落叶下长安，飞鸣镝。　多少事，从来急；天地转，光阴迫。一万年太久，只争朝夕。四海翻腾云水怒，五洲震荡风雷激。要扫除一切害人虫，全无敌。

瞧这自信，瞧这口气，赫鲁晓夫、尼赫鲁、肯尼迪，不过是几只苍蝇，他们的国家，也不过是蚂蚁缘槐自称的大国，而咱们中国，要翻腾四海，震荡风雷，扫除一切害人虫，注意，是"一切"，中国全包了，中国是世界不败！

往事自然非烟，往事依然激越。尽管可以说是江山依旧而人事全非，我仍然不会忘记如周扬一九六三年在社会科学学部的一次大会上的著名讲话《哲学社会科学工作者的战斗任务》，这是他一辈子讲得最有文采、最有激情的话：

> 伟大的社会主义的时代，是人民的英雄辈出的时代……不论是资产阶级社会或者封建社会……产生了一批又一批杰出的思想家……康德和黑格尔……莱辛和歌德……普希金、赫尔岑、别林斯基、车尔尼雪夫斯基、托尔斯泰……我国……先后出现了龚定庵、康有为、谭嗣同、邹容、章太炎、李大钊……孙中山和伟大作家鲁迅。历史上的优秀人物，常常是在社会发生剧烈变动的年代，在尖锐的阶级斗争中成长……恩格斯曾经这样称赞文艺复兴，说"这是一个人类前所未有的最伟大的进步的革命，是一个需要而且产生了巨人——在思想能力上、热情上和性格上，在多才多艺上和学识广博上的巨人的时代"……一个新的、伟大的社会主义的文艺复兴的时代正在到来……要以新的努力、新的建树、新的创造来迎接我们的时代。

"啊，多么辉煌！"我只能以帕瓦罗蒂演唱最拿手的拿玻里民歌《我的太阳》的起始句子来表达我对周扬此次的伟大宣言的感受。太久太久了，我们已经很少读到这种漂亮、精彩、丰赡、豪华，我要说是光芒万丈的文字与理念了。一面是物质的艰窘与饥馑，一面是精神的豪华与不无挥霍。一面是我与不少人个人状况的不堪言表，一面是国家大业的锣鼓喧天。一面是要吗没吗的日常生活，一面是原子武器、运载武器、人造卫星及其有关豪言壮语。说实话，我是又怕、又服、又赞、又叹、又振奋、又找不着北。祖国，祖国，你到底该怎么走下去呢？你这台戏到底该怎么个唱法呢？

毕竟，我们有文艺。煽情，意志，理想，决心，硬骨头精神，愤懑，爱国主义，爱党爱民。用精神力量提高钢、粮产量，可能不无困难，用精神力量掀起红色文艺的高潮，则是绰绰有余。是二十世纪六十年代我们的文艺作品精彩，还是现在即二十一世纪的我国的文艺作品更好些呢？未必人们有统一的看法，也未必有谁能说个清楚。

周扬当时很兴奋也很浪漫。老王有诗为证:"曾惊五岳蒸云色,敢驾三江破浪帆。孰料难逃黑线网,秦城狱里几多年……"直到"文革"后,周扬变得凝重多了,也寂寞萧条多了。何昔日之芳草兮,而今为此萧艾也,其有他故兮,莫……之害也。

《庄子·秋水》中曰:"秋水时至,百川灌河。泾流之大,两涘渚崖之间,不辨牛马。"水大了,潮流太大了,连是牛是马也分辨不出来。何况文艺、精神、爱国、普世、现实主义、浪漫主义、珍品、垃圾……千秋功罪,谁与评说?

还有一个有趣的思索,贫穷、艰窘、饥饿,常常是一种道德情操的出发点与原动力。

中国人自古就认为,君子固穷,人要安贫乐道,要像颜回那样,一箪食,一瓢饮,人不堪其忧,回也不改其乐。穷更要有风骨,有尊严,有骄傲。

外国也有很多这样的故事、寓言,越是穷人,越是高尚与高明。

共产党更无需说了,代表的是无产阶级,仇恨的是资产阶级。什么是无产:田无一垄,房无一间,钱无一元,只会出卖劳动力。新中国成立后,财产、财富是可怕的名词,是罪该万死的同义语。

曾几何时,也许中国的人均收入仍然处在世界各国的列,而为富不仁、仇富怨富、拜金主义、贫富悬殊、富而不公、城乡矛盾、工农差异、权钱勾结、以权谋私、权力寻租、斗富烧钱、奢侈浪费、贪污腐化、贪赃枉法、经济犯罪……已经走到世界的前列了。与此同时,人们在怀念毛泽东主席,有人甚至怀念"文化大革命",怀念那种宁要全民饥饿的所谓清廉公正,而痛恨那些用非正当手段攫取了大量物质利益的人。对此,能够置若罔闻与粗枝大叶吗?

14. "文化大革命"非搞不可

我相信一九六六年的中国,陷入"文革"已经是在劫难逃了。

毛泽东是极富创意的不停顿地进行革命的人。他心比天高,才比天大。他来到地球上就是来干革命的,是造全世界的反的,尤其是要造那些比他与他的国家强大富裕自命优越的大人先生们的反。就像帕瓦罗蒂,他是来给人类唱歌的,不唱了,他也就离去了。

毛泽东的青年时代的词《沁园春·长沙》有句曰:"粪土当年万户侯"。其实,毛泽东更有兴趣的是粪土当今万户侯、万卷书、亿万富豪。

而在二十世纪五六十年代,他有著名指示曰:"要敢于摸老虎屁股",即要向强大者挑战。一九六五年,印尼总统苏加诺退出联合国,首倡在奥林匹克运动以外另搞一个新兴运动会等,乔冠华趁着酒劲为《人民日报》撰写了社论:"苏加诺敢摸老虎屁股",受到了毛主席的好评。一说是在对苏加诺表示支持的一个外交声明里,毛泽东给加上了"苏加诺摸了老虎屁股"的字样。为此还引起了苏联外交部的自以为是的责备:"怎么能用这种低俗的词儿?"

是的,毛泽东一生,他要摸国民党蒋介石的老虎屁股,他干脆赶走了这位老虎。他百分百地成功了。他要摸美国与联合国的老虎屁股,他也取得了伟大的胜利。他要摸苏联这个社会主义阵营里的头号老虎的屁股,他也基本成功了。他干脆摸整个"社会主义阵营"的屁股(除了与咱们站在一起的阿尔巴尼亚与对苏闹独立性的罗马尼亚),他也没有吃亏。他也摸了国际共产主义运动的老虎屁股,痛痛快快地骂了法共与意共。他摸了地主老财的老虎屁股,搞得地主老财哭爹叫娘,魂飞天外,并消灭了这个阶级。他摸了资产阶级的老虎屁股,只动了一个小拇指就基本完成了社会主义改造,为君谈笑定"资""社"。一九五七年,他摸了大知识分子与民主人士的老虎屁股,其实,一摸就知道了,不是老虎而是老鼠最多是呱呱叫的青蛙的几乎体量等于零的小屁股,对于他老人家来说,实在是不堪一摸。在一九五八年,他要摸的是整个经济规律与经济体系的老虎屁股,他受挫了,是严重受挫,使老人家深感郁闷。而到了一九六六年,他摸的是中国共产党与中国政府的各级组织各级领导各种党阀军阀（他的话）的老虎屁股了，他要粪土这一切现有的自己的体制与权力运转机制了！

二十世纪六十年代，"三面红旗"的受挫使毛泽东稍做调整，接着不是转弯而是一不做，二不休，变本加厉，干脆把"革命"往更加彻底的方向猛推。他老人家益发愤怒与蔑视世界上已有的所有社会体制和它们的代表人物：封建主义的、资本主义的、苏联式计划经济的、社会民主党与工党式的、宗教原教旨主义的……他都看不上。他认为，这所有的体制都有一个共同特点，压制大多数，保护少数，使不平等变成永远。这一点在"文革"后期他谈"资产阶级法权"的时候，最为惊人，也最为高深莫测。

这一点他与列宁不同，列宁强调的是无产阶级除了组织，没有别的武器。在一九八九年底，苏联解体以后，我听到过咱们的一位喜欢琢磨事的部级领导干部讲，资本主义大国要搞对我们的和平演变，优势在他们那一边，我们的应对方案就是抱成团，拧成一股绳，就是说靠组织的力量抵御演变。他的话应该说完全符合列宁的教诲。

但是请看，天才的，集诗人、哲人、统帅、舵手、领袖气质于一身的毛泽东与列宁不同，他相信自己的史无前例的思想与艺术，相信群众，相信人海战术，却并不那么迷信叠床架屋的组织与以其昏昏、使人昭昭，车越坐越好，房越住越宽，脾气越来越大的官员（以上的说法是毛自己讲的）。他不相信正规的组织原则与组织程序，也不那么相信他的同僚战友。确实他的思想冲天震地，很难找到同道，叫做曲高和寡，与俗鲜谐。有时候他自己也可能解释不清楚他到底要干什么。他要求革命的彻底性，再彻底，再彻底彻底，永不停歇。他领导的时代，最喜欢批判的一个思想观念就是：船到码头，车到站。也就是说，他的革命机体是永无码头的海轮与永不停站的机车和永不落地的飞机。

他决不俯首给任何组织，包括他个人缔造的与领导的组织。他有一个党章中没有规定过的工作方法:动辄搞一个五人小组、七人小组、联络员,这些非正规军一出现,就把其他的什么组织都管住乃至作废了。尤其是"文革"中搞一个"文革小组",使政治局、书记处靠了边,甚至变成了"革命对象"。有些地位远远无法与毛主席相比的人,掌握芝麻大的权也要搞小组与联络员,以便拉帮结伙,整治对手,这其实是非组织活动了。

主席整整一辈子,从来都是强调打破不合理的规章制度的,却很少提建立制定什么法制规范。

一九六六年"文革"中,他的发动红卫兵砸烂党委的各级领导组织体系的做法令人瞠目结舌。他所做的不似政变,恰似政变,至少像是解散内阁、国会与全部地方政府。更加罕见的是以领袖与导师的身份走上长安街头——天安门城楼,一次又一次地检阅快要发狂了的红卫兵小将;这几近于是发动街头斗争。他的反对御用红卫兵的说法令人想起"右派"反党的语言,不免晕倒。他的直接号召群众发动群众的艺术前无古人,后无来者。除了军队他要紧紧拉到自己这一边以外,什么级别,什么官位,他都置若罔闻。他可真让人喝彩,让人高呼痛快,让人坚信这样的人物中国几千年才有一个,世界几百年才有一个(语出林彪)!

从一九四九年,他几乎没有一年、没有一个月、没有一个星期好好反思一下调整一下休息一下过。他马不停蹄,不断策划,不断发动,不断号召。他左一拳右一脚,左一掌右一推拿:"镇反""肃反"、土改、抗美援朝、思想改造、"三反""五反"、批判胡适、批判胡风、批判《武训传》、批判俞平伯、批判丁玲、批判赫鲁晓夫、"反右"、反"右倾"机会主义、批彭黄张、批合二而一的杨献珍、批时代精神汇合论的周谷城、批文联与所属各协会已经滑到了裴多菲俱乐部的边缘、批周扬并说准备派一个团把周扬轰下去。农村也绝对不是世外桃源:一年一年的整社、农村"四清"(清工分、清账目、清仓库、清财物,后来又发展到清政治、清经济、清组织,也不知还要清什么),中国的历朝历代,从没有哪个政权能如此深入村落与农户抓政治运动的。

此外,城市"三反"、批《海瑞罢官》、批周信芳、批苏联导演丘赫莱依,阶级斗争,一抓就灵,阶级斗争,要天天讲月月讲年年讲……最后,据说是在杭州西湖畔,风光旖旎秀丽醉人,有人甚至说那是一个消磨斗志的地方——刘庄或者汪庄高级要人宾馆,策划了史无前例、搞得鬼哭狼嚎却又风云激荡的"无产阶级文化大革命"。

他总是有一个感觉,占人口绝大多数的工农解放起来比设想的要困难得多,知识分子在压迫他们,官员干部在压迫他们,境外的帝修反在压迫他们或诱骗他们……这样下去,早晚新中国会走旧中国的老路。他甚至感觉革了那么大的命,这个社会早晚会变得与旧社会差不多。而苏联的经验警告他,如果革命停滞不前,如果革命不彻底,如果共产党只知着眼于执政做官收税修桥修路发展经济,如果"只管粮棉油,不抓敌我友",那么他的"一大二公"的理想只能作罢,中国的前途只能是与苏联一样:卫星上天,红旗落地。尤其是他的"大跃进"与人民公社的事业将会完全失败,不但会失败,而且会有赫鲁晓夫式的人物抓住他在上述事情上的瑕疵来攻击他,来鞭尸……

所以要趁着他还有强势的时候,再打几个大仗。

与经济建设经济工作上的屡屡受挫成为鲜明对比的是,意识形态上、理论上、文艺上、精神层面上,所有的主席发动的斗争都是百战百胜、所向无敌、绝对冠军、无往而不利。斗得知识分子们尤其是自以为是社会精英的人五人六哭爹叫娘、捶胸顿足、检讨忏悔、束手就范。全国人民则是杀声震天、红旗招展、欢声雷动、热泪盈眶、面貌一新、豪言壮语、气冲斗牛、咚咚咚、锵锵锵。所以这个"大仗"还是命名为"无产阶级文化大革命"。

这也是失之桑榆——经济,补之东隅——文化与革命。一提到文化与革命,毛主席当然就是打遍天下无敌手啦。这也是失之物质,补之精神;失之粮棉油,补之痛痛快快地抓敌我友。

直到一九五八年,毛主席其实最重视的是把钢、粮产量搞上去的,但六十年代以后,他似乎听不得"生产力"一词了,一提生产力就要批唯生产力论。

请看,"文革"前夕,精神生活已经是极其亢奋、极其革命而革命再革命了,全国人民都在进行着革命化的竞赛,但上边还在找问题,还在嫌不够革命化,还在查找裴多菲动向。回顾一下"反右"斗争后的那八九年吧,本来想搞经济上的超英赶美,不顺利,另辟蹊径吧,下一步不搞"文革",还能搞什么?难道能放下心来发展生产,娱乐升平,积攒毛主席一向看不起的坛坛罐罐?

(按:裴多菲是匈牙利诗人。他的名句是"生命诚可贵,爱情价更高。若为自由故,二者皆可抛"。"匈牙利事件"前该国有自由化知识分子成立的裴多菲俱乐部。)

"文革"的开始也就仍然是从文艺上开刀:评新编历史剧《海瑞罢官》。这里并无新意。一面是作家艺术家知识分子民主人士知名人士直到老党员(邓拓、吴晗与廖沫沙)拼命在那里指天画地、信誓旦旦,表达自己对于党的热爱与忠诚,声明可见此心,昭昭天日;另一面是大有来头的批评者、心狠手辣的文艺行刑官姚文元等断言被批评者大逆不道、心怀叵测、意在谋反、有阴谋再加上行动。一面是被指责者说自己即便是砸碎了碾烂了也没有一个骨节一个细胞反党;另一面是指斥者论证被指斥者是党和国家的最凶险的敌人,而且认定该犯是清醒的,有意识、有自觉、有计划、有组织、有预谋地犯下了滔天罪行。这样的绝不对称的阶级斗争风景、政治斗争形式、"肃反"或清理阶级队伍的斗争面貌,可以说是过了这个村没有这个店,古今中外,再看不到也想不到会上演这样的戏。

真正令人大跌眼镜的是"炮打司令部",是反对资产阶级的反动路线。经过"反右"斗争的惨痛教训,举国上下,初中以上文化程度的人都明白,咱们这里是不兴反对领导的,关键在于听领导的话,对领导要言听计从,紧跟照办。谁的胳臂拧得过大腿?哪一个个人抗得了组织？离开了领导，你活下去都很困难，一切生活资料，都是有领导地生产与分配的。你有什么辙脱离领导？什么叫向隅而泣的可怜虫？背离了领导，被组织所抛弃，被班主任宣布"谁也不许与他玩"的孩子，就只能向隅而泣，死了也不过是臭一块地。"一块地"的说法来自"反右"中积极分子的发言，这样的透彻可以叫做刺刀见红。问题是咱们这里，请问哪一个昏了心的胆敢向隅而泣？大家都欢欣鼓舞，而你小子向隅而泣，你是不是对人民进行新一轮的进攻呢？

我在新疆才知道，过去当地平民百姓爱说的是"老天爷在，一切自有道理"，解放后，人们的口头禅变成了："有组织在，我们怕什么？"

我个人一辈子的体会也是，组织的力量大，但要分领域：政治、军事、体育（如团体操与夺金牌）上，组织的力量无与伦比。在经济、文化上，靠组织则并非百发百中。尤其是写作，一组织起来写，绝对就没戏了。

当"文革"开始后我知道一些青年学生以党委不够革命不够忠于毛泽东为名（按：此说也相当天真烂漫、幼稚愚蠢、矫情做作，乃至昧了良心——那个年代哪个领导敢对毛主席有二心？）向党委提出挑战的时候，我也以为他们会陷入当年鸣放后被捉住的"右派"的狼狈下场。如果说我对小将们略有同情，不是由于小将们有什么可爱，有什么见地，而是由于出面接待小将们的所谓领导干部，几乎都显得那样嗫嗫嚅嚅、哼哼唧唧、躲躲闪闪，没有能力，没有机敏，没有诚恳，没有担当。谁能想得到毛主席亲自出来支持小将，称他们为无产阶级革命派，接受他们的"红卫兵"袖标，而将打压他们的维护组织威力的路线命名为资产阶级反动路线？谁又能想到党委的一些领导干部在这种情况下竟那样窝囊、不中用！

至今仍然有一些人，一些那个年代成长起来的人物，将此事半掩半显地解释为毛泽东是在以他的巨大的个人威望为依靠，在中国认真地搞一次大民主,改变官僚政治的掌控体系,为此不惜直接领导一批"革命小将"与各级党委、与既有的组织结构展开一场大会战。

果然如此?此说如白日做梦!如果说不依靠党委组织而依靠小将有什么民主的意图,这种对小将的放手发动,是在什么政治思想前提下进行的呢?恰恰是现代个人迷信,是"抬头望见北斗星,心中想念毛泽东",是伟大的领袖、伟大的导师、伟大的统帅、伟大的舵手的命名,是领袖对于武装力量的绝对领导,是不但万岁万岁万万岁,而且万寿无疆,而且要捍卫毛泽东、捍卫"中央文革"、捍卫江青……就是说假定了全党全国已经埋伏了潜伏了无数反对毛泽东的反动分子啦。一面是这样的绝对拥戴、绝对听命的统一思想,与此同时是枪杆子里面出政权的铁打江山,就是说是集中统一的思想与集中统一的武装力量,是硬实力加软实力。而另一方面是踢开组织闹革命的准无政府主义,是对于大闹一场的期待,是红色的恐怖。这确实是世界政治史、中国政治史的一绝、一险、一个极危险的乱局。

于是"闹将"江青陈伯达的地位飙升。全国只剩下了一套红书。知识分子与干部们东躲西藏,检讨认罪,昏天黑地,左右为难。各种社会中坚力量中坚人士弯腰低头、戴高帽子游街、被剥夺了工作权利、受尽凌辱。接着闹,闹得一面墙上要贴十几张主席"宝像"。闹得抡起皮带抽打。闹得疯疯癫癫地打语录战。闹得"牛棚"林立。闹得抄家随意。闹得人身安全彻底失去保障。个人迷信与无政府主义的暴力结合,使得民主与法制、组织与秩序双双崩溃。

……这与推进民主有什么相干?这与青年人中难免的反体制意向有什么相干?这是通过搞乱现有的公共管理秩序来解开幻想中的无产阶级革命派小将们手脚上的桎梏,无法无天地搞一套极端非理性革命秀。

怎么会有很有头脑的小老弟仍然留恋着这样的黑暗年代,并且不无遗憾地探讨着"文革"为何失败了?

一九六六年五月七日,与"文革"的开始同步,毛泽东发表了著

名的"五七指示":

  人民解放军应该是一个大学校。这个大学校,要学政治,学军事,学文化。又能从事农副业生产。又能办一些中小工厂……参加工厂、农村的社会主义教育运动……又要随时参加批判资产阶级的文化革命斗争。

  工人以工为主,也要兼学军事、政治、文化,也要搞社会主义教育运动,也要批判资产阶级……也要从事农副业生产……

  公社农民以农为主……兼学军事、政治、文化……要由集体办些小工厂,也要批判资产阶级。

  学生也是这样……资产阶级知识分子统治我们学校的现象,再也不能继续下去了……

这个指示宣传得热火朝天,它应该很重要,因为这是"文革"中少有的关于要做什么的正面的"建设性指示",其他都是"其心又何其毒也"之类的愤怒语词。这不对,那不对,究竟什么才对?只有这一段,加后面提出的"办学习班是个好办法"。"要斗私批修",此指示有一"要"字,你以为是建设性指示,但内容中有斗与批,还是批判性的。就是"五七指示"中,他也提到了批判资产阶级的"文革",提到资产阶级知识分子统治我们的学校的现象不能再继续下去了。同时他提出了他的社会主义模式:

一,军队起着骨干的作用。

二,不强调社会分工,干脆是抹掉了社会分工这一"老虎屁股",而强调兼学军事、政治、文化,兼做工、农、兵、群众工作和社会主义教育,特别是批判资产阶级。

三,不再提超英赶美,看不出有追求现代化的意思,这个模式中,生产力、劳动效率、分配,一切与民生有关的话题、与消除贫穷与愚昧的话题,也是世代国人最最关心痛心的话题均未予提到。

四,学校的头面人物仍然算是资产阶级知识分子,周总理等的脱帽加冕仪式无疾而终。

五,总的调子似乎仍是公社化。公社公社,"一大二公",吃饺子都是几千几万人一个味儿,不仅产权属于公共,行业也是公共,容易平均平等。

我的总体感觉是"五七指示"不无亲切感,调子也不是特别高。它给我感觉到的是自给自足的人群组合,是《诗经》上描写的"民亦劳止,汔可小康,惠此中国,以绥四方"。

费解一点的是工农兵学商都要批判资产阶级。什么叫资产阶级?指生产关系中掌握生产资料的资本家们吗?我当时在新疆,新疆的老革命老作家们畅谈着毛主席的理论新意:根据思想状况而不是根据财产状况划阶级。

说法未必准确,实际上自有道理。自一九五六年公私合营以后,真正的资产阶级没有什么动静了,倒是一些不无棱角的知识分子,被"资产"了个不亦乐乎。

我的体会则是通过批判资产阶级,为的是达到与不招我们待见的恶体制与旧思想旧观念彻底隔离开来,保持毛泽东的理念的纯洁性。

根据思想状况划阶级成分,这玩意儿太玄乎、太恐怖,也太灵活了,有可能发展到凡得罪了领导的一律算资产阶级的闹剧状态。

毛泽东哲学、政治思想的一个重要提法是"不破不立,不塞不流,不止不行"。他侧重的是破、塞、止,是批判,坏东西批判完了,好东西自然而然就来了。这是他老人家的指望,然而事实并非如此。你哪怕把世界上的所有"害人虫"都扫除干净了,粮食不够吃还是不够吃,房子不够住还是闹蜗居。

我还觉得,"五七指示"的内容相当泛漫,尚无定见定则,只是个模模糊糊的方向,说明当时"文革"到底要干点什么尚未明晰成型,先发动起群众至少是小将再说。这也很天才很潇洒很艺术也很有灵感,大艺术家多半是随机应变走着瞧,一面涂一面捏一面哼哼一面设计一面修改一面即兴发挥一面突然爆炸。毛泽东搞"文革"如罗丹之搞雕塑,罗丹的说法是:"怎么样做雕塑呢?把不要的统统凿掉就是了。"毛泽东已经颇有这样的经验,群众是真正的英雄,群众运动永远有理,让群众闹起来再说。一头是他,是伟大领袖、导师、舵手、统帅;一头是群众是小将,是高呼口号热火朝天,是斗志昂扬扫除一切害人虫、全无敌的人民,这样的千军万马,怎么干怎么对,怎么干怎么胜利。

历史就是这样粗线条地被创造的。谁能画好了平面图、鸟瞰图、透视图、结构图、材料图与制定了各种明细表格再开始施工革命?

无论如何,对于所谓资产阶级反动路线的批判,对于造反派的鼓励,对于各级领导的静坐呀贴大字报呀围堵呀之类的冲击,有令人兴奋的一面。有那么一些只会照本宣科与唯唯诺诺的领导,对于叽叽喳喳的红卫兵小将,硬是一句整话也反应不出来。这些离开了使用——我要说是"借用"或"挪用"党、组织、上级、毛主席的权威一级压一级,什么能耐都没有的平庸之辈,正在前所未有地吃瘪,这有新意,有创意,有看头,有戏。

与此同时,坚决维护既有的秩序、维护领导的权威、注意赢得领导的好感、坚信组织的力量比个别机灵鬼或野心家强大得多、坚信得罪了领导绝对没有好果子吃的常识性即当时认为是保守派的见解也是非常强大的,对被号召的所谓革命造反的阻力绝非一般。

还有就是,造反派那边具有许多弱点,有的出身不好,有的历史记录不堪信任更不堪重用,有的不过是獐头鼠目、投机取巧、浑水摸鱼、不靠谱的胡闹,根本上不得台盘。我的印象是尽管有"炮打司令部"的气势,各地区各单位的造反派势力仍然落在"保皇派"之后。想一想当时的所谓北京五大学生造反派领袖聂元梓、蒯大富、谭厚兰、韩爱晶、王大宾的下场吧,人们不难明白,也不难想象,当时群众组织中两大派的斗争之激烈与造反派之不占优势。

保守派同样乏善可陈:力找后台、照抄照转、势利第一、语言无味、面目可憎。

居然在社会主义的中国出现这样的两大派"全面内战",居然在一个强大的政权与国家机器的控制下面,出现这样的悬疑活剧,这不能不令人拍案叫绝。

还有令人叫绝之处在于,政治时事形势诱发出各种各样的人跳出来表演。把心怀叵测的造反派逗弄了出来。把仗势欺人的"保皇派"逗引了出来。把热衷于打砸抢的暴力坏蛋诱引了出来。把伺机翻案的地、富、反、坏、右煽乎了出来。把党内野心家招惹出来。把风派、震派、政治投机分子挑逗出来。把各种小人、宵小吸引出来。"文革"就像清蒸活鱼与排骨煲汤,就像海鲜与粪便脓血,强大地吸住了各种蜂蝶蚊蝇小鸟蚂蚁蜈蚣……于是街头巷尾、茶余酒后、道听途说,到处都有小民镇服于毛主席的政治艺术。说是毛主席的政策,能让一切牛鬼蛇神跳出来,然后自然是它们的自取灭亡。

我还想起了据说是机会主义代表人物的第二国际伯恩施坦的名言:"运动就是一切,最后目标是没有的。"这究竟是什么内涵与背景的"机会主义",我至今昏昏然,希望得到有识者的指教。我更想起毛泽东的著名自诩名言:"和尚打伞,无发(法)无天。"这似乎是一种享受,是一种自我的实现,是一种常人难以抵达的境界。

"文革"后期发表了毛主席的语录,他批评一些官员的毛病越来越多,却要"以其昏昏,使人昭昭"。毛主席经常替弱势群体讲话,替穷人说话。他反复强调,永远站在占群众百分之九十五的大多数人一边,那么,就是说总有少数的,百分之五以下的人精人核,成为批判斗争的对象。

西方发达国家是到处鼓吹民主的,那是一种对于多数的争取,通过竞选之类的政治宣扬政治激辩,获取多数票,并声言保障少数的应有权利。毛主席也是追求多数的,但不是通过竞选与计票,而是通过领袖、导师直接向群众进行政治动员,通过团结下层、被压迫阶级来取得多数,战胜少数上层人物,战胜乃至消灭剥削阶级,用《国际歌》

里的话就是战胜那些毒蛇猛兽。毛泽东的民主是阶级的民主、战斗的民主、人海的民主。

西方政治学强调的是,总统是靠不住的,所以至少从理论上要搞什么多元制衡。中国的搞运动尤其是"文化大革命"教训我们的则是：多数是靠不住的,群众运动式的大民主是靠不住的。

大家都记得运动初期主席的话："你们要关心国家大事,要把无产阶级文化大革命进行到底!"我相信,一开始,大家伙儿,包括主席本人,都并没有弄清楚,什么是"文化大革命"的"底"。影片《周恩来》中,演员王铁成饰演周总理,以极相近于周的口音对另一角色"贺龙"说："文化大革命到底怎么搞,谁也不知道……"我相信周总理确有此言此忧此说。

毛主席也很深沉,他晚年凝重地说,他一辈子做了两件事,一个是打倒蒋介石和国民党,一个是"文革",前者争议不大,后者赞成的少,反对的多。他的话带有悲情色彩。做一个毛泽东那样的大人物,太沉重啦。

燕雀安知鸿鹄之志？有人认定"文革"的实质是杀功臣。这样说的人政治观念基本上停留在西汉时期。有的人解释为女祸,其思想观念更是来自夏桀与商纣时期。有的说就是为了收拾刘少奇与王光美,除了个人的争权夺利,他们能懂什么历史、什么政治、什么社会理念呢？干脆说是为权力斗争,这是西方媒体记者对于共产主义运动内部斗争的唯一解读。就像他们认为毛泽东不喜欢苏联是由于他不喜欢苏俄式的尖顶建筑风格。有的解释为毛要带着青年反体制搞民主,则是改革开放后西风吹来,乃以最新叇入的西方的平面语言与思路南辕北辙地解读毛泽东了。

你可以分析纯属个人的毛泽东的性格特点,你可以分析任何伟人的个人情绪与偶发因素,但"文化大革命"仍然有其历史的必然、中国的必然,它带来的教训仍然有它的极度深刻性。问题在于,至今没有谁深刻地分析过这个绝非无意义的大课题。

例如毛泽东思想与中华文化的关系。不论毛泽东思想哲学上的叛逆姿态有多么高调,我们从他的"一大二公"的提倡上仍然会看到"天下大同"的观念。"大道之行也天下为公……故人不独亲其亲,不独子其子……不必为己"……这样的观念早在《礼记》中就有,可以说斯时已经准备了中国的二十世纪的赤化。孙中山的口号之一也是天下为公。连国民党党歌里也唱:"以建民国,以进大同",就是说,民国是最低纲领,大同者是最高理念。

谁能解释与进一步从政治上从学理上总结一九六六年开始的十年"文革"?中国人应该干这个活。中国共产党应该干这个活。中国学者应该干这个活。这是中国人的历史与国际责任。中国责无旁贷。正确地毫不含糊地总结"文革"的方方面面,这也是中国对人类历史的贡献。

15. 拧紧与放松齐飞,死磕共逍遥一色

人们都说,"无产阶级文化大革命"把个人迷信、专制主义、封建主义与极"左"路线推行到了极致。我同时觉得,不妨说,恰恰是"文革",把已经在中国郑重与有效地进行着的革命化与组织化、政治化与意识形态化,把中国的空前的权威主义与一体化进程砸了个稀里哗啦——解构得一个个横冲直撞、豕突狼奔、破碎迷离、不亦乐乎。

"文革"当中,我们见到解放前学生运动中参加革命的老友,我们甚至叹息:怎么新中国的事业、党的事业竟这样快地毫无章法风雨飘摇地显示出没落景象?

"拧紧螺丝钉"被《联共(布)党史简明教程》记载为托洛茨基的口号,托是怎么说的,我不清楚。但是我们的"文革"中,到处抓"三反"——反党、反社会主义、反毛泽东思想分子,批判走资本主义道路的当权派与资产阶级反动权威,大大强化阶级斗争的宣扬,找不到阶级敌人干脆各取所"仇"地乱斗也会受到鼓励,批斗乃至肉体消灭

169

地富子女,停办大学,知青下乡……弦绷得够紧的啦。

我还读过小报上登的江青对"文革"前十七年影片的批判,从头任意谩骂到尾,全面否定,结论是新中国成立后十七年来文艺黑线专了我们的政。从批判资产阶级到批判黑线,说明我们的批判正在走向任意化、信口化、灵活化、忽悠化。如江"旗手"(当时把江青捧为文艺旗手)说《冰山上的来客》的插曲是受了伪满电影音乐的影响,而我时在新疆,明明知道雷振邦的作曲素材来自塔吉克族的独一无二的每小节七拍节奏的民间曲调,听到江青的"醉雷公瞎劈(批)",我已经不觉得是在拧螺丝钉,更像是在暴露她的无知无耻,是在起一大哄,是古代中华"女祸"事件的重现了。

消灭封建,远远不像搞一次土改那样简单。

判断失误本来不一定是大错,问题是绝对不乏聪敏的江青竟然错误得那样天真幼稚。"文革"初期,她听过一个什么临时工造反团的控诉,她说干脆让劳动部门的负责人去当临时工吧。不久这个临时工造反团就被勒令解散了。她怎么自己把自己装进去,信口评说这样的有关劳动政策的大事情,就像黄口小儿一样?

恰恰是"文革"以后,意识形态氛围放松了。不是政策也不是"上边"放松了,而是老百姓不那么死心塌地听你说什么就信什么了。"文革"后期的一大特点是小道消息满天飞,各种段子开始萌芽,人们的窃窃私语形成了。用西方的说法是,开始有公民空间了。

例如我当年在北京一起做共青团工作的同事,他们开始时还接受"反右"的调子,见我就表示对于我在五十年代所犯"错误"的愤慨与痛心,等"文革"开始不久,他们挨斗比我一九五七年时的情况狼狈多了也惨烈多了。他们再不对我保持批判态势了,我的思想负担也大大减轻了。例如,当年周扬代表党批丁玲,现在呢,周扬的命运比丁玲还惨,彼此彼此,复有何忧?西欧就有思想家指出过,独断专行之下,除最高元首外,大家反而感到彼此平等了。

那么真正比较成功地拧紧了的"螺丝钉",一个是反修,指出"苏修亡我之心不死",提出"深挖洞、广积粮、不称霸"的现代刘伯温九字真言。当年刘伯温给朱元璋提的是"高筑墙、广积粮、缓称王"。显然毛主席善于从古代历史上汲取灵感。于是各地都在挖防空洞。后来有的防空洞改成了市场,如哈尔滨就有大规模的地下市场。有的改为廉价小旅馆。

斯时毛主席还引用春秋战国的故事讲"文革"是"权力与财富的再分配"。

另一个成功地拧紧了的"螺丝钉"是"一打三反",清理阶级队伍,一个新疆文联就抓捕了、除名了好几口子。最后,再一一收回,原来的处理基本上并不算数。

"一打三反"期间街道上常常张贴处决犯人的布告。有一个被处决的人叫贺敏,他是投敌(苏修)叛国罪,他进入了时属苏联的哈萨克共和国,被苏方扣留了一段时间、榨干油水以后押解遣返,被押送回来时他大呼打倒苏联修正主义与打倒勃列日涅夫的口号。还有一个是汽车司机,撞坏了好几个人,由于该司机家庭出身不好,被定性为阶级报复,处以极刑。

此外是一批积极分子、两派群众组织的头头,后来几乎普遍被命名为"坏头头"。他们很辛苦。大家都看得清晰,他们也许一开始是被革命的口号与理念所激动,经过长长一段时间的派别斗争的锻炼,他们都学会了造谣生事、动辄发布受到中央支持的"特大喜讯"、挑拨离间(对方与权威方面的关系)、制造烟幕、争取舆论、乱扣帽子、乱打棍子、空话连篇、咋咋呼呼、哭天抹泪、煽情拱火。他们逐渐变成了投机小政客,弄好了能捞一大把,如王洪文,地位曾经排列到政治局委员第二号。弄不好就不好说了,如北京五大学生领袖,全都倒了大霉,坐过班房。红卫兵小报上甚至还出现了类似"权术经"之类的东西,其中有一条:与其去学一样学问、本事,不如拉住一个有这种学问、本事的能人。这颇令人哑然恍然,敢情政客最不怕不学无术:你不学无术要什么紧?手底下用一批服服帖帖的有本事的人就齐活了。

其后许多年，我在扬州看到了一副对联："从来名士多耽酒，自古英雄不读书。"

其他有一些人很痛苦，但是不紧张，因为他们都是运动中的垫背的，拉出来批一批斗一斗，然后根本没有人搭理。比如各地文艺界的一批人，在"文革"中首当其冲，斗了个一佛出世，二佛涅槃，然后一挂就是十来年。有些人是"老革命"，还曾经积极地参与过对他人的斗争批判，直到运动后期，赏给他一个"人民内部矛盾"的冠盖完事，而他本人则会感恩戴德，叩头如捣蒜。例如我所在的新疆文联主席、刘白羽的哥哥刘萧芜，斗的时候倾自治区党委之力，自治区全民批判。（按：我根本不接受我国的体育事业是举国体制的不怀好意的说法，但是我要说斗刘萧芜时是举区体制的雷霆之力。）斗完了往一边一扔，谁还顾得上他老爷子？人们用心的是夺权，是三结合，是谁谁犯了谁谁没犯方针性路线性错误，是谁谁是无产阶级革命派，谁谁是资产阶级反动派……这牵扯到每个人五人六的前程。而刘老先生呢，他最后只剩下每天用蝇头小楷恭誊毛主席诗词打发日子。这还是老革命、老知识分子、老领导呀。

更多的老百姓则是彻底解放了，前所未有的大松心，休长假。有钱的买上火车票就去探亲，有时连请假都不必。当时有个词叫瘫痪，基层组织领导一瘫痪，谁还有权批准或不批准假期？

自己把自己瘫痪掉，堪称独出心裁。

一大乐趣是上班时间打麻将，找不着麻将牌就自己做木工活。我在伊犁与养路工人一起玩的麻将牌就是工人阶级自己用桃木做的，除了幺鸡画得太像麻雀以外，整副牌做得稚拙可爱。至今很多商品麻将牌的幺鸡也不过关，有的像老鼠，有的像蝙蝠。

在新疆，人们在"文革"中盖小（库）房、砌炉灶、打毛衣、挖菜窖、打木器、制造单管收音机、研究食谱、练甩手、喝红茶菌、学剃头、学中医、学乐器（原因之一是为了孩子将来报考毛泽东思想宣传队）、跑参军、跑花生米(当时由于统购统销,吃不上花生,但有本事的、路子野的,常常能弄上二斤花生请哥们儿吃),还有生孩子、养宠物,新疆最妙的是有养黄鼠狼做宠物的。真是逍遥人生,自由生活,神仙一样的日子!

我有时候感叹,自身确实是天生的文人气质,却又是少年共产党人,当干部,当作家,当"右派",当部长,当中委,当政协委员与专委会主任……太不像普通老百姓了。我这一辈子过得最最亲民、最最百姓化的日子,除童年外,就是"文革"当中啦。

"文革"后期,有一阵子从内地传到新疆一个游戏加算卦:用悬垂铅笔测算人们的子女性别情况的游戏。把一支铅笔用线拴起来,笔尖对准一个人腕动脉,任凭铅笔摆动,直至摆停止。如果与腕肘方向顺着摆,就是会有或已有男孩或女孩,我记不清了;如果与腕肘方向交叉摆动,则是相反。我明知这是胡闹,但仍然试验——游戏做得很有趣味。问题是人会暗示自己,不由得做出某种令铅笔"恰当"摆动的发力,由于铅笔摆动需要的力量很小,你会感到是铅笔自身在按天意而动。为什么、从何缘起进行这样的近乎迷信的游戏,我不懂得。极端革命化斗争化的结果是无聊化白痴化糊涂化空心化,却也是"自由"化休闲化自废化,宇宙万物相反相成到这一步,我真服服的了。

已经提到了的红茶菌热也好无厘头。"文革"后期,忽然全国时兴培养红茶菌。据说北京一家经营不善的玻璃器皿厂,本已决定倒闭关张,突然红茶菌潮流兴起,家家购买玻璃缸玻璃罐子,器皿厂突然扭亏为盈,生意兴隆起来了。我们家也未能免俗,购买了玻璃罐,养育了红茶菌,除我外没有什么人饮用保养,而我由于一辈子的教条崇拜,基本上认真服用。没承想,我家养的一只公猫,性格马大哈,有一天一只爪子踩进了红茶菌汤罐之中,我的生物化学培育事业,从而告终。

当时当然没有什么改革开放的说法,但仍然时有日本友人的养生绝招传到中国来，如甩手，如喝鸡血，如早晨痛饮凉水，似乎还有早晨自己喝自己的尿。

即使那种年月，科技仍然不可能全不发展，一九七五年后传进了"的确良"化纤材料的说法。一时谁有路子有办法到关内买回来一件的确良衬衫，定会在本单位引起轰动。

我很佩服这种年代坚持岗位的人们，如交通警察，如医务工作者，如工农兵大众，没有他们，中华人民共和国够呛啦。

毛主席是最讲"物极必反"的，中华文化早在《易经》中已经出现了这样的观念，老子、庄子也对之有很好的表述。中国的"文革"，算是把物极必反表现透彻了。

新疆维吾尔自治区伊犁哈萨克自治州首府伊宁市一家甜食店开张，满街悬挂着巨幅标语，上书"伊宁市甜食店的开张是毛泽东思想的伟大胜利"，还有一条说这是"无产阶级革命路线的伟大胜利"。当这些东西变成了毛泽东思想、无产阶级革命路线以后，就变成了搞笑与解构。

有一阵忽然说要抓旧中国的残渣余孽，可能是当时两派斗得太不可开交了，为了端正斗争的"大方向"，提出了残渣余孽问题。于是一些在旧中国有点什么把柄或者"污点"的倒霉蛋儿被揪了出来，给他们做上从传统戏曲里得到启发的翅帽、花脸，让他们敲上一面破洗脸盆或漏锅，自己喊着"我是残渣余（鱼）儿"游街示众。有的残渣余孽游街与化装上了瘾，自己亲手给自己设计乌纱帽赃官服，并在"革命群众"勒令他停止游街以后，仍然"顽强地表现自己"，坚持大游特游。我还知道至少两位上海知名人士，在"文革"后期自己检举自己，自己关了自己的禁闭，其中一位是著名反派演员，一位是高水准的马克思主义学者。

人们最难耐的其实是寂寞，"文革"的一大问题是越到后期，越来越多的人感到实在太寂寞了。

不知为什么，有一阵子革命委员会要抓交通秩序，在伊犁，由工宣队员戴着大大的红袖标,领着行人排队过马路,甚至曾经要求过马路的人们互相拉起手来,宛如老师领引幼儿园的孩子们一般。我一瞬间甚至想到,我们这里,闹了这样轰轰烈烈的革命,怎么变成"中华人民幼儿园"啦?

思索起来,令人嗟叹,也令人赞美,宇宙万物的物极必反的道理,竟是这样的应验不爽。

你为了只争朝夕而搞"文化大革命",结果是群众的普遍懒散化与逍遥化。浮生难得半日闲吗?不,对于多数百姓来说,"文革"的特点是闲来无事可做。"文革"非吾事,自有造反坏头头。

你大呼革命化,最后是旁观化,而且旁观的是好人。

你提倡破私立公,在灵魂里爆发革命,结果大家看出来了,人要用自己的人,要利用血缘关系,要分得清亲疏远近,要按照利益最大化、风险最小化的原则办事。

你提倡关心政治、学习政治,结果呢,谁在政治上太热谁必定倒霉,例如"文革小组"成员王力、关锋、戚本禹、青岛的王效禹、四川宜宾的什么领导人,积极搞"文革"的,都没有好下场。

你提出的是破"四旧",结果呢,运动初期破坏了那么多文化遗产,其后,岂止四旧、八旧、十六旧、三十二旧,全翻腾出来了:封建迷信、风水坟茔、黄赌毒、包二奶、养小三、假文凭、假发票、假学历。包括旧东西里的好的东西,《三字经》《弟子规》,甚至糟粕比较多的《二十四孝》,都突然行市大涨。

你提出的是无产阶级的理想国,结果呢,也是恰恰相反。

革命的胜利靠人民群众,靠革命的人民化群众化,革命家无不希望群众的革命化与革命的群众化。革命的胜利靠的不是金钱、不是权位、不是武器,而是,只能是靠群众的普遍拥戴。但是由强有力的政权长期号召全民革命、人人革命、举国革命、群众革命的结果必然是:一、革命改变了群众,使群众斗志昂扬、提高警惕、检举揭发,使革命的敌人陷入人民战争的汪洋大海之中。二、群众的政治化使人们变得想入非非，不安心本职工作，不钻研业务，整天传政治八卦、政治段子、政治笑话，再难于找到安分守己的良民百姓了。三、这样的群众反过来改变了革命，尤其是改变了革命的先锋性、超前性、悲壮性、理想性，而将革命变成了口头禅、大话、套话、时髦话、幌子、外衣，然后随大流、做表面文章。人人革命化的结果很难是人人革命，倒可能是革命的从通俗到流俗到庸俗的非革命化。四、也许最明显的例子，最最现世报的例子就是"文革"本身，"文革"中毛主席的一个著名指示是现在形势大好，不是小好，形势大好的标志是群众发动起来了。但是请看看，被发动起来的群众中，有几个人真懂了毛泽东的"文革"思想？有几个人正确地按照毛主席的意图办事？毛主席的指示"要文斗，不要武斗"，做到了吗？指示"抓革命，促生产"，做到了吗？指示"要安定团结"，做到了吗？"文革"的发动群众，带来了国家灾难、人民的灾难，也带来了毛主席本人的灾难，难道不是吗？

请允许我举一个原本并无恶意的例子：位于青岛的中国海洋大学的原文学院院长杨自俭教授告诉我，林彪事件发生的时候，他在山东农村，大队书记传达说："林彪的一大罪行是他竟然披上了马列主义的外衣，他算老几？他怎么胆敢披马列主义外衣，要披也轮不上他披嘛……"

我也听到过一位担任过地方高级领导的老革命说："我做了一辈子领导工作，我认为最大的问题是咱们的人民文化水平太低。"

想想看，除却幼儿，甚至我要说，有时候包括幼儿，如果几亿人都在革命，再想保持革命的理论深度与道德高度，保持一种献身精神与社会发展的创意，估计会很艰难，根本做不到。相反，大量的习惯势力、无知偏见、真正的集体无意识中的"残渣余孽"，必然会在革命的幌子下活跃起来，使革命的方向偏离伟大的理论与信念，使革命作秀化、投机化、庸俗化。这似乎是许多伟大的革命导师所没有想到的。

"文革"搞得时间太长了，狂热变成了虚火，严肃的阶级斗争变成了虚与委蛇，崇拜变成了通行证或升迁证，活学毛著的讲用变成了忽悠大赛,忆苦思甜变成了套话,"中央文革小组"变成了国人的公敌,江青"旗手"变成了笑柄……整个"文化大革命"变成了一场豪华隆重而又草菅人命的政治猜谜游戏。

前面提到的新疆文联主席刘萧芜的"罪行",一个是说"东风压倒西风"的原话是林黛玉首先说的,这只要看过《红楼梦》就知道了,这是林黛玉评论薛蟠与老婆夏金桂的吵架时说的。另一条,是刘老作家说,世界上有政治家、文艺家、科学家,农民则是"种庄家(稼)",大概是说刘老没有提倡农民参与举国政治吧。

我对于农民的政治参与倒也略有体会。一位原在安徽、困难时期因饥饿来到新疆分得土地的朋友告诉我说:毛主席早就讲过,三天不学习,赶不上一个刘少奇。他的信息匪夷所思。再有就是一位回族朋友的"文革"中的夺权。这在我的写新疆的作品集《你好,新疆》中有详细的描述。

可以讲一百次"文革"中的逍遥自在,同样可以讲一千次"文革"中的焦虑和忧心。"文革"中,学校不像学校,工厂不像工厂,国家不像国家,党委不像党委。硬是看不出一点出路。人们是度日如年。

而伟大导师的思想日益向玄而又玄、众妙之门的哲思化、本源化、准终极化方面发展。早在"文革"之前,一九六三年已经在讲:"人的正确思想是从哪里来的?是从天上掉下来的吗?不是。是自己头脑里固有的吗?不是。人的……"在新疆,确实有基层干部学习这一段指示的时候断错了句,读成:"人的正确思想是从哪里来的?是从天上掉下来的。吗不是。是自己头脑里固有的。吗不是。"

然后有"大风大浪并不可怕,人类社会就是在与大风大浪的斗争中发展起来的……"

一九六四年十二月三十日,新年前两天,《人民日报》上发表了毛主席的语录:

> 人类的历史,就是一个不断地从必然王国向自由王国发展

的历史。这个历史永远不会完结。在有阶级存在的社会内,阶级斗争不会完结。在无阶级存在的社会,新与旧、正确与错误之间的斗争永远不会完结。在生产斗争和科学实验范围内,人类总是不断发展的,自然界也总是不断发展的,永远不会停止在一个水平上。因此,人类总得不断地总结经验,有所发现,有所发明,有所创造,有所前进。停止的论点,悲观的论点,无所作为和骄傲自满的论点都是错误的。其所以是错误,因为这些论点,不符合大约一百万年以来人类社会发展的历史事实,也不符合迄今为止我们所知道的自然界(例如天体史、地球史、生物史,其他各种自然科学史所反映的自然界)的历史事实。

真是鲲鹏展翅九万里,掀动扶摇羊角。考虑的不是现时,而是百万年的历史,考虑的不是时政、财经、民生、社会、法制、秩序、分配、赋税、徭役、国防、外交、城乡建设、交通……考虑的是天体史、地球史、生物史、自然界与人类社会的历史发展事实。

上穷碧落下黄泉,这是真正的思想家、学问家、革命家、战略家、哲学家、史学家、宇宙学家,不要停止,不要悲观,不要无所作为,不要骄傲自满,那么要的是什么呢?是全面的新与焕然的新,是人类的与自然界的大发展,是万物皆备于我,是从天外源头引进了齐头并进的大水圣水推移,是重新从头浇灌人类的干涸的心灵,培植新品类新品相的人类智慧花朵,是水之积也其厚无限,其负大舟也力能移山,水呀舟呀都已经至大无外,水呀舟呀都已经占满了天地人间;呜呼,从此之后,哪里还有这样的心胸,这样的局面,这样的教导,这样的想象力,这样的风云变幻、天高云淡、望断南飞雁!

一九六四年十二月三十日的这一语录,是毛泽东思想的至大至深至高至厚,此后有新意的说法也不少。关于水至清则无鱼,人至察则无徒;关于要光明正大,不要搞阴谋诡计;关于认真读书,弄通马克思主义;关于列宁为什么讲无产阶级专政……关于吐故纳新;关于什么三项指示为纲;关于八亿人口,不斗行吗?这都振聋发聩,然而,毕竟达不到这个珠穆朗玛峰的高度了。

而在社会理念方面,最把我震动得一怔一怔的是有关资产阶级法权的指示。一九七五年二月二十二日《人民日报》发表张春桥组织编选的《马克思、恩格斯、列宁论无产阶级专政》时,编者按中讲到了毛主席一九七四年十二月对理论问题的指示,说是主席讲过或批示过:中国"现在还实行八级工资制,按劳分配,货币交换,这些跟旧社会没有多少差别"。因此这一指示便成了要"限制资产阶级法权""对资产阶级实行全面专政"的由头。"五七干校""知青上山下乡"……好多破坏生产力发展的做法,都是这样搞出来的。

搞了这么多年的社会主义,开始批判按劳取酬啦,能不雷人?

"文革"结束不久,又由中央权威单位说明,法权的译法有误,法权应译为权利。无怪乎有人提出近现代中国的许多麻烦都是来自误译。

悲剧呀,政治家尤其是执政者的天才、想象力、不可阻挡的不断创新开天辟地精神、哲思、激情、概括性、无所不包的整合与吐纳能力、决断能力与冒险精神,以及不是如老子所说的那样"以正治国,以奇用兵,以无事取天下",而是以奇治国,以多事戏天下,还有他的与俗鲜谐的个性与任性,真是国家的悲剧、人民的悲剧、民族文化的悲剧,也是导师领袖的悲剧呀!

改革开放的新时期开始了

16. 永忆一九七六年

"文革"当中,毛泽东还有一段有名的语录:

> 一个人有动脉、静脉,通过心脏进行血液循环,还要通过肺部进行呼吸,呼出二氧化碳,吸进新鲜氧气,这就是吐故纳新。一个无产阶级的党也要吐故纳新,才能朝气蓬勃。不清除废料,不吸收新鲜血液,党就没有朝气。

一九六九年党中央的机关刊物《红旗》杂志第四期发表了毛泽东主席关于党的建设的上述理论性指导意见,标题是《无产阶级政党也要吐故纳新》,一时间全国男女老少,都在那里背诵动脉、静脉、心脏、血液、肺部、二氧化碳、氧气……似乎是在普及生理卫生学常识。有些人一边念此段语录,一边忍不住笑,觉得它实在是别开生面。

我至今不明白这样一个针对执政党的组织建设的指示为什么要全民学习贯彻。可以解释的是,这是中国特有的民主与集中,人民当然关注执政党、领导党,而党也必须接受人民的关注,最好是监督。

还有一个重要的说法,说毛泽东在一九六五年曾与法国的戴高乐总统特使、曾任国务部长与文化部长的马尔罗见面。马尔罗是小说家,写过反映中国的北伐大革命的小说。马尔罗回忆说,毛泽东确信苏联在远离共产主义,要恢复资本主义。毛泽东认为,中国也有可能发生恢复资本主义的事态。毛说,某种情况下,他一个人会单独与群众在一起,反修防修。甚至还透露了"重上井冈山"的想法。

有意思的是,马尔罗对于与毛主席见面的回忆文字发表后,法方人士问他:怎么毛泽东说话的口气那样像马尔罗?这大概是讽刺马的回忆太马尔罗化了。马回答这种讽刺说:"怎么?你认为毛会像贝当古那样说话吗?"

贝当古是十四世纪的法国海外征服者与殖民者。不知道马尔罗所说的贝当古是不是指此人。现在也有个女贝当古,是巨富婆。

马尔罗很浪漫,也很崇拜毛泽东。在我担任中华人民共和国文化部部长期间,颇有一些外国记者向我提到马尔罗,并将马与鄙人进行比较。马尔罗当文化部部长的一个重要政绩,是法国国家图书馆的建设。

"文革"后期,还传出惊人的毛泽东语录:党外无党,帝王思想;党内无派,千奇百怪。你说,老人家说这话是什么意思?他对"文革"前的中国共产党组织不称心、不如意?

从这些说法里我们可以看到:

早在一九六五年,毛主席已经忧虑,最后的结果是新社会与旧社会差不多。为避免这种他认为很难避免的前景,他不惜一切代价,不惜单枪匹马,要做成一个全新的、与众不同的社会模式,即"五七指示"式的模式。可惜的是:

一,这个模式太含糊。

二,人类几千年的生存,形成的一些社会体制形式,当然不是说断就可以一刀两断的。喊决裂易,真决裂难,真决裂也未必能带来好结果,真决裂如果客观上变成做不到的空口号、假口号,更糟。认为数千年前的人类社会都是毒蛇猛兽们缔造的,恐怕是幻觉。

三,平等、平均、一致、一体、无差别、无不平,有它的可贵可爱之处,也有它的空洞与乏味之处。人间的生活模式无法消除人与人的一切差异,包括贫富、强弱、寿夭、智愚、勤懒、城乡、官民、肤色、东西方、男女、健康与病残……社会应该做的是既鼓励强者勤者,又保护弱者,避免差异的恶性扩大。你不可能抹掉一切差异。

四,毛泽东的预见有他合理的一面,他有意采取的孤军加群众人海的奋斗的方法,却是难以操作与实现的,甚至是适得其反的。

五,为了避免走回头路,毛泽东不惜对中国共产党动吐故纳新的大手术。这从哲学上讲是有道理的,实际上却只能乱党乱国。完全不吐故纳新又是不可取的,这个问题值得思考。

六,不止这一次的"动脉静脉肺"说,历次政治运动,到了后期,到了党员重新登记、重新恢复组织生活、干部重新分配时期,往往不是吐故纳新,而是不得不外甥打灯笼——照舅(旧)。尤其是"文革",又是瘫痪党委,又是"五七干校",又是斗批散斗批走(指搞完斗批就解散走人),最后呢?还不是回到原点去了。这是为什么呢?现实比人强,形势比人强。人的意志再伟大,改变不了客观的真实现状。

七,"文革""文革","文革小组"里聚拢的是一批嘴尖皮厚的笔杆子,搞到后来毛主席最后竟然起用的是江青、毛远新、王海容等亲属,毛主席要支持的竟然是交白卷的张铁生,摆出一副接班人架势的竟然是空手套白狼的王洪文……呜呼哀哉!

在毛泽东的词中,人们对于《念奴娇·昆仑》的理解是最差的。然而,我越来越觉得,此词最符合毛泽东的性格与悲哀:

横空出世,莽昆仑,阅尽人间春色。飞起玉龙三百万,搅得周天寒彻。夏日消溶,江河横溢,人或为鱼鳖。千秋功罪,谁人曾与评说? 而今我谓昆仑:不要这高,不要这多雪。安得倚天抽宝剑,把汝裁为三截?一截遗欧,一截赠美,一截还东国。太平世界,环球同此凉热。

毛泽东就是"莽昆仑""横空出世",他"阅尽人间春色""搅得周天寒彻""江河横溢,人或为鱼鳖",这"千秋功罪,谁人曾与评说"?

"不要这高,不要这多雪",这是人们应该对毛主席呼吁的呀!

而太平世界,同此凉热,则是他老人家的空想社会主义、农业社会主义、原点中华大同世界说掺和到马克思列宁主义中去了。

有一个说法,说是毛主席本来计划"文革"要搞上三年左右。没有正式的依据,但我觉得此说靠谱。因为从中国共产党诞生以来,重大的政治运动、政治举措,所用时间可没有像"文革"这样长的。除了第二次国内革命战争即苏区时期有反围剿十年外,抗日战争也才八年,解放战争只用了三年。和平时期的政治运动,"三反""五反"是一个冬天,"反右"是一年左右,其他"肃反""镇反"用的时间都有限。按当时的工作节奏与主席的只争朝夕精神,实在难以设想一九六六年开始"文革"时,主席已经安排到了十年左右的计划。原因是各种情况各种问题的涌现,超出了主席的想象。所谓的保守派的力量比主席预料的要强大,造反派的状况相当不争气,党政军各方面尤其是老帅们与国务院的领导们的阻力超出想象。两派全面内战,没有预料到。国内外形势的发展不断提出新问题,尤其是林彪事件,给主席以重大打击。

"文革"中主席用尽了各种政治谋略。先是依靠红卫兵娃娃,背后则是依靠部队轻易地打倒了刘、邓、陶。再是依靠军宣队搞了夺权与三(一军、一红卫兵即群众组织代表与一亮了相就表明拥护"文革"的领导干部)结合。此时两派恶斗不已。又是靠工宣队,靠极"左"的投机笔杆子们,靠"四人帮"靠上海等。还曾想起用邓小平稍作整顿。都没有达到预期的目的。

主席的晚年似乎有些悲观,在我国自己拍摄的故事片《毛泽东的故事》中,表现了老人家晚年接见尼克松的女儿与女婿的场面。毛强调自己快见马克思去了。尼的孩子则说,是您改变了世界,不必急于去见马克思。主席一听,有点苦笑,说,我哪里改变了世界,顶多改变了北京的几个郊区。这与"四海翻腾云水怒,五洲震荡风雷激"

时的调子大大不同了。

如此这般,到了"文革"第十年即一九七六年,到处仍然是一片混乱。

一月八日,周总理逝世。万民同悲,人心郁闷。周恩来变成了忠实与鞠躬尽瘁、秩序与合情合理的符号,变成了抵制装腔作势、大轰大嗡、成事不足、乱世有余的"文革"人物林彪、江青、张春桥、姚文元、陈伯达等的中流砥柱。客观上,周恩来变成了至高无上、惊世骇俗、扭转乾坤的毛泽东的最主要的参照系:他忍辱负重、平衡稳健、苦口婆心,光劝和整天打烂仗的各派红卫兵,他用了多少时间、多少精神?他活得太难了,工作得太难了。毛泽东太伟大了,老百姓够不着,而周恩来大家都看得明白,感同身受,视若亲人。

这样的良相的角色,一、没有他,毛泽东很难工作,在毛泽东的天才型的富有想象力的指挥之下,没有周的填空补缺、避险化难,一个"文革"早就乱了套了,党与国家早就崩溃了。

二、他的存在与他的形象,客观上反衬了毛泽东的某些说法做法的不着边际。时间长了,他不可能不受到某种不那么满意直至猜忌的压力。

可能上述说法比较老旧一些,用在这里不太合适,但是百姓肯定会这样看的,谁让我们是中国人?谁让我们都知道一点中国历史与中国文化?

周恩来的去世毁坏了某种不平衡下的平衡,中国更加不稳定了。

二月,开始公开搞批邓,反击"右倾"翻案风。传言四起,腹诽如洪,防民之口,甚于防川。我的感觉是,老人家放弃了最后一次自我调整的机会,失落了避免百年之后出现大的变局、危局的可能。我们国人,失去了最后一次平稳地实现国泰民安、安居乐业、走向富足的生活的希望。批邓批邓,"文革"已经十年,乱局已经飘摇,干事的不如偷懒的,效力的不如忽悠的,意欲建设的尤其不如捣乱破坏的。谁看不出来?能不天怒人怨、丧尽人心乎?

三月八日下午,吉林发生陨石雨。陨石在离地面差不多二十公里的空中爆炸,三千多块碎石洒落一地,最大的陨石重一千七百七十公斤。人民愕然、怵然,不知世界会发生什么事情。

四月五日,天安门前,群众自发悼念周恩来,抗议"四人帮",遭到了暴力驱逐镇压。终于发生这样的事情了。而且"四人帮"掌握的媒体立即愚蠢昏聩地命名邓小平为邓纳吉,指邓小平搞起了类似匈牙利事件的事情,这就更加凶险,其暗示更加不祥了。

五月二十八日,云南两次发生地震,丧生者九十八人。

七月六日,朱德逝世。

七月二十八日,唐山大地震。死伤二十四万人。"四人帮"的政策是不接受任何外国的救灾援助。这与后来的汶川大地震形成鲜明对比。即使外援的作用有限,至少还有象征的意义,不能把中国搞得那样惨兮兮孤零零的呀。

九月九日,毛泽东逝世。举世震惊,国内各种矛盾尖锐化。中国面临着再一次的重大选择。

十月,"四人帮"被"粉碎"掉了,号称是第二次解放。

老百姓说:"今年是天崩地裂。吉林的陨石雨、云南与唐山的地震,都不是偶然的。"

百姓们又说:"今年(上天)收贵人。"

一些受过良好教育、知识结构相当新的人也认为,这就是天人合一,天灾就是缘于人祸,这是"文革"的倒行逆施造成的。当然这样说并没有科学根据。巧合也罢,整个一九七六年的事态太惊人了。

我年初就估摸过:春节过后会出事。我知道,春节拜年,会自然而然地形成一个交流信息与意见的机会,而当时的民心,对于"文革"已经是全面地否定了。

果然,春节期间,我知道的城市干部与知识分子当中,关于"文革"上来的那四个人贬低周恩来,关于时任体委主任的庄则栋参加周恩来的葬礼时不脱帽,关于美国记者出版了描写江青的《红都女皇》,关于邓小平的得民心的整顿生产秩序的措施又受到"文革"人士的阻挠,以致关于林彪事件后毛主席受到打击、身体日差的说法都是不胫而走。极"左"了半天,红海洋了半天,老百姓的思想反而更"解放"了,议论到了最上面,掂量到了最上面,臧否到了最上面。民心未可欺也,这是"文革"人士们所始料未及的吧。

美国的说法是总统是靠不住的。我们的说法则应该是多数是靠不住的。多数、人海,可能误导、可能煽惑、可能跟风、可能浅薄、可能冒险、可能坏事。但群众长期被忽悠,长期犯傻,是不可能的。农民是知道一亩地打多少斤粮食的。工人知道钢铁是怎样炼成的。科学家是知道哪些数字不可相信的。老百姓是知道什么样的领导是好人,什么样的领导会害人的。

回想一九七一年林彪事件后,短短的一段时间大家都骂林彪的极"左",马上上面定调子,说林彪是"右"得不能再"右"了,而且非常勉强地把批林转到批孔子批周公身上。根据是说林彪有一幅字"克己复礼"。经过长期的培育,言传身教,百姓们也渐渐学会了吃菜吃心,锣鼓听音儿。一批判大儒,哪怕是新疆这种相对边远的地方,就是我的一些最不关心政治的老学究同事,也嗅到了批周恩来的味道。"大儒"的帽子给周恩来一戴,反而为总理增加了一个耀眼的光环。我的一位学究老友,深深感叹赞美道,周就是大儒,是真正的大儒呀!

此后传出不少毛主席批评儒家,骂孔子孔老二,赞美秦始皇的话语来。我的体会是,真的,毛主席不喜欢,也可以说是厌烦孔子的仁义道德尤其是仁政王道的这一套。毛主席信的是权力哲学。列宁说,革命的基本问题是政权问题。到了中国人民这里,毛泽东时代强调的是"权,权,权,命相连","文革"中甚至将"忆苦思甜"的说法改变为忆苦思"权"。毛泽东强调的是阶级斗争的暴力化——武装斗争,是枪杆子里头出政权,是无产阶级专政,是直接依靠人民群众,是以其人之道还治其人之身,是(告诉反动派)只准规规矩矩,不准乱说乱动。毛主席以马克思主义为主线,整合、扬弃与汲取了权威主义、实力主义、实用主义、民粹主义、无政府主义、乌托邦主义。尤其是在革命与反革命进行殊死斗争的年月,依毛主席的说法,搞什么宋襄公的蠢猪式的仁义道德,搞什么温良恭俭让,搞什么仁政王道,那就是扼杀革命,就是为反动统治者的剥削压迫设立防护网,就是让地主老财永远地压在人民群众的头上,就是不敢胜利,自取灭亡。

毛泽东多次讲,大意是中国的历代君王与头面人物,都骂秦始皇,都歌颂孔老二,但实际上做的都是秦始皇的那一套,抓权力与对于权力的巩固,提防具有不臣之心的叛逆奸佞分割夺取自己的权力;而历史上根本没有什么人能真正依靠孔子的一套治国安邦铁打江山,这是事实。但毛主席或许忽略了另一个事实,就是历代中国的君王与士人,一直到平头百姓,大多提倡儒学,尊崇儒学,甚至说什么"天不生仲尼(孔丘),万古如长夜",对儒学与孔子顶礼膜拜。就是说,确有一代又一代的老百姓,从内心深处接受了孔子的合情合理的政治与道德规范的主张……认为这种主张有利于人际关系,包括管理与被管理、尊长与民众、君子与小人的关系的和谐与太平。这样的主张多少约束了在上者的气焰与压迫,也约束了在下者的愤懑与叛乱。不错,很多人都讲说儒学、礼拜孔丘,而完全不实践儒学,被讥嘲为满口的仁义道德,满腹的男盗女娼。但同时,儒学有利于社会的稳定与和谐,给百姓提供了一个大致可以接受、想来蛮有道理的规范,也给百姓提供了一个接受或者不接受权力统治的标准,提供给老百姓一个说法:君王有道,则是受命于天,就应该做良民;君王无道,君王如果变成了无道昏君,百姓也就造反有理,昏君也就逃不脱被颠覆的命运。

批孔批儒的全面影响与全部含义,当年作为革命战士与革命带头人的毛泽东是没有怎么深想的。当然,"五四"以来,孔子行情崩盘,非毛泽东一人作如是观。他揭露的是儒家的无效性、欺骗性与虚伪性。只讲仁义道德,不讲阶级斗争,不讲民主法制,不讲权力制衡与权力的如何运用,这是自欺欺人,是会变成人治而且无法可依的一团乱麻的。那么,不讲仁义道德,不讲人伦正义,不讲行为规范与社会文明,又当如何呢?那样也会沦为强梁蛮横粗鄙的黑暗的悲惨世界。

顺便说一下,至今还闹腾什么半部《论语》治天下,闹腾什么《三字经》《弟子规》对下一代的教育准则,直到让小学生穿上古装衣衫读《三字经》,这是自绝于现代化,是关上门充老大,而完全不知道啥是传统文化、啥是先进文化、啥是现代世界、啥是当代中国的廉价闹剧。而至今如果还闹腾什么批孔反孔,完全无视儒学在中国的地位与影响,那就是自绝于中华文化与中国百姓尤其是自绝于执政下的长治久安。

如此这般,毛泽东之要批儒,是真实的,有着他的长久的思想基础,也是符合他的历史角色与自我定位的。不能简单地认为他之批儒是针对周恩来,是搞什么权力斗争。同时,从人格与行事风格上看,从历史观与价值观上看,雄踞高端、呼风唤雨、万物重新做过的毛泽东与戒慎恐惧、无微不至、恪忠恪勤的周恩来,实不相同,时有悖谬。"文革"人物江青等一讲批大儒,人们马上意识到周的处境不妙,也绝非空穴来风,唯恐天下不乱。事出有因,实乃必然,令人叹息。

毛主席与周总理同在一九七六年去世,但两个人的过世给人们的感觉颇有不同。周总理的去世人们感到的是沉痛、沉重、悲哀。周在这个时候走了,乱成一团的国家更不知道要走向何方。人们已经感觉到了毛主席的衰老与老而益坚、老而益奇、老而益倔强,已经难以理解他老人家了。毛主席在晚年提出的社会主义的按劳取酬实际上是资产阶级法权,令人在五体投地的同时倒吸一口冷气。如此这般,整个人类社会得从头设计,得回到猴子变人的原点,敢情从周口店猿人时期咱们的人类社会就走向了歧路。这看法高明得令人怎样弹跳摸高也够不着。电视上最后一次的主席出镜似乎是与巴基斯坦军人执政者叶海亚汗的会见,主席举步维艰,头往下耷拉,嘴巴也闭不太严。还传出来小道消息,说是叶海亚汗捎来了口信,是什么国际组织关心当年的著名大学生"右派"林希翎的处境。林从而被恢复了自由云云。

主席的去世令人惊惧,正如将本年的天崩地裂再应验一遭,落到了实处险处。我多次叹息,多次忧心,好也罢,赖也罢,爱也罢,怨也罢,伟大也罢,奇崛也罢,胜利接续着胜利也罢,挫折硬不承认是挫折乃至闹出了新挫折也罢……毛泽东与我们共同摸滚爬打了小三十年,他的笑容,他的与众不同的思路与说法,他的雷霆万钧,他的好斗,他挑起的或者是被挑起的以阶级斗争为旗帜的国内外诸种纠葛冲突,他的顽强与他的虚虚实实,乃至他的书法、他的诗词、他的文体都已经是我们的、你我他的生活的一部分。你我他的命运、说话、用词、悲喜都与他老人家分不开。如今他老了,他走了,他没了,你我他也就跟着落进了宇宙大黑洞里头啦。

一九七六年九月八日,星期三,农历八月十五中秋节,是丙辰年丁酉月癸亥日。明晃晃的月光,照得时在乌鲁木齐十四中学家属院的我们睡不着。我与妻一起议论老人家的健康状况,唉声叹气,我们说批邓使国家陷入新的天怒人怨、众叛亲离,再一次掐灭了老百姓的希望。老人家一旦仙去,国家会发生什么情况,我们会遭遇哪些危险,边疆会出现什么情况啊?中国没有了毛泽东,天啊,天要塌下来的啊。

我说,如果阅读历史,你就会知道,一个领导、一个君王,如果天才太盛、威信太高、主意太多、强势太过、招数太新、权力太大、步子太猛……他一旦辞世,定然会发生巨变。

我永远忘不了一九七六年中秋节乌鲁木齐的那一夜月光。此后的许多中秋节,都碰到了浮云遮月的情况。乌鲁木齐的晴朗干燥的天气,与当时做不起遮光性能良好的窗帘,使得明晃晃的月光令人心里乱乱,难以入眠。

谁知就在次日，一九七六年九月九日下午，十五的月亮十六圆的日子，通知新疆自治区文联全体职工到自治区文化局创作研究室收听中央人民广播电台的广播。我已经猜到个八九不离十，我提醒自己，各级各界人士必须充分注意，万万不可粗心大意。

听广播，明白了。毛主席就是在明晃晃的中秋月光中告别了他的中国的。

我完全没有想到，主席刚一辞世，一切该发生的事态立马就发生了。说是翻天覆地，又像手到擒来；说是千难万险，又像不战而胜；说是惊心动魄，又像顺手牵羊。敢情"四人帮"早已人心丧尽，"文革"早已臭名远扬，极"左"早已被认定是穷凶极恶、老鼠过街、人人喊打；在无产阶级专政条件下继续革命的理论早已被看出了装腔作势、破绽百出；周恩来、邓小平代表的健康正常的力量早已被人民所期待。整个中国像一个已经熟透了的苹果，一碰就掉到了百姓手中。整个"四人帮"，就像几只烂透了的虫子，气一吹就化成了齑粉。历史解决那些已经成熟了的任务，竟然是这样天公地道，顺风顺水，自然而然，一通百通。而所谓"文革"派，竟是那样的不堪一击。伟大的毛泽东的在天之灵有知，能不惊呼一声"原来如此"吗？

我已经不是孩子，我知道权力的厉害，我知道有时候人在权力面前硬是一声不吭，我知道人心也可以被引导，可以高喊吃饭不要钱，一亩地打一万斤粮食，还有任意把谁谁定性为敌人。但是一九七六年的事实告诉你，失人心者失天下，水能载舟，水能覆舟，人民，人民才是创造历史的动力。把"四人帮"抓起来，硬是没有受到什么抵抗，而毛泽东亲自发动的"文革"，上上下下有多少阻力！上海的徐景贤马天水之流还想过如何抵抗一下，门也没有，没等他们吭一声大气，早已经是摧枯拉朽、土崩瓦解啦。世界上当真有这样的事情啊，干部称快，知识分子称快，军人称快，老百姓也照样称快啊。

人们为了维护错误的东西，需要天才，需要雄辩，需要心如天、志如钢、情如火、意如刃，理论云蒸霞蔚、旗帜鲜艳瑰丽。而人们纠正错误的东西,只需要常识,只需要正常,只需要弹弹指、摇摇手,只需要懂得一加一等于二、二加一等于三,只需要承认不吃饭会饿肚子、不穿衣不但寒冷而且不雅观。而我们费了多大的超人的力量,来举国论证一加一可以等于八百,不吃饭可以成为先进思想的标志,不穿裤子也要造原子弹啊!

我越来越坚信,毛泽东太伟大、太有特点、太不常规了。没有他中国也会有革命,但中国的革命未必胜利,如果是王明式的人物领导中国革命的话。尤其是,没有毛泽东就绝对不会有中国的革命胜利十七年后的"无产阶级文化大革命"。除了毛泽东,他的妻子江青、几个迎合老人家的"秀才"、一批政治投机者红卫兵"领袖"与一些乳臭未干而又心比天高的红卫兵原教旨主义者以外,到了一九七六年,他们的"文革"可以说是丧尽了人心,失尽了民意,输光了本钱,为自身挖就了坟墓!

一个时代就这样结束了,我的可怜可爱的伟大祖国!

17. 后"文革"时代开始了

"四人帮"倒了,下面的事情会怎么样?

经过了最初几个月的控诉、回味、庆贺、欢呼与热泪盈眶之后,一位北京的、高中毕业后做泥水工的小友告诉我说,大家高兴了半天,激动了半天,然后,外甥打灯笼——照舅(旧)。

小友的父亲是我在新疆的同事,胆小怕事,跟风听话,对上唯命是从,总算基本上保住了全须全尾小命一条。小友的母亲,心直口快,一九五七年被划成了"右派",用维吾尔语表达则是变成了一个"温素尔"分子,这话很有些超脱和幽默,可见那个时候的维吾尔人对于政治常抱不解、认命与旁观的态度。这位女同志,经过几年烈火熊熊的锻炼改造,更是经风沐雨、和光同尘、大大咧咧、泼泼辣辣,她做到了渔父教导屈原的那样,水清洗缨,水浊濯足,满不论啦。

小友的反映说明，并不是每一个人都那么看重"四人帮"的覆灭与"文革"的结束。但是我看重，极其看重，从幼小，我的命运便离不开政治、离不开历史、离不开国家。

　　"文革"的结束是华国锋在中共"十一大"上宣布的，他说"四人帮"的覆灭，标志着"文革"的胜利结束。我在新疆的好友、语言学家老夫子郝关中听了大喜，他的神色可以用"为之'喷饭'"来形容。妙，太妙了！他不断摇头点头地说。只有中国的这个"妙"字才能表达他的感受。英语译出来 wonderful，表达得了"妙"的非凡、奇佳的含义，却表达不了"妙"字的难言的曲径通幽的智慧、深邃与趣味性。我也许敢于冒昧地说，"妙"有点"坏"呀"嘎"呀的含义。例如男女之事，古典戏曲中如果说"妙哉"，那一定就是有了戏喽。"文革"就这样在"妙"声连连中胜利结束了。

　　这就是中华文化，我们这个民族，经历了太多的政治变迁，太多的凶险和灾难，太多的不尴不尬、挫折弯曲坎坷，我们大大提高了自身的应变能力、调整能力、更新能力、维持延续的能力。无怪乎美国作家、诺贝尔文学奖得主、反共骂共也曾被我们骂了个狗血喷头的赛珍珠女士，后来给美国官方写信，建议美国政府要与新中国打交道，因为中国人在长期的考验中，淘汰了弱劣，留下的全是优秀人等。尼克松访华时，报的随行人员名单中曾经有她的名字，被我方否决。现在，她的遗骨，回到了她自幼居住并且梦魂萦绕的江苏省镇江市了。

　　对于"文革"结束的这样的妙解，在世界上其他任何角落，都是不可想象的。

　　数十年后我开始明白，世界上的事情并不常常是这样简单，不是一个"妙"字能够巧为结穴的。妙得太过了，也会绕昏自己。中国共产党后来正式作出了彻底否定"文革"的判断，有正式文件为证。但一批有过红卫兵经验的"知青"，包括其中的佼佼者，包括我最欣赏的同行友人，他们从内心深处仍然对"文革"不能忘情，不能忘记自己的激动与志气，也不能忘记毛泽东发动"文革"、信任"革命小将"，将"天下"交给"革命小将"们闹腾的深情厚谊伟志。他们却忘记了一九六八年毛主席做出了整顿教育、向学校派遣工宣队的决定之后讲的话,大意是现在轮到小将们犯错误了。真棒,三十年或三十个月,风水轮流转,该什么人犯错误就是什么人犯错误,讲得得心应手、稍泄天机、恩威在我、自有奥妙。一九六八年后,小将们从"文革"的中心旋涡中其实已经淡出,他们的历史使命改为上山下乡,接受贫下中农再教育,不似一九五五年的知识分子思想改造,胜似知识分子的思想改造,并从而出现了一批所谓"知青文学"作品,也算哭哭闹闹、咋咋呼呼了一回,自以为他们的上山下乡有历史意义或悲情无比,自以为他们的上山下乡将惊天动地,永垂史册。

他们不明白,"文革"开始两年后,其运动中心已经不是,早已不是小将们揪斗走资派、抄家、抡皮带、粪土反动权威和批判什么资产阶级反动路线了。是有些小将自作多情罢了,误以为主席不能忘情于他们这些毛孩子。那些批反动路线夺权搞武斗的风头人物蒯大富谭厚兰等,已经因犯了必犯的错误而黯然失色,被历史的车轮甩到不知什么旮旯里去了。

其后再有令我震动并感到一个"妙"字不足以总结史无前例的"文革"的是国外对于"文革"的响应的遗迹。先说一下,主席看来很喜欢史无前例四个字,他追求史无前例,误了些事。一九八〇年我在西柏林这面的柏林墙上,还看到墙上的西柏林"革命小将"书写的革命造反口号。一九八二年我在墨西哥访问时,结识了一位原在西德居住的纯洁天真的女生,她因为热烈参加该地的"文革"闹出了大娄子,有人说是打死了教师,我没好意思细问。她先跑到了中国,后去了墨西哥。我还认识几位原在西德的汉学家,他们当初也是受到毛泽东的感召,在中国"文革"掀起的世界准"文革"的学生运动高潮中,确定了要学中文,要向中国学习搞革命,而走向汉学的。在美国,则是著名的加利福尼亚大学伯克莱分校,响应中国"文革",建立了"伯克莱人民共和国",与警察发生了激烈的冲突。法国该年的学运也是一个重大事件,也出了大乱子,死了人。毛泽东的"文革"是可以否定的,但仍然需要进行研究:它的想象力、它的不分青红皂白的反体制的愤青精神、它的对于青年学生的发动与煽惑、它的理想主义、它的非理性的和尚打伞无发(法)无天先闹他一场再说的精神、它反映的社会矛盾与代沟等等,都值得总结,都是人类历史上的一个不可多得的篇章。

而到了新世纪,到了"文革"结束三十五年后,仍然有所谓新"左"派或老"左"派在那里怀念"文革",为"文革"辩护,甚至期待"文革"。而且至今歌颂"文革"期待"文革"的人首先是扎根移民于美欧,至少也是在香港的一些人。他们按照西方的一知半解,断定了"文革"的民主性、大民主性。这就更妙了,竟会以美国为"根据地"捍卫与召回毛泽东后期的思想与实践。这也就更说明一厢情愿地肯定与否定,都是难以一"妙"到底的,也就不一定能够一劳永逸。

幼稚永远与成长同在,偏执永远与常识共生,愤懑不会因惊人的发展而可以忽略,相反,越是发展,麻烦就会越多;而破坏的冲动、折腾的冲动不会看建设与增加收入的面子而有所收敛。那些完全不考虑"文革"的野蛮暴力给国家人民带来的伤痛的信口召唤"文革"的纨绔子弟们啊,那些加入了美国国籍、领到了美国的绿卡再向故国召唤"文革"的红苗苗们啊,你们根本不知道你们是在说什么想什么要什么!

对于"文革",我的简单的结论如下:

一,客观上看,"文革"是彻底失败了,其结果是天怒人怨、天昏地暗、倒行逆施、丧尽人心、破坏生产、破坏稳定、摧毁文化、摧毁教育、胡作非为、血腥暴力、个人迷信、全民武斗……使中国丧失了发展机遇,使一心搞革命搞社会主义的中国人民大失所望。

二,"文革"的一大特点是它的混杂与泛漫。自始至终,你弄不明晰它到底要干什么。个中有毛与刘的斗争,有对于彭(真)罗(瑞卿)陆(定一)杨(尚昆)的斗争,有飞鸟尽良弓藏的先例,有对亲苏派的清算（依季塔连柯的说法），有封建阴魂的重新附体，有对于斯大林的兔死狐悲，有五十年代以来"左"了再"左"的停不住、刹不住车的运动惯性，有各种野心家如王张江姚的兴风作浪、推波助澜，有被挑动起来的青春躁动，当然也有认真的所谓反修防修"一大二公"大同世界的无限心计。

三，只要我们认真地思考一下，我们就会发现，不管含有多少杂质——含杂质是必然的——再伟大的事业也是有杂七杂八的人众参与的，毛主席发动"文革"的思考主题——怎样才能保证中国社会永远不会与旧时代靠拢，怎样才能保证底层工农不吃二遍苦、不受二茬罪，怎样才能保证社会的平均平等——是认真的，也是值得深思的。这里有一个任何社会制度与意识形态都无法回避的问题，怎样解决人间的不平？陈毅有诗赞法国启蒙主义思想家卢梭曰：

当年著作曾名世，汝是弱者代言人。
莫轻一部《忏悔录》，总为世间鸣不平。

毛泽东更是为弱者鸣不平，而且是自以为为弱者向强者们展开了复仇之役。

问题在于，在批判所谓资产阶级法权的时候，我们怎样看待人间的不平即事实上的不平等？人与人无论体力体型面貌形象体高体重智力性格心理生理遗传基因寿命境遇……都是不同的，都是不平的。比如打篮球，我们的条件能与姚明相比吗？比如唱歌，我们的声带与体腔，能与帕瓦罗蒂比吗？比如绘画，我们的本能能够与凡·高或者齐白石比吗？不平不平，不平等当然不平，不平则鸣，不光是鸣，不平则斗，不平则折腾……

四，毛泽东的"文革"思想，是我党与我国人民的一个思想遗产，你说它十分荒谬也行，问题首先不在于价值判断，而在于认知判断，先别急着说毛泽东的"文革"思想的正误是非吉凶好赖，说清楚毛泽东非搞"文革"不可的最最能拿到台面上来的理论与思考吧。哪怕毛泽东的"文革"理论查无实据,它的出现仍然是事出有因!

五、而且,如果你意愿中国的长治久安,你意愿世界的和平和谐,你意愿辩证唯物主义与历史唯物主义的发展充实,你不能不认真思考毛泽东思考过的一切:事实上的不平等,人民的大多数与少数,城市与乡村,治人与治于人,贫与富,武力暴力与道德教化,儒家与法家,天下大乱与天下大治,英雄创造历史与奴隶创造历史,体制、秩序与无法无天,群众运动与按部就班……包括所有的旧世界旧制度旧朝代土崩瓦解的教训,都值得唤醒我们的忧患意识。

尤其在今天,在分配公正、干部政风、贫富差别、农村前景、环境污染、意识形态、国际处境……日益引起人们的思考与忧患的时刻,我们更要重温与思考一下声名狼藉的六十年代的中国"文化大革命"。

如果毛泽东是大学教授,如果毛泽东的忧虑表现为学术研究论文,那将是中国人对世界社会科学的一大贡献。

六、毛泽东为此采取的直接面向群众、面向小将发动"文化大革命"的办法,他的抛开党中央依靠"中央文革小组"的"左倾"空谈神经质书生的办法,他废黜全部知识分子的做法,他的实际操作,完全是南辕北辙、缘木求鱼,是个人专断,是捉襟见肘,是匪夷所思,是按下葫芦起了瓢,是搞乱自身、四面着火、八方冒烟,是天花乱坠,是假大空吹牛皮,是完全的破坏性冒险,是把新中国推到了崩溃的边缘。

七、"文革"将毛泽东的有价值的忧虑与思考推到了极端,再加上暴力破坏,也就使极"左"的东西达到了极致,客观上判处了极"左"的过激主义以死刑。

八、江青在"文革"中的活跃与无能、幼稚与弄权、斤斤计较与神经兮兮、特殊身份与特殊地位,败坏了党的庄严与气度,败坏了毛泽东的崇高与伟大,推动了"文革"的必败。

九、离开了各级组织,另搞一些莫名其妙的联络员毛远新,还有王海容、迟群、谢静宜……重用什么工农讲用毛著积极分子诸如李素文、吴桂贤,包括对大寨带头人陈永贵的火箭式提拔,都败坏了吏治。虽然,其用意有真正让工农劳动人民主事的伟大动机。

十,许多人在"文革"中做了错事蠢事,我们应该理解其当时的难处,不用让他们承当"文革"的政治责任,我们不能是首脑生病,下属吃药。是的,至今我们可能仍然不能完全弄清"文革"的始末与责任归属。但是有一条,我们应该尊重,应该坚持做人的底线。例如,不论政治上、领导层发生了什么意外情况复杂情况,一个正常的好人:1.应该与人为善,不是与人为恶。2.应该实事求是,不应该顺风夸大其词,更不能无中生有、诬陷他人。3.不能落井下石。4.不能恩将仇报。5.不能使用暴力打砸抢。6.不能一会儿一变,迎合投机。7.不能任意发展上面的说法,伤害无辜。8.至少要相信常识,相信理性,不能瞪着眼说瞎话。

我想起当年的新疆文联,有一位在上海当过演员的陶姓女士,一会儿一变不说,她指着少数民族作家中被揪出来者,教自己的女儿说"这是赫鲁晓夫,这是勃列日涅夫"。她还抢先将被批斗的文联领导人赶出房子,由她取而占之,这样的人,呸!

十一,我们在追悼那些"文革"中被迫害致死的人的时候,也要鼓励自己,任何时候都要不怕鬼,不信邪,坚强地活下去。

十二,总而言之,不论你是平头百姓还是干部官员;不论你是机缘凑巧,天上掉下了升迁发达的机遇,还是逆风点儿背,赶上了晦气一大堆;不论你是根正苗红,以接班人自居,还是地富反坏右狗崽子贱民;你应该心存敬畏,尊重生命,不敢伤天害理,也不敢自轻自贱;尊重历史,不敢轻蔑先人、抹杀祖宗;尊重文化,不敢无视学问、忽悠吹牛;尊重常识,不敢胡作非为、胡思乱想;尊重师长,不敢称王称霸、目无尊长;尊重规则,不敢无法无天、为天下之大不韪;敬畏道德,不敢昧掉良心、为非作歹;尊重事实,不敢胡编乱造、害人害己。你还应该自尊自爱,不做流氓无赖宵小窃贼奸佞才干的趁火打劫、浑水摸鱼、挑拨是非、虚伪做作与助纣为虐的事,也不做丧失勇气信心、自戕自弃的事。

　　一九七六年、一九七七年当时大家还沉浸在"大快人心事,揪出四人帮"的兴奋中。郭沫若填写了词,常香玉用豫剧调子演唱,嗓音宽厚有力,唱得人们笑出了也哭出了眼泪。真叫解气!一首首诗怀念周总理,《周总理办公室的灯光》《周总理,你在哪里》脍炙人口。一篇篇短篇小说也在揭批"四人帮"。《人民日报》上发表一篇谈文学的神圣使命的整版文章支持一位小青年的描写平反冤假错案的小说《神圣的使命》。作者王亚平后来移民美国。之前小王还去过对越自卫反击前线,说是他养了一只猴子,带到各处,"影响"不佳。但评论家、作协的头面人物冯牧常常怀念与称颂这一时期,说是这一时期作家的写作与党的部署达到了"同步"运行的地步。不但同步,甚至作家还有走到前面的,中央还没有为追悼周总理的天安门"四五事件"平反,上海作家宗福先的话剧剧作《于无声处》已经在全国上演,光一个新疆就同时有三四个剧场演《于》剧。呵,那时候的作家与演员是多么可疼,那时候的领导是多么可亲,那时候的全国上下是多么团结。为什么人们总是在面临共同的敌人、共同的危险、共同的灾难和痛苦的时候才学到了与尝到了团结一心的甜头?那时候的评论是多么有力量,那时候的一切刚刚见天日的"文革"中被打入冷宫的歌、舞、戏、书、电影甚至是器乐,是多么有力地进行对于"四人帮"的批判!

　　一九七八年十二月举行了十一届三中全会,肯定了实践是检验真理的唯一标准。这在政治上的针对性极大,关键在于,要不要"继续批邓,反击'右倾'翻案风"?如果搞"两个凡是",即如当时的一篇社论提出来的:"凡是毛主席作出的决策,我们都坚决维护,凡是毛主席的指示,我们都始终不渝地遵循。"(见《人民日报》社论《学好文件抓好纲》)那就会使中国的形势冻结于"文革"后期的格局。而如果用批林的办法,甚至将"四人帮"定性为"右"得不能再"右"了(华国锋曾出此言),那就是与将"四人帮"的被粉碎定义为"无产阶级文化大革命"的伟大胜利一样,由无可奈何,发展到令人喷饭了。

这里说明了一条,就是反"左"太难。我在新疆的一个同事,北大毕业生,素日不怎么关心政治,"表现"也被认为不怎么"开展",就是说,他更关心的是个人的蝇头小利,而对于党的事业、社会主义的前景、国家民族利益不怎么上心。奇怪的是,他常常一语中的,小葱拌豆腐———一青(清)二白。有一次谈到粮食问题,他说我有办法:包产到户。而说到反"左"反"右",他说,很简单,上台前总是要反"左"的,不反"左",你得不到选票。上台以后,总是要反"右"的,不反"右",你巩固不了权力。你可以说他说得不正规不准确不全面,但是你不能不为他的粗陋的概括而叫绝。

我的这位新疆同事的看法说明,此时的政事需要的并不是天才与深奥学理,甚至也不需要霍金或者爱因斯坦式的大脑,谈不到秋瑾或者江姐式的英雄主义,根本用不着如林彪所谈的天才地、全面地、创造性地发展马列主义。这里要的只是常识,只是"正常"二字。只需要承认一加二等于三,只需要承认人饿了要吃饭渴了要喝水。一九七八年报纸上登了一篇文章,说是生产秩序这样混乱,供应这样不佳,还在那里没完没了地批判"唯生产力论",难道是让我们去喝西北风吗?一句大实话,一句类似儿童的有关皇帝新衣的实话,令多少人落了泪!

但是,请想一想,在大家的同仇敌忾的情绪下,在高调大嗓门的情况下,在夸张义愤的情况下,在冲锋号的声响中,这时出来一个人,敢于说一加二等于三不等于一百;步子要一步一步地走,不可能一步顶人家一千步;还有就是即使是坏人,该怎么对待就怎么对待,不一定都往上往顶端提……这难道不需要过人的大智大勇?这难道不可能成为人众的公敌?这难道不可能招致极大的风险?刑场上高唱《国际歌》的英雄是伟大的。像邓小平那样屡屡说大实话的人物,也必然受到极大的尊敬与爱戴。我们不会忘记小平同志。

难怪邓小平强调,马克思主义的精髓是实事求是。正如毛主席强调造反有理一样。他们都抓住了他们认定的关键。

无论如何,一九五七年、一九五八年的事情给我的刺激太深了,我也欢呼粉碎"四人帮",我也欢呼邓小平复出,但是我根本没有往中国的大变化上想。一切都板上钉钉,往死里砸。什么都是铁案,什么都是大家动了手,谁也甭说自己如何干净。就像珍宝岛事件,中苏友好了半天,一个珍宝岛,双方动了炮火坦克,双方流了血,伤了命,还能转弯儿吗?刘少奇已经是叛徒工贼内奸,三自一包已经是反革命的同义语,"右派"已经与地富反坏绑在一起,歌词唱的是"人民公社就是好就是好就是好……",你想把这一切都翻过来?弄不好只能翻车堕谷丧命。

我的梦想只是回到五十年代,回到没有那么多假想敌人的相对能够唱着光明的歌曲过正常日子的时代。"四人帮"当红期间的奇特之处是你要歌颂他们他们不让,你要侍奉他们他们不要,你要喊万岁他们却拼命扼住你的喉咙,你没有胆量也没有动机反对他们他们却认定你正在要他们的命。我只能认为他们疯了,他们找死找灭亡,不灭掉他们他们不会答应。过高的、完全脱离了实际的政纲与敌情观念,只能是来自躁狂与精神分裂。

事情的发展大大超乎了预料。那竟是一个可以发挥志士精英的积极性的年代。邓小平一主持工作先恢复了高考,而当时的教育部部长居然迟疑拖延。胡耀邦利用他的组织部长的职权给全国错划的"右派"分子改正了结论。文联与作协的筹备组在三中全会后立即在新侨饭店召集开会,宣布为一大批被错批了的作品与作家平反。原来搞批判时是声色俱厉、上纲上线、咒骂哭闹、搜集材料、准备"炮弹"、呐喊斗争、个别布置,一一落实,给积极分子以甜头,费了吃奶的力气,才斗妥了。然后只消一宣布说没事,第二天一清早,在中央人民广播电台的"新闻和报纸摘要"节目中大声一讲,全没事了。

这里我甚至感到了"不可承受之轻"。这怎么像是开玩笑？明明又那样真实、那样令人感叹。一位"反右"中倒过霉的老诗人艾青喜欢讲他自己的经验，他被划成"右派"前后共二十一年，然后对他说了三个字，"搞错了"，他算了算，每个字索要了他七年的光阴。

有时候我从另外的角度想：谬误确实有时候比真实更强大。谬误是断了线的风筝，是飘上高空的气球，是万丈浪花，弹指间就可让它发生巨变。它有更多的扩张、想象、神奇、不凡、壮怀激烈，它要求着也派生着高超、胆气、苦撑、硬顶、轰轰烈烈，瞪着大眼睛迎接灾难。而务实太普通，太容易被认同，有时候太让人扫兴。说咱们国家三年超英五年超美，这是多么令人心花怒放与热血沸腾；而说我们要用几代人的时间建设一个小康社会，这有多么平淡。说立马要搞共产主义了，这是多么雄伟；说几代人搞的只是社会主义的初级阶段，这有多么扫兴……一次在烟台，一次在大连，都有同行对我提问，为什么说到好的理想的社会制度，就要说坚持住、顶住，而说到资本主义，却只需要"滑向"，就是说随便一出溜就能搞成资本主义，而要搞个社会主义却费尽了吃奶的力气？上世纪五十年代晚期，我甚至听到过辗转传来的毛主席的话，说是要采取什么措施改善肉食的供应，主席说，我就不相信搞社会主义会吃不上肉！这不是有点悲哀吗？社会主义好，社会主义好，社会主义样样好，它通向的应该是人民的普遍幸福，是人间的正义、公平、富足和高尚，怎么会把吃点肉视为需要赌咒发誓的大难题！

也许下述粗浅的想法不无道理：对于执政党来说，除非发生外敌入侵或者极端的天灾人祸，一般情况下，太别扭的事不要做，太费劲的事不要做，太咋呼的话不要说，太生猛的理论不要推行，超过压力标准的气不要一味地打下去。与轰轰烈烈、高调入云相比，也许我们更需要的是实事求是、脚踏实地、求真务实、循序渐进。

此一时也，彼一时也，您还想在中国搞狂热的"文化大革命"？过了这个村，再没有这个店喽您哪！

18. 摸着石头过河

一九七九年我从新疆回到了北京。我的一个突出的印象就是北京的中青年作家哥儿几个姐儿几个很喜欢谈民主。与新疆的同龄人相比,北京的小哥儿们穿得干净入时,吃得顺溜细致,口音规范而不失润滑,面容白皙而且说话风趣,尤其是谈起民主来令新疆的百姓头晕。

不知为什么,那个时候我就感觉到民主的话题未必能谈得那样轻松和自在。

但整个气氛松快多了。越剧艺术片《红楼梦》重又上演。已经好久没有在艺术作品中接触爱情这一话题的观众中,据说有一对痴男怨女,欣赏完"红"的越剧以后,双双殉情自杀。人民文学出版社出的大仲马的《基督山恩仇记》成了抢手货,能搞到此书是关系网管用、路子"野"的标志。CCTV播送美国人演的电视剧《安娜·卡列尼娜》,有"革命"群众来信,揭露此电视剧通过对安娜的丈夫卡列宁的嘲笑攻击革命老同志。《洪湖赤卫队》的韩英的歌曲重又风靡。不但是烈士歌曲,就是周璇唱红的歌儿也让唱了。一些涉外宾馆无尽无休地播放着《五月的花儿》和《玫瑰玫瑰我爱你》。第一个在内地发行了卡式盒带的香港歌星是奚秀兰,据说是认为奚的声音比较健康,不算太嗲。但真正红得透紫的是邓丽君。她的歌曲虽然上不了台面,却在全国风行。生活变得有点暖意。青年人喜欢提溜着大个儿的卡式录放机,播放着流行歌曲招摇过市。还有在紫禁城筒子河边出现了弹吉他的。有戴宽边的墨镜的了,为了证明墨镜来自境外,有人甚至不把粘在镜片上的商标撕下去。香港的媒体高度严重关切与讽刺这种内地人的愚蠢与无知……我也奇怪,"四人帮"为什么会蠢到那种程度,与一切百姓喜闻乐见的东西为敌,只要有人喜爱,就一定高调取缔。这样,就使"四人帮"的对立面一上台,立即受到了百姓的拥护。

更不要说那些毫不含糊地对于"四人帮"的揭批了。说"文革"是十年浩劫。说"文革"中搞的是现代个人迷信。说"文革"是革文化的命。说"四人帮"是封建专制主义者。说他们残酷地迫害知识分子。揭露了遇罗克事件与张志新事件。一篇篇长文揭露他们是怎样迫害刘少奇、陶铸、陈毅，直到进攻周总理的。揭批所谓的江青受林彪委托召集部队文艺工作座谈会……真是天翻地覆啊。我常常在读这些文字的时候当真地热泪盈眶。

我毫不怀疑，我是经历了第二次解放，我体会的是比一九四九年的经验更加彻骨的解放感。我已经被"修理"得可以了。开始我的感觉是就这样吧，行啦，按照华国锋的调子欢呼"四人帮"的倒台是"无产阶级文化大革命"的胜利结束吧，就像断言林彪的错误是"右"得不能再"右"了一样。只要没有了"四人帮"，只要不再过胡乱批斗迫害、朝不保夕、撅着腚练"喷气式"（由小将们扭按着批斗对象的胳臂，按着"阶级敌人"的脖子，使其上肢与上身的方位很像喷气式飞机的翅膀与机身）、工人不工、农民不农、学生不学、有粮票买不到粮食、有肉票买不到肉的日子。更不要说，允许我写作、得稿费、读书、温饱，已经是恩重如山，夫复何求？

形势的发展大大超过了我的预计，社会正在大变化中。刘邓陶，翻过来了。彭罗陆杨，翻过来了。在天安门追悼周总理事件，翻过来了。文艺黑线，翻过来了。连咱们的《组织部来了个年轻人》也翻过来了。十一届三中全会一开，文联作协的筹备组在新侨饭店开上一个会，稀里哗啦，第二天，中央人民广播电台的《新闻和报纸摘要》节目对国内外宣布二十多年来被批得喘不过气来的文学作品，全没事了。翻身翻身，共产党是最讲翻身的，终于现在，自己翻了自己造成的荒唐大山所压住的身了。

这么简简单单地就翻了身儿了，一定能算数吗？

我的亲戚，也还有朋友，一再提醒我，不要说太多话，小心过几年又翻过去。

翻身以后呢？大家都知道日子要有新的过法了。通过真理标准的讨论，邓小平复出了。他讲对于毛泽东思想要全面地准确地理解，不能照抄照转只当收发室。他讲解放思想、实事求是、团结起来向前看。他那时讲的每一条都令我欢呼雀跃。我听作家丛维熙说过，他的老妈妈看着邓小平的照片掉眼泪。

第四次文代会前，在胡耀邦家里，我亲耳听中宣部部长胡耀邦讲过，一九四九年后党的失误是：第一，没有及时将工作重点转移到经济建设上来；第二，没有注意发扬民主。

周扬还讲过：第一，历史不能超越；第二，中国不能离开世界。

所有的说法，令人激动，令人一上来不敢完全相信。

八十年代就这样开始了。周扬转向对人道主义的追寻。有一个后来完全走上了对立面道路的写作人刘某开始提出"一切为了人"的说法。这使我想起被我们称为苏修的《共产党人》杂志六十年代的一篇署名文章：《共产主义与人》。那时候"人"的被强调是有敏感性的。不仅曾任驻印尼大使的作家王任叔（笔名巴人）因人性论的说法在"文革"中被斗得神经错乱，钱谷融的《论文学即人学》的论文也在"反右"运动的后期被板上钉钉地扣上了修正主义的帽子。周扬由于讲什么人道主义与异化问题，他的处境开始不妙。胡启立在第五次文代会前曾去看望"文坛祖母"（见胡乔木的题词）谢冰心，第二天官方报道说，胡启立同志赞扬了冰心对于"爱心"的提倡。立刻，广东老作家欧阳山，批判超阶级的"爱心"。而我曾为之送葬的一位文化部门的老领导，也表示过，他最最不能容忍的歌曲是《让世界充满爱》，他质问，是不是爱黄世仁？

与此同时，有人鼓吹批民主集中制，有人批万里长城，有人批龙的图腾，有人提出应该引进一个总理……

这就是二十世纪的八十年代。思想活跃，针锋相对，矛盾基本公开，碰撞十分明显。时时有新说新话新提法刺激视听，时时有这儿批评了、那儿追究了某个知识分子的消息传来。当时的说法令人心有余悸,或新来了惊悸。诗人徐迟写了他旅行巴黎的印象,新上任的管文艺的头头大为不满,而《人民日报》上刊登了徐迟的大照片。这里头也有交锋。报刊上甚至有所谓是不是要"收"了的讲法出现。一位老诗人发表关于"冻雨"的诗,说是一滴、一滴,又一滴,下起了冻雨,使人感到了肃杀。当时还有一些人喜欢用气象名词形容国家的政治与舆论形势。说什么近日是"晴转阴",是"大风警报",是"晴有时多云",你知我知,心照不宣。

感到压力的常常是作家,有时候也包括当时比较著名的在改革开放上稍嫌激进的一些领导干部的什么言论。

一边似乎是解放解放再解放,一边似乎是警觉警觉再警觉。一边是前进前进再前进,向着改革开放现代化民主自由迅跑,一边是注意注意再注意,防止出现失控的局面,干脆是防止颠覆与混乱。

表面上看这二者互相对峙,实际上又是相反相成。

回想八十年代,对于改革开放的理解其实相当幼稚。一些说法太简单了:如转变观念——那么多大事大麻烦,莫非只是一念之差造成的?我压根不信转变观念就能解决问题。再如松绑,再如敢闯红灯,再如宽松。有时候又把改革开放说得危险得很。如说利用小说反党。还有一位老作家,有人说是丁玲同志,私下讲过:某某某(写得比较"露"的)是"小学生反党";而另一个写得含蓄点的是"中学生反党",第三篇抓不住辫子的小说是"研究生反党"。

我记得在一次会议上,老作家马烽指出:"现在的口子开得太大啦。"

他还声明,农村政策的调整,只有利于调皮捣蛋的不良农民,而真正的老实农民,只能"死受",所以,他反正不会(正面)写包产到户的。

一位部级领导讲了一些比较容忍与理解宗教的话,立即被当做奇谈怪论报了上去。

205

八十年代伟大？不，不见得。我们对一些事情想得仍然幼稚而且急躁，清谈与大话仍然太多，各执一词仍然太多。谓予不信，请读拙作《青狐》。动辄说什么思想再解放一点，胆子再大一点，步子再快一点，这是何等的一厢情愿！

　　有人说，改革开放搞"右"了。这又是怎样的站着说话不腰疼，难道人们忘得了"文革"的灾难吗？

　　有人说那时候党内有改革派与保守派之分，有那么简明吗？我宁愿相信，当时的不同角度的政见，起着互补，也起着既能发动也能操控、既能加速也能减速或制动的作用。当然，也造成了分歧与各种传言。有朋友甚至说那几年是轮流高兴，轮流住医院。

　　以至于那些年产生了一个一半是事出有因，一半是牵强附会的说法：说是每逢年号的单数，要强调整顿、"反右"。如一九七九年提出四项基本原则；一九八一年，整顿媒体与文艺；一九八三年，清除精神污染；一九八五年，邓小平提出反对资产阶级自由化、不能把中国变成乱的社会的问题；一九八七年，胡耀邦同志辞职等。以上是单数年份。

　　那么双号呢？一九七八年，十一届三中全会召开；一九八〇年，邓小平提出改革党和国家领导制度，包括党政不分、封建主义残余、离退休制度，干部年轻化、知识化、专业化（后公布时增加了"革命化"一条）等；一九八二年，党的十二大，大幅度地实现了上述的干部三化或四化；一九八四年，三中全会上通过了关于城市经济体制改革的决议，邓小平兴奋地即席说"这是发展了马克思主义政治经济学"；一九八六年，有关于宽松的提倡，邓小平四次谈话讲政治体制改革的问题。

　　为什么会出现这种不完全可靠的流年说呢？只有一个解释：我们是在摸着石头过河。邓小平的说法是：

　　　　改革是中国的第二次革命……我们的方针是，胆子要大，步子要稳，走一步，看一步……走一段就要总结经验……哪一步走得不妥当,就赶快改……对于开放可能带来的消极影响,我们的头脑是清醒的,不是盲目的……

邓小平还多次说过,改革开放会带来一些坏的东西,影响我们的人民,如果说风险,这是最大的风险。

一、要过河,这很诱人,过了河一定是风景那边独好,另有一番好风光。

二、要摸石头,说明还不成熟,不那么到底,会有变数,会有歧义,也就留下了探索、讨论、寻觅的空间。这又是一条诱人之处,是挑战也是机遇,是空间也是平台,是英雄有用武之地,是民主与创新的可能性大大地有。当然也是风险大大地有。

除了流年说还有广东香臭说,一强调开放,一到双号年头,说就有许多著名的先进人士到广东,到广州、深圳、珠海去参观取经,去换港币,去购买香港商品。我与杨沫等都到深圳的沙头角中英街购买过鸭绒衣、速食面、巧克力与维他命丸。而一到单号年头,一强调整顿,就是纪检部门政法部门的人到上述各地去检查腐败,打击违纪。广东的朋友说,他们是:"香三年,臭三年,不香不臭又三年。"

……至今仍然有不少年纪稍轻的朋友用美梦不再的心情怀念美丽的二十世纪八十年代。这也很好理解:第一,刚刚从"四人帮"的重压下解放出来。一切都充满了新鲜感。第二,改革开放刚刚起步,想象的成分多于现实的成分。这好比初恋,比几十年的婚姻似乎更醉人。第三,过河尤其是摸石头的浪漫性、美妙性与不确定性、风险性,当然是有魅力的。

"八九风波"以后,九十年代以后,改革开放进入了新阶段,更加务实地迅速发展经济、意识形态上不争论、有什么问题尽量捂起来的阶段。老一辈领导人纷纷离世,行政管理代替了老一辈革命家们习惯了的意识形态斗争与反倾向斗争。

回过头来说八十年代初期的文艺界的事,当然还是文艺界的事我更熟悉。那时候以在"文革"中被从文艺界扫地出门的周扬为首的文艺领导干部还没有名正言顺地回到自家的岗位。周扬当了一回社科院的副院长,陈荒煤担任着社科院文学研究所的所长。而文联作协都已砸烂,只有个筹备组。当时的最活跃人物是冯牧与陈荒煤,他们整天召集中青年作家开座谈会,谈伤痕文学,支持刘心武和白桦,批评当时的文化部(部长是黄镇)不让日本影片《望乡》上演,还不知为什么常常点林默涵的名,有时候捎上刘白羽,说他们坚持比较"左"的一套,而周扬是认真地要改弦更张的。所有的发言都有对于周扬等老人的召唤与期待,就差说出来了:文艺还是得周扬领导!而且人们心照不宣地讲到周扬老了,不能让林与刘接班,也不能让生手瞎指挥。当时黄部长的绰号是黄老虎。不知道是指他在战争中是一位虎将,还是说他的外交工作虎虎有生气。反正好多人明白的是,只能让一位思想开明的诗人接班领导文艺。

北京的青年作家相对比较有风度,有强烈的政治头脑,动辄上纲,不是谁"左"了,就是谁违背了现实主义。不是谁是"凡是派",就是谁"发"了新作品。"发"就是发表,不说发表而说"发",更让人想到发达发迹发展发挥发扬发财乃至发情与发誓。他们还动不动谈到中央的精神,似乎人人都有一条连接中央的热线。李陀就说过:"怎么都像刚参加完政治局会议的啊。"而河北作家贾大山,一九七九年到北京领了一回短篇小说奖,奖金二百元,他的反应是,北京的这些作家个个是"上知天文下知地理"!

参加过几次会,人们就会爱听达斡尔族工人作家李陀——陀爷的发言,第一幽默,第二敢吹,包括吹自己尤其是吹同室开会的其他初出茅庐锐不可当的中青年文学人才。后来我们在北京市文联共事,遇到书记陈谋同志组织大家政治学习,一些发言令人昏昏欲睡了,陈祖芬就会耳语:"陀爷,来一段。"李陀开始发言,从第二国际的考茨基讲起,"考"字在这里他不读第三声"烤",而读成阴平第一声"尻",有点像外国人说中文。于是陈建功引用话剧《茶馆》里的台词,是小牛麻子讲他们的老板:"人家不说好,说蒿(第一声),洋味多足!"

后来一些人喜欢怀念八十年代,我一怀念就会想起陀爷的"尻"茨基。

那时也常常传来对周扬不利、对文艺界不利的消息。那时至少北京的这些所谓"中青年作家"是认为周扬完全代表了文艺工作者的。那时的许多文艺的颁奖会、讨论会,作协、文联的人竭尽全力地请一些党政要人特别是德高望重的老领导参加文艺活动,例如邓大姐、康大姐、王震同志、李一氓同志等,都应邀出席过这些活动。越是有相对高级的领导同志如胡乔木或更高的人物,对文艺界的人员与作品和工作有非议,就越要请官更大、资格更老、说话更有分量的大人物来,使这些大人物客观上成为文艺家们也成为文艺领导人的保护者。

这也说明,毛主席毕竟仙逝了,现在没有一张口就能让文艺人望风披靡乃至灰飞烟灭的权威了。这不正是建设艺术民主的大好时机吗?

其实最初我还没有这么多的幽默感,开始我感到的是一个新疆白坎儿的敬畏。"白坎儿"是新疆的汉族人的自嘲,来自维吾尔语,原意是无事无用无知与免费。我敬畏的同时暗自疑惑。他们讲的教条主义、机会主义、现实主义、浪漫主义、文化专制主义、公式化、"文革"后遗症、现代化、现代迷信、伤痕文学、小平、华、耀邦、周扬、默涵,尤其是民主,我听着都那么高亢、耀眼、迷人、牛气、不无豪华与奢侈。我来自新疆,来自巴彦岱公社二大队,后来是乌鲁木齐,仍然是一个有时候点电灯有时候点蜡或煤油灯的地方。那里认为最大的福气是出门时搭上了便车,为了搭便车你最好预备一条羊腿,挥一挥羊腿,也许心情好的司机师傅就会为你停一下车。而最倒霉的事,一个是停电,一个是手里存了不少肉票或砖茶票乃至粮票,却买不到肉、茶和粮。而且我明白,什么缺货,什么行业的工作人员就涨行市,就受重视。在有票而无肉的时候,你多么想认一个卖肉的朋友做大哥呀。

所以我在斯时的短篇小说《夜的眼》中提出一个问题:民主还是羊腿？大城市的哥们儿关心的是民主,边远小县的子民们关心的只是羊腿。呜呼,我听起民主的议论来竟是感到了陌生,感到了遥远,感到了有点眼角发潮。我的经验是,民主不一定靠得住,对不起,请给以上八个字加上红点。如果你不懂,我不打算解释给你,而只是认为你还天真烂漫。

我在坐火车来北京的路上,听说有一个"倒卖"羊腿的老乡横穿铁轨,被卷到车轮下面去了。从单纯的小说技巧来看,那几句关于民主与羊腿的话语并不精彩,更不形象与诗意。但是小说中毕竟有比小说作法更难以抑制的冲动,带几分悲哀,带几分老到,带几分今非昔比的成熟也带有毕竟是快乐的满足,又有羊腿,又有民主,岂不妙哉,岂不福满乾坤,乐在人境？然而,谁能断言,民主与羊腿二者一定可以得兼呢？或者一定不可以得兼呢？或者,有时候会一样也得不到呢？

却又像是自嘲,嘲笑民主也嘲笑羊腿,或者是只嘲笑民主却挂念羊腿;嘲笑新疆也嘲笑北京,嘲笑小说的主人公也嘲笑陀爷。但更主要的是嘲笑自己,嘲笑王蒙。站在北京的民主意识这边会嘲笑只知羊腿的新疆白坎儿。站到新疆的乡下人那边呢,又觉得北京佟谈民主的爷们儿是在那里轻薄为文哂未休。

要那么多民主干吗？操作得灵光吗？用刘绍棠的话,开明的封建社会也是可爱的哟,也比江青的颐指气使合情合理哟。

羊腿呢？面包会有的,黄油会有的,羊腿也会有的。这个句子是仿照苏联电影《列宁在一九一八》中列宁的话延伸出来的。

"四人帮"倒台后,在欢呼声中产生了一小段观望与试验相结合的时期。有一段时期连各种政治大字报也在西单"民主墙"上随便张贴,吸引了一些眼球,除了我,我从未到那里看过一次大字报。我懂得过分期待的后果可能并不佳妙。

一九七九年三月中央召开了理论务虚会,一批党内的社科、人文、文艺人才济济一堂,解放思想,从"文革"说起,抨击教条主义、封建残余与现代迷信,抨击家长制、唯意志论、独断专行与瞎指挥,为一大批冤、假、错案包括理论文艺公案鸣冤。斯时我到北京也是领短篇小说奖,听了冯牧同志讲理论务虚会的令人鼓舞的情况,兴奋而又不敢太露相,欢呼又不敢太出声。回到新疆,赶上一个什么场合,人们非让我说说去北京的见闻,我讲了几句关于理论务虚会的事。不久就传来了似乎对该会并不怎么感冒的一些说法。我后悔自己还是太嫩。人们,包括新疆的人们,对于北京的知识分子哪怕是有知识分子味儿的领导,已经有经验,不能特别相信他们;越是好话好事好听的说法越不可信,少想点放宽政策、提高待遇、增加福利、拿着你当成人五人六地抬举,多想想下一步可能是整顿纪律、批评歪风邪气、勒紧腰带、检举坏人、恰恰你就是那个不良倾向的典型……这样你反而比较主动。这是许多人的经验。

一位官至副部级的好人告诉我他一辈子的政治经验:四个字——少想好事!

三月底,邓小平在务虚会上讲了四项基本原则:坚持社会主义道路、坚持人民民主专政、坚持党的领导、坚持马列主义毛泽东思想。有一些知识分子包括我一怔,不是正大张旗鼓地贯彻三中全会精神与反"左"以解放思想吗?怎么又画起框框条条来了?当然我也说服自己,党的领导讲这四项基本原则完全正常,完全应该,不这样讲,还能是共产党与领导人吗?

时过二十二年矣,到了二十一世纪的二〇一一年,我明白点味儿来了,批"文革"、批"四人帮"的专制独裁,发展社会主义民主、搞现代化、搞改革开放,是有底线的,这个底线就是四项基本原则。没有了底线,等于自动退出历史舞台,等于自己制造亡党亡国亡头的结局,可能吗?能够想象吗?

是的,这时已经出现了会旷日持久地讨论、争论下去的矛盾与挑战。"文革"、极左,大家都厌倦透了。后"文革"时期我们走向何方?则其说不一。文艺界也出现了所谓自发性文艺社团与自发刊物。一开始人们希望作协能够"团结"住吸引住这些人、团体与刊物,结果,矛盾无法调和,幻想不是事实也变不成事实。

当然,不仅文艺上有许多歧义,经济上也是一样。提计划经济指导下的商品经济。提计划经济为主,商品经济为辅。提有计划的商品经济。提社会主义的市场经济。这些概念对于一些人是如堕五里雾中的。

我们还可以回想某一年全民办公司的过程,回想起闯物价关的提法。

我们曾经热议过傻子瓜子,热议过乡镇企业,热议过搞改革开放也要农村包围城市,因为我们发现,城市的改革比农村的包产到户麻烦得多。

我们提倡过能挣会花的故事,报纸上介绍,几位新富人上了火车,要高标准的餐饮,后来是餐车勉为其难地做出了高价菜肴。老革命、老作家韦君宜著文:"我们什么时候发横财了?"

我们在大报上提倡穿西服,一位领导同志说,穿起西装,仪表堂堂。林默涵同志不喜欢这个说法,乃声明,不穿西装,也是仪表堂堂。

我们在大报上提倡穿裙子,收效一般。

我们在大报上提倡烤面包,可能是因为烤面包容易存放。

我还在一个场合听到领导同志提倡吃饭用刀叉,因为不锈钢制的刀叉容易洗净,不易传播肝炎。

回想难忘的八十年代,斑斑点点,遍地开花,八面来风。三中全会提出来党的工作重点要转移,从以阶级斗争为中心,转变为以经济建设为中心。这话简单而自然,然而事情远远没有那么简单。我们的已经完成了的翻天覆地的伟业的党,它的豪情,它的激越,它的拼死拼活,它的在刑场上被反动派处决前举行婚礼的视死如归,它的英雄主义,它的严密的组织性纪律性,它的万众一心、团结统一、坚如磐石,它的吃苦耐劳、廉洁奉公,它的牺牲与奉献精神,它的一往无前、革命到底,都是在枪林弹雨、你死我活的铁与血的阶级斗争中,锻造出来的。离开了以阶级斗争为中心,投入经济生活,过起普普通通的太平日子,再释放出欲望与对于私利的追求,再看到境外的一些地方的经济发达与消费水准,看到人家那时到处是电冰箱、洗衣机、彩色电视……如果我们也追求上这些玩意儿,还能是原来的抱着炸药包滚地雷、擎着炸药包炸碉堡、在刽子手开枪前高呼"共产党万岁"的共产党吗?

我在一九八一年撰写的小说《相见时难》中,甚至提出一个问题:我们面临的是"解放"还是"解体"?

如果连老王(或者是当时的小王吧)都有这样的担心,谁又能不担心呢?谁又能面对改革开放不忧心忡忡,不如临大敌?何况还有这样那样的不利于长期执掌政权的说法出现,有挑战的理论,有"自发"的组织与印刷品……

与此同时,要求改革开放的压力也非常大。人民,尤其是干部与知识分子明白过来了,发出了响亮的改革之音。我听过不止一个领导讲到"文革"十年中一些亚洲地区的飞速发展,如"四小龙"。甚至讲到,越南也开始了改革开放,而且进展很快,如果我们做得不好,步子迈不开,我们会落到越南后面。"文革"十年,我们又一次丧失了大好机遇!

摸着石头过河,这留下了不确定性,留下了群雄并起的空间、创造的空间,例如斯时的报纸刊物,有多么激进、热烈,掀起了多少波涛,又引起了多少关注与冷眼?摸着过,这也使党内的讨论、争论,以致上层的不尽相同的说法空前地白热化了。例如胡耀邦,他的说法与别人的说法,还有别人对他的说法,是一个样儿吗?

经过"文革"都明白了,上面的说法并不完全一致,这就产生了站队的问题。毛主席有言：队站错了要什么紧？站过来就是了。话虽如此，站对了飞黄腾达，站错了一撸到底，这样的例子比比皆是。你往哪边站？当然，举个小牌子会更方便。如果你在文艺界，你往周扬那边站还是往默涵和白羽那边站？

而太自觉的"站队说"，又鼓励了投机分子、因人成事者、浑水摸鱼者、唯恐天下不乱者……在某些地方，群雄并起，意味着多元制衡与按一定的游戏规则办事，也是时有阴谋与虚伪，起哄与借题发挥，但大致尚能维持。而我们这里，群雄并起，在欢呼"搞活"的同时，在极其吸引眼球的同时，却也意味着动乱的危险。"乱世英雄起四方，有枪便是草头王"，这是《沙家浜》里忠义救国军胡司令的定场诗。而我们的八十年代，则是活世英雄起四方，有言（有头脑、资望、影响、机遇）便是草头王。早在一九七九年，第四次文代会上，邓小平的讲话中已经提到了"动乱"一词。你注意到了吗？我也是事后许多年才注意到的。

好一个过河！河那边会是什么情景？河那边你还有多少地位？水流中会有什么危险？一脚踩空了咋办？我们这一代人将看到什么样的风光？四个现代化的目标将会怎样实现？美国、苏联、欧洲、日本，还有港澳台地区……会有什么样的反响与影响？他们能相信中国大陆会当真改革开放、面貌一新吗？我们也能够过上买肉不要肉票、家家有电视机、女人也能穿得五颜六色的日子吗？

怀念八十年代，我们仍然有一种温馨与幸福。主政者的摸着石头过河说，承认了探索，承认了自身也不是有百分之百的把握，承认我们的救国建国兴国之路还需要一个实践、总结、思考、充实的不短的过程，确认了不止一种可能性，明确了讨论和调整的必需，明确了真理要靠历史的进程与人民的感受来证明，这样就拓展了领导班子的胸怀，也就反对了僵化，否定了我说你紧跟照办的单向思维乃至个人迷信模式。

邓小平的过河说给人以巨大的期待，当然也有悬念。完全没有悬念的生活是乏味的生活,也是不真实的生活。毛泽东时代的悬念也不少,那是由于主席的思想理论方法的超常性,那个时代的悬念有一种于无声处听惊雷的感觉,有畏惧与焦虑感。如果说两个时期的精神状态有什么共同的地方,那仍然是一种急切,快二百年了,中国的有志之士渴望着救国、建国、兴国,当时还有一个词,叫做起飞——腾飞。

几乎是转瞬间,中国已经大大不同啦。悬念与急切依然存在。有一位当时地位很高的领导问:"我们现在对知识分子这样好,为什么还有知识分子不拥护我们?"

沟通与同心,不是一件容易的事。缺少沟通与做不到同心,尤其是尚未建立起公认的权威的游戏规则,哪怕我们可以指出这个规则的极不完善,则又是一件不无危险的事情。

许多年过去了,二十世纪八十年代已经成为往事。这里,大自然的代谢规律起着巨大的作用。周扬、夏衍、茅盾、巴金、林默涵、丁玲、刘白羽、冯牧、陈荒煤……都已仙逝。吃意识形态饭的人已经寥寥。现在的高层文艺界领导孙家正、铁凝、高占祥、翟泰丰、胡振民、李冰等同志再不会像过去那样就文艺政策文艺理论等文艺意识形态话题争论不休啦。

伟大的历史进程中有一个不怎么露面的宏伟大师,它姓时,叫间,全名时间。它可以变热为冷,变大为小,变强为弱,变浓为淡。它的特点是走向淡定与从容。当然你不知道何时又会有新的热点。反正一般来说,新热点不会是早热点的复制,却又逃不脱旧热点的影像与痕迹。

19. 二十世纪末旷日持久的文艺论辩

截至二十世纪的九十年代,文艺,尤其是文学和作家在我国处于非常敏感的地位。八十年代,常常传出哪个哪个作家的聚会上,谁谁说了什么政治上不正确的话,被报到某一位领导那里,引起了上边的不满、警惕与关注;或者是某一位级别非常高的领导调阅什么黄山或黄河笔会的发言记录的消息。可能由于那时的思想活跃,未来似乎有不少变数,而文学家本身就是敏感、情绪化、理想化、自命不凡而又能说会道的一群人物。同样的话,这些人说出来,就比较辛辣、风趣、刻薄、扎人耳朵。例如八十年代,老革命作家陈登科语出惊人,说是文学家的主要特点是讲良心,而政治家是不那么讲良心的。这当然刺激了一些人包括领导。

周扬还语重心长地奉劝作家们,不要一味地闹什么"干预生活"(这个口号来自苏联的"解冻"时期)——其实是干预政治。他说,你干预政治太多了,政治就要干预你,你干预它,可能不过如此,它干预你,你可能受不了。他说的是大实话。

周扬又说,你看着政治家做得这里对那里不对,换成你去试试,不一定比他做得更好。

他马上受到一位新进女作家的驳斥:"那就让那些领导也来试试写篇小说嘛。"

周扬笑了。当时的气氛还是挺不错的。

我的经验可能更悲哀。我的说法是,用小说干预官僚主义很难,用官僚主义干预小说,比较容易。同时我见识过这样的事:当某个小说家或诗人掌了一点权,他的那个烧包劲儿,他的那个躁狂样儿,比老官员还不堪得多。

又怎么样呢?作家仍然要说话。作家的力量当然不在于速战速决与权力应用。作家的力量在于人格、智慧、真诚与深思,一个只有权力发声的地方是又乏味又危险的,再来一点诗的猜想、小说的掂量、散文的倾诉与评论的深沉吧,为了真正的诗与小说,作家们献出你们自身吧。我们已经有那么多的先烈做榜样了,我们不必那么吝惜自己。

顺便说一下,八十年代初期的文学正在热潮之中,人们的感觉似乎是从文学作品中能够读到对某些事物发展前景的透露、诉求,还有预感预报。与新闻、正规信息或组织渠道的传达报告相比较,作家们似乎更急于说出一些想说的话来。作家的特点就在于"不吐不快"四个字。认为文艺是政治的气象探测气球,或晴雨表,早已经成为共识。在二十世纪八十年代这样一个特殊年代,作家们就成了一早起来就叽叽喳喳报信的鸟雀。那时候的一些大的文学期刊,《人民文学》《收获》《当代》《十月》订数都超过了百万,《花城》《钟山》等也超过了五十万册。文学因政治的酝酿与期待和新闻媒体的不能满足读者的信息需求而异样地火了起来。

而斯时作家的住房条件很差,好多人苦于不能集中精力写作。于是急需各种有志于贴近时事、干预生活、讨好读者的期刊,动辄以笔会名义找一个风光与居住条件差强人意的地方,弄好了,也就可以邀请一批作家前来,在这里写稿改稿校稿约稿,讨论一些文学话题,当然也有游山玩水、饮酒作诗、醉后题写、大放厥词,直到牝牡野合之类的事发生。

这与我们的革命传统也有关系,我们的人民革命,有充分发挥文艺作品的革命动员作用的传统。权力斗争中的失败者,常常被形容为"四面楚歌"。楚歌楚歌,唱什么歌儿,这本来是文艺现象,却原来从刘邦与项羽时期,国人已经习惯于通过文艺现象判断政治斗争大势。

当时一位刚刚担任文艺"战线"的不怎么大的领导的人物,得意之论就是说:毛主席说利用小说反党,并无不妥,我们都是利用小说反党的嘛,我们写小说反对的是国民党嘛。依照这个逻辑,文学界永远是多事的地带,永远是"重灾区"。"四人帮"认为你是"(从资产阶级司令部到周扬的)黑线专政",是重灾区。拨乱反正者认为你是被"四人帮"残酷打击迫害的"战线",当然也是重灾区。两三年后,你是资产阶级自由化严重泛滥的地盘啦,你还是重灾区。又过几年,你是利用小说反党的啦。总之一切有志于接管你救助你整顿你并论证他才是代表正确路线的人都认为你是重灾区。

赈不赈你的灾，其实没有太要紧，重要的是通过让你的对手四面楚歌而宣扬你自己的政威、人威、文威、导威。

我们党内有一个名词，叫做"反倾向"斗争。就是说，有时候领导机构"左"了，犯了"左倾"机会主义的错误，口号过高，对敌斗争过狠，整人过多，要求太严太急，如李立三、王明、瞿秋白等，就记载为犯了"左"的错误。有时候领导人会犯下"右倾"机会主义错误，政纲平淡，斗争软弱，对敌退让乃至投降，如陈独秀。而解放后，有趣的是，凡十分忠于毛泽东，主张加速再加速社会主义改造、生产关系变化、基本建设规模、生产数量指标，主张加强对敌斗争、对错误思潮的批判，对"资本主义自发势力"（如农民一心搞副业跑自由市场）的扼制的，都被认为是"左"，太过了则是极"左"。相反，总想搞得缓和一点、宽容一点、平衡一点、务实一点与太平一点的则被认为是"右"。例如一九五九年就将批评"大跃进"的浮夸的彭德怀大张旗鼓地命名为"右倾"机会主义。至于"左"，"文革"时期变成了千金难求的绣球，谁得到了这样的绣球，谁就将飞黄腾达、意气风发、青云直上、喜上加喜。而谁要是被扣上"右"的屎盆子，那就是晦气万分，祸延九族，有口难辩，用毛主席的话，叫做变成不齿于人类的狗屎堆。

这和苏联后来搞改革时的说法恰恰相对立，苏联是将急于改革、迫不及待、大踏步地推行多少带点西方化色彩新政的叫"左"；而把墨守成规、照本宣科、保守僵化、死板教条的叫"右"。

正如"文革"中极力强调的，共产党的历史既是一部对敌斗争史，也是一部自身的路线斗争史。"文革"中一口气讲到十几次路线斗争，多数与我们无关，讲那么多，主要作用是吓唬人。

文艺工作多年来，也就成了路线斗争的练兵场与预演场。尤其在一九四九年后，这里变成了阶级斗争的前哨阵地。"肃反"，先批胡风。"反右"，先斗丁玲。"文革"，先批《海瑞罢官》与《三家村札记》。往更远一点说，延安的抢救啊什么的也是从批判王实味的杂文开始的。

很有意思，中国的大量作家选择了革命而不是镇压至少是逃离革命。但以农民为主体、以武装斗争为主要形式的革命对作家不一定放心，作家自由散漫，好独立思考，说话没谱，不遵守纪律，毛病多了去啦。还有，革命需要声势，批一个作家比批一个局长影响大得多，风险小得多。我在边远地区出差时亲耳听到，说是"我们县里一个科长也能管得住作家"。

而一九四九年以后呢，地主富农，七零八落。资本家经过"三反""五反"，一个个五体投地。国民党旧政客，杀、关、管、改造，已经化为或正在化为齑粉。美国国务卿艾奇逊在一九四五年就中国形势发表的白皮书，提出寄希望于中国的民主个人主义者，即知识分子们，这个观点与我们的领导人的观点不谋而合。在中国，还有力量唱出一点点不同的调子的只剩下了读书人，特别是受过西方影响的人文高级知识分子了。

在无产阶级掌握了政权后，由于领导的权威性与有效性，到处是一片歌功颂德，新中国建立时精神饱满地唱起毛泽东的颂歌的作家当中恰恰首推后来被定为反革命集团首领的胡风先生。在这种情况下发动大规模的阶级斗争有它的难处，而不搞阶级斗争就不能精神振奋，实现革命化，而且像北京人说的，像"慢撒气"一样，一个忽略了阶级斗争的执政党，很容易变修变腐，先是庸俗化，再是市民化，紧接着就是资产阶级化。幸好有一批胡说八道的写作人，提供了斗争对象，他们语不惊人死不休，牢骚太盛，不仅会肠断，弄不好应该头断。他们分不清延安西安，还有九个指头与一个指头的关系。他们"哗众取宠，嘴尖皮厚"（上述八个字，毛主席早在延安整风时就提出来了）。抓住了他们就抓住了阶级敌人，就敲响了阶级斗争的警钟。"文革"中上海帮在上海创立的文学刊物《朝霞》就有一篇作品叫做《警钟长鸣》，一拨成事不足败事有余的小文人，人还在，心不死，就为警钟长鸣奠定了根据。

这样,长期以来,文艺工作的反倾向斗争就闹了个煞有介事:今天"反右",个人主义是万恶之源,一大群作家身败名裂。明天稍稍"反左",就要贯彻双百方针,就要打一巴掌揉三揉,揉揉挨了打的孔乙己们,鼓励他们还是要大胆创造,要关心人民,要说真话……

问题在于反倾向的进程竟是一直发展到了把领导反倾向的诸位与被领导的全体全都彻底否定了,说是文艺工作领导乃是一条又大又粗的黑线("黑线"一词的灵感不知道是出自科幻小说还是志异杂书)。

否定的速度越来越快,否定的面越来越广,待到"文革"中把一九四九年以来乃至三十年代以来的全部左翼文艺运动否定,提出重组文艺队伍,也就是要自上而下地搞推倒重来,再以后若干年,干脆整个"文革"分子们全军覆灭了。

文化文化,文化并不好办。武化斗争的艰难伟大是看得见的,而革命队伍中的"文化人"云云,常常意味着戴眼镜、视力不好、打枪不准、缺少坚定性与成为行军的累赘的准废物。法捷耶夫的《毁灭》中的游击队员小文人美谛克则最后还是当了叛徒。夫复何言?

但是文化是种在每个人的心底深处的。那么多文化斗争,高潮迭起,风雷激荡,中国文化依然还是中国文化。孔孟,完蛋了吗?胡适,臭了吗?丁玲,倒了吗?张爱玲现在比丁玲、艾青还香呢。不要说张爱玲了,一个邓丽君,也令大陆百姓爱恋至今。而"文革"初期的"破四旧""立四新",反而是千夫所指、遗臭万年了。废黜整个文化队伍,另拉新的队伍的设想,或可能有时用在武化队伍上。本来"队伍"也是武化而不是文化名词。一个连队大量死伤或逃亡叛变,你可以宣布取消建制,解而散之;你可以另拉队伍,重新整编。可惜文化不行,文化是长期积淀的果实,是一代一代传承的结果,是心底深处的爱憎、顺逆、接受或者不接受、痛快还是不痛快,是未经刻意选择的习惯成自然,是润物无声的水滴石穿,是并不听命于行政权力与武化权力的无形的存在。

"文革"的覆灭说明了文化引导必须改弦更张。"四人帮"完蛋了,黑线论被彻底否定了,领导人员一个个官复原职了。底下怎么办?继续批"左",批封建主义,一直批到高天之上?继续翻案,一直翻到凡原来红的都黑,原来臭的都香?继续解放,在宽阔的道路上疾走?痛定思痛,重写乾坤?还是不放松批"右"这根弦,不放松整顿、统一思想、加强领导、党性原则、顶住任何削弱意识形态色彩的试探,一定要有个预应力,不让稀里哗啦的事情出现在咱们这里?

如此这般,以文艺为例,我们可以回顾一下二十世纪八十年代的中国人的精神状况:

有一些年轻人,碰到了大好机遇,声言自身是思考的一代,喜欢谈现代化与民主、改革与开放,他们坚信,改革与开放的目的与标志就是推进现代化与民主。他们有一种俱往矣,数风流人物还看今朝的自信,同时,毕竟是刚刚经过"文革",他们有头脑也有判断,懂得如何"站队",如何与领导圈子中的"开明、开阔、开放"的人物结合起来。

有一些领导,痛感解放以来乃至更长久以来极"左"思潮的危害性,身先士卒,披荆斩棘,发动中青年作家力量,一是争取思想与政策上的更加解放、更加放宽;一是希望把以周扬同志为代表的文艺界老领导请回来——也就是意味着把"文革"当中乱点鸳鸯谱派进来的或者混进来的那些其实是与文艺工作十分隔膜的老兄们请出去。他们当中一直在前线冲锋,并且确实作出了贡献,也得到了相当一批中青年作家拥戴的是冯牧与陈荒煤。

有许多老作家,特别是来自老区的作家,对于这时的形势抱旁观与存疑的态度。他们已经饱经沧桑也饱受教育,他们不相信写伤痕写刚刚发生的历史的阴暗是写作的正路。他们本能地认定这毋宁说是一条邪路,是自找倒霉之路。同时他们也轻视这种成风成气候的"伤痕文学",认为它们有人云亦云的浅薄性直至投机性。以孙犁为代表,包括丁玲等,都差不多持这种观点。丁玲写了以"文革"当中的"牛棚"生活为题材的作品,投给文学期刊编辑的时候同时以不屑的口气说:"给你们,时鲜货!"我在新疆时颇有过往的老作家老领导王玉胡也曾经多次表示过:"写'文革'?我的经历多了,我不写。"一个"我不写",表达了他在政治上的坚定选择,忠心不二。

一面观望一面摸精神看气候的也不少。有趣的是老作家李凖,"文革"后期他到一个县里去工作,而且不是文艺工作(有人说是到一个什么银行去了),毛主席去世、"四人帮"倒台后,他为了解北京的气候自己来到首都。他说,他的左口袋里放着批判走资派的作品,他的右口袋里放着批判"文革"的作品,他的豪言壮语是:"你难不住咱们。"

当然一个作家要这样来适应生活、适应条件,要这样混生活,这里不无悲哀。李凖已经有过这样的"难不倒"的超人纪录,他的小说《李双双小传》是写"大跃进"当中一位先进的女公社食堂人员的,以此为底本搞了电影,电影制作过程中公社的食堂普遍解散了。但是同样难不住咱们老李,他换了场景与故事,依然写出了大公无私、心直口快的李双双与李双双的丈夫孙喜旺,一个私心较重的可笑男人。影片照样拍了出来,而且还得了百花奖金鸡奖。还传出了"看戏要看孙喜旺,做人要做李双双"的话语。喜旺是仲星火扮演的,很有幽默感与真实感。

后人们与外人们会问,一个作家怎么能这样跟风走?作家的良心与智慧、文学的尊严与崇高、知识分子的独立人格到哪里去了?

然而仅仅这样责备李凖兄是不公平的。我们不能不看到,正是李凖兄在这个期间拿出了好作品,与风向无关,与适应不适应无关,他写的是自己最熟悉的一切,书名《黄河东流去》,他写得好,我羡慕也服气他。

但是并不是所有的领导人都那么高兴"伤痕文学"与中青年作家,而且我知道也有领导不喜欢巴金的《随想录》。常常传来一些消息,一会儿说是《清明》杂志上发了一个中篇小说《调动》,写了我们的人事工作中的黑暗面,有点是可忍孰不可忍的意思;一会儿说《十月》上有一篇小说写了某领导干部凌辱了一个美丽的少女;一会儿说是本来很受青睐的作家刘心武竟然提倡"挖一口深井",违背了延安讲话号召大家深入工农兵、与新的时代新的群众相结合的重要原则,以致最最器重刘心武的冯牧一段时间竟以"捉襟见肘"来称呼刘,"捉"与"见"的含意大约是说刘的生活经验不那么宽广丰富吧。

所谓文艺界的问题,有的是上面指出的。例如白桦、彭宁的影片《苦恋》,由于白兄斯时的编制是在部队,而他的活动能力特强,结交层面广泛,语言传播量也极大,他的身影与动静一直颇受注意。一九七九年我从新疆回到北京,斯时白兄经常住在东安市场附近的和平宾馆。我来京后听说白兄曾经参与了为影片《创业》鸣冤的上访活动,活动的结果是毛主席作了批示:"此片无大错……"我大为惊异,白兄居然在"摘帽右派"的身份下,还能奔走天庭,小试身手,非凡人也。果然,一位此后作了完全与白兄不同的选择的女诗人、老相识,托付另一位与我要好的诗人捎话给我,说我在新疆知情太少,可以找白桦兄请教,"以便了解与参加北京的文艺路线斗争"。引号里的话是我自己加的,我立马明白了向我进行"路线交底"的意图,我也想起了我的边疆好友的一句至理名言:不要把自己绑定到任何人的战车上。(按:后来胡乔木同志曾建议我向钱锺书请教,而女诗人建议我向白桦请教,我则由于疏懒加自负,辜负了他们的爱护帮助的好意。)

白兄太活跃了,使一些老同志很看不惯,终于爆发了一九八二年批《苦恋》的事件。从当时的多数文化人的心气来说,不希望出现这样的事,不希望白桦挨批,也不认为在当时汗牛充栋的伤痕作品中《苦恋》(发表电影文学剧本时,题为《太阳和人》)有什么特别出格的地方。但是这样的事情是肯定要发生的,事出有因,文艺界的情况,包括作品的情况与个人活动的情况已经到了使某些同志感到是可忍孰不可忍的程度。

也有些同行，因为前一段时期多种风头被旁人抢去了而感到悻悻然，这回赶上了整顿《太阳和人》，喜出望外。刘绍棠老弟就是这样，他兴冲冲地对当红的一批作家说："不要想不通，这回端了你们的饭碗了吧？"一说整顿文艺界，他笑得合不上嘴。

是的，这是一个活跃而且不无天真、敢想而且不无轻率的年代。

国人真是可爱，开放起来也许要将中餐推向部分西化——如用刀叉与吃面包。二十多年后，到了新世纪的二〇〇八年了，传统起来了，国学起来了，则立马回到《三字经》与《弟子规》上，甚至抱怨是五四与革命把大好的《论语》治国、《三字经》治人、《弟子规》治儿女的如意算盘破坏了。其实这些人只消读读中国的四大才子书，读读《红楼梦》《水浒传》《三国演义》与《西游记》，再读读《金瓶梅》与《儒林外史》就可以齐活，就知道伟大的祖国与伟大的孔孟后来混成了什么模样啦。

而另一方面的人物们呢，则昼夜盼望着搞一次不叫整风的整风、不叫运动的运动，收拾收拾、挽救挽救这帮文人，让它出现一个哭爹叫娘、低头认错、热泪盈眶、痛改前非的大好局面。他们有经验，他们有历史的依据，他们知道上面的好恶，他们坚信，依据他们的经验，这样的局面迟早是会出现的，他们要预先站稳自己的脚跟，要预先占据这样一个政治整顿、不叫整风的整风的制高点。

"左"了还是"右"了？批封还是批资？高举了社会主义文艺的旗帜还是举得太低？伤痕还是鼓劲？讴歌还是揭露？现实主义还是危险万分（由于二十世纪四十年代，当年的苏联大佬日丹诺夫大张旗鼓地攻打过）的不知道到底是啥的现代派？上世纪八十年代的这些话题、这些学习讨论（有一次周扬同志组织的这样的学习长达两个月，最后是由于中央召开有关会议才使此会议汇入了更高级别的会议）使我筋疲力尽，头晕脑涨。我暗中期盼，有一天作家能沉下心来写小说，政治家能沉下心来治国平天下。

后来,九十年代以来,这样的大而空的争论渐渐少了,终于少有了。行政性的管理渐渐取代了理论性倾向性的掌舵,公关式的团结与和谐,渐渐取代了谁更正确的要死要活的争执,个案的悄没声的低调处理——如认为有大问题的书,先捂下来,追究一下出版单位的责任并通知他们不要再印了了事,以此替代了整条"战线"的反倾向斗争,甚至不妨用含糊其辞来捂起来,却避免正面的文艺斗争,以免把一本有害的读物、一出有害的戏剧炒作成轰动世界的名品……领导做得聪明多了,却也失去了大张旗鼓地宣扬自己的原则与理念、理论的机会。我们已经没有自己的季米特洛夫、日丹诺夫,也没有自己的卢卡契,也没有自己的胡乔木与周扬、艾思奇了吗?我们再看不到那种气势恢弘、光彩照人、雄辩滔滔、铁的逻辑、横空出世的理论文章与文艺文章了。我们会问激情何在?高论何在?本时代的《大风歌》何在?没有那样的大理论家,我们的生活是更美好了还是更失落了呢?难道我党变得不那么高屋建瓴、气势如虹了吗?有时谈起文艺来,我甚至觉得不太过瘾、不太够劲、缺乏概括力与理念感、上不了大纲,干脆绝无文采,也就上不了台面了呢。是不是我"奥特"——网上用语,即out,即过时与出局了呢?

中国太大。国情太有特点。历史太久。现代化的、极其先进的、善良天真同时是急躁的、不无脱离实际的幻想大量存在。美好的概念脱离实际、脱离生活、脱离群众的现象大量存在。以最美好与智慧的概念始,以冤假错案、以追求革命的文艺人的悲剧剧终的往事大量存在。

而与此同时,落后几百年、愚昧无知、荒唐顽固、几乎是难以救药的东西也是大量存在。正是八十年代,我在某报的只限机关团体内部发行的参考材料上读到过:东北一个地方一个老农的大儿媳妇,闹神闹鬼,宣布她的公公已被黑蛇精附体,与全家人一道对其公公作法,包括鼓噪与烟熏,然后将公公置入棺材,公公在棺内呼救,就这样公公被家人活埋了。事后案发,一干人等被逮捕判刑。还有是在四川，一个人宣布自己当了真龙天子，村民纷纷将自己的女儿送去做王妃，最后支部书记走过了正在"上朝"的他的家，书记走过去了，越想越不踏实，回转到该人的"朝"上，给他叩了头。后此人被判处了重刑。

而到了九十年代，部分作家中时兴的是批判科学主义，批判现代性，批判全球化，乃至批判"开发"。这些作家受到了最先进的后现代思潮的影响，成为新左翼的时髦学人。

批判"开发"绝非无的放矢。你可以认真阅读张炜、贾平凹、王海的小说。你可以找到无数开发中官商勾结、坑害百姓、破坏环境、破坏文化文物、破坏善良纯朴的民风民俗的例子。

铁凝的成名之作应是八十年代中后期发表的《哦，香雪》，表现了一个山村女孩对于城市与现代文明的向往。一个日本同行说，女孩香雪不珍惜父亲为她手工制作的铅笔盒，而渴望得到大批量生产的小有科技的铅笔盒，他觉得不可理解。语境不同了，是有这样的差异。就像一九八〇年我去美国讲到巴金老人要求作家们要说真话，美国有听众问，这是怎么回事，文学作品是允许虚构的呀，怎么只能说真话呢？还有我在新疆生活的经验，那时偶有偷偷地从四川过来卖相对高价猪肉的人，那时的买肉，要求的是肥膘厚过四指，至少也得够三指，否则是没有人要的。这也许是"七〇后""八〇后"们想不到的吧？

我后来还看到作者在欧洲的一次讲话。铁凝说，现在，香雪的家乡正在飞速发展，也许香雪这种年龄的女孩，现在当了旅游服务人员，其中也有人做了三陪小姐，现在会出现新的问题。但是，如果你了解她的世世代代曾经是多么贫穷与封闭，那么你就能理解香雪对于城市的热销商品新式铅笔盒的追求。我希望我的根据记忆的复述，大致不违背原意。

这里有许多理论与实际问题。铁凝的讲话是赞成"发展是硬道理"的。问题在于也有别的说法存在：例如我在文化部工作期间就不止一次听到老同志大讲"卫星上天,红旗落地",我还听说过关于"国家安全问题"的上书与争议。对于某些人来说,他们认为政权的安全性、防止演变即防止红旗不够红的道理,不见得不比发展硬。

这些东西没有搞大辩论,这是对的,因为如果就这些问题大鸣大放大辩论起来,确实可能乱套。

同时,这些问题隐蔽起来了,早晚还要出事情。

我体会邓小平的不争论,这是他自称为他的"发明"的,其要义在于,争辩本身无法为争辩作结论,只有时间与实践、效果与人民的利害,才能最终为这些辩论画一个句号。

另外,有些只此一家、别无分号,但同时在中国这里确有奇效的手段和因素,如用粗暴、粗糙至极的办法抓计划生育、抓人才培养、抓夺取金牌等等,也是存在的。

中国共产党发动与组织人民革命,通过武装斗争得天下的"马"上的经验举世无双,胜过刘邦李世民朱元璋。治国的方略则有待摸索充实,任重道远。但大家一起摸起石头来也许有点搞笑。所有的小说家诗人歌星影星也都一块儿摸,那是不是最好的办法呢?值得探讨。

马上得天下的经验是:千军万马,人多势众,全民上阵,举国同心,打歼灭战。马上得天下的经验是压倒敌人。搞经济跃进遵循同样的路数,结果是受挫。搞改革开放呢?我们的习惯仍然是大轰隆。我们有过全民打麻雀、全民炼钢、全民作诗的壮举。我们也有过全民喊松绑、全民办公司。我们有过全民反"左"或反"右"或宣扬反封建或宣扬还是以批资为主。我们有过全民反和平演变。最令人费解的则是全民喊"韬光养晦"。(按:"苏东波"后,中央的韬光养晦的方针政策是完全正确的,但这样的方针在上层谈一谈也就行了。这样的方针不宜大喊大叫。用老子的说法,韬光养晦是应该深藏于渊的国之利器,韬光养晦是不能示人的,它要的是暗中使劲。曹操青梅煮酒论英雄,说刘备做了"好事",指他屯兵小沛、种菜自娱,差点把刘备吓坏。难道刘备可以告诉曹操:"在下目前正在韬光养晦"不成?那不是等于自求"夷九族"吗?)

一个外宣与外语方面的专家告诉我,他们为了"韬光养晦"四个字的翻译,费尽了苦心。美国将之译作悄悄积累实力,以备未来,含意不太正面。我们自己则译作低调行事,但英美的汉语专家不承认韬光养晦只是低调行事之意。

一个正常的与有效率、少混乱的社会应该更注意科学发展、技术创新、产品创新、各安其业、各本其分、各尽其能、各取其酬。我到新加坡、泰国等地去,他们对我讲得最多的是他们那里基本上各安其业,因为他们就业的标准清清楚楚,什么学历、什么资源、能干点什么是透明的与有理可讲的。我们习惯的则是齐头并进,你追我赶,一拥而上。这样我们会成他人之所未成,如革命夺权。但在平日,在经济事宜上,大轰隆也会把好事办砸,把本来是高瞻远瞩、深谋远虑的事情办得浅薄庸俗、粗鄙可笑。

正常的社会就得承认差别,承认具体性与科学规律。例如,你提出能挣会花的口号,这对挣到了较多的金钱的人来说也许有意义,对于多数生活还相当艰窘的人来说,则是彻头彻尾的昏话。例如发扬民主是极好的事,但问题在于踏踏实实地一步一个脚印地推进,而不是一下子变成全民的高调,又一下子来个绝不可妄谈民主的全民低调。

当然,不论职业与社会分工有多少差别,我们还必须强调一个国家的公民应有的权利与义务、责任与担当,强调领导集团尊重各行各业的人们的知情权、建议权与监督权、投票权等等。我们不能不承认全国一盘棋的重要性,同时我们还要承认棋局的多样性,一人一盘棋,一时一盘棋,每盘棋都下好了下赢了才有全国一盘棋的胜利。正像我们在人民公社时代天天讲大河不满小河干,却忘了小河小溪小泉眼小山谷小山沟如果都干了,大河的水又来自何处呢?

呜呼,在轰隆中前进,在同下一盘棋中前进,这就是历史,尤其是中国史,这就是历史的创造与曲折。我们终于渐渐知道了轰隆的不可过分仗恃。我们将从讲声势到讲科学方面过渡。我说过,历史是一个粗心大意的大师,让你付出了太多的代价,走了不少的弯路。而你不能对历史太挑剔。你感到了无奈,你仍然在点点滴滴地努力。你终将在苦笑以后显露出一个真正的欣悦的笑容了。

毕竟是前进了。得来不易的成果啊,我喜欢你!

20. 意识形态的尴尬与创新

其实还不能只说是人们习惯于或文艺家们自己习惯于风声鹤唳地对于一些文艺现象产生强烈反应。改革开放以来,政策的调整变化日新月异,你想反应也反应不过来,同时你开始的反应与后来的反应可能大不相同。许多事许多说法突破了原有的意识形态的框架,突破了从共产党的名称到共产党的历史、到共产党的主张与特色,至少是被认为是共产党的主张与特色的框架。新的兴奋点很多,新政策新事态很多,新的困惑新的说法很多,新的起哄也不少。我还要说,新的尴尬很多。

然后,改革开放的发展,又突破了开始时所设想所描绘的框架。例如,仅仅"开发"二字,人们有多少不同的反应与理解?

意识形态本来是共产党的强项。一,它体系严整,逻辑不容置疑。在宇宙中,物质第一性,精神第二性。社会中,经济是基础,政治、文化是上层建筑,生产力的发展永远决定生产关系,决定着历史事变的进程,决定着革命的必然。生产力才是社会中最最革命的因素。资本主义是最后一种私有制社会,人类的历史将进入没有阶级没有私有制的文明幸福的社会主义——共产主义,为此共产党人不惜付出鲜血和生命。马克思与恩格斯还指出,进入了共产主义以后,人们才会明白,阶级社会只不过是人类的史前——野蛮时期。除了马克思主义以外,我还不知道有什么意识形态能够这样严密与有力,它的彻底性达到了惊人的程度。

二，它是这样一种理论，这样一种价值观世界观与人生观：明确地宣布站在全世界受苦受难、被侮辱与被损害、被压迫与被剥削、做牛做马的工人、贫下中农、穷苦人一边，它与阶级社会的统治者、剥削者、压迫者不共戴天。起来，饥寒交迫的奴隶，起来，全世界的"罪人"（这后一句《国际歌》歌词，曾改为"受苦的人"，但窃以为还是"罪人"有力度）。一旦消灭那毒蛇猛兽，鲜红的太阳将照遍全球。

三，它应允的是与旧社会完全不同的新生活新社会，为有牺牲多壮志，敢教日月换新天；萧瑟秋风今又是，换了人间。天翻身，地打滚。地覆天翻。千年的铁树开了花，万年的枯树发了芽。

四，它唾弃私有观念、个人主义、私利、市场、利润、金钱、特权，它告别了一切低级与庸俗，它最富有批判性、斗争性、理想性，尤其是献身感、崇高感。

五，它充满激情、悲情、英雄主义，它综合了诗人、战士、烈士、慈善家、哲学家、当仁不让的政治领袖、冲在最前面的爆破手与敢死队、救苦救难的苦行者与坚持不懈的实践者多种角色，已有的哲学志在说明世界，而马克思哲学志在改造世界。哲学而能改造世界，壮哉！

与共产党的马克思主义、毛泽东思想相比，与激进的革命理念相比，共产党的对手国民党和蒋介石的意识形态体系，他们的理论魅力、学术高度、理念境界几乎是零。他们对于旧中国的封建主义传统的美化听来令人发指，他们本身就是老朽、腐烂、无能、软弱、拖延、抱残守缺、抗拒先进思潮、抗拒世界潮流、维护陈规陋俗的反动派、顽固派。他们是鲁迅笔下的赵太爷、巴金笔下的冯乐山、曹雪芹笔下的贾赦等抽大烟的、逛窑子的、整天梦想着灵魂出窍的蛆虫加废物的代表。尤其是他们不敢面对工农百姓与接受了先进文化的知识分子，不敢面对欧美强势文化中的社会主义与共产主义，同样不敢面对民主主义与自由主义。他们的结局除了完蛋，还是完蛋，难道这有什么可怀疑的吗？

共产主义的意识形态在夺取政权的斗争特别是战争中显示了巨大的令人敬畏的力量。砍头不要紧,只要主义真!一九四九年后,差不多各省市都建立了烈士陵园或纪念碑纪念塔,多少后人,得知了烈士们的英雄事迹后脱帽致敬,潸然泪下。然而,多么不幸啊,这么好的理念,却不足以令它组织与引导中国人民摆脱贫困、落后、愚昧、无知,建立一个现代化的强大、富裕、公平、正义和进步的国家。

最好的理论,在夺取政权建设新生活上,特别是经济发展上没有达到最好的结果。这就难免有些尴尬。过去被我们的理论最为坚持的一批东西,例如"一大二公"、例如阶级斗争、例如兴无灭资、例如"不堵住资本主义的路,就迈不开社会主义的步",现在改了口啊。过去最最唾弃的东西,如包产到户、如商品与市场、如民营私营、如物质刺激、如私有财产,现在又时兴至少是被允许起来了,这也是不无尴尬。然而,这正是有所创造有所前进的机遇,这才是飞跃的起跑线,这也是得来不易的转折点。

于是有了十一届三中全会以来的改革开放。这是一个新的时期的开始,这也是一个时代的结束。万众为之热泪盈眶与山呼万岁的红太阳已经为有一定任期的执政党的领导人代替。高谈阔论、豪言壮语的年代正在为务实求富的年代所代替。厮杀缠斗、苦大仇深的年代正在为和谐社会、维稳为先的年代所代替。理念唯一、绝不言利的年代正在为寻租实惠、钱权结合的倾向所修改。

上边改变了过去的理论先行、先务虚后务实的习惯。现在是政策先行,实践先行,实践是检验真理的唯一标准:白猫黑猫,先看你抓不抓得住老鼠。至于白猫抓住老鼠算什么理论,黑猫抓住老鼠算什么学派,不急,不急,以后再说,反正仍然是咱们自己的理论,不会自我否定的。

老鼠都抓住了一大堆,还怕没有理论吗?让老百姓过上了幸福的生活,让社会大大地进步一大截,让中国的国际地位与国际影响大大地提升,还怕理论的尴尬或者言说的发展变化吗?

一个只有中华文化才会有的说法:有些事,要说也要做;有些事,先做着看看,不必急着说,如国企的改革;还有些事,要大讲特讲,但讲讲,别忘记,也就行了。

这就叫心照不宣。这就叫天机不可泄露。

什么是幸福的生活?其实很简单,人均收入翻两番啊、八百美元啊、三步走啊、小康与全面小康还有殷实小康啊,伟大的邓小平与其后的领导人,使我们的光芒万丈的理论发展得多么平实,使我们的锋芒逼人的信念,发展得多么好商量好接受好办事了啊。

农村一搞包产到户,立马农产品产量就上去了。阔别几十年的花生、板栗、山药回到了餐桌。还出现了孩子们不太认识的核桃、腰果、杏仁、夏威夷果、松仁。我一九八四年首次去重庆,发现重庆的菜市场上,把猪肉产品分摊销售,连续一大片一大块猪腰花,又是连续一大片一大块猪肝,再是连续一片五花肉,再一大片都是蹄髈,再一棚的猪头……猪肉类产品能够分门别类供应得如此丰富,我几乎为之热泪盈眶,从我出生,到日本占领时期、国民政府时期、新中国成立后到改革开放前,我就没有见过这样的肉量如山、肉感如玉、肉色如花。而那时不过是一九八四年,改革开放不过是小试身手。

我完全不明白,政策按道理讲是不会这样快变成物质消费品的,怎么有这样快的立竿见影的奇效?

工厂一与效益挂钩,面貌也开始发生了变化。私利私利,私利得到了承认,成为激活劳动积极性的一个因素。怎么解释呢?不是应该毫不利己,专门利人吗?理论的绝对性彻底性恰恰会带来理论的尴尬,大千世界,有几多是那么绝对那么彻底的呢?有例就有例外,有规律就有变异,有一分为二就有一分为三、四、五直到无穷,有斗争就有和解,有冤仇就有一风吹,有义正词严就有坐下来商量商量,而且商量出了一个美好的词——和谐。然后怀念到了中华老祖宗,和为贵、和而不同、和气生财,都想起来了。

咱们中国可真行,几千年的文化,各式的资源与说辞,多了去啦。

说仇恨入心要发芽(样板戏词)就真发芽,说和为贵还真贵上啦。

许多年来,我们极度地憎恨私有制,现在,却要允许个体户、乡镇企业、民营企业建立与发展。我们曾经痛恨地主老财,而现在,则叫做让一部分人先富起来……不同的说法汹涌澎湃。做是这样做了,有没有、需要不需要给个说法呢?直到八十年代还在讨论,说是马克思说过,雇用七个或者八个工人还凑合,再多了就要算剥削了,这可不是教条主义的笑话,这是姓社姓资的大问题呀!

姓社姓资,不好讨论吗?不该讨论吗?兴无灭资,不让再提了,为什么?无产阶级与资产阶级、社会主义与资本主义、能够和平共处与互补互利了吗?

有一阵子,《中流》杂志激动地破釜沉舟地强调共产党的名称不能改,他们是一些执着而且有一定背景的人,他们有这样的信息吗?历史提出了这样的问题或挑战来了吗?

我想起了胡适的著名命题:多谈些问题,少谈些主义。他提出这个问题,在当时条件下,涉嫌维护旧中国与阻挡革命。他受到了左翼激进知识分子的猛烈批评。现在呢,现在还能耽于社资无资的意识形态的清谈吗?无怪乎胡耀邦同志多次强调"清谈误国,实干兴邦"。胡锦涛同志的说法是"大兴求真务实之风"。是不是领导也有点怵咱们自己的高论了呢?

但也不是没有人严厉地批评改革开放,说是改革开放败坏了党的优良传统与作风。这样的批语从来没有断过。这样的批评不是全无根据。只是执这样的批评的人渐渐离开了我们的世界,至少是一天少似一天了。今天的问题仍然不少,当然,今天的问题只能靠前进,靠更好的改革开放解决,而不是靠回到昨天,不是靠追回失去的天堂解决。

人们可能还不习惯于对"清谈"的中止。对于许多不事稼穑、不事工商、不事柴米油盐的人来说,清谈有多么给力!我不止一次地在个人的文字中谈到,不应把一些讨论清谈化,而又不止一次被责任编辑或终审编辑或印刷工人改成了"清淡""清淡化",这是偶然的吗?仅仅是由于言字旁与三点水旁的不易区别吗?是不是几十年的时而有之的举国清谈忽悠,已经使人们习惯了种种神来之笔的清谈,于是再不知道祖国语言中有一个带贬义的词儿"清谈"了?

　　说起清谈来也是感慨系之。如在"反右"运动中谈《登徒子好色赋》,说明宋玉对登徒子的攻击手法是"攻其一点不及其余",与"右派"分子对于党与社会主义的攻击手法相近。要不要给宋玉补划一个什么分子呢?"反修"时谈晏殊的词"无可奈何花落去,似曾相识燕归来",就是说落去的花儿是苏共,归来的燕是我们吗?而在批判彭德怀的时候谈枚乘的《七发》,证明对"大跃进"感到不安者是患了楚太子的抑郁症,需要准浪漫主义的心理治疗。敢情早在弗洛伊德出世前我们这里已经有具有行医资格执照的心理咨询家枚乘大夫啦。而在"文革"后期,最好谈《水浒传》,研究宋江是怎样背叛了晁盖的革命路线。这是天才,这是奇想,但这也是色彩缤纷的肥皂泡。没有清谈的政治是寂寞的,而清谈多了确实一定会误事。

　　还有把对林彪事件的震惊转化为清谈的艺术:天要下雨,娘要嫁人,鸟要飞,再加杜牧的"折戟沉沙铁未销"的吟咏⋯⋯

　　我们的许多文字编辑已经不会用清谈二字,但知滋味是否清淡,不识高论是智慧与勇气,还是仅仅是个误国的清谈啦。

　　欢迎外资。老百姓编段子道:著名歌词里的"帝国主义夹着尾巴逃跑了"一句,已经改为"夹着皮包回来了"。到了新世纪,人们还在网上炒,说是司徒雷登的遗骨来到了中国,说明毛主席的"别了,司徒雷登"的指示,也被背弃了,司徒雷登的骨灰,最终还是葬到中国来啦。

　　新世纪,镇江设立了赛珍珠的陈列馆,合肥设立了李鸿章的纪念馆,同时都保持低调,因为这两个人过去都被视为反面人物,后来也没有正式改动。

　　抗美援朝期间我们曾经进行过仇视美国、鄙视美国、蔑视美国的教育运动,我们曾经断言,美帝国主义只是纸老虎……我们曾经讲述苏联的十恶不赦……如此这般,要开放了,要与他们打交道了,现在的说法到底应该是什么样的呢?

邓小平说,改革开放是又一次革命。这次革命很必要,很好。"文革"的最大的"贡献"就是物极必反,革命革到"文革"那样的程度,人人都知道不能沿着老路走下去了。但是理论上意识形态上发展经济与改革开放远不像夺取政权的革命意识形态那样丰盈饱满、激情悲壮、高屋建瓴、势如破竹、上纲上线、严丝合缝、无懈可击,而且是惊天地而泣鬼神,大气磅礴,扭转乾坤。

这次"革命—建设—开放"的意识形态要务实得多:贫穷不是社会主义。社会主义的主要任务是发展生产力。中国还处于社会主义的初级阶段。共同富裕不等于同时富裕或平均富裕。

我们党的一位大秀才,经过考证,在一个郑重的场合提出,他查阅了马恩的经典,马克思或恩格斯,并没有说过社会主义的主要任务是发展生产力。我听着都觉得奇怪,这位我所敬重的老前辈,怎么比我还天真,我要狂妄一点说,还幼稚?马恩说没说过要什么紧?关键在于实际情况是什么样的——不是说了吗,主义的精髓是实事求是,还有不能唯上唯书,只能唯实!还要看中央是怎样决断的,邓小平是怎样指示的。我们所说的马克思主义,并不是单指马克思本人或者加上恩格斯的论断,不是单指某个特定的学派,它是客观真理的代名词。我们尤其是要注意到马克思主义传到中国以后,与中国实际的结合与理论本身的发展。如果不把发展生产力看做社会主义的主要任务,难道任务是别的?历史答应吗?人民答应吗?党心民心(这是毛泽东最爱说的话)答应吗?把发展生产力当做主要任务,这就是客观规律,这就是执政兴国,这就是顺天应人,这就是改革开放,这不是马克思主义,什么是?背诵原文、念念有词,难道就是马克思主义?

一个重要的说法:共产主义。一位同志在担任了宣传部门的主要领导以后,开宗明义,第一个工作报告叫做《我们的旗帜是共产主义》。但这并不符合更上面的精神。其后,我还读到过网上的报道,说是一位学校的老师在与学生答问时说过,共产主义是千百年后的事。终于,后来在江泽民同志的一个报告中对此有一个说明:共产主义是长期的目标,过早地预言预测议论,是并不可取的。

这样,在八十年代改革开放的初期,有过不少意识形态上的困惑与尴尬、争论与冲突。光一个邓丽君就争了个不亦乐乎。有的领导赞成邀请她来,有的反对,三十余年后,稀里糊涂也就解了禁,中央电视台做了纪念她的专题节目,由资深主持人赵忠祥主持了这个系列节目。在北京,还举行了邓丽君歌曲演唱会。本来也不是什么大事,有很多人喜欢她的歌曲是事实。她的歌曲属于流行歌曲,她谈不上是一个歌唱艺术家也是事实。听她的歌也有美好的情操,也还文雅清纯,并无邪恶与龌龊,这也是事实。而当年,怎么会成为那样的争执的缘由呢?而现在,怎么就不用争了呢?

当年从邓丽君一直争到国内的李谷一与朱逢博,因为她们唱歌时用了一点气声,因为她们唱得抒情,当时的说法就叫做软绵绵,叫做靡靡之音。为此,正经八百的音乐评论家在党报上撰文提出了批评,认为那样的歌曲与社会主义、与共产党、与红色文化的战斗风格不相容。顺便说一下,中国历代一遇到社会风气不好或其他令人不快的现象如刑事犯罪、政纪松弛、风纪涣散,就会责备流行歌曲。早在解放前,就有人出来责备靡靡之音,甚至将曲艺演唱单弦大鼓等也划入靡靡之音,闹得评书艺术家连阔如——当代著名评书艺术家连丽茹的父亲——站出来反驳。

这些事让我想起邓小平的一句名言:"一风吹"。他说的是中苏论战。往者已矣,来者可追,逝者如斯夫,不舍昼夜。谁能纠缠于过去?谁能不更重视当下?佛家也讲"活在当下"。不"一风吹",你纠缠得过来吗?你不怕再激发出新的纷争来吗?晦气的是写作人,是作家,他们有时候重视记忆超过了现实利益,重视"抬头望见北斗星,心中想念毛泽东"与"喀秋莎走在峻峭的岸上,歌声好像明媚的春光",绝对超过嗷嗷叫着的《忐忑》。他们只能自找苦吃。记住,有时候,有些事,不"一风吹",你没有别的选择哟!

现在不是时兴说什么"回到原点"吗,其实不必一定是原点,只需要回到一个"前点"就行,让我们回到人们眷恋的二十世纪八十年代吧:我们已经走出了多么远的路!

八十年代初期,改革开放之风渐长,美国就有这样的电视新闻纪录片了,题曰:《寻找毛》,什么意思呢?此一时也彼一时也,毛泽东过世不过五六年,中国的社会风貌大变,中国青年在听好莱坞与港台歌曲,中国女孩子在烫发和使用化妆品,中国人在追求与珍视日本家用电器,在积攒美元等外币,在扭腰摆臀跳"迪斯科",在弹吉他。

是的,人们说在故宫的筒子河附近,一九七九年底出现了一些弹吉他的青年。青年作家刘树华写了名为《吉他的朋友》的小说,很有新意。

一九八〇年我访问美国,看到一些旅美台胞。当他们知道我会唱台湾的电影插曲《橄榄树》和校园歌曲《乡间的小路》的时候,他们大吃一惊,而当我聊到凤飞飞的怀旧歌曲与林青霞的电影的时候,他们也许更为吃惊。我从来不把文艺的东西划分成政治壁垒彼此对立起来。我常常倾心于革命歌曲、苏联歌曲、老区歌曲尤其是陕北民歌与山西民歌,是的,当然,我最爱唱红歌,虽然我从来不用"红歌"这个词。因为我难于用某种颜色来形容例如刘天华或者瞎子阿炳、舒伯特或者德沃夏克的歌曲或者如歌的器乐作品。同时我认为从贝多芬到约翰·丹佛到约翰·列侬直到猫王尤其是聂耳、冼星海、贺绿汀与罗大佑都是好听的,是可以敞开心扉接受的。

说是一位著名劳模,后来同时是高级的领导干部,去了一趟深圳。参观了两天以后,他或她哭了,得出的结论是:"除了一杆红旗还在,这里(的社会主义元素)已经什么都没有了。"

还有人编了曲儿:"辛辛苦苦四十年,一夜回到解放前。"

有一位很有身份的戏曲艺术家,是周总理的座上客,是周总理帮助她确定了生活方向,她当过人民代表、政协委员、文联与剧协的委员理事……可能还有什么三八红旗手之类,演员是解放后社会地位得到极大提高的一部分人。她还当过政治运动的积极分子,几乎当了领导干部。到了二十一世纪,听了半天关于剧团体制改革的说法,她费了老大劲,最后说:"我明白了,还是与解放前一样。"

那几年的深圳和珠海也真有趣,花城杂志社、花城出版社那时常常组织一批北京的与一批湖南的作家到深圳与珠海参观。北京这边去得多的有杨沫、谌容、我,而湖南那边,韩少功、水运宪、谭谈等都是常客。到了深圳和珠海,有一件事就是参观旅馆,这事太逗了,居然是一批"严肃"的作家在那儿煞有介事地参观正在修建或刚刚完工的旅馆,给大家看从意大利进口的光滑如油的地板石和彩色玻璃,看什么"总统套间"的豪华奢侈宽大,总统有一间特大的卧房,总统夫人在对面的一间。我想,参观的含意不会是鼓励诸位作家将来去竞选总统,但至少作家应该懂得当总统的风光,懂得一改革开放,从世界的各个角落咱们引进了多少风光与享受!否则不是你有没有资格去享受占有当总统的一切优越性的问题,而是你连知道也不知道世上有这样的优越的可能性的问题了。

我们也被邀请去看歌舞厅,去听靡靡之音,去喝五颜六色的冷热饮料。连饮料这个词也是改革开放以后才"进口"到中国的。对于改革开放前的中国人民来说,百分之九十九的人知道的饮料就是水,当然是水。邓拓写过一篇文章《白开水最好喝》,批的时候说他是攻击中国人只能喝到大锅清水汤,而大清——太清的这个恶毒攻击的说法来自赫鲁晓夫。改革开放后人们居然知道了,外国人喝果汁。果,已经是奢侈品了,果还要榨成汁喝,过去的万岁爷和皇太后也没有想到过啊。

得到当地的朋友的帮助,我们到了深圳和珠海要在黑市上换"港纸"或澳门币,在深圳和珠海,要"港纸"而不是人民币才好用,也才有面子。

呜呼,伟大的祖国,羡港慕澳(门),夫复何言?三十年过去,现在是人民币大为吃得开的时代了。

在深圳与珠海,也完全可以包括广州,有一条就是开放,所有的干部、所有的职工,都对意识形态的上纲上线不那么敏感,干脆说是不那么感觉有兴趣。他们关心的是挣钱,是快步赶上港澳,是提高自己的生活质量,是对付着"左",你有政策,我有对策。文人们一到广东,特别舒畅。胡乔木同志曾经与我交流,说是他读了一篇中篇小说,描写改革开放的伟大与艰难,作品的"光明的尾巴"是,主人公决定次日出发到深圳去闯生活了。胡乔木同志感到不安,他说,怎么这像是解放前的小说里描写一个在国统区走投无路的人要去解放区?

当然不能这样类比。但是我还是要提到一个情况,我常常有机会在深圳见到一些年轻的文友,他们原来在其他地方,遇到了某些麻烦、某种压力,他们来深圳了,小日子过好了,钱挣得也不少。例如因为诗歌讨论而受到点名批评的徐敬亚、王小妮夫妇,例如写过很别致的小说《高原》的谭甫仁。还有等等等等。

广东的老领导也给文人们留下了好印象,在动辄发现文艺界的歪风邪气的年代,在动辄认为改革出了问题的年代,时任广东省委书记任仲夷同志有一句名言:"莫把支流当主流,莫把苗头当过头。"他的此语得到了作家同行们的欢呼。

广东人还嘲笑北京人:"连活鱼都吃不上,还整天说什么政治局呢!"

北京人也嘲笑广东人,他们说不清党和国家领导人都是谁,他们写华国锋的名字时常常把"锋"字写错。

这就是美好的,也是天真的八十年代。

往事喽,现在,广东早已经不是一个话题了。就像邓丽君、气声唱法、选美、《安娜·卡列尼娜》中对"老干部"的描写早就不是什么话题了一样。万物都是在变化不已,有的需要调整政策,作出决断,构建说法，克服阻力，有的改变了也还有反复，还不断有人提出复旧的呼吁，应该说是革命的原教旨主义。但更多也更靠得住的恰恰是只需积以时日，诸事水到渠成，有的原来闹了个翻天覆地，现在只需轻轻一风吹。有的原来碰了个头破血流，现在则已经司空见惯，习惯成自然。噫，这就是历史，这就是生活，这就是大道：人法地，地法天，天法道，道法自然！

我们的意识形态正在大步前进，"三个代表"重要思想，推动了执政党的思想建设。也许一开始，你没有完全把握这"三个代表"重要思想，但是看一看呀，为什么有些人那样如临大敌地看待"三个代表"重要思想？他们的鼻子不是比拥护"三个代表"重要思想的人更灵敏吗？他们搞反对这一思想的签名。而在一个理论单位，还有人提出"三个代表"重要思想是社会民主党的纲领呢。我就是从反对者那里觉察到这一理论发展的意义不小的。

而科学发展观，也是不可或缺的。这本书从头到尾，都表现了作者对于我们在执政兴国方面的不够科学的教训的痛惜之情。但愿今后我们的意识形态、我们的决策，能有更多的科学的含量、科学的手段、科学的决策，更重要的是上上下下，都需要更多的科学精神。

变了，变了，前进了前进了，更麻烦了更麻烦了。随着前进、发展迎刃而解的问题多半是旧的问题，随着前进与发展产生的是新的麻烦、新的牢骚、新的不满。改革是又一次革命，邓小平这样深有感触深刻思索的话语，怎么没有得到我党我国的那些大秀才们的更多的阐发与解读呢？想想这句话的分量吧！

21. 新话如潮——八十年代一瞥

八十年代在政治、政策、大政方针上有各种新鲜的说法，影射延伸下去，社会上也出现了多种新名词，文件、文章、文风也与毛泽东时期大大地不同了，可说是好话新词如潮。

先是平反、昭雪、冤案、迫害、浩劫、改正、恢复名誉等重伸正义、天网恢恢、水落石出的词儿。

接着有改变了思想与政治格局的"实践是检验真理的唯一标准"。还有一说,叫不唯上,不唯书,只唯实。

四个现代化。中国能实现现代工业、现代农业、现代国防与现代科学技术,只这样一想我就五内俱热,我甚至想号啕大哭!

贫穷不是社会主义。这是个近乎大实话的说法。呜呼,伟大者的失误并不是由于误解了高深的学问,而是由于违反了大实话。你搞的"社会主义"千好万好、千姿百态,就是多了一个字:穷,能说是成功的吗?

富民政策。我党在国与民的关系上的认识取得了突破。

五讲四美三热爱。"五讲"是讲文明、讲礼貌、讲卫生、讲秩序、讲道德。"四美"是心灵美、语言美、行为美、环境美。"三热爱"是热爱祖国、热爱社会主义、热爱中国共产党。我后来才知道这个说法的创意人发明人是高占祥同志。一位高级领导,本人也受过多年的冤枉与封杀,我说的是黄克诚同志,曾经上书反对上述的五四三。五四三也是正式的说法,有一阵子各地党委成立了五四三办公室或五四三委员会。黄老主要是不喜欢那个"美"字,美什么?一美就沾了资产阶级啦。

全国提倡学习说几个礼貌用语,包括"你好""谢谢""对不起""再见"。有点像补幼儿园的课程。《诗刊》副主编、诗人刘湛秋在"八九风波"后受到了党纪处分,他拿着处分文件到了党支部有关人员那里,他说:"你好。"并退还了有关文书。对方说:"谢谢。"并接受了退回的文书。"对不起。"这第三句礼貌用语是谁讲的我没有完全弄清,然后是另一方说"再见"。四句礼貌用语全用上了。人们体会到了五讲四美三热爱与普及礼貌用语的功效:文明程度是在增进。

思想再解放一点,胆子再大一点,步子再快一点,一共"三个一点",最早是华国锋同志讲的。白桦为这"三个一点"写过诗,提出

"一点就透",可能还有"就破"呀什么的,令人浮想联翩。

按照当时基层干部的"民间"说法,与"三个一点"相对立的还有一种方针:一慢二看三通过。这个一二三是交通安全宣传用语,倒也通俗形象。这反映了,改革开放初期,大家感觉心里没有底。

后来说是步子太大出现了洋跃进(以为通过进口可以购买出一个现代化来)的问题,还有什么投资规模过大的问题。然后是说经济、投资、基建要退,而且要退够。

"三个一点"啦、退够啦,这些说法都带有中国的农业国家特色,亲切则亲切矣,缺少的是绳墨的精准。

科技是第一生产力。尊重知识,爱护人才。这些说法说明与过去搞运动时期的人海战术已经有所区别,正在从民粹道路转为开始注意到发挥"精英"的作用。

对"精英"一词也其说不一,有人认为此词是资产阶级祭出来压无产阶级的,有人认为承认与依靠精英是不可避免的。三十年过去了,对于这个词的讨论并没有怎么展开,但"精英"一词依然不冷不热地存在着。

"精英"一词令人联想到过往的岁月更常用的"英雄"一词。"英雄"一词更多的是讲斗争,讲民间的忠诚与忘我,如小车不倒尽管推之类。文艺曾经接受了写英雄人物的使命。这个词一直用着,声势不如改革开放以前了。

清谈误国,实干兴邦。反对假大空。我的印象是胡耀邦喜欢这样讲。胡耀邦还喜欢讲"振兴中华"。这原来是孙中山提的口号,原意有反对清朝的内容,与胡耀邦的用意不完全相同。这些说法说明了对于学风、文风、党风的转变的期待与爱国主义的情感正在蓬勃。

要把阻力变助力,要把压力变动力。这是讲改革开放的。压力变成动力,言之有理,因为压力要求的是你好上加好,效上增效,对于有志者来说,有压力才更要干得出彩、再出彩。至于阻力变助力,则主要是文字发音的游戏,一个 zu 变成 zhu,倒也有趣,内涵不多,多少表现了改革者的苦口婆心,没有那种不跟着我走的滚他妈的蛋的粗鄙与蛮横。

建立干部的梯队形结构。要建立第三梯队,扶上马送一程……是讲干部接班的。后来不怎么这样说了,原因是接班人定早了、说早了,往往到时候不能实现。我们的生活的计划性、可预见性,都还没有发展到那样成熟的地步。我们仍然脱离不了必要的随机应变与常有的临时调整。

把新一代培养成有理想、有道德、有文化、有纪律的"四有"新人。这是邓小平一九八〇年向青少年们提出的要求。有理想,谈何容易?人们说,"文革"使我国面临了"三信"——信任、信仰、信念危机。《中国青年》上刊登了一名女读者潘晓的信,说是她把什么都看透了。热烈的讨论并没有得到有说服力的结论。而后又查出来,潘晓是刊物编辑部制造出来的一个人物。有领导同志批评这件事。但所谓潘某的看透论是事出有因的,而且这个问题长期没有得到鲜明的答案。仅仅将我们的理想解释为GDP(国内生产总值)的指标与发展战略上的三步走,人们并不满足,这里还牵扯到终极关怀问题、大同世界即共产主义的远景问题、马克思主义与中华文化的使命意识问题,解决这些问题,仍然是任重而道远。

中央领导还一贯强调物质文明与精神文明两个文明一起抓,两手都要硬。要加强思想政治工作,加强企业的思想政治工作。这说明了上边从来没有放松过对这方面的关注。但同时我有一个感觉,就是有些意识形态方面的老领导,囿于原有的强大的意识形态的清规戒律,对于改革开放若即若离,他们在新时期,可能有点寂寞与开始边缘化的趋向。

在文艺界的一次学习讨论会上,被认为稍稍"左"了那么一点点的林默涵同志说道,思想政治工作是社会主义的一个特点,这令我一头雾水。莫非说搞资本主义是自然而然,搞社会主义却要苦口婆心死撑硬顶吗?

"新时期"的说法也很深入人心。将十一届三中全会会后定为进入了新时期,已经被广泛接受。以致谈新时期的文学的时候,有极好的同志劝我,不要从刘心武的《班主任》谈起,因为那篇东西是一九七七年发表的,当时还没有召开三中全会,还是华国锋主政。其实文学不会那样与政治生活同步,文学家敏感一点,其作品仍然是迎接新时期之作,把文学的年表与大事记和政治程序结合得如此紧密来思考来研究,这其实是中国外的别处少见的。

　　后来有教授们建议将新时期的说法改为"后'文革'时期",有理倒是有理,但此说未得到响应。

　　与新时期具有同等意义的一个词是"转型"。我不知道此词是不是最早出现在境外。我最早是听到时任北京市市委宣传部长的王大明同志讲过"转轨变型"。我理解的转型主要是从以阶级斗争为中心发展为以经济建设为中心,同时从计划经济转变为商品经济越来越占重要地位。八十年代,还没有大张旗鼓地讲什么市场经济。有一次我与一位领导同志谈到转型,领导同志说,那是外边的讲法。我解释了我的理解后,领导同志点了点头。

　　在谈当代文学史时,胡乔木提出一个重要意见,文学史应该以作家作品为纲,而不是以文艺战线上的政治运动与文艺政策的沿革为纲。

　　不能事事决定于长官意志,此说在八十年代风行一时,后来渐渐不见了。

　　英国人帕金斯的著作《官场病》有一阵子很畅销,许多高级领导人提到此书,包括很少接触外国著作的同志。我也找来了此书,印象较深的一个是说,巨额预算,如航天经费容易通过,因为议员既不懂航天,也想象不出那么多钱是个什么概念,而公务员茶歇时的饼干经费,却可以引起长时间的辩论而无法表决,因为议员人人都有对于饼干价码的知识。还有一个是说,为什么机关工作人员越精简越多?主要是大官交班时不能把自己的权力转给一个人,必须一分为二,让两个人掌管他一个人的工作范围,才好继续发挥影响力。另一个是说,一个官员不甘心退休,那就频频地派他出国开会好了,累他几趟,到头来他肯定要写退休报告。还有一趣说,两个人条件实在难分轩轾,咋办?问问异性人员对他们二人的反映即可……

于是提倡"观念更新",前面已经提过。例如人民代表听了政府工作报告,不该老是说受到教育与认真学习,而应该是认真审查,行使当家做主的权利。

比如说对于自己的能力与作品,不能一味谦虚,而应该表现充分,敢于竞争。对于自己获得的利益应该理直气壮。应该有维权意识。

过去毛主席强调的是"谦虚使人进步",现在则有一说"谦虚使人退步",原因是你太谦虚了,表现不出自己的能力与本事来。

知识分子被请去讲学,一开始说有酬金,许多中国人大吃一惊,作报告还要钱,这成了什么体统?现在改过来,劳动应该付酬,知识自有产权。

还有公务员是公仆,不是你的衣食父母、恩人神灵。川剧《徐九经升官记》的名台词是:"当官不为民做主,不如回家卖红薯",其实为民做主的说法并不现代,也不先进。其实为人民服务是咱们一贯的说法。少奇同志特别向时传祥同志讲过,他与时传祥只是分工不同,没有高低贵贱之别。这个用意当然极好,但听着仍然不感到忒踏实放心。

反过来说,一个官员能够为民做主,即使带有封建味儿,也比坑害压榨百姓强不知多少。

有的观念虽好,如公仆之类,操作起来落实起来有难度。有的观念再更新,具体事仍然办不痛快。有的是一部分甚至是一小部分人热衷于更新,多数人还不知就里呢。还有的观念更新就是讲究吃喝金钱美女之类,与其叫做观念更新,不如叫做观念沦落与复旧。

总体来说,我不是不欢迎观念更新之说,首先,它突破的还是极

"左"的教条主义与专制主义，它带一点新启蒙的意思，可惜在我国，起哄容易认真难。

问题是与此同时，观念的复旧也不能说不是问题。九十年代初期，人大代表有提案，应该在宪法中规定"孝"的概念。这就很令人吃惊。制定宪法与法律，本来是一个很先进的事情，孝其实很自然，怎么到了吾国闹得这么大发？老子早就讲了，国家昏乱有忠臣，六亲不和有孝慈。亲属关系、血缘关系，当然是很自然的亲近关系，弄得那样人为化做什么？欧美没有"孝"字，但是人家绝非不孝。我亲眼目睹过许多好的人和事，还有许多例子，包括读狄更斯的小说、读亚米契斯的《爱的教育》、读奥尔柯特的《小妇人》就会知道。某些场合的他们在开支上的 AA 制，恰恰避免了在经济利益与钱财义务分配上的尴尬，避免了许多类似侯宝林的相声里描写的那种表面上的慷慨大方，实际上的吝啬抠门，避免了又死要面子、又生怕吃了亏的做作，避免了心口不一、丑态百出的段子继续在我们的数千年的文明古国循环上演。

再回过头来说那一段时期的一个重要的说法：闯红灯。

不用废话，闯红灯就是说法律或上级行政领导所明文禁止的东西，你也可以大胆去试，可以从中获得更不俗的成绩。这话明显地带有几分匪气或痞气，但也是没有办法中的办法。事实是，"文革"后安徽农民的包产到户就是硬闯红灯，参与其事者甚至订了生死文书，谁若是由于包产到户丢了命，其他人负责抚恤死者家属；谁若是由于包产到户坐了班房，其余人负责打点料理。小平同志说过，改革是要"杀出一条血路"。他不愧是军事指挥员，他充分认识到中国在"文革"后处境的险恶，没有杀出一条血路的决心，就只能坐以待毙。对他老人家的悲壮的决心，我们很多人还没有咂出真正的滋味来。

一面是血路，一面却是微笑。八十年代需要党的领导与政府提倡微笑，有许多说法，如"微笑在广州""微笑服务"。有一年我去南方一个沿海新兴城市，许多酒楼的服务人员戴着红带子，上写"微笑"字样,但脸上并无笑容,她们只是微笑在红绸子上,我看着很难过。有篇小说还描写过一个家门不幸的农村女子,到城市打工,被老板逼着微笑,而心中十分伤痛的故事。那就成了惨痛的微笑啦,唉!

三十年过去了,到了新世纪,微笑多起来了。这也算是进展吧。

二〇一一年上演了从英国引进的音乐剧《妈妈咪呀》,说是一个女孩结婚,她想请自己的生父来参加婚礼,结果请来了妈妈的三个老情人,其一后来与妈妈结了婚。剧情这里不拟探讨,我说的只是一些外国艺术经纪人来华看了此演出后,反映最强烈的是中国青年人竟是这样高兴。

那些年常说学习(境外)先进企业管理经验,还有同志提出先进的企业管理也属于精神文明。湖北聘了一个德国人当国营企业的厂长,搞得颇热闹。我们有幸生活在一个人气非常汹涌的大国,我们这里虽然缺乏某些资源与教养,但我们不缺热闹,在中国,你永远不会寂寞。

一九八六年经济上有一个说法是"国际大循环",内容是积极参与全球化的进程,搞好来料加工之类的"三来一补",通过国际贸易与协作,解决我们的内部需要。一个德国汉学家说循环的说法是极富有中国特色的。

更早的说法是"三通一平","三通"是说深圳之类地方的开发,一定要通航、通电,也还通什么。"一平"则是说平地,三通一平了,才好开发。

邓小平同志在深圳蛇口题过字:"时间就是金钱,效率就是生命",其后有人多次对此提出质疑。

一九八六年,我在上海听到时任市委宣传部长的小潘同志说:"现在的事情是红灯绿灯一起开。"太妙了,形容得好。一面是既定的规则法律特别是严肃的民主集中制;一面是大胆尝试、探索的鼓励,在前者亮起了一盏又一盏红灯的同时,后者又在鼓励你向前向前向前。底线在哪里?今天的底线明天还算不算数?是定数还是变数？

与红灯绿灯同时的说法就是政策的多变与不变。二十世纪八十年代，这方面的说法有多少啊。"共产党像太阳，照到哪里哪里亮，党的政策像月亮，初一十五不一样。""趁着共产党没有明白过来，赶紧赚钱吧。"

而在二十一世纪到来之后，我又在斯洛伐克，听到了人们说，在欧洲某国，凡是没有明文禁止的，就都是允许的；在另一国，凡是没有明文允许的，就都是禁止的。在俄国，不论明文禁止的还是允许的，都是禁止的。而在中国，一切法律规定允许的或者不允许的，都可能被允许也都可能不被允许。原因可能是指中国的人治。一个美国学者说，他住在北京的一个友人那里，派出所指出他违背了有关登记临时户口的规定，但，又指出他来是为了增进中美两国人民的友谊，故而没有找他的麻烦。其政治挂帅，其灵活处理，在美国都是不可思议的。

我对"一起亮"这个说法太有兴趣了，我写了《来劲》这篇短篇小说，主人公叫项铭、向明或者祥命，他去出差或者旅游或者充军。这是大意，不一定是原文也不需要是原文。我要的是表现这种红灯绿灯一起开的热烈、缤纷与困惑。一篇两千字的小说，招惹了二十余万字的评论争鸣，辽宁的评论家刘齐曾经想编一本《来劲不来劲》，他快编好了，他出国走了。

这篇小小的作品引起了北京市市委宣传部一位与我同宗的领导同志的怒火冲天，他应该说是气得够呛。原来一篇不中意的或者不习惯的或者不顺心的小小作品，能把人气成那个样子，此前我还不知道。据说雨果当年有一部戏，由于形式与内容太不寻常，演戏的时候剧场附近甚至发生了游行示威、街头抗争。我明白了。

好你个红灯绿灯一起开，你害了多少人！

第一个向我讲到红灯绿灯一起开的小潘，也很不寻常，他的经历富有二十世纪八十年代特色。他曾任清华大学党委领导干部，后来调到上海当宣传部长。他很机灵潇洒乐观。一九八七年,随着胡耀邦同志从领导岗位退下来,他也大为受挫,随后一蹶不振。而在九十年代,他因为更离谱的嫖娼之类的事情"双开"受(到)刑(事处分),现在他可能在企业界,祝他后运平安。

也许我不应该提这些水还没有开——沸腾——好的壶,叫做哪壶不开提哪壶。然而回味八十年代是有点意思的,有人拿八十年代当美梦来回味。现在五十多岁的人那时是二十多岁,是多梦的年华,回忆二十多岁的事情,用屠格涅夫的话来说:"连悲哀也给你以安慰,连忧愁也给你以欢乐。"前些年对于八十年代的回忆潮,就是这样掀起来的。

社会主义也好,治国也好,为人民谋幸福也好,具体做法都有待于摸索。在北京市文联的一次会议上我听吴组缃教授讲过,治国就像给人脊背上搔痒痒,一会儿高了,一会儿低了;一会儿"左"了,一会儿"右"了;一会儿劲太小了,不解痒,一会儿劲太大了,搔出了血……吴老还批评国民党没有认真地诚恳地搔。他讲得通俗也很阳光,当然我们的教训不像搔痒痒那样轻松。

我也回忆八十年代,微微一笑,喜中略悲。

也许共产党人多了一些天真?我当真认为,有几位姓胡的领导比我更天真些。因为我划入过另册,我曾经自我放逐到了边疆,我曾经体会到了最底层的滋味。我曾经与不同民族、不同身份的人包括劳改释放犯、被管制分子、各种新的底层人物打交道。

八十年代邓小平同志还有一句很重要的话:共产党员必须在政治上与中央保持一致(否则你可以退党)。此话一说,管住了不少出格的人和事。但仅仅是"保持一致"似乎仍然没有解决思想认识上、理论观念上的问题。也许此话的用意在于行动上局面上不会搞乱,然后改革好了,开放好了,生产力上去了,有话再讲。这也是他的"不争论"的意思。他的用意是压缩理论性意识形态性口水性争论,用实干、实际效果来解答那些复杂的言语的分歧。

大政府小社会还是小政府大社会？这也是当时大家喜欢思考与议论的话题。有关的还有政企分开等。这方面也在后来有了些进展，当然仍是任重道远。

八十年代曾经十分强调干部的年轻化、知识化、专业化。形成正式文件时才加上了革命化这一化。社会上与外国议论中国正进入"以技术官僚取代行政官僚"的时代。外国人的这些说法，至少不完全符合中国的国情。没有过多久，许多新兴人物，不知所终了。我就任文化部部长时，胡耀邦曾找朱厚泽（时任中宣部部长）、钱李仁（时任人民日报社长）与我谈话，说我们三个人是"跨世纪的干部"。我听了大悲，因为我与中央有关领导同志说好，只干三年的，耗到了新世纪，怎么得了？老天有眼，没有等新世纪到来，这三位部长全下来了。

彭真同志讲到赫鲁晓夫的时候说过，像赫这样的人不过是历史上来去匆匆的过客，意即赫在政治上是站不住的，可能夤缘时会于一时，很快就会被历史淘汰。他说中了。八十年代的中国政坛，来去匆匆的过客还真不少呢。其中我非常喜欢一个人，虽然与他从无来往，他就是叶如棠。他曾任城建部部长，后来他担任副部长，多么可爱！

但是时间并不是衡量一个政治家或一个人物哪怕只是一个官吏的唯一标尺。卡扎菲担任利比亚领导人四十二年，穆巴拉克担任埃及领导人三十年，加上他们原来的军人经历时间就更长，他们当然并不来去匆匆，然而对他们无需佩服羡慕。

我在担任了文化部部长之后，写过一篇小说《球星奇遇记》。金克木老师读了，认为我是夫子自道。我在此作中曾经大胆戏言，对于"干部"来说，第一步，是要求他努力学习专业知识，变外行为内行。仅有这一步还不够，他必须再努一把力，更上一层楼，再从内行变成外行。就是说从此不再受业务规律的束缚，不受内行争端的沾染，不为专业的发展与挑战而动心，不为十足外行的指挥而愤慨，永远不会只见树木而忘记了森林。从内行再变成外行后，要敢于说一些虽不内行却十分必要的原则话,要不惜得罪同行,要坚决贯彻一些粗粗一看对本行业本专业不利,但从全局来看有不得不如此的道理的意图。我写的那位球星,就是因为没有做到这第二步的转变,才陷入进退失据、左右为难、内心痛苦的境地的。

我的戏言,其实应验了。原来外行领导内行有时比内行领导内行更可取。三十年河东,三十年河西,我们面临着一个新的转变的前夕,又会提出干部的知识化与专业化的问题来的。

变化,变化,变化,中国的各种变化是太多也太快啦。有说中国文化的源头在于《易经》,易经,就是变化之经。很少有哪一个国家的人,在二十世纪与二十一世纪初经历了那么多易变剧变。剧变与维稳,有时并不那么协调。

我想起小潘,还想就此说一个话题。年轻化、知识化、专业化、革命化这是一个好的提法,怎么样选拔这样的"四化"干部呢?如果仅仅有自上而下的选拔,即领导同志的选拔,仍然未必能恰当,仍然摆脱不了如百姓所说的"说你行你就行,不行也行;说你不行你就不行,行也不行",横批则是"不服不行"的随意性与专断性。

大力提倡干部"四化"的年代已经一去不复返了,仍然留下了某些值得回味的往事。

一九八五年夏我刚刚访问德国回来,接通知到中南海出席一个会。会上领导同志让我们提名文化部部长的人选。参加会议的有徐惟诚、唐达成、于是之等。后来才知道,领导同志听到了对于英若诚同志的推荐,便说要找来一谈,但领导同志忘记了老英的称呼,便说是演《茶馆》的一位演员,他身边的工作人员想当然地认定那当然是院长、北京市市委委员于是之了,便找了于是之。然后是我听到了此事,便努力使英若诚的到任成为事实。

可能有许多好心,可能有许多期盼,可能有许多真诚,但是我们的政治家需要更多的严密、更好的程序、更明文确立的制度、更有效的监督与纠错机制。否则心再好意再诚仍然是人治,带有太多的偶然性与变数,带有碰运气的性质。

我们怎么那么爱说话、会说话,说过那么多留下深刻印象的话!

当年还有一句重要的话,只有两个字:松绑。它指的是一些规章制度成见偏见束缚了我们的手脚,束缚了我们的生产力的发展。但笼笼统统说松绑,未免玄乎,这甚至有点鼓励乱来的意思。不久又出来了一句话,"党的纪律不能松绑",这好像也不完全合榫。它反映了认识与掌控上的参差。一个大人物放风要放炮,一个更大的人物则说要摊牌。我们的谈经济谈政策的话常常会偏于通俗化文学化估摸化灵活化,而总是做不到科学化准确化明朗化。我们的太极拳与中医气功的传统还是太厉害啦。

八十年代初期鼓吹万元户。一九八二年以后,我到南方听到的已经是:"万元户是困难户,十万元了才起步,一百万元不算富,一千万元探探路。"

当然多少万元才算富,这里也还有汇率与通货膨胀的因素。一九八〇年我首次去香港,听说一个名教授月薪数万元乃至十万元,我都无法相信。现在明白了,不过如此。

八十年代有一句"民间"话值得回味:"东风吹,战鼓擂,现在世界上谁也不怕谁。"这来自毛主席在莫斯科世界共产党与工人党会议上作出了东风压倒西风的判断后的一句歌词,原文是:"东风吹,战鼓擂,现在世界上究竟谁怕谁?不是人民怕美帝,而是美帝怕人民……"为什么二十世纪八十年代唱起"谁也不怕谁"来了呢?它反映了思想的活跃,反映了斯时的红灯绿灯一起开的现象,反映了"文革"的后果之一是党与国家的掌控力量有所放松,铁板一块的局面有所改变。当然,这也酝酿了此后的某些社会冲突与分道扬镳的可能。

……人的一生会和许多人物与话语有关。回想过去,我童年的时候喜欢电影演员周曼华,喜欢《小妇人》与《爱的教育》。我少年时代喜欢保尔·柯察金,喜欢唱或者说或者想:"我们的青春像火焰般的鲜红……"青年时代我喜欢《青年近卫军》里的柳芭,喜欢说:"我们要和时间赛跑!"喜欢季米特洛夫在"国会纵火案"的法庭上自己作的辩护词:"它(指地球)转动着!"与"不做铁锤,便做铁砧!""反右运动"后我爱琢磨的言语是"焦首朝朝还暮暮,煎心日日复年年"(《红楼梦》),"文革"中我最受触动的是《沙家浜》里的唱词:

听对岸,响数枪,声震芦荡,

这几天,多情况,费猜详……

而到了改革开放的年代,我想着的是"民心不可侮""踏遍青山人未老""这一切都是真的吗",用影片里最俗不可耐的一句话说:"这不是做梦吧?"

也许那个时候最中听的一句话是:"小平你好!"

也许你能明白我为什么喜欢说"最好的时期"了吧,为这样一句大实话,有几个高不成低不就的人作出了歇斯底里的反应。而且最好的时期云云的发明权不在王某,而是美国大使芮效俭。

到了九十年代与二十一世纪,新的、极好、极重要、深得人心的提法与口号就更多了:一个中心两个基本点。团结也是生产力。讲政治、讲学习、讲正气。回头看。保持共产党员的先进性。科学发展观。三个(理论、制度、科技)创新。创新是一个民族的灵魂。与时俱进。防止和平演变。一百年不许变。政治文明。依法治国。以德治国。社会主义的市场经济。维(持)稳(定)。以人为本。执政为民。八荣八耻。社会主义核心价值。(我对社会主义的核心价值的理解也最简明:社会主义的核心价值当然就是社会主义,就是珍惜保卫发展中国的社会主义。)大力提倡求真务实的作风。

我也很赞成学习型社会、学习型政党、学习型组织(如人民政协就这样提过)、创新型社会、创新型政党、创新型组织的说法。我希望过一段时间总结一下这学习、创新二型目标努力的果实与经验。

经济上有宏观调控、拉动内需、最惠国待遇、WTO、与香港和台湾的互惠协定、生态园、文化产业园……反面的则有山寨版、假冒伪劣、添加剂、地沟油等。市场经济更带来了包括对于文化的新的说法：精品、卖点、品牌、包装、大片、贺岁片、炒作……

政法方面有令贪官胆寒的"双规"、令罪犯丧胆的"严打"等。

体育上有同一个世界同一个梦想、从零开始、战胜自己。

生活上有裸婚、剩女或剩男（原名大龄未婚青年）、驴（旅）友、平台、人肉搜索等。

受外语影响的有作秀（香港人则将秀称作骚）、模仿秀、可读性、派对，兼受广东话影响的还有打的、埋单、泊车……

中华民族是一个能言善辩、能说会道，话语比雨点充沛、比繁星还光闪闪的民族。中华民族却又是一个提倡内敛、不喜欢外向，相信祸从口出、宁可寡言少语的民族。中华民族是一个历史悠久、戒慎恐惧、偏于保守的民族，常常视新异为妖邪。中华民族又是一个求新求变、赶时髦、追风逐浪的民族。每逢改变，新语如潮。以致八十年代颇有人发出新名词太多啦的微词。中华民族是敢于、善于、长于自我调整与改变的。所以，是中国而不是苏联与东欧成功地进行了改革。中华民族的新语如潮，又反映了不无浮躁与浅薄的思维特点。许多语重心长、内涵丰富深刻的话语淹没在或混同在潮流之中，而后逐渐淡化了。许多哗众取宠、大言欺世、夸张咋呼的话语到处张牙舞爪，其实吗也不是。真希望有专家出来，仔细梳理梳理、研究研究、解读解读、评价评价，哪怕只是记载记载伟大祖国的一些历史的大转折当儿，上上下下、官官民民、城城乡乡各色人等中煞有介事地传诵过的新老话语啊。

欢喜、忧患、未来

22. 物质生活、钱、腐败

共产党是讲唯物论的,但同时是最强调精神的。"文革"当中有一段毛泽东语录被广泛宣扬:

> ……我们有一位将军主张军队要增加薪水,有许多同志赞成,我就反对。他举的例子是资本家吃饭五个碗……艰苦奋斗是我们的政治本色。锦州那个地方出苹果,辽西战役的时候,正是秋天,老百姓家里很多苹果,我们战士一个都不去拿。我看了那个消息很感动。在这个问题上,战士们自觉地认为:不吃是很高尚的,而吃了是很卑鄙的,因为这是人民的苹果。我们的纪律就建筑在这个自觉性上边。这是我们党的领导和教育的结果。人是要有一点精神的……

艰苦奋斗,这是中共制胜的法宝之一。"历览前贤国与家,成由勤俭败由奢",这是相当唯美的诗人李商隐的名句。老子也早就说了,一曰慈,二曰俭,三曰不敢为天下先。孟子则推崇"劳其筋骨,饿其体肤",推崇"义"而鄙薄"利"。

我一九四九年参加工作,是供给制,大灶,机关管饭,一年发两套左右的衣服,按大、中、小号分男女发,另每月有折合现今二三百元的津贴费。津贴费对于女性,稍高一点,说是因为女性需要多一点卫生纸。那时我的认识是人应该一切贡献给革命。一九四九年三月我参加工作时,自己从家里带了一套铺板——三条木板两条铺凳,从此捐献给了公家,连收条都没有要。我那时对革命的态度是我的就是你的,你的还是你的。而不像现在某些人,我的也是我的,你的还是我的。那时候对弹簧床或曰钢丝床已经觉得是涉嫌豪华堕落,至于席梦思床垫,则视为异己。有张木床睡觉已经是了不起了。

一九五二年冬"三反""五反"以后,改成包干制,我是七等三级,每月除伙食外还有按现在的物价在我的感觉是五六百元的津贴。我开始订牛奶,买过义利面包,觉得生活水准提高。一九五四年改成薪金制,我是十九级,第二年升成十八级,工资是八十四元七角六分。

我在一九五八年虽然找了倒霉,但没有降工资。吃苦是一九六○年冬,粮食紧缺果然十分了得,闻到邻居家蒸窝头,那种粮食香味令人羡煞,而且我也体会到了吃不饱肚子的那种无力感、屈辱感、人穷志短、马瘦毛长。

到了新疆,同样的级别,加上边疆津贴什么的,工资达到一百二十四元多,居然觉得自己挺富裕,尤其是到了伊犁农村,不能不承认自己的优越性。一位困难时期从安徽逃荒到伊犁的老农,分析我的处境后居然说:"老王,千里为官只为钱啊……"

那个时候也有享受,不取决于工薪收入而取决于群众关系,当然我的关系差不多都是间接的。从北京带来了猪肉猪油。方法是找一个金属饼干桶,买一些肥肉馅,把肉馅炒一下,炼出来许多脂油,把炒过的肉馅连同脂油放到桶里,肉末的比重大于脂油,沉到下面,油层起着天然的隔离作用,这样肉馅运到乌鲁木齐也保持住了基本品质。底下的事就是大快朵颐了。北京的亲属还给我们带过松花蛋与饼干。再以家具为例,当时根本没有或少有木器店营业,木材紧缺,大家都明白,家里的基本木器有床铺、一张双屉或三屉桌,两把办公室规格的木椅,则是公家配置的。不知怎么莫名其妙地找着一块木板,很可能是化公为私的,请一位木匠师傅给自家打造一张小饭桌、几把小椅子小凳子,类似炕桌的规模,已经很不错了,可以不在写字写作业的桌上吃饭了。

"文革"当中,我所在的单位新疆维吾尔自治区文联,把沙发堆到楼道里了,不知是不是认为坐沙发容易"变修"。一连几年没有人正眼看它们一眼。而到了一九七五年底,一面搞着"批邓——反击'右倾'翻案风",一面在一个晚上,全部沙发都失窃了。叫"窃",很可能是用词不当,因为可以设想,搬走沙发的人,肯定是明目张胆、大张旗鼓地开着卡车,打开电灯,几个人热热闹闹地完成了沙发大转移。我甚至推测,这干脆是文联的人起的事。

而个人的生活非常简朴。以我家为例,房屋两间,使用面积有二十多平方米。两间屋,有两个灯泡,一个看书用的是四十瓦最多是六十瓦,另一盏是十五瓦或二十五瓦,个别时候我在书桌上放一盏台灯,觉得相当奢侈了。厕所是公用的,浴室不存在。我在伊宁市生活时,全市只有兵团农四师那边有一个焖气,焖气是新疆对浴池的叫法,据说来自俄语。"文革"中,这唯一的澡堂子也常常歇业。厨房与饭厅和卧室不加区别,冬季用房间里的取暖火炉做饭,其他时间在户外我自己砌了一个砖灶做饭。

房间里没有卫生间,就只能用便盆、夜壶之属。冬季清晨,新疆的气温经常是零下二十度左右,一些学历不低的男公民,端着热气腾腾的尿盆尿壶去厕所倒尿,有时街坊邻里还乘机寒暄,也是别有风味。中国的妇女运动还是有成绩的,事例之一,是倒液态排泄物的人士,男子居多。

什么叫贫困,什么叫匮乏?什么叫幸福,什么叫可怜?事过境迁之后,还真说不清楚。人在对待自己的经验上永远做不到客观,永远不是按照统计表格确定感受。在伊犁,我们的住房月租费不到一元钱;在乌鲁木齐,我们有的房屋的月租费是一元七角钱。然而,我们真穷呀,这是真的。一直到了上个世纪九十年代,最重要最正规的媒体上还刊载过如下标题的文章:《中国为什么这样穷》,文章的中心意思是替领导说话,冰冻三尺,非一日之寒;穷困这般,也绝非一朝一夕一个政权之责。我们可以认定这篇文章写得很实事求是,公平合理,但文章的题目仍然让许多读者感到沮丧。我的一个小辈就是这样说的,一看题目,就不能不觉得晦气。

然后再一传出什么亚洲出了"四小龙",不是"四小虎"的发展迅速,呜呼,叫咱们说啥呢?咱们奋不顾身,咱们英勇牺牲,咱们拼上了老命,咱们掌握了最先进的思想,可咱们怎么穷到了这步田地!

邓小平说过,贫穷不是社会主义。这个话能不说吗?该不该说呢?

从一九七八年、一九七九年以来,事情立马发生了突变。我至今也说不清楚,对于我来说,这一切就跟变魔术一样:说没就全没了,说有就都来了。这些农产品,都是实实在在的货物呀,即使开放农贸市场,刺激了农民的生产积极性,不至少要等一个生产的周期吗?你总要经历一个下种、栽苗、浇水、施肥、收获的过程呀! 好吧,算你可能立马出积极性,但总不可能立刻就出能吃能卖钱的货色呀。

我记得我一九八〇年首次出访德国,回来后说到在德吃的豆腐来自马德里唐人街;吃的哈密瓜,来自以色列;吃的大米来自泰国;而喝的咖啡是产自南非或者巴西。我父亲听了我的话后,他说:"他们是把全世界摆到了他们的饭桌上。"我想,老爷子还真能夸赞他佩服的德国人啊。

现在这有什么稀奇呢?澳洲龙虾、美国或者日本的牛排、法国的葡萄酒……上了餐桌,又有什么可以说道的呢?最最能消除偏见、体现普世价值、推动人类联结的平台之一,不就是餐桌吗?

一是吃,二是家用电器。直到一九八〇年秋,我初访美国,遇到来自台湾的同胞,他们说在台电视机、电冰箱、洗衣机早已不再罕见,我听了还有点叹息。我想起史良先生在"三反""五反"期间曾经在大报上公开作检讨,说是她家里有冰箱。我估计那还不是电冰箱,而多半是用冰窖供应的大冰块降温的冰箱。

一九八一年初,我访美归来,托了友人、走了后门才买到最早的、供不应求的国产的雪花牌冰箱。

说到电视机,直到我已经在文化部上岗了,那时买彩电还要票证。

一九八一年,我在从杭州到上海的火车上,与我同席的英国的一位女汉学家聊起天来,她甚至于提意见,认为中国人不必将家用电器看得那样重要,她强调说,她家里也没有好的彩电。但她并没有说服我,你没有好的彩电,并不是市场上没有,也不是你一定买不起,很方便买,但是我不需要,我不买,这叫做非不能也,是不为也,这种感觉和买不到、买不起、买不着、眼睁睁地看着外边的人家有而你没有,恐怕不好相提并论。

像飞一样,家电云云早已经跨越过去了。现在是中国的家电充斥在欧美市场。然后是汽车,是房产,是股票,当然,只是城市的一部分人充分享用,还有一些人生活在贫困线以下。

我有一位老朋友,他在刚刚改革开放时期就到美国留学去了。他买了一辆二手汽车,在美国我见到他,他一再嘱咐我,回国后遇到他的家人,万万不可说及他买了旧车的事,因为在国人看来,有了私家车,这是大阔佬的表现,家人会认为他发了大财……这会令人想入非非,制造家庭矛盾。

我也记得一九八〇年我第一次出国到德国访问,谈起汽车的事,同行的老作家、辽宁的马加同志就说,中国那么多人,如果个个开起汽车来,那怎么得了!

而早在九十年代初期,一位德国朋友到中国来,他斩钉截铁地说,中国不是发展中国家而是发达国家,于是我急切地向他说明,中国很大,西部很穷,你走了几个沿海城市,不能代表全中国。

一九八〇年我也首次访问了美国,在一些大学与听众谈论文学等话题,我会得到上百美元的讲话酬金,我几乎怀疑自己是不是中了西方资产阶级的"糖衣炮弹",谈美丽清高的文学怎么会以金钱、以

"万恶"的美元为收获、为礼金。老舍当年就是由于在红卫兵面前被揭露有美钞而遭到了殴打,导致后来不幸的结局的。我想起了当年读过的苏联首位女拖拉机手的小册子,她访问美国时,美国记者问她:"你有多少财产?多少存款?"她的回答是两亿。对方惊讶地问:"是两亿卢布吗?还是美元?"答:"是两亿苏联人民……"

后来,我在美国讲演的礼金大大超过了最初的数字,再后来,我在国内,也会收获高得多的劳务酬金。酬金当然是有用处的,从我的感受上来说,酬金更是一种符号,像是分数或者筹码,像是电脑游戏中的淘豆,像是体育的名次、纪录、积分等等,它首先仍然是精神层面的喜悦与鼓励作用。鼓励、利益、锦标并不一定使人堕落,贫穷也不一定使人高尚。高尚的人、智慧的人、有头脑的人,应该能够活得更好而不是更差更尴尬。如果这个社会不是如何的畸形,成就感可以是比较自然比较实在的。

意识形态,意识形态,好厉害呀。直到一九八二年、一九八三年,我听到小康的标准是人均国民收入翻两番,人均收入达到八百美元的时候我还觉得不过瘾,心想一个堂堂的社会主义大国,怎么能够用几百美元作为我们的奋斗目标呢?我们的伟大、我们的理想,用区区几百美元来表示,这也太不提神了啊。

贫穷无论如何有令人沮丧处,虽然人生的价值还有更高更重要更美好的其他方面。如果你生活在乱世,如果你追求学问、艺术、高端的创造与高出于一般的操守,而且你虽然贫穷大致还能温饱,也许你会有君子固穷的清高自信。但是如果是长期的,如果贫穷的经验遍布了你的大半生或者一生,如果是你的整个民族、你的亲爱的祖国、你的同胞百姓,是在正常的生活条件下而不是在抗击外族入侵、焦土抗战的情况下,穷穷穷,一味地穷,这是一种尴尬。我见到过一个贫穷的兄弟国家的来访人士脸上的那种无神的表情。我们给予来访者一点零花钱,或者一点香烟与啤酒,或者一双塑料底布鞋,或者一副扑克牌……他们脸上的表情使我感到沉重如铅。我感到了他们的窝囊与硬是抬不起头来。我自己的感觉是与他们、与我们的朋友一样尴尬。我希望是我的凡俗没有能理解他们的伟大的幸福感与政治上的骄傲感。人靠一口气,树靠一身皮,动不动需要练鼓气的生活未免尴尬。贫穷而不承认自己贫穷,这是又一层尴尬。贫穷了而且拼命克制自己对于物质财富的羡慕,拼命说服自己:那些财富是与罪恶同在,说服自己那些财富只能蔑视不能向往,口水只能咽下去然后变化为对于异己者的"呸"的一声唾沫……那会是尴尬上再加三层尴尬。我的一个亲戚,八十年代初期到国外学习电机工程两年,他回程的时候途经香港,然后从香港到深圳罗湖口岸入境。一过分开香港与内地的铁丝网,他看到的是一片破烂,他哭了。他现在已经不在人间,毕竟他生前已经知道,现在从香港入境,不论是罗湖、皇岗还是落马洲,你看到的只会是日新月异的深圳,是平地上升起的新兴城市,而不必再为咱们这边的贫穷而伤心落泪了。

一九八〇年我首次去德国、美国,经过香港。外边的商店的商品令人眼花缭乱,怎么可能有这么多货物?而一位台湾同行告诉我说,他们那里的农家有电视机、洗衣机、电冰箱。我微微一笑,觉得这有什么了不起?但问题在于他硬是有,你硬是没有。

我是一九八一年才有机会首度走访江南胜地的。我从小就背诵"江南忆,最忆是杭州……"。我赞美江南的美景与历史记忆和文化遗产,我也惊异于到处的陈旧、穷困、破破烂烂。

现在回忆起来,这些情景恍如隔世。

早在上个世纪五十年代初期,第一个五年计划开始,报上说"有计划、大规模、按比例的经济建设"开始了。我听了,如醉如痴。我当时的目标就是莫斯科。歌曲《列宁山》曰:"工厂的烟囱高高插入云霄,克里姆林宫上一片曙光。"还唱什么"峻峭的山岭令人神往"。我想的是,几个五年计划后,咱们的家园也是一片高楼、一片烟囱,一条条大道上跑着汽车,家家都有电灯电话。过了许多年,我到了莫斯科,知道了,列宁山只是一个地势高些的平台,绝无峻峭可言。想来可怜的歌词译配者根本没有去过莫斯科。还有工厂的烟囱,当然也不值得羡慕,而是应该为城市的污染而忧心忡忡……

现在呢?完全是另一个中国了。我在担任文化部部长期间,结识了西班牙驻华大使,并因组织多明戈访华演出等事与之有很好的合作经验。一九八九年他调任驻俄罗斯大使,一九九九年他回到北京又坐上了他个人的外交官生活的最后一班车,仍任驻华大使。三任大使、重回中国后,他告诉我,此次回来,他觉得是换了一个中国!

早在一九八〇年冬,我与艾青一道访问了纽约,台海背景的旅美爱国诗人秦松先生请我们吃饭,他激动地说,他期待着中国的发展,他希望有一天,在五大洲三大洋到处看到中国的游客,我很感动,同时觉得很遥远。中国这样一个农业国家农民国家,我在新疆麦盖提县时知道,那里的许多人一辈子都没有越过叶尔羌河走一趟县城。设想中国人民绕着地球哗哗地转?太不可思议了。

然而,一九九六年在已经倒塌了的柏林墙边,二〇〇二年在毛里求斯的维多利亚酒店、在南非的开普敦好望角攀登灯塔舷梯与在喀麦隆逗留的时候,二〇〇四年参观俄罗斯彼得堡阿芙洛尔号巡洋舰时,二〇〇七年访问伊朗四十柱宫……的时候,我的周围是一片叽叽喳喳、欢声笑语的中国游客,有的还拿着中国旅行社的三角形小旗帜。中国游客还有一个特点,特别像我们的近邻日本人,几乎个个拿着相机,喊里咔嚓,一通按快门,留下中国人在世界上的身影。

所以,泰国有事、埃及有事、利比亚有事,我们都要派飞机去接华侨华人回国。

同时媒体上也报道了对于中国游客的负面反映:说话声音太大、有随地吐痰的、未能很好地遵守公共道德……这当然不好,但暴露一下碰撞一下也好,总是有了更多的有关中国的响动,中国与世界正在打成一片。开始,我对"走向世界"的说法难以接受,中国就在世界上、世界中,怎么还要走向?毕竟太久太久了,中国与世界互相感到了陌生与紧张、困惑……这正是我激赏"同一个世界,同一个梦想"

的口号的原因。我们现在越来越多的人走向世界,不卑不亢,自然而然,举止大方,进退从容了,容易吗?

上世纪八十年代后期,著名电影演员于洋之子于晓阳导演了一部商业片《翡翠麻将》,《参考消息》上援引了外电评论,说影片的某些画面是在靠拢西方发达国家。三十余年过去,到了二〇一一年,我看了影片《失恋三十三天》、电视连续剧《男人帮》与《双城生活》,内容暂且搁下不表,只是影视剧中的北京、上海的城市风貌,就令人惊叹:林立的高层建筑,车水马龙的街道,鳞次栉比的商店,规模巨大的购物中心与自选市场,夜晚的华灯百色,穿戴入时的男男女女,名牌服饰用品奢侈品,城市的标志性的崭新的大建筑:鸟巢、国家大剧院、浦东新区、上海电视塔……高速公路、动车高铁、外国游客、咖啡馆与酒吧……我怎么能不为之泪下?

我活了七十七年以上了,国家能有如此的发展,只是近三十年的事。毛主席他老人家一辈子幻想着吟咏着"换了人间""旧貌换新颜""中国人民站起来了",然而这"两换一站"不是仅仅靠豪情与斗志就能做到的,哪怕热血如沸,理论比天还高,没有经济上的成果,您换不了也站不住!

当然我也不会忘记全国还有一亿人生活在联合国确定的贫困线以下,即人均日收入低于一美元。由于开始变富而出现的社会问题、社会忧患到社会危机,更是一刻也不能忘记。发展是硬道理,绝对正确,认准了坚持下去,一百年不要变,这也是语重心长。但发展解决的问题是太不发展所带来的问题,如饥饿,如辍学,如贫穷与愚昧。但发展本身解决不了恰恰是由于发展而不是由于不发展所产生的新问题,如贫富悬殊,如分配与机会的不公平,如奢靡浪费,如信息骚乱……

与此同时,腐败的问题与温饱同来、与银钱同来、与商品经济同来,最初还不叫市场经济呢,那时说的是计划经济为主,商品经济为辅,还有是在计划经济指导下的商品经济。就这样,一九八八年匈牙利驻华大使伊万诺夫对我说:"我们两国现在要发展商品经济,还来得及,苏联呢? 苏联建国已经六七十年,知道什么叫商品经济的人,已经死光了。"而在九十年代,苏联解体以后,我去俄罗斯,有俄国朋友对我说:"在我们这里,懂得市场经济、能够经商的人已经全部杀光了。连遗传基因也没有了。"

究竟是什么更好一点? 忙时吃干,闲时吃稀,不忙不闲时吃半干半稀(按:头两句话是毛主席说过的,后一句话是话剧《田野啊,田野》里的)。大家都穷得勉强温饱,一切欲望都在抑制之下,进行足够的意识形态的动员与煽情,不会斤斤计较于物质的需要,然后通过学习讨论认识自己的幸福生活是世界第一。还是突然发现了金钱的用途,如电视剧中所说的:"金钱不是万能的,但是没有金钱,那是万万不能的……"然后立刻一脑门子钱钱钱,到处是红包,是寻租,是请客送礼,是大水泛滥一般的单据报销,是权钱交易,是用钱来衡量一切,是垂涎三尺……呜呼,可怜的同胞们!

贪污受贿,这些词在我的少年时代是专属于国民党的,而现在也越来越威胁与败坏着我们,弄不好会像洪水海啸一样淹没我们。当年专门反贪污、杀贪官的共产党,面对的却是自己的贪官污吏了。最可怕的是一些省份关于买官的传闻,人生在世,一举一动,不送红包硬是寸步难行! 一个又一个贪官被枪毙了,然而,连枪毙也制止不了贪官的胡作非为。尤其可怕的是有一种说法:贪官都是因为分赃不均,内部有矛盾才暴露出来的,类似的贪官,多了去啦。还有一种说法:想整谁,想查谁,就准能按钮一样方便地按出贪官污吏来。这些说法当然不一定靠得住,从开始至今,我们尚没有足够有效的肃贪防贪手段。

还有各种暴发户的烧钱、浪费、挥霍与无耻斗富的传闻。我看过一张网上的照片,一个婚宴,至少是二百张圆桌,两千人同吃,这绝对是世界少有的人海宴会啊。我见过一个大款,为了与邻居争一口气,废弃了一幢价值一千多万元的别墅。传出来一个故事:某某大款,以数百万元的代价购买了一套房子,包了个二奶,五年后,与二奶分手;五年中,他花费了上百万元养二奶,但二奶离去后,他的房子升值的价钱远远超过了他的包二奶费用,他赚了。还有网上的消息,说是全世界的奢侈品,主要靠中国消费者(?)来购买。

还有吃,有人说中华文化是食的文化,读书开会,都说要好好咀嚼与消化。一九八〇年以来,粤菜、潮州菜忽然大行其道。王府井出现了香港美食城。美食再加上城,这里有一股消费主义的牛气,简直是对清贫的社会主义的挑战。而潮州菜的价格,令我晕眩。当时个人根本没有能力进这些餐馆,吃这些玩意靠的是公费宴请特别是外事宴请或港澳朋友的到访。

现在一桌吃一万元,已经不再稀奇了。

喝就更恐怖了,全国各地不断传来喝酒喝死人的传闻。我都知道,例如我在新疆的哈萨克作家同人,不止一个是喝死的。只消听听那些段子吧:"感情深,一口闷""感情铁,喝出血""喝得机关没经费,喝得夫妻背靠背……"还有公务员总结经验:不会喝酒,影响"进步"。

窖藏三十年的茅台,已经涨到两万元一瓶了,是谁在发疯?台湾的马英九甚至也要干涉要控制金门高粱的定价呢。

国务院前后发了大量的文件,限制大吃大喝,但大吃大喝只见发展,不见控制。

俱往矣,现在我也常常通过饭统网订一桌饭,把孩子们或朋友们找来。吃饭已经越来越不是什么问题了,而随着年老,我也不再馋什么,更多的是求清淡与易于消化了。

我非常感慨老舍在话剧《茶馆》里的总结:年轻时,有牙,没有足够的花生米;年老了,花生米越来越积攒得多了,没有足够锋利的牙齿喽,嚼不动或嚼不烂喽。这也算人生长恨水长东吧。当然这也是一乐即一种尴尬的风流呢。我老了,但我的花生米越来越多喽,自己咬不动怕什么,有花生米,还怕无人共享吗?住房,我认识的人当中,包括工人与农民，没有不扩大了自己的居住面积的。房里，多数都有了上下水道、厨房、天然气或液化燃气供应、沐浴设备、卫生设备、空调等等。

电器算什么？谁家里没有电话？谁手上没有移动电话？电视机往大了再往大了走。手机的功能已经使我敬谢不敏。我到现在也不明白，用手机摄影，那照相机呢？用手机上网，那电脑呢？用手机打游戏，那游戏机与网络游戏呢？电子技术日新月异，造成了多少浪费啊。遥想靠级别安装电话的日子、安装电话还要送礼的日子、学习着用PC机的日子，昨天已经古老，中国仍然是跟着走，不是跟比尔·盖茨就是跟乔布斯的苹果iPad或者iPhone。世界真奇妙，技术真高超，未来在闪耀，中国还得加油啊。

23. 理念、权力与实绩的起舞

一位具有台湾背景的旅美华人女作家对他人说："王蒙这个人很政治。"

真的，我这一辈子与政治难解难分。我说话做事有一根政治的弦。我的命运与政治分不开。政治状况比较清明开放的时候我也最愉快、最能发挥、最露头角、最出人头地。包括小说抒情诗也发表得最多。相反情况下，我只能俯首甘为孺子牛，只能忍辱含垢，只能精神胜利，犹自逍遥，对天长啸，迎风洒泪，今天天气哈哈哈。

是的，我关心政治、牵挂政治，喜欢政治的意义深远、大气磅礴、斗争险峻、挑战智力，关系到人类、世界、祖国、民族、人民的利害祸福。我相信政治才是男人的真正事业。我渐渐看明白了政治的一个又一个层面：它的理想性、浪漫性、务实性、计谋性、凡庸性、全局性与有些时刻很难说没有或有的私密性与阴暗性。如老子所说，鱼，要隐藏在深渊，国之利器也是不可以示人的。在中国，从事政治事业要沉得住气，要喜怒不形于色，要知白守黑，心里跟明镜似的，眼睛跟火炬似的,而把自身低调地隐蔽在茫茫夜色之中(这是黑格尔对老子的理解,也是他盛赞老子的一个亮点)。另一方面,政治最光明,最能接受公众的监督,最出头露面、人山人海、如火如荼。后面两句话被中小学生开玩笑说是"people's mountain people's sea, likes fire likes tea"。他们是开玩笑,说人们不认得荼,以为是"茶",乃译为tea。用德国一位领导人的话说,政治家好比养在鱼缸里的热带鱼,所有的一切都在人们的监督之下。我曾著文指出,李商隐正是因为有那些咏史诗、政治诗,他的气度才在晚唐诗人中更出类拔萃。

有什么办法呢,中国是一个政治的大国,近一二百年以来,没有比政治更重要的命运之神或命运之魔紧紧抱紧了每一个国人。在中国,政治就是生活,甚至比爱情亲情财产生老病死更切近于每个人每一家的悲欢离合。

我说话利落,口齿清晰,喜欢辩论、婉转解释、稍作说明、淡淡一拂或以退为进或及时打住——休兵一笑。我用词力求准确,有分寸,有棱角,自自然然,随机应变而又有所控制。我说过,在政治上我有"童子功"。我太熟悉咱们的政治语码。同样一句话,我会从二十五种说法中找到一种比较恰当的说法。我不怕反驳不怕攻击,我反应迅速。而更多的时候我明白不反应更好,我早就明白老子的道理:善者不辩,辩者不善。

童子功是从哪儿来的?从小学习的?那时也许仅仅是背诵过修身齐家治国平天下。治国平天下当然是政治,修身齐家在这里也不是为了个人的道德修养与家庭生活的幸福美满,而是作为治国平天下的起始,作为治国平天下的前提才出现在我们的文化信条中的。

一部中国史,是政治与政治的极端表现——军事史,是改朝换代史,是明君与昏君、忠臣与奸臣、兴与亡、盛与衰、胜与败的纠结史。在中国通史与近现代史当中,经济、科技、工程、民生、文化的发展都处于陪衬或从属的位置。民族与宗教也是在它们的演变与政治势力、政权稳定、国家版图、政令举措的得失相联结在一起的时候才受到史家的重视。

伟大与悠久的中国,发展远远不像分配那样受到关注,通过争夺来获取,对有些人来说远远比学到手、提高自身、增加自身所具有的资源与本事更事半功倍,纵横捭阖远远比创意产业有更高的被期待性。在革命的高潮中,我早就深信不疑,一切的一切取决于政治上的谁胜谁负。穷困,是清朝政府与国民党政府造成的。疾病,是由于反动政府不关心人民的死活。女子受到侮辱,是由于人压迫人人侮辱人的半封建半殖民地的腐烂的社会制度。同时,只要政治上解决了问题,国家将充满光辉,世界将一片欢呼,人人丰衣足食,个个前途远大,男子雄壮文明,女子健康美丽,如歌词里所说:"青年人都有远大的前程,老年人越活越年轻。"

我生活在政治是轴心的时代。我出生前三年,东北三省被日军占领。出生后三年,日军占领了北京。出生后十多年,抗日战争胜利。然后是国共内战。我的童年与少年时代,难道在中国有比政治更重要的事吗?难道那个时候可以考虑发展经济、科技、艺术、体育、法制、产业与品牌?

第二次世界大战的结果之一是全世界左翼思潮的高涨。以致人们在那个年代说,那时的一个人,四十岁前,如果不是左翼,就证明他没有良心。当然欧洲也有一个说法:如果四十岁后,仍然是左翼,也不足取。

第二次世界大战的胜利掀起了国人的爱国高潮,也掀起了那样热烈的期待,中国应该建设好,中国不能再继续积贫积弱、东亚病夫、一盘散沙、贪污腐败、无知愚昧、点头哈腰、吞云吐雾、麻将二簧(当然,二簧不应该列在这里,麻将也不该,这反映的是少年的我的看法)、阴阳怪气、哼哼唧唧……那样一副败落在世界后面,一副正在自绝于地球、自绝于二十世纪的德性啦!

国民政府没有能满足人民的这样的期待,而激进的天翻地覆的共产党的勇敢冲击,唤醒了国人。不是每一个人每一代人每一个国家的人们都能够经历这样的大事件大时代大风暴,这是我的幸运,也是我的艰难与变数。我不太能够胜任历史提供或强加给我的机遇与重负。

艰难还不在于选择不选择革命,不在于革命可能失败,革命者有可能、革命者应该时时做出抛头颅洒热血的准备。为革命而殉,至少还有一种热血沸腾的悲壮。艰难在于革命胜利了,胜利了以后怎么走?继续革,继续抛头颅洒热血唱《国际歌》上刑场?接着搞世界革命,把革命搞到全世界,至少搞到亚非拉第三世界?鲲鹏展翅,九万里是九万里了,输出革命谈何容易?而且,你革命成功了,你掌握了政权,你何以面对为革命付出了巨大代价的嗷嗷待哺的千家万户!或者你的兴奋灶是致力于保住政权、铁打的江山?当然,权权权,命相连。问题是权力并不是目的,不应该是目的,权力只是实现自己的政治抱负的手段。权力很重要。庄子早就说过,诸侯之门,仁义存焉。你当了诸侯,对何为仁义有了解释权,你就成了价值的标杆、仁义的样板。"形象再好,政权丢了,(形象)还有什么用?"一位我最最敬仰的领导人的名言令我醍醐灌顶,也是对我的当头棒喝。权力不是目的,但是权力是最大的敏感点,是中心,是刀刃,是刀把子。林彪解释过,政权就是镇压之权。好的,这样的解释颇不现代,带有封建主义的霉臭味与坐井观天的土皇帝的霸气与小气,然而在我国,这曾经就是历史,这有时候也就是事实,让中国成为一个现代的以民心民生民主为权力的精髓的国家,绝非易事。

一个合乎逻辑的想法是确保革命的传统与精神:井冈山精神,延安精神,住窑洞、吃小米、点煤油灯、穿着带补丁的旧军服与贫农老大爷老大娘在地头上拉呱的精神。一句话:军事共产主义精神。我们靠这种精神取得了胜利。那时一切待遇的区分就是三级:大灶,吃大锅饭的;中灶,吃小一点的锅炒的菜的;小灶,吃单独为这位首长炒的菜的。这里有军事共产主义,有起义农民文化,有君子固穷的传统,有理想主义以及与理想主义、与仁人志士情怀密不可分的禁欲主义倾向。

然而毕竟时代不同了,条件不同了,不论我们曾经多么简朴纯洁厚实,政权的建立、外交内政的新局面新场面新任务,都难以设想中华人民共和国主席或者总理与外国元首也罢、本国劳模英雄也罢,共坐在一张炕桌边,在窑洞里促膝谈心的情景。

有人以苏联为榜样,希望中国成为苏式国家。苏联人甚至建议新中国的政府应该迁入故宫紫禁城,可能他们是想推广他们的克里姆林宫模式,保持权力的法统与尊严。他们不了解中国的有识之士对于故宫的封闭、沉重、封建、保守的前现代、反现代性的负面观感。

甚至有人认为中国或中国的一部分地区会加入苏维埃社会主义共和国联盟,据说高岗就有过这样的说法,这实在是国人的大忌,高岗当然只能灭亡,而且他的事情差不多是那一段时期至今仍然没有能翻得了案的少数事情之一。而很长一段时间内,国民党政府的、西方国家的很多人责难中共,是将中共视为拿"卢布"的苏俄代理人的。而人们终于明白的是,中共的爱国主义、民族主义情怀,绝对不比中国的任何政治力量少,毋宁说是更加强烈。

从绝对的理念上,从真空与零上四度的条件上看,苏维埃社会主义共和国联盟应该是超越国家的。共产党宣言的口号是"工人无祖国"。理论认为,民族国家的纷争其实是资产阶级的自私性、贪婪性、掠夺性所人为地制造出来的。而大公无私的、与最最先进的生产力联系在一起的工人阶级,只有同一个祖国,那就是英特纳雄耐尔,英特云云,是法语的译音。有的版本,干脆把"英特"译作"国际苏维埃",把《国际歌》的结语唱作"国际苏维埃,就一定要实现……"。

但实际上,苏联对自己的与俄罗斯民族的利益考虑,不可能也没有理由比任何其他国家其他民族稀少。很可惜,理念有它的真空性、摄氏四度性、绝对性与绝无干扰性即理想性与纯洁性,而实践的特色不是这样。实践的特色是:理念会与实利挂钩,人民对理念的理解会与各自的实情挂钩,权力的务实性会让你稍稍冷一冷、忘一忘、权宜一番理念。而在与反对派——实存的与臆想的——的斗争中,理念会被夸张,会增加不必要的杀伤力,会成为恶斗的借口,会使自己硬着头皮撞墙。而对于实绩的考量,又会排挤理念的完整。

所谓捍卫某种理论的纯洁性的主张,如果不是霸气,也可能是傻气,是高空理论,是不接地气。

曾经有人以真空理念搞苏俄至上,同时今日也不是没有人以真空与摄氏四度的前提来考虑普世价值,考量民主主义、自由主义与人权的神圣。我很欣赏九十年代初期《中国青年报》上的一个说法,世上有乌托邦社会主义,也有乌托邦民主主义或资本主义。有人唯美国的马首是瞻。甚至在二〇〇三年,以隐藏了大规模杀伤性武器为由,美国发动了对伊拉克战争后,一位绝非廉价的激进愤青的兄长,一位有着相当的资格、阅历与社会地位的兄长,曾经认为:依照人权高于主权的原则,当年毛泽东发动"文革"时,美国应该军事介入,改变中国的政治地图。他老兄怎么能这样幼稚、这样天真烂漫、这样信口开河?应该说是脑子进了水,可以在头颅内养金鱼啦。

一者伊拉克是三千多万人,中国人口约为伊拉克的四十倍。美国在二〇〇三年的战争中派遣了十六万人的地面部队,英国也派遣了一点五万人的地面部队,加上其他一些国家的援助,大举进入了伊拉克,历时八年多,至今不能说伊拉克的事情已经搞定。按照伊拉克的比例,还不考虑二十世纪六十年代中国的民族主义、信仰主义、长期武装斗争的锻炼与军事方面的经验和决心,不考虑中国的核武器、军事经验与备战精神,如果美国要在"文革"时期对中国进行军事介入,它至少要派遣近千万陆军人员进驻中国,大体上,它要让它的适龄男青年倾巢而出。这样的设想如同梦呓。

二、在这种情况下,不论是用什么理由、什么借口、什么旗帜,战争将变成中华民族的民族保卫战,将会是世界的大灾难。还好,恰恰是美国人,没有人有这样的念头。而我们的这位老哥,也是在病重发烧后说的这话。

是意识形态之争还是权力之争？意识形态是一种理念，也是一种解说，还是一种实力，它至少可能转化为权力、追求着权力、隐藏着威权：从激励的功能到惩戒的功能。因为，权力是一切实力的总和与叠加。理念诉求着权力，这很实在也很吓人，很有理由也很闹心。理念驱动斗争，争取权力，夺得权力，照耀权力，美化权力，激活权力，涂抹也整理权力。而权力大大地抬高理念，强化、激化理念，加热理念，充实理念也大大地增强了理念的威风与压力。足够高明的理念加上同样高明地运作着的权力，你的感觉是它将无往而不胜。

首先是权利，其次是权力。一切对于应有的人民权利的诉求都包含着关注权力的奋斗，因为权利或是受到权力的保护，或是受到权力的制约与控制直到抹杀。权力从来不是真空，被说成应该拥有而目前失落的权利，一定是被旧有的，有时干脆是反动的权力所把握、占有、垄断或者抹杀了。权力之争常常是你死我活之争，尤其是中国，为了争夺权力，父子可以互戮，兄弟可以成仇，夫妻可以反目乃至被囚禁被处死。权力反过来命名与定义理念，权力可以执理念之牛耳，权力可以修改、调整、淡化或者热化理念，也必须保持对于理念的掌控。

原因是权力比理念更务实也更灵活，权力比理念更真实得多、贴近得多、威武得多也强大得多。理念应该崇高、热烈、感人……而权力必须能够运作、能够保持、能够用到刀刃上，该含而不露就别露，不但要笑不露齿，怒也别露齿，而该出手时便出手。

作为理念的天下大同也好，理想国也好，共产主义也好，弥赛亚也好，民主自由平等博爱也好，神仙境界也好，"大跃进"也好，"一大二公"也好，"五七公社"也好……仅仅作为理念，它们可以并存，可以各抒己见，可以大打口水战。但如果各自掌握了特定的群众，掌握了阶级、地域、山头、派别、志同道合者、利益攸关群体，而且掌握了哪怕只是小米加步枪，更不要说是掌握了航空母舰与精确制导导弹……落实为权力集团，落实为教会、政党、国家、民族、军事力量、军事联盟,则是永远的纷争、可怕的对立。在这种情况之下,权力比理念显得更重要,丧失权力不但会丧失理念再宣扬再实践再发展再完善的可能性,而且会丧失接受了某种特定的理念的人的脑袋。尤其是在中国,中国的理念之争常常会、多半会变成脑袋之争,至少是谁先进太平间之争。

没有权力、丝毫不在意权力的政治理念,好比是没有性器官与性能力的爱情。没有权力意识而要去搞政治,等于以柏拉图的方式去与潘金莲或孙二娘恋爱调情。而没有理念的权力,典型的中国式的说法,则是官场无政治、情场无爱情——只是低级的性交易,最多是配种站的操作。

能够把理念的热烈追求、探索与权力的精到运用结合起来的首席人物还得说是非毛泽东莫属。他与许多人不一样,他追求"一大二公",喜欢大家包的饺子全一个味儿(见《介绍一个合作社》)。他似乎不那么重视与恪守社会分工,他主张全国都要学工、学农,尤其是学习人民解放军,还有批判资产阶级。他喜欢群众运动,喜欢直接面对群众,一呼百应,无坚不摧,花样翻新,好戏连台。他喜欢的还是和尚打伞——无发(法)无天。他在晚年批判按劳取酬,认为那仍然是资产阶级法权。他坚信高贵者最愚蠢,卑贱者最聪明。这些都太绝对化了,超出了实践的度,更超出了执政条件下维持社会正常运转的常规。

他最懂得争取权力、巧用权力,每次运动只打击百分之一、百分之二、百分之三,把权力用出花儿来,把权力用成五彩云霞彩虹幻景。他的发动大鸣大放,搞什么引蛇出洞、阴谋阳谋,支持红卫兵,批判"文革"中的资产阶级反动路线,批林批孔,评法批儒,还有什么批《水浒传》,都进入了艺术加魔术、哲学加诗歌的浪漫与玄妙境界。然而,他忘记了一条:近代以来,中国的首要历史要求是实现现代化,是摆脱民族、国家、人民的贫穷落后、愚昧无知状态,是发展生产力,是让老百姓过上好日子,是成为世界的一员,自立于民族之林,是不要被开除球籍——其实开除球籍的说法也是出自毛泽东主席。

毛泽东太浪漫了,他的理念如高天彩虹。对于一个革命家来说,他的诗人与哲学家气质、他的凡人所不及的理念有时令人找不着北。一九五九年批修时,我们的文章就喜欢强调列宁主义的锋芒令凡夫俗子胆战心惊,却忽略了,政治是群体的事业,是面向凡俗的事业。过分地高超,也许会增加主席的魅力。作为执政者,他的大胆立论、大胆想象、不计得失、不在乎碰壁、独出心裁、语出惊人、动辄搞得举世皆惊,甚至是搞得自己人也是举座皆惊,又实在是太乌托邦了。

理念的地位太高,高天而降,令人镇服却也令人晕菜,最后为理念而动辄血战到底,不一定是好事。理念的地位过弱,只求护官护权护待遇,笑骂由他笑骂,好官我自为之,只有得过且过的今天,却丧失了明天,也会降低咱们的工作的水准和威信。好难啊。

理念的分歧常常大于实际操作上的分歧。饥饿的灾民需要的是吃饭,这在实际操作上本来不应该产生争端。但一加上理念层面的讨论,就会提出高耸入云的口号:宁可饿死也不能以理念原则做交易,叫做饿死事小,失节事大。理念的坚持常常会不惜带来实际层面的损伤。只一个"大跃进"一个"文革"已经教训足了咱们。

而简单的实用主义的考虑也难以避免头脑的日益空虚、混乱、卑俗、下滑、腐化、堕落、鼠目寸光、洋相百出、阳奉阴违、心口不一,后果也是严重的。

当然对于取得了权力以后怎么办也还有别的想法、别的方案、别的分歧。例如关于儒家、关于仁政:上世纪七十年代初期林彪事件发生后,忽然搞了个什么批林批孔,弄得大家五迷三道。把林彪与孔子绑在一起批,这未免匪夷所思。但是毛泽东批孔子,绝非心血来潮与无的放矢。毛泽东看出来了,孔子在中国的影响不可忽视。而孔子的仁义道德,孔子的仁义礼智信、温良恭俭让、文质彬彬、君君臣臣父父子子、尊卑长幼,都是毛泽东最厌恶的。他认为这一套是全然的伪善,是为封建皇帝与地主老爷们服务的,是与他提倡的革命造反精神水火不相容的。他认为为了维护革命的权力,做什么都是正当的,丢了权就什么都没有了。弱国无外交,丢失了权力的人无话可讲,丢权就是被阉割。为了巩固权力,就是要搞中国式的无产阶级专政即人民民主专政——也就无须乎考虑孔孟之道那虚伪的、无法操作也无法实行的一套。

事实越来越证明他的见解他的准备是有预见性的,但是,他老人家不明白,孔孟之道即使难于由执政者操作,也仍然为中国世世代代的老百姓所接受所信服所喜欢。想改变老百姓的这种思维定势,根本没有门。

还有,如果道德理念缺失,强大的权力也难以长久保持。

如前所述,到了现在仍然以为可以半部《论语》治天下,那是白痴,那是自外于世界的与本国的发展,那是完全自外于或对立于全球化,那是闭目塞听、自欺欺人;同样,以为可以采取秦始皇的"法家"模式搞社会主义,也比前者好不了多少,多半是更糟。而如果到了现在,仍然大骂中国的传统文化与孔孟之道,如果一心认为中国只能走西方模式,或自我作古搞一套模式,那就是纨绔的败家子,那就是自外于中国的文化与百姓,那就是自取灭亡。

说什么中国应该走北欧社会民主主义的道路,听起来很可爱,简直是丹麦安徒生的童话,简直像哥本哈根的美人鱼雕像一样动人。我称安徒生的《海的女儿》是爱情的《圣经》。然而,这里毕竟不是丹麦,这里盛产的不是美人鱼与卖火柴的小女孩,这里独有的是孝女与贞节牌坊,当然我们也有花木兰、梁红玉、孙二娘、窦娥与秋瑾、江姐。在中国的女孩儿渐渐美人鱼化之前,我难以设想巨大、古老、人口众多,而且如蒋所说的"一寸山河一寸血"的神州大地与可爱的金发碧眼的北欧国家的女孩有多少共同之处。

当然,我们应该向世界包括北欧学习借鉴。走自己的路,学习借鉴一切好东西。

还有,在野的时候、造反的时候,我们依靠的是理念与对于权力的巧妙夺取、巧妙运用、巧妙操作。执政盖有年矣,老百姓向你要的就不仅是权力与理念了,老百姓要的是实绩,是民生的改善,是对于民主的尊重,叫做没有民主就没有社会主义。苏联有类似的说法,他们说要"多一点民主,多一点社会主义"。

而最可笑是在"文革"中,竟然出现了一种自作聪明的笨蛋,把"忆苦思甜"改为"忆苦思权"。让工人、农民与你一起体会无权的苦与掌权的甜。这真是白昼做梦。

如果说我们曾经吃了缺少制约的强势权力与美轮美奂的缤纷理念共舞的苦头,那么,无理念、少理念的鼠目寸光的权力与卑下贪婪的财富共舞的可能性也值得我们警惕。一个党员、官员失去了理念,而仍然孜孜以求官,那他或她是什么人呢?官迷、奉迎者、佞臣、贪官、以权谋私者、误国害民者、机会主义者,至少也是随波逐流、昏天黑地的低能儿……这也是一种腐败,是政治上思想上的堕落,是对于革命理念的背叛。我们须臾也不能丢的是服务人民的底线。掌权是为人民,执政为民,用权为民,辛苦为民。个人的得失你可能有所考虑,但任何时候都要竭尽全力地为民兴利、为民除害,任何时候,宁可自己受损,绝对不做损害人民利益的事情。如果连这点理念都没有,就只能完蛋了。

我们面对的是理念、权力与实绩的政治三人舞,这三者互相依存,你搂着我的腰,我拉着你的手,他期待着我的舞步相随,互为根据,有理念就要求权力的归属以践行理念,有权力就要求理念与实绩来巩固权力,有实绩就要求权力的延伸与理念的俯就,有时又互相制约,互相碰撞:因理念的悬空而减退了实绩与权力的光辉,因权力的膨胀而草菅理念与实绩,有实绩的有目共睹却淡化了理念的高瞻远瞩与权力的长治久安、交替有序等等。

还有,停滞不前与犹豫不决绝对不能保证伟大祖国的长治久安。腐败特别是吏治的腐败,城乡的二元结构,民主参与与民主监督的要求,权力的有效性与对于权力的制衡,庞大的官僚机器的修理与更新,豪华的意识形态的包容化与求真务实化……这些东西都需要认真地研究与部署,需要行动起来。你不变,社会本身也在变。词语在变,观念在变,生活方式在变,人际关系在变,舆论在变。一代又一代的青年成长起来,"七〇后""八〇后""九〇后",转眼就是二十一世纪出生的人们登上历史的舞台。生活会越来越开放,交通会越来越便捷,封冻会越来越难以实现,外国的影响会越来越多,正像对于民族传统会越来越珍惜。你研究了决策了调整了,他们变化了,你尚没有研讨思考决策调整,你还在犹豫之中,新的人们(境外的说法叫新新人类)也会日新月异、面貌一新。二〇〇八年北京奥运会主会场与国家大剧院是法国人设计的,国家博物馆是德国的建筑师帮助构思。这并没有给我们的事业带来灾难,而是带来活力。同时,祖国自身的建筑设计力量将怎样发展与作出历史性的贡献,这样的问题谁也不能回避。现在的青年人已经很难理解"土改""文革"与毛主席。二十年后的青年人如何认识历史,我觉得不好想象。第一,历史不能断层,那太危险。第二,历史必须前进,拒绝前进就是选择垮台。

我参加了许多事,我学到了不少东西,但是我可以断言,我在政治上远远不及格,我要斩钉截铁地声明,我不是合格的政治人物。因为我只是喜欢研讨理念,欣赏风雨雷电,记载进退浮沉,发表高谈阔论或低谈小议,却相当冷漠于、麻木不仁于、自命清高于、磕磕绊绊于、缩手缩脚于权力。我常常见权而羞,闻权而避,遇权而尴尬。我只有在没有体会权力时,在免去本兼各职后,才是干干脆脆的自己。

但我毕竟是一个证人,我毕竟见识了太多的风雨、太多的事端、太多的人物。我不但是观察者与记载者,我更是在场者与参与者。历史的经历也是我的经历,我的经验也是历史的、中华人民共和国国史的经验。

我毕竟热爱我们的伟大国家,我毕竟寄希望于、千遍万遍地祝愿着我们的中国共产党能够与时俱进,保证伟大中华民族的美好未来。不要动乱!不要分裂!不要讳疾忌医!不要自欺欺人!也不要轻举妄动!

我希望我们在理念上、权力运用上、民生改善上,都能做到简单明快,常识化、群众化、民族化与现代化结合。我们的理念是为人民谋福利。我们的权力是按人民的意愿做好事,当然也要扼制坏人和坏事,还要保家卫国。民生的改善只能落实到千家万户,而不是少数有特殊背景的选民。我们的理念、权力、实绩应该互相沟通、互相监督、互相推进。我们的干部官员无论如何也要守住理念的底线。这方面,不能含糊,不能宽容,不能脱离人民。水能载舟,水能覆舟,我们算老几?岂敢轻薄?岂敢大意?

24. 决定的因素:党与民主程序

一九九三年,马里兰大学宾馆。我邀请一位老相识共饮咖啡。他斯时在白宫从事对华贸易方面的工作。我们谈到中国,我问:

"你认为你是一个文质彬彬的人吗?"

"我愿意是。"

"如果你在中国掌权,你可以维持政权四十八小时。然后,你会丧失你的权力,以及你的脑袋。你相信这一点吗?"

"我想会是这样的。"

"你认为我是一个文质彬彬的人吗?"

"是的。"

"我比你强多了,我是中国人,我了解中国。如果我在中国掌权,我可以保持我的权力达两个星期,然后,我会丢权与掉脑袋。"我做了一个西方人喜欢做的用食指象征匕首,放在脖子上,自左向右一拉的"断喉"姿势。

他点点头。

后来我与咱们的一位国务委员谈到了这次谈话,国务委员大笑哈哈哈哈。

现在的中国已经不是当年的中国,现在的世界已经不是当年的世界。毛泽东与共产党建立了中华人民共和国,那个时期的新中国,朝气蓬勃,敢拼敢斗,勤政劬劳,急于求成。它的权威、它的雄辩、它的组织纪律与它的说干就干,在中国历史上少有,在世界格局中少见。它为一盘散沙的中国锻造出了钢铁长城,它一洗百年国耻,发出了响亮的吼声,它造出了两弹一星。但是它的经济发展并不成功,它的连年政治运动也是大大地挫伤了自身。

尤其是"大跃进"与其后的饥荒、"文革"十年的大动乱,其后果真是亲者痛而仇者快,使国家经济到了崩溃的边缘。奇迹在于,没有崩溃,没有发生不可收拾的乱局,没有变成分裂、混乱的无政府状态,中国共产党仍然是坚强的中国共产党,中华人民共和国仍然是我行我素的中华人民共和国。根本原因在于党,在于中国共产党是一个强大的党,是一个战斗的党,是一个严密的党,是一个艰苦奋斗、历尽艰险、联系群众、一呼百应、成员众多、长期执政、经验丰富、既有实力又足智多谋的党。作为党派,全世界再没有第二个可以匹敌、可以相提并论的这样的党。

从邓小平开始而江泽民、胡锦涛继续的改革开放是又一次革命。它创造了前所未有的生产力与国家面貌、前所未有的人民的物质与精神生活,使中国人的民生、观念、精神面貌迅猛发展,中国的国家地位今非昔比,和平崛起已经是不争的事实。国民经济总量成为世界第二位便是明证。

我认为中国共产党对于祖国的贡献无可争议,它是中国的团结、稳定、奋进、发展的决定性因素。但面对的问题也多而又多。我们到现在连一部权威的中华人民共和国国史都没有出版。新问题不断出现,老传统却渐渐有所流失。回到过去、回到延安或者井冈山是不可能的,不论我们如何怀恋与盛赞延安与井冈山的精神。我担心的是,十五或二十年后,到二〇二六至二〇三一年,在新中国成立八十周年即二〇二九年前后,全新全新的一代人,一代与中国的屈辱和革命的历史相当隔膜的人会成为国家的柱石。他们将如何面对新的挑战？西方发达国家的物质力量与文化思潮的软实力相结合，无孔不入的传播手段，使类似网络防火墙的作用日趋减少，对中国特色社会主义形成一次又一次挑战，而新一代人有可能用不同的思路来思考中国。

根本问题还在于，我们自身的正面教育如果得不到与时俱进的发展，不能从日新月异的生活中获取新的生命力；如果我们自身的政治主张与理论教育不无躲躲闪闪；如果许多人习惯的仍然是照抄照转、人云亦云、照本宣科，把上边的极精彩的论述与新提法十次百次千次地重复，将真理重复成套话老话千篇一律的官话；如果我们不能从现在起就自觉自信、大大方方、堂堂正正地面对思想文化的挑战，我们的后人就很可能无法做好应对的准备，就会缺少必要的历史沉积与理论武器压住自己的阵脚，就会出麻烦。

二〇二一年到二〇三一年，很重要也很麻烦。

正如胡锦涛同志在庆祝中国共产党成立九十周年大会上所讲：

全党必须清醒地看到，在世情、国情、党情发生深刻变化的新形势下……面临许多前所未有的新情况新问题新挑战，执政考验、改革开放考验、市场经济考验、外部环境考验是长期的、复杂的、严峻的。精神懈怠的危险、能力不足的危险、脱离群众的危险、消极腐败的危险，更加尖锐地摆在全党面前……

讲得很实在，绝非杞人忧天。怎么办？怎么办？怎么能不未雨绸缪、因势利导？

我们是否已经做好了政治、思想、理论与实际操作上的预案？我们将怎样应对胡锦涛同志所讲的"四个危险"？

你思考过吗？你研究好了吗？

中央多次提出来要有忧患意识，这个提法本身就是一个飞跃。问题是，何种忧患？谁来忧患？是否真的欢迎必要的忧患？能不能在一片颂歌中当真大讲忧患？能不能正视忧患因素，包括现实的与历史上的？

中国政治的一大特点是人治。人选的问题是一个核心问题。

早在公元前两千多年,书生陆贾就向汉高祖刘邦提出一个尖锐的问题:你是在马上得的天下,你能够在马上治理好天下、管理好天下吗？这样的问话,令汉高祖肃然起敬。刘邦不笨啊。

反对并在北约军援下面推翻了卡扎菲政权的利比亚"过渡委员会",在占领的黎波里之后,一再宣布,要成立临时政府,而"过渡委员会"的成员将无人参加政府。他们的这个说法的目的在于把打天下与坐天下分离开来。一、打天下的目的不是为了打天下的英雄好汉哥儿几个取而代之,而是为了真正建立天下为公的机制,选拔贤能,治好国家,造福人民。也就是说,夺权的人是绝对纯洁无私的,是绝对不会重走原来的反人民政权的个人压制的老路的。

二、打天下与坐天下是两套功夫。打天下靠的是发动群众、抗议斗争直到武装起义,枪杆子里面出政权,人海战术里出政权；而治天下,要靠"三个代表"重要思想与科学发展观,要靠足够的专业知识,要靠科学和技术,靠民主和法制,靠体现先进的生产力、体现自己的文化传统与公认的人类文明的最好成果,体现国家、人民、民族的最大诉求、最大利益。

二○一一年十月传来消息,仍然是由"过渡委员会"的两名重要成员主导组织新政府。这又说明:

三、彻底把打天下与坐天下分割开来的说法高明则高明矣,仍然偏于理想化,考虑到凝聚人心、稳定新的国体与政体的努力,吸收打天下的英雄好汉参加治国,难以避免。

何况中国有自己的传统、自己的集体无意识。翻翻二十四史,哪个不是打天下的胜者坐了天下？不但自己要坐了天下,又有哪个真命天子不是希望建立铁打的江山,千秋万代,永不变名称、不变颜色！

顺便说一下,坐天下、坐江山的说法本身就相当前现代,坐是什么意思？坐享其成，坐镇宫阙，荣华富贵，得意洋洋，实在不敢恭维。

　　与此同时，中国又是一个屡屡发生农民起义、争夺天下、血流成河、改朝换代、胜者王侯败者贼、一将功成万骨枯的地方。早在主张"造反有理"的马克思主义的千头万绪传入中国以前，我们的先人陈胜吴广已经提出："王侯将相，宁有种乎？"而项羽与刘邦，在看到秦始皇出巡的场面的时候，一个人的反应是"大丈夫，当如是"，另一个人的反应是"彼可取而代之"。老子提出，天之道是损有余而奉不足，人之道相反，是损不足以奉有余，这句话太厉害了，所以农民起义的杀富济贫，黑手高悬霸主鞭，天翻地覆慨而慷，迎闯王、不纳粮，都是"替天行道"，都是代表天意，代表历史规律，行损有余以奉不足的天道。

　　共产党充分把握了这样的中国传统。共产党强调的是自己代表工农劳苦大众，强调的是除了阶级的利益、人民的利益外，党没有自身的特殊利益。

　　党没有自身的特殊利益，太好啦。但是官员是有利益的，官员也是人，也有妻儿老小，也要吃饭穿衣。领导同志说过，"凡伸手要官的一律不给"，这证明，官职是一种好处，否则有什么给不给的？如果是要（例如救灾抢险的）任务、要（承担的）责任、要人民的监督与审查，会说不给吗？官员会升迁，官员有待遇，官员有权办事方便，官员能报销一大批开支，这些都不是秘密也不需要藏藏掖掖。问题是由谁来决定给或者不给？由人民决定？由领导决定？如果仅仅是自上而下的选拔，就可能选的是听话有余而创意不足的人，就可能平常老老实实、顺风顺水、安分守己；一旦发生三长两短，无法面对突发事变，完全没有独当一面的能力，没有自己消化矛盾的能力。"文革"已经说明了这一点，一声"夺权"，各级干部的百分之九十以上，全傻了眼。我在我的小说中写过这种人物与场面，我在国务院参事室与文史馆的会议上也发言谈过这方面的问题。

　　领导还说过，选拔干部时要注意那些不怎么进行公关活动的老实人,不能让他们吃亏。一句话表现得明明白白,被选拔当然是好事,虽然不能说选拔是占了便宜;被漏于选拔,则会吃亏,则是肯定的吃亏。我赞成这样的大实话,在人事升迁上,与其扭扭捏捏、躲躲闪闪、心口不一,不如光明正大、公开公正公平行事。

就是说,我希望:一、下级应该服从上级。二、下级不应该仅仅以升迁作为自己的追求。三、下级不应该采取不正当的手段,诸如行贿、裙带关系、协助上级剪除异己、搞什么站队与个人效忠等来追求上级的信任与提拔。四、注意警惕一些卑鄙小人,用挑拨并利用上级之间的矛盾的方法——例如给某个特定的上级做耳目,不停地汇报周围人士对特定上级的说法——邀宠。

然后是,五、必须创建有利于让比自己强、比自己更有发展远景的下级人才出现、成长、接班、作出贡献来的机制与心胸。不能只是选择自己的门徒与好学生,不能只选拔老黄牛、驯服工具、"革命的"傻子与随大流者。

绝对的免俗是难以做到的,一个一再对你表示忠诚的人,你有时不愿也不会因他的忠诚表示而将他拒之门外,但一味地俗却是自毁。你要考虑真正的人才的多方条件,你要有叶利钦发现了普京以后提前让他担担子的胆略与大气象。

六、要欢迎与允许尖子出现,不要怕尖子多了不稳当。如果只有一个尖子,其他的人则只会随大流,是的,这样的尖子可能带来突破,也可能带来灾难。如果,甲、不止一个尖子,他们能够互相有所制衡平衡约束。掣肘不一定是坏事,它有时有利于决策的慎重与科学化。掣肘是一种预应力测试、抗逆性测试。乙、如果有完备的法制与程序规定,如果有稳定的可以操作的宪法原则与法律规定,那么,愈是尖子就愈能够做一些对人民对社会有益的实事。

七、人事工作搞得很神秘,注意保密,有利于使人们不陷于人事纠葛与人事公关活动之中。但万一闹成一个彻头彻尾的黑箱作业,则距离公正日远,而距离权力决定、上意决定、某领导的某时某地的某句话决定日近。如果一千条民意比不上上峰的一句"口谕",其结果只能是权力系统的公信力的减退。因此,我希望逐步地、慎重地,也是坚决地加大人事工作的透明度。允许酝酿,允许议论,允许建议,允许民意与上意的碰撞和沟通、交流、调整、互动。

与过去相比,我们现在在人事上增加了许多民意测验、骨干投票、个别听取、公示于众等民主程序,这些是好的。同时我们建立了一些部门、工种、人员的考试准入制度,例如相当严格的公务员考试制度,这就更好。公务员考试说明我们无需隐瞒自己的从政、得到一官半职的愿望,关键在于自己有没有那个素质、那个资格、那个准备。这要比心里想可以,悄悄地活动也可以,嘴里绝对不说,嘴里绝对要说自己不行不行不行要好。而且,事实已经说明,并不是现在担任某种职务的官员都一定是限于雷锋式的毫不利己、专门利人的人物。

我希望人事上的不可能没有的竞争逐渐地透明化,公开、公正、公平化,而不是变成静悄悄的勾心斗角,拉屎攥拳头,暗中使劲。

例如,我们既然做了各式各样的民意测验,为什么不能把测验的结果向被测验者做一个恰当的交代呢?我相信我们的有关领导和专职干部一定能够掌握分寸,向被测验者介绍得不温不火,不添乱不挑事,不过分模糊也不太鸡毛蒜皮,而又表达了对民意的尊重与负责态度。例如,我们既然搞了竞争上岗,为什么不更多地、恰如其分地介绍一下考评委员会对有志于上岗者的评价呢?当然这里也有一个前提:某项人事的任命确实应该属于民主产生、推举产生、竞争产生者。我们还必须承认,有一类人事安排、人事举措,不宜发扬民主,只能个别决定。例如,根据我在国外的见闻经验,全世界没有一个单位是民主评议工资的,国外的许多公司,谁谁谁每月的工资是多少,这是一个私密。而我们恰恰在这样的问题上,有时候会搞得民主混乱不堪,过去每次调工资,有跳楼的,有杀人的,有跑到城市广场开车撞人的。我希望我们有更明确的把握,哪些东西应该民主与开放,哪些东西应该封闭与私密,千万不可一刀切、一窝乱。

我举一个小的好的例子。上世纪九十年代,开过一次作家代表大会,冯宗璞在没有任何前兆的情况下,当选为作协主席团委员。而冯是绝对地对这些文艺界的虚职虚衔不感兴趣的。这很能说服人,民主在我们这里,还是能起作用的。不要悲观,不要偏激,也不要停滞或者向后转,还是要正面地、积极地想办法。

西方国家的选举制度,当然不像它宣扬的理念那样洁白无瑕。财产的作用、宣传班子的作用、媒体的作用、大资产阶级的作用,各种花样翻新、怪招迭出的政治手段:忽悠牛皮、操纵利用、虚假骗局、阴谋诡计,我们可以说上几车皮。从法国人、美国人,例如莫泊桑与马克·吐温的小说中也可以看到一大批选举的黑幕。但毕竟那是一个使用了很久的程序,是一个颇能说得过去的程序,它至少避免或减少了某些争夺政权的血腥气味,它增加了权力转移的有序性,它至少在表面上注意了迎合、讨好选民而不能硬是骑在选民头上作威作福。我参加过被几位老作家批评得很厉害的中国的第四次作家代表大会,我发现,即使是那样一个没有那么重要和那么可靠的选举程序,也使许多立论极其严正、很少顾及关系的老人家如刘白羽老师,主动地去与青年同行接触,彰显自己的亲和与联系群众。哪怕仅仅是一个好的程序,有这个程序比没有这个程序好一点。哪怕仅仅是一个摆设,重视这个摆设,抚摸、擦拭、宣扬这个摆设比横扫千军,将一切摆设一脚踢开,动辄糟蹋摆设与拿着摆设出气吓人,如"四人帮"那样,还是多了点文明。民主选举,起码会有利于培养一种领导人与被领导人之间,得意洋洋、风头正劲的领导与失势犯蔫、进入熊市的领导之间,拥护这种政见与拥护那种政见的人民群众之间的文明礼貌,讲究一种言语与行为的文明规范。这起码是一种政治文明。

中国缺的正是这种政治文明。我们这里太多你死我活的死掐,视所有的异己异样异端为不共戴天,常常根本搞不成正常的文明的守规矩的政治讨论。三十年河东,三十年河西,胜者学秦始皇或者屠岸贾,败者学勾践或者赵氏孤儿,等着翻身的那一天,政争流露出太多的血腥气味。

没有政治人物、干部官员队伍、知识分子直到平头百姓的起码的政治文明程度,什么民主、什么法治、什么和谐、什么长治久安、什么政治体制改革、什么现代化与自立于世界民族之林就都还差着火候,如果不说是差着鸿沟的话。

伟大的中华历史中,除了各种灿烂辉煌的建树与美轮美奂的果实以外,也有一个毒瘤,有一个病灶,有一个自毁自戕的程序,那就是惯于把政权的更迭搞得血腥化。这方面我们已经积累了很好的经验,例如退休制度的实行,新老交替日益正常,我们还要充分尊重与利用民主程序、法治原则,进一步提高再提高、充实再充实我们的政治文明。

如果说垄断资产阶级利用了资产阶级的民主程序;如果说希特勒也是通过选举上的台;如果说曹锟也搞过猪仔议员的"选举",还有被崇信民主选举的西方世界痛恨的萨达姆,曾经在全民公决中得到百分之一百的赞成票;如果说在巴勒斯坦,激进的哈马斯,比相对温和的法塔赫得到了更多的选票;如果说在伊朗,态度激进的一方也在选战中战胜了所谓的倾向于改革的一方。这说明:

一、程序不是万能的,程序本身就存在着被歪曲被丑用的可能,人毕竟比程序厉害。

二、那并不全是程序本身的问题而是社会发展程度、实力对比与民粹愿望——倾向的问题,当然也有政治人物与全民的政治文明状况的问题。选举本身只是一个程序,当然作用有限,还要看国情,要看生产力的发展水准,要看法制建设阶段,要看国民素质与教育程度,要看文化传统与政治传统——在一个唯权、唯上、唯枪杆子的地方,在一个存在着大量温饱线以下居民的地方,在一个义务教育的目标长期没有达标的地方,实现西方式的选举,很可能做不到。

我还并非玩笑地说过,渴望中国实现西方式的民主选举的朋友,设想他们如果当真看到中国的那种选举,他们也可能大跌眼镜。我们不妨对此作一些"沙盘推演"。我多次声言,如果中国出现一个极端的民族主义者,出现一个中国的日里诺夫斯基(俄罗斯极端民族主义者)或者勒庞(法国极"右"分子),他只需打出几张保票:1.他上台后可以在一年内摧毁日本的靖国神社。2.他上台后可以在三年内解放台湾。3.他上台后将没收所有城镇居民的第二套、第三……套住房并下令所有的四星级以下旅馆,免费或极端廉价地发给农民工住宿使用。4.他上台后会诛杀全部贪官……如果以日里诺夫斯基为样板的话,他还可以提出免费供应十八岁以上男性公民二锅头烧酒每人每周七百七十克。日氏就对俄国选民许诺过,如果他当政,可以免费给俄罗斯公民发放伏特加酒。多么感人而且浪漫!这是真正的俄罗斯的血性男子汉!而如果我们的人学习法国极"右"翼的勒庞,他还可以到中学去讲话提倡手淫自慰,多么自由自在的法兰西!如果这个敢忽悠的"候选人"还会练几手气功,会给人治病与扶乩跳大神,能搞出一种类似白莲教、法轮功、上帝教(义和团的信仰)的民间邪教:这样一个人如果在中国竞选,如果中国提供无政府主义与民粹主义的政治舆论环境,他多半会胜利,而绝对不是方励之、刘宾雁等民运人士胜利。

美国人的政治原则是:总统是靠不住的,以此为书名,我们在八十年代出过这样一本书。而在中国,我们不可能不忧心一个问题:多数是靠不住的。这个问题无从回避。

一,多数是靠不住的,五大洲与从古至今的历史都证明了这一点。二,除了少数服从多数的原则你想不出一个更好的原则。多数靠不住,压制多数,个人说了算,更靠不住。三,所以,民主集中制的设想是必要的,党领导下的民主进程与民主程序,是可行的,是不能否定也不能取消的。

……我建议,我们可以分析国情的不同,可以主张走我们自己的道路,但是无须做不可比的比较,论证我们的民主是社会主义的真民主,而别人的那一套是资本主义的假民主。就像人家往往摸不准咱们的脉,常常自以为是,妄为通人,其实是信口开河与隔靴搔痒一样,我们也未必说得准人家的命与病,未必一针或几针就扎到人家的穴位。何况,我们并没有承担为别国别人实施针灸治疗的任务。

无论如何,近代以来,我们引进了中国原来没有的一大套民主程序,例如选举,例如表决,例如哪怕仅仅是鼓掌通过。我们还发展强化了民主协商、民意测验、民主考评、任命公示、试用期、公务员考试等干部选择与考查机制。我们在党代会、人代会、一些群众团体的代表大会上实行了或实行过差额选举、差额预选,甚至在一些等额选举的场合,也出现过得票不到半数从而落选的情况。

我还知道投票者的一种心理,他对于出现落选者非常兴奋,他觉得那是看到了自己的一票的厉害。中国和外国,完全民主选出来的人不见得是最佳人选,落选的人也不见得是不适宜的人选,但当选与落选的同时存在,本身就是最激动人心的事件。当选或落选的他或她是最有戏剧性的人选。他或她至少是能说会道(或完全相反)、善于公关(或完全相反)、善于作秀(或完全相反)的人选,当然也可能确实是最佳或最劣人选。激动人心的当选与落选能添热闹、添喜气。尤其是当选的他或她能够吸引公众的注意力,而不太可能从上台的第一天起就一片嘲笑与辱骂;另一面当然也可能是一片阿谀奉承与假意哄抬,是把你装到口袋里,用林彪的话说,就是让你脑袋掉了都不知道怎么样掉的。

例如一九五六年,我时任国营738工厂的团委副书记,我参加了一次本厂的机关党委改选。当时有一位虎背熊腰、心直口快的姓张的志愿军复员军官,对一位候选人老石有意见,到处鼓动不要投他的票。几乎毫不费力,老张的活动所向披靡,一大批对石某人毫无接触、毫无了解、毫无意见,也毫无利害关系的党员,都被鼓动起来投了反对票,说实话,我也投了反对票。我希望各级领导同志知情:年年月月天天事事大大小小包括细节、永远按领导的意图办事并从而不无厌倦的群众,会产生一种逆反心理,会利用能够合法地捣点小乱、制造点噱头、看点热闹、看点好戏的机会,捣蛋一把,反叛一把。越是顺民,越包含着刁民的情结乃至冲动。一致通过有可能转眼变成个一致否决,颂歌盈耳也可能迅速变成胡骂乱批。我们看看伊拉克、埃及、利比亚的例子就明白了。不如,平常就给人们多一点机会、多一点讨论并取得平衡的可能,让人表达意见,允许发点噪音,勿为已甚,留有余地,尽量不把事做死做绝,习惯一点不准确、不英明,难免遗憾但确实是民意的发生作用,宁有具体事务上的不尽如您意,也不要与民意对着干,造成人民群众的积怨,避免积累成大冲突、大的折腾起哄。

在民主选举方面,我们已经做过的一些方法可以继续做,已经迈出的步子不要轻易收回来,一遇曲折尽量不要赶紧下马或向后转。

例如,差额选举,有什么可怕的?例如,有一些团体,甚至在全权的代表大会上只公布谁谁当选,却不公布当选与未当选者的得票数,哪儿至于这样遮遮掩掩、畏畏缩缩?

曾经在美国国务院工作过、后担任过哈佛大学远东与太平洋研究中心主任的汉学家傅高义,在香港讲过,不能以西方的标准来否定中国共产党政权的合法性,如果中国共产党能做到:一、不断提高人民的生活水准;二、有条不紊地进行社会改革,将中国引向现代化的民主法制;三、成为中华民族利益与尊严的代表者,(大意)它的政权就是合法的。

傅高义的此说,从思路上说,与"三个代表"重要思想一致。

有人批评说这是一种效绩论,仅仅有效绩,不足以成为合法性的依据,应该有民主与法理的程序。

好的,效绩需要稳定,也就必须辅以民主与法理程序的成熟。而程序的完备,同样也需要一个稳定有序的实践、摸索、积累与被普遍认可普遍接受的漫长过程。我们无法不首先重视效绩,我们中国没有本钱,为了程序的理想而哪怕是一时忽略效绩、忽略稳定、忽略民生。同时,我们迫不及待地盼望着依法治国的常态化、明朗化、民主化。

　　哈佛大学的远东与太平洋研究中心,又名费正清中心。费正清是著名的汉学家之一,他多次论述过,早在欧美许多国家没有成形以前,中国已经形成了一套治国理政的理论与方法,因此,中国人很难接受欧美人来教训中国人如何治国理政。

　　基辛格接受了费正清的这一观点,就在最近一次的胡主席访美以前,他发表了长文讲这个道理。

　　……我希望我们的民主选举能够稳步前进。能不能稳步前进?关键在于能不能在党的领导下进行社会的、经济的、政治的与文化的改革与建设,推进中国的现代化。我希望人民民主的力量、民心民意的力量能够接受党的领导,珍惜来之不易的发展与改革开放,维护国家的安定团结有序;而党也能够与时俱进、真正胜任地愉快地指引着国家走向现代化与中国式的民主化。民心民意会使一些只知巴结上头而太不拿老百姓当回事的人受到某种教训,党必须摆脱这些宵小的攀附。我希望党的有效力的与得人心的领导,真正能够成为中国这样一个特殊的大国的长治久安的决定性因素。我认为党的领导只有与改革开放结合起来,与中华人民共和国的民主法制思路结合起来才能取得自己的胜利,书写伟大的历史,创造辉煌的新篇章。

　　反过来说,如果中国的政治体制的改革的结果是党的领导的取消,这将是一场涉及全世界的大灾难。而如果党在改革开放的大潮面前嗫嚅失语、踯躅失时,也无法做到中国特色社会主义的长治久安,无法长期维护自身的有效的、深得人心的领导地位。

25. 政治说辞的嬗变与推敲

　　结束昏天黑地、声嘶力竭的"文革"以来,改革开放已经三十余年。三十多年来,我们的政治生活政治语言、文化生活文化语言、社会生活社会语言、日常生活日常语言,都有了不是太少而是太多、不是太慢而是太快的变化。有的变化是自上而下地、有意识有步骤地进行的,如不提以阶级斗争为纲了,不提忠于哪个个人了,不提堵不住资本主义的路就迈不开社会主义的步了,不怎么提"左倾""右倾"偏差错误啦。对这些词儿年轻人已经很陌生:昨天已经古老,年轻人已经淡漠,甚至觉得难以置信,怎么老一辈会这样傻这样土这样自己跟自己过不去?而新的词儿,如效益、资源、小康、市场、承包、先富起来、现代化、改革、开放、稳定、和谐、创新、体制、机制、民生……开始大行其道。

还有一些说法,与领导的意图和设计无关,自然而然、水到渠成、不知不觉,似乎是不经意间,换了词啦。

例如爱心、人性、普适或普世价值、人气、炒作、八〇后、九〇后、民意、体制内、体制外、性感、蹦迪(即跳迪斯科舞)、大款、款姐、富婆、烧钱、二奶、小三、大腕、终极关怀、人文精神、享受生活、爽、二、传承、国学、血性、被、的哥、埋单、宠物、鸡(妓女)、鸭(男妓)、红包、小酒、打点、张儿、沓儿、个(以上三词是说钞票)、局、处、部(以上三词不是作为机构而是作为官职头衔,如称李副局长为"李局")、置业、物业、路子、铁(关系)、套瓷、老板、小蜜、忽悠、身价、海龟(归)、土鳖(指在国内获得学位的学者)、仕途、官本位、双规、段子、柴鸡……

由于股票在社会主义中国的出现,熊市、牛市、套牢等词;由于房地产业的兴起与对于消费的支持,按揭、月供、物业、单体、联体、别墅等词;由于电脑的普遍使用,驱动、盘、拷贝、帖、跟帖、备份……各种新词出现。电脑中的平台一词,已经代替了过去常用的舞台或场合等。

这一类的自动改变的词儿极多。它反映的是:

一,市场经济带来的自然而然的变化,关注点已经不一样了,语言与心态已经发生了变化,这个时候还一心扑在搞什么整风或者不叫整风的整风上,还一心忙于给别人定为"严重政治错误",迟喽。

二,大量的旧社会的词儿重新焕发了生机,不少的港澳台词儿被大陆群众喜爱使用，它反映了原来的两个阵营与当前的两岸三地，还有与一九四九年前的社会制度的出发点，经过半个多世纪后的某种拉近距离，至少已经不那么势不两立的趋向。如大腕、路子、红包、国学、仕途、演绎（不是逻辑学上的演绎，而是艺术表演上的发挥之意）、八卦、娱记、走光之类。有的是将旧词儿用错了，然后将错就错，带来了新意。如柴鸡原来有这个词儿，应写作孱鸡。那时候人们喜欢的是引进的"油鸡"，油鸡是指的一种鸡，骨架大，肉肥嫩如含油脂，母鸡也有不小的冠子，鸡腿上也长着毛，相形之下，土鸡——在河北山东被称为笨鸡——则显得孱弱，被称为孱鸡。金受申先生编撰的《北京话语汇》中对此有准确的解释。现在，闹成一个柴鸡，当乡下鸡、农家鸡讲了，这反映了人们对于现代化、机械化、规模化养鸡的认识有了发展，不一味追求工场化了。

三，它反映了社会的潜规则、潜趋势，例如重视关系胜过重视真才实学，例如官本位，例如利益交换与权力寻租，例如色情服务与钱、权的交换。

四，它也反映了三十余年来，我国普通人民生活中的现代科技含量迅速增加，我们是在现代化。

五，某些强烈煽情的政治发动性激励性词语的减少，会引起平淡感乃至空虚感。有些一辈子生活在强刺激政治话语中的老同志感到失落乃至反感。

我希望有更多的专家学者研究改革开放以来中国的社会变化。要面对这些变化，研究这些变化，不能闭目塞听，更不能自欺欺人，硬是做出唱两句歌写两句豪言壮语喊两声口号就一切照旧状。

好的，这方面的全社会性的精神生活、语言心态（生态）、政治心理、社会风气、价值符号的研究，敬请高人出来做一做吧。我这里暂时先举一些例证，就一些大政方针式的提法说法做一些推敲。

近十余年来，出现了大量极好、极受欢迎的新鲜提法，可惜的是，说法出来了就出来了，看不到太多的下文，没有人深入研究，没有人仔细推敲,没有人研究落实,没有人置疑也没有人争辩探讨,也许有一些顺理成章乃至声响很大的拥护表态,但也多是陈陈相因、隔靴搔痒。也就是说,仍然说不到痒处,对不准好矢的"的",把一个又一个的好说法存入佳言仓库,却打不开脑筋。

以下就是这些重大提法的举例:

以人为本与阶级观点

人的问题是一个根本性的大问题。长期以来,我们强调的是世上没有抽象的人,只有阶级的人;世上没有抽象的人性,只有阶级性。贾府的焦大并不爱林妹妹,等待救济的灾民也不欣赏玉兰花(语出鲁迅)。

我们曾经对"人"字相当警惕。文学家、外交官王任叔即巴人,因为提倡人性论被批斗得几乎发了疯。直到一九八三年,周扬对于人道主义的宣扬,仍然受到了很认真的批判。

而现在的社会上,人们对于阶级云云,相当蔑视与反感。许多年前我在山东威海,就听人们评论那些不通人情世故、绝对不肯帮助旁人的人为"一脸的阶级斗争"。有许多优秀的作家同行,他们描写的土地改革,残酷得可怕,而再没有当年周立波的《暴风骤雨》与丁玲的《太阳照在桑干河上》的那种阶级感情了。另一方面,在今天,在多种所有制、多种生存状态并存的情况下,如何认识与讨论今天的阶级分野,则是一个只能避讳的话题。

顺便说一下,回避的方法或可用于一时,绝对不能持久,全球化的时代,你越是回避他越是要抓住不放,大谈特谈,大张旗鼓,响彻云霄。我们的意识形态、我们的宣传口径、我们的各种说法,从一九四九年到如今,更不要说从一九二一年建党时到如今,已经不知道调整变化了多少次,不知道有多少发展创新了,这一点也不奇怪,一点也不丢人。与其回避,不如正视。与其让别人说,不如让自己说,而且是大谈特谈。如果九十年如一日,六十年如一日,一个词也不动,那才是咄咄怪事呢。

我的看法是：

一，阶级与阶级斗争的存在是一个客观的事实，革命起义所以发生，革命党所以诞生，正是由于这个事实。革命党要革命，必然充分因应了、用足了阶级与阶级斗争的事实，必然要激起阶级仇恨，让千千万万的处于最底层的工农走上一心革命的不归路，这才能发生翻天覆地、风起云涌的革命高潮，也才能在这样的高潮中取得胜利与夺得政权。强调阶级与阶级斗争，是造反有理的首要理论依据。对此，无需避讳。

二，执政党必须对全民负责，包括在你的监狱里服刑的罪犯，他或她也有法律所规定的权利需要保障，有理由予以维护，至少这才能说明你的执政的文明性与合理性，也才能维护广大人民的利益。当然，对犯罪分子危害社会的能力也要限制或剥夺，这也是国家的责任。从代表某个特定的阶级的党，到从这个阶级的根本利益出发，同时代表全体中国人民与整个中华民族的根本利益的先进分子的党，从以阶级的事业为本到以人为本，这是从革命夺权的党到长期执政的党的发展的必然。

三，作为一个文明的执政党，它的口号只能是以人为本而不是以别的为本。如果执政了还要以发动阶级斗争为己任，就只能是自乱阵脚、自乱天下、自挖基础。以人为本，就不但包括着全民而且包括着人类。以人为本本身就是普世价值。而反人类、反社会、恐怖主义、极端主义、分裂主义，是普世的反价值，是对人类的挑战。以人为本的普世价值还应该包括和平、种族平等、尊重与爱护生命、民主、自由、仁爱等。普世价值与民族特色、国家个性、文化多元、适应国情、发展模式的多样性并不矛盾，毋宁说尊重地球上的各个民族性格、多元文化与发展模式的多样性本身就是普世价值的一部分。我们无需过分牛皮化地强调普世而忽略中国特色，我们也无需紧张地只要提中国特色却害怕普世。

四，对于当今社会的阶级或阶层或社会集团或社会群体的情况，完全可以作从容、理性、科学与心平气和的探讨。当然，情况已经不同，我国已经实行了社会主义改造，我们已经从主观意图上铲除了产生大规模恶性阶级分化与阶级斗争的基础。但是阶级与阶层的差异或引进（把境外的不同阶级人物的经济与社会活动引到国内来）是一个事实，官民、城乡、工农、脑体、劳资（不叫资产阶级或资本家也可以，但总有出资人与出劳动力包括智力和知识的人的区别，有管理与被管理的人的区别）的关系需要调节、需要平衡、需要公正地妥善地处理，也是一个事实。这里，中国人民政治协商会议按界别产生委员与进行活动本身就很进步，因为这也就意味着承认界别的不同、角度的不同、看法的不同与本界别的有特色的利益与需求。问题不在于可不可以面对社会并非铁板一块这个事实，而是要有不同的与恰当的理论、认识、战略与策略。长期闭眼睛与蒙老瞎绝对不是有效的好办法。地位不同、利益也不尽相同的社会集团的存在不是注定必须恶化成大规模的势不两立的阶级斗争的，如果我们的执政水平够高，如果我们有足够的政治想象力与理论创新能力，如果我们有足够的明哲与智慧，1.我们正视新的阶级或阶层差异的现象，注意调节不同的群体的关系，增进和谐与合作，减少冲突与摩擦，取得双赢、共赢，而不是零和。2.我们必须创建在社会主义的基本制度下，实现阶级、阶层、群体间的合作和谐的理论判断。从古今中外的历史上我们也可以看到，一味地忍让妥协固然没有出息，一味地斗争也无法取得生产力与科学文化的进步。民亦劳止，迄可小康，惠此中国，以绥四方。

五，以人为本仅仅提出来是不够的，我们不能不正视还存在着的众多的不是以人为本，而是以人为零、草菅人命的现象。例如强迫拆迁而出现的恶性事故。例如太多的生产事故、交通事故、消防事故等。只有以人为本不但是一个极好的提法而且成为我们的政治社会文化的现实的时候，这四个字才是真正起积极的作用的。当然，与这四个字的提出同时出现的例如我们的许多救灾救难、撤侨、援助弱势群体的良好的记录，人们也是不会忽略的。

六，以人为本离不开以民为本，不是以权为本以官为本以自己为本，我们各方面都要更精准地压缩行政成本，改善工作作风，减少官僚程序与官僚架子，便民利民惠民乐民，而且要尽量减少扰民压民。

我们必须创造官民沟通的条件与途径。越是高级领导，越要有机会听到真正的百姓的声音，得知真正的民间的疾苦。万无一失地做好领导同志的安全保卫工作当然是必要的，让领导同志接触一下平民，也是必要的，或者是更重要的。例如网上的谈心，例如接待来访，例如类似微服私访的做法，都可以尝试。

七，这里的奥妙是：搞革命离不开一定的民粹热情，寻找最弱势、最绝望、最愤恨、最下层的人们跟随革命领袖血拼。执政条件下，自觉不自觉地会倾向于精英主义，会与企业精英、知识精英、政治精英联手谋发展、维稳定、促和谐、讲有序。毛主席想继续搞类民粹主义受挫。今天我们就必须特别警惕过分的精英主义，绝对不允许出现工农大众受到漠视，权益得不到保障，官员与私企哪怕是国企老板联手咔嚓工农的现象。先举一个小例子，对于某些大城市的出租汽车行业的司机的权益，应该有专门的行业工会出来维护。

和谐社会

和谐社会的提法是中国的一个重大机遇。因为：

一，中国的传统文化的特点之一是对于自由竞争的某种抑制，它妨碍了封建中国的发展，但也起到过你好我好大家好与减少恶性纷争的良性作用。现在将和谐视为我们的核心价值的一个层面，体现了中华文化的精华，只有中国能这样提出问题。

二，这本来有可能成为普世价值的一个组成部分，和谐的提出，有可能多少改变一下我们在普世价值的问题上的被动局面。和谐本身包含着对于霸权主义的不以为然，也应该包含着对于权力崇拜、对于挟多数以行霸道的否定。

三,我们的文化强调和为贵,但我们的历史上对外反而比较和,内部关系绝对不和美。这很值得研究。

四,境外的政治学没有很突出的和谐观念,但是有平衡的观念、多元制衡的观念。平衡,制约权力,对于实现和谐应该是有意义的。

五,与平衡一样重要的是妥协。和谐往往需要退让、妥协,需要树立双赢、共赢、命运得失一体化整体化的观念。我常常说,没有起码的妥协,最相爱的一对男女也很难共处六十分钟。退一步海阔天空,这倒是国人、古人的一句很有智慧含量的话。

六,与此同时,和谐同样离不开斗争。没有与三股势力:恐怖主义、极端宗教、分裂主义的斗争,和谐就会变成空谈。同样,没有与独夫民贼暴政的斗争,和谐也变成了肥皂泡。

七,和谐不容易做到,目前还做不到,不等于可以放弃这方面的主张与研讨。让我们有一个和谐的理想摆在那里吧,它会启发我们、挑战我们、感动我们,让我们感到某种压力与痛苦、某种希望与欢欣。让我们拿出一些实际的举措、步骤,证明与表达我们对于实现和谐社会、和谐世界的真诚努力而不是只限于吹彩色泡泡吧。

八,如果我们是当真地提倡与践行和谐,就需要同样认真地研究与面对不和谐因素,而且要反省我们本身身上的不和谐因素,要定期检查我们确定的那些实现和谐的主张的践行情况,要时时提醒自身与全国全世界:小心!不和谐的因素正在威胁着我们。

九,仅仅考虑消除不和谐的因素是远远不够的。人心不同,各如其面。还要考虑留下利益不尽相同的人群活动与维权的空间,就是说,为了和谐必须有明确的规范、法制、行为准则;就是说,要让大家都知道,什么样的行为与活动是对和谐的破坏,什么样的行为活动是对于和谐的贡献。

十,请不要以为喜欢和谐的人是老好人,是八面讨好的人。在一个动辄喜欢激化矛盾的地方,面对着一些喜欢运用语言暴力、喜欢非此即彼、喜欢意气用事乃至杀气腾腾的语境下,谁敢于主张和谐,谁就会成为极端主义、分裂主义、恐怖主义的死敌。提倡和谐的人要准备好为和谐付出必要的(类似遇罗克的)代价。

沟通

一提到和谐,人们也许会想到一个词:沟通。此词似来自台湾,我们过去将类似的意思都是写作交流、交心、通气、了解、理解,是改革开放后才喜欢用"沟通"一词的。同样来自台湾或香港的政治性社会性词语还有共识、愿景、作秀(台)、作骚(港)、爆料、资讯……

沟通很好,最早是我提出的"理解比爱更高",后来媒体上还出现了"理解万岁"的稍嫌夸张的说法。沟通理解是构建和谐的前提,我以为。

但也有另外的味道,不是语词上的味道而是生活中的味道。

例如,我去一个计划单列市,即副省级的市。临时要买回京的动车车票,接待我的是一个大型的媒体机构,有关人员要了我的身份证号,不一会儿就说票已购妥了,他们解释说,有专门的"黄牛"关系。此关系过去负责该单位需要的全部车票。铁道部门为了杜绝"黄牛",规定购动车车票需持身份证,头两天"黄牛"不灵了,说是尚需"沟通"。两天后,"沟通"成功了,票务顺畅运行。

这也是你有政策,我有对策;道高一尺,魔高一丈吧。

奥秘在于,正是车站售票系统,需要这些"黄牛"代谋利益。点到这儿为止。如果你还看不懂,笔者也就爱莫能助啦。

好多事都是这样,越是好的政策,越带来新的麻烦而不是杜绝了弊病。例如一律就近入学,为"小升初"带来了多少麻烦、成本、灰色地带、幕后活动。有的是击掌叫绝,有的是惊心动魄,有的是花样翻新。

再有一事。我曾指出某一作品的题名不通,所有语言专家都同意我的看法。有关领导据说建议剧作者与"王老""沟通一下"。语词的通与不通,难道是一个公共关系问题吗?我开玩笑地说,这样的事,需要沟通的话,只能与仓颉沟通吧,与我沟通能有什么用呢?

是的,沟通、和谐……都是极美好的理念,但是考虑到咱们的语境,我们得防止将沟通、和谐公共关系化、庸俗化。

人才与创新

这是近二十年来讲得最多的一个话题。仅仅由领导部门或领导人员讲过的就有:科教兴国,人才强国。三个创新——理论创新、科技创新、体制(或制度)创新。创新是一个民族的灵魂。我们的党是创新型政党。我们的国家,是创新型国家,同时是学习型政党、学习型国家、学习型机构……

这些说法是何等好啊。人们期待的是成果能够跟得上去。问题在于创新意味着突破,而突破意味着风险,而且突破就会得罪人,就会打破平衡。权力运作的有效性是我们国家维稳与快速发展的基本保证。但是权力对于人才与创新的管理,却是一柄双刃剑。它防止了成事不足、败事有余的枭雄的出现,但也有可能抑制了虽不成熟但可以令人耳目一新的创新火花的出现与发扬光大。这是一。

二,不信的话,让我们审视一下我们的高端人才阵容吧。让我们比较一下五四时期、一九四九年解放初期和当今时期的高端学者、作家、艺术家的阵容,比较一下当今的中国科学院(旧中国是中央研究院)、中国社会科学院(原为中科院哲学社会科学部)、中国文联、中国作协、北京大学等一大批学者的阵容吧,我们的创新人才能不能撑得起这样一个伟大的社会主义国家的门面呢?我们对于人类有了或可能有、即将有什么样的科学与人文的贡献呢?我们能够没有什么紧迫感吗?我们能无所反省吗?

三,尤其是,我们现在最弱的恰恰本来应该是我们的最强的方面,即人文与社会科学方面、精神生活的成果方面。我们的科学院有院士,工程院也有院士,但我们的人文学者、作家,没有院士,因为我们自己就对这方面的成果与人才缺少信心更缺少稳定的评估。

四,官本位毕竟不利于人们踏踏实实地做学问、做功课、钻研业务、精进技术、发明创造、在专门业务上死磕硬碰。而我们的体制令人感觉到还是升官实惠。邓小平时期强调了选拔干部的年轻化、知识化、专业化。现在在这方面不前进了。个别的某个时期的某些不成功的教训,使一些人认定还是"但愿生儿愚且鲁,无灾无难到公卿"的路子更靠得住,领导也宁愿信任一些哪怕能力稍差,但绝对不出幺鹅子(按:不是幺蛾子,《现代汉语词典》把此词规范为幺蛾子是完全错误的,幺鹅子一词出自旧时代的斗骨牌,骨牌的幺鹅子类似麻将牌的幺鸡,出幺鹅子是指不合牌理的出牌),不出没有把握的新招的照本宣科、照抄照转的人。

五,有些事情是有一定的程式与规范的,不能胡来。例如新中国成立已经六十余年,什么时候开什么样的会议、怎样的开法,已经日益定型。现在人们的习惯是领导同志参加这样的活动,不但讲稿有人写,连主持词,包括现在开会,全体起立,唱什么歌,请坐,现在让我们热烈欢迎某某同志作报告,刚才谁谁的讲话非常及时非常重要,看还有哪位同志要发言,没有,好,现在散会,也都由秘书代劳写好,到时候好好念即可。有些时候这种做法是必要的,至少是可以理解的,但是同时我们也可以想一想,我们的会风、文风、话风,是有利于创新型的活动与人才呢,还是相反呢?

六,例如有一些学自然科学的人,据说他们的最重要的研究成果,都不愿意在国内发表出版,宁愿用英语著述发表在外国的出版物上。因为外国的干扰与非业务性程序少,还有外国的识货的人比较多。外国一肯定,你的日子自然就好过了。而国内,你想发表点新见,各种说法就多了。这样的问题长期存在下去,对于咱们出人才出创新出成果,是好还是不好?如果不好,应该怎么办?

七,是创新还是非创新?还是抄袭?还是骗局?还是忽悠?精品还是赝品?心血还是投机取巧?由谁判断?如果裁判没有公信力,如果裁判没有足够的学问的积淀与智力水准,如果这里边也进入了无孔不入的公关活动、关系学,如果根本不执行规则,谁还能踢出好球？真正有学问、有成果、有创造的人得不到理解,迎合者、滥竽充数者、空话取信者、不学无术者、夸夸其谈者、装腔作势者、大言欺世者如果占据了要路津,社会将失去自己的评估体系与评估能力,更失去了一切评估的公信力。仅仅凭背景、凭印象、凭感觉、凭人人皆有的亲疏好恶之别、凭媒体炒作与市场销路,谁能懂今天的各种学问、理论、技术、艺术、文化成品？即使有了人才有了创新有了高端成果,有几个人能明白能做出应有的反应？

八,创新型、学习型、爱护人才、尊重人才,讲得太好了。那就不能有意无意地提倡不学无术,不能提倡难得糊涂,不能提倡跟风随大流,也不能用计划经济的方法搞人才培养。

请注意,创新就是挑战,人才就是超凡,没有到位的百花齐放与百家争鸣,没有足够的精神空间与专门知识的素养,没有既尊重多数又懂得尊重与保护少数的学术民主观念,没有全社会的对于知识与学术艺术的追求和对于有真才实学的人才的尊重,而做到人才强国,难！

总之,能不能做到科教兴国、人才强国、三个创新,要看实效,讲实效,要对子孙后代负责。

政治体制改革

回顾改革开放以来,我们的政治体制已经有不少改善。例如,离退休制度与任期制度的确立,有效地防止了个人迷信与个人专权的再出现。党代会、人代会、政协会议与各参政党派、群众团体的大会、会议与换届制度的坚持,正在使民主生活正规化制度化。人代会与政协的作用已经大大提高。干部任免的程序与考评,使民意已经能够起相当的作用。单纯因为受到宠爱与某种背景而被破格提上来,已经越来越困难了。党代会、人代会选举时的差额,至少提供了一个民意表达的窗口。纪律检查与监察工作的大为加强，使贪腐者丧胆。舆论的监督，正在弯弯曲曲地积累新的经验。网络的民意表达及其威力，虽不完善也不一定准确，但大大地胜过了无网络时代。无怪乎一位美国驻华大使曾经讲过，允许电脑的使用的国家，不是极权国家。这些，都是与解放初的前十七年大不相同，更与"文革"十年恍若隔世。所有的不带偏见的人都会承认，中国的政治体制改革已经迈出了大步，政治生活的面貌与社会政治氛围已经大为改观：改了的，比宣布了的还要多。

但同时政治体制改革变成了一个敏感的话题。原因很简单，在这个话题上有不同的诉求。有人希望通过政治体制改革削弱共产党的执政地位，而在中国，权力的归属从来不是一个和平的，更不是一个书斋里的话题。中国历史上的改朝换代，无不与白骨堆山、血流成河的暴力手段联结在一起。与此同时，也有人怀念革命加拼命的社会风尚，是战时的共产主义与游击队的精神，是毛泽东胡志明格瓦拉（上个世纪的拉美有过这种三合一的提法）风格。直到现在，有一批朋友仍然在抱憾于"文革"的失败而不是这种愚昧加混乱的发生。

但同时，谁想取得人民的信赖，谁想掌权，谁想取得人民的信任与拥护，谁就一定要把政治体制改革的主动权掌握在自己手里，而不是躲躲闪闪。不能让政治体制改革变成异己的旗帜。要有一套说法、做法、路线图、预案，而且要有一套光明正大的、十分透明的理论。要公开自己的改革底线、方针、步骤，要能够通达地、淡定地谈论政治体制问题。这个问题已经屡屡提出，已经无法收回去了，只能冷静地谈、商量着谈、信心十足地却也是以一个切磋琢磨的态度来谈。例如基层政权选举与党的领导机构的选举。例如监督机制的加强。例如民意的表达与人民代表制度和政治协商制度的加强再加强。例如党的执政职能的正规化与公开化。

我在这方面并无什么深入的思考，但是我可以设想：

一，能不能强化中纪委与监察部的各级领导，使各地的纪检组能够不受或少受地方与部门的班子的既成格局影响。

二，各省市能不能有固定的中央派驻机构。意大利就是这样的，各地除了选出来的行政官员，还有中央政府派驻的常设的监督高官。

三，能不能授权一些郑重的媒体，经常做一些民意测验，公布受测者对于一些官员与举措的反映，不一定准确，可供参考就好。

四，政治协商是一个有中国特色的好办法，这方面的工作还大有发展与改善的空间。对于政治协商的理论与宪法定位，有必要进一步推进。

等等。

对于少数所谓的精英人物来说，他们最关注的是选举制度的改善。对于老百姓来说，他们认为政治体制改革的要务在于扼制与打击腐败。对于农民来说，最重要的是给他们以反制欺负他们的基层干部的机会与手段。

正由于政治体制改革牵扯到我们的未来、我们每个人的生活方式，牵扯到权力的运用规则与分布格局，牵扯到整个中国这一台大戏的唱法与前景，我们应该有更加成熟、充实和具体明白的讲法。如果还做不到成熟、充实、具体、明明白白，最好适当压缩在那里的抒怀与朗诵。我们可以有胸怀、有愿景、有理念也有激情，同时更要有办法、有步骤、有具体的操作设想、有路线图，不要客观上变成拨弄老百姓的心愿，描绘与沉耽于短期不可能实现的美梦，却不能给人民一个实实在在的交代。

爱国主义

爱国主义是强大的精神力量。中国的爱国主义的核心是文化，是对于独特的与悠久的中华文化的热爱、珍惜、亲和，难以忘怀。中国的爱国主义的聚焦点不是民族种族，不是肤色与鼻梁高矮，也不是洲际划分。因此，我们无须乎歌唱我们的黑眉毛、黑眼睛、黄皮肤，也不一定自己跑得快了就以代表亚洲的悲情声明亚洲人也可以跑快了。我通过媒体听到过一首诗的朗诵，嘲笑着说在一次国际集会上看到了蓝眼珠灰眼珠黄眼珠好像还有红眼珠，朗诵到这里时传来了台下听众的笑声。然后朗诵者豪迈地说，他看到了黑眼珠，然后掌声如雷。这不对。

当然我们爱我们的神圣国土，这里的国土已经不是单纯的自然存在，而是文化的寄托与载体。山河，是自然地貌；还我河山，是被侵略者的爱国文化。江山，是自然地貌；江山如此多娇，是爱国也是大志。

当然我们热爱与保卫我们的中华民族、我们的国家、我们的人民与我们的文化的尊严，我们不能容忍对于我们的国家民族与尊严的侵犯、分割与侮辱。这也是我们的富贵不能淫、威武不能屈的文化。

爱国主义本身也应该成为一种文化、文明。它不是排他的。如费孝通所言，我们要各美其美，美人之美，美美与共。爱国主义当然应该是理性的，懂得本国的弱项与强项，懂得自己的传统中的优越性与劣根性。要懂得珍惜自己的已经拥有的一切，也懂得尊重他人他国的对自身对人类所作出的贡献。例如欧美有那么多大科学家、那么多发明创造，不仅造福于该国该民，也造福于吾国与吾民。我们不能一味在对外关系上宣扬要血性而不要理性，走动辄鼓吹血性，而不像是现代文明人的路子。

如果爱国血性化起来、排他化起来，就成了双刃剑，就会伤了自己的根本利益。因为仅仅靠血性，人们会变得粗暴强硬、意气用事、愚蠢固执、狭隘较劲，动不动会抱怨自己的国家不够坚决和勇敢，没有去拼命与冒险。如一个短信段子就这样说：美国是想打谁就打谁，英国是美国打谁他就打谁，俄国是谁打我我就打谁，中国是谁打我我就骂丫挺的。这就是嘲笑中国没有能更多地动武。这样的胡说八道当然不是我们所希望的。

顺便说一下，国人相信，而且广泛流传的有一个说法："人活一口气，树活一张皮"，这是极其浅薄庸俗，应该说是相当愚昧与低级的说法，号称拥有着五千年以上文明史的中华儿女，居然相信这种准亡命徒的言语，实在丢人。人活着当然不是仅仅为一口气，不是争一日之短长，不是靠气能解决生存与发展的众多问题的。酒色财气云云，气是害人之物。人是独立的人，同时是社会的人、有头脑有原则有判断的人，人会受自己的意气的左右，人更要考虑是非利害，考虑群体，考虑大局，考虑科学、法制与真理，考虑现在更考虑长远的未来，用古人的比较夸张的说法，要论万世。怎么能只活一口气呢？只争一口气，会使人变得任性和乖戾。宣扬什么一口气的说法，只能是误导。过去我们动辄讲什么西方资产阶级做到的事情，难道东方无产阶级就做不到吗？这能算争气吗？这其实是自欺欺人。因为做得到做不到，既不是阶级划分的问题，也不是地域分野的问题，更不是一口浊气的问题，而是一个主客观条件与成事的规律是否被你把握的问题。主观与客观一致，条件具备，决心大，办法对，有科学的根据，你就做得成。主观愿望脱离了客观条件，发誓赌咒，豪言壮语，破口大骂，雄心壮志冲云天，哪怕是写血书、绝食、跳楼也照样是瞎掰。强调什么血性与一口气，例如认为一个对医院治疗失望的病人拿着利刀去砍医生也是在争一口气，那就是火上浇油，唯恐天下不乱。树也不只是活一张皮，水、肥、土、管、日照、气温、植保、品种、干、枝、叶、花、果，哪样也少不了。咱们中国，底子薄，人口多，矿藏少，还只是处于社会主义的初级阶段，离真正理想的现代化，离真正理想的物质文明与精神文明，离理想的民主与法制法治，离理想的和谐、充满爱、缩小三大差别，离真正的发达的泱泱大国都还有不小的距离，真所谓任重而道远，路漫漫其修远兮，此后照样有曲折与为过河需要摸的奇形怪状的石头。我们还需要承受各种不发达的痛苦，我们还需要面对各种前现代的成见与愚昧，我们还要面对许多失语与张冠李戴，我们还要面对许多从无知开始的误解与强梁霸道，我们还得共体时艰，将心比心,己所不欲,勿施于人,己欲立而立人,己欲达而达人。而上百年来,几十年来,我们吃那些廉价的煽风点火的一口气的亏已经太多太多了。

  我恰恰主张,人的活、人的生命的标志,首先,更不是唯一,绝对不是一口气、一腔血,而是一个明白事理的头脑,一颗善良和正直的良心,一种对世界、对人类、对同胞、对祖国的爱,一种生命本身就具有的光辉。中国的艰难历史,早已经或正在淘洗那些动辄玩一口气的人。我早已说过:"中国人,你为什么不生气?"原因很简单,爱生气的基因在中国无法存活与流传,爱生气的品种,已经基本上被淘汰。人活着不是为了一口气,而是一种明辨是非的智慧,人活一颗良心爱心,人活一片光辉。人不是为置气而活,不是为拼命与恶斗而来到世间,不是为白刀子进红刀子出而来。以善的名义与真实的理由,以爱的名义与真实的情感,以智慧的名义与真实的辨识,我们才不拒绝与邪恶作战。

  说了这么多,不要以为我不珍惜爱国主义。防止偏差与曲解,正是为了珍惜我们的爱国情怀。"晴川历历汉阳树,芳草萋萋鹦鹉洲",这两句对于神州大地的赞美诗时时令我热泪盈眶。"东风夜放花千树……一夜鱼龙舞"的北宋节日生活,时时令我心头温暖。我相信,爱国主义是当今最重要的精神资源的一个组成部分,爱国主义是我们的国家团结稳定、和谐前进的首要保证。正因如此,我们要珍视爱国主义,理解爱国主义,好好地按爱国主义的要求来对人对己,真正地、踏实地对社会作出贡献,而绝对不是相反。

26. 说透与说清

  让我们继续讨论下列的一些说法:谁也离不开谁,新奥运、新北京,同一个世界、同一个梦想,举国体制,软实力,舆论阵地,忧患意识,中国特色社会主义等。

谁也离不开谁

毛泽东对于民族问题有一个重要的提法：民族问题，说到底，是一个阶级问题。

他的意思是，从理论上说，马克思的提法是工人无祖国，工人是被剥夺干净的无产阶级，工人与工人之间，贫下中农与贫下中农之间，不但没有矛盾，而且是有着共同的阶级敌人与共同的愿望和利益。而马克思时代讲的那些祖国，主要是保证与保护该国统治阶级主要是资产阶级的利益的。马克思认为，国家无非是阶级压迫的工具，国家，是统治阶级利益的保护者。社会的主要矛盾是阶级矛盾，是剥削阶级为了分化工人阶级并分而治之才挑拨制造了民族或其他矛盾，民族问题是一个伪问题。全世界的无产阶级是一家，是亲兄弟，他们的阶级性是大公无私，当然不会闹矛盾。为什么他们一定是大公无私的呢？因为他们根本没有私有生产资料，他们也就没有私有意识。一个人没有私有意识，他能够不是大公无私的吗？而自私自利的，贪婪的，无限制地追求最大利润、追求特权的，嗜血的剥削阶级，由于他们天生重视的是私有财产，而私有财产之间的关系是互相争夺的关系，是占有的关系，是归属于我就不能给你、给你我也就得不到了的关系，他们之间只能是混战无休，也许会达到你死我活、不共戴天的地步。

这样一个理论，现在看来有偏于一厢情愿的地方，但在阶级斗争的高潮中，它发挥了相当积极与有益的作用，它令人耳目一新。例如，我的整个"文革"时期是在新疆的少数民族聚居区域度过的。那时的政策虽然极"左"，尤其是有许多对于各族知识分子（当然包括汉族，而且首先是汉族）的挫伤，但民族团结、各族人民的关系，从总体上看还是好的。那时是多么重视民族团结与民族友谊啊。

让我们换一个说法，毛主席的阶级论，是把民族之间的或有的问题转化成为各民族内部的阶级斗争问题：汉族的劳动人民，你就多多地与你汉族的地主、官僚、反动派去斗吧,而例如维吾尔族的劳动人民,你就与你们的巴依、伯克、恶霸、百户长们好好地斗去吧,各族人民携起手来,共享阶级斗争胜利的成果与欢欣。

当时的理论,认定各民族劳动人民之间,不存在矛盾,所谓民族矛盾是地主资产阶级挑拨分化、分而治之的结果,民族问题是一个伪问题,阶级问题才是关键所在。同时,共产党是站在弱势群体一边的,包括站在少数民族的人民一边,我们是最早批判旧中国的压制少数民族的反动政策的,我们是最早提出中国有互相完全平等的堂堂正正的五十六个民族,我们是最早提出要实行民族区域自治举措的。

许多年、许多事过去了。现在,阶级斗争的提法已经不占突出地位,我们在民族问题上需要理论的前瞻,需要理论的发展。目前讲得最多的是一句话:(汉族与少数民族)谁也离不开谁。这个提法很生动通俗,深入人心,我们应该坚持这个提法。这个提法最早是新疆的老书记王恩茂同志提出来的。

同时,还可以有更加正面,更加昂扬,有所升华,更加富有理论性、理念性与富有感染力、动员力的提法。

我建议:可以提出,中国是我们的共同家园,我们有共同的过去、现在、未来、利益与责任。

我建议在全国人民中,特别是在边疆少数民族聚居的区域,要对各族人民进行共同家园的教育。

共同的家园:中国是我们共同的伟大家园,新疆(或内蒙古、西藏、云南等,下同)是我们共同的美好家乡,与我们息息相关。

共同的过去:包括世世代代的友谊互助,近现代的屈辱与艰难,近现代的共同的浴血奋战、共同的斗争成果。

共同的现在:共同的改革开放与发展经济的辉煌成果,奔向全面小康的伟大实践,与回应共同的敌对力量——三股势力的不懈斗争。

共同的未来:共同的富裕、民主,共同的赶上发达国家的几个步骤、公平与正义,共同的尊严与光明的未来。

共同的利益:各民族谁也离不开谁,一荣俱荣,一损俱损。

共同的责任:维护稳定与和谐,发展经济,改善民生。

我们要唱响以"共同"二字为基调的大合唱。

我们要把毛泽东的团结国内和民族的理论推向新的阶段。永远牢记:国家的统一、人民的团结、国内各民族的团结,是我们的事业必定要胜利的基本保证。

谁也离不开谁的说法有它精彩的地方,一个是通俗易懂,一个是它说明了一个十分重要的真理:所有的努力、所有的援助,都是共同的与双向的。少数民族离不开伟大祖国和处于国家主体地位的汉族,离开了就没有了依托与主脉;汉族也离不开少数民族与边疆要地,失去了少数民族与边疆要地,国家就没有了屏障与发展空间,没有了大国的丰富性与包容性。我们要求少数民族的学生在学好本民族语言的同时学好汉语,这有利于他们的深造、就业与走向全国、走向世界。同时,我们提倡在少数民族地区长期工作和生活的汉族人员学习该地区的民族语言,真正毫无隔阂地与各族兄弟姐妹打成一片。当年王震将军甚至有过这样的政策:一个进疆汉族干部,学会了维吾尔语,考试通过后,一律晋升一级。

超阶段的发展,是内地各省市大力援疆援藏或援助其他边疆民族区域的目标,同时,绝对要以该地区的人民与该地方的党政机构为主体,符合当地的实际、人民的愿望与优良的、富有地区特色的文化传统。人民,只能是自己解放自己、自己发展自己。可以参考老子的说法:"太上,不知有之;其次,亲而誉之;其次,畏之;其次,侮之。功成事遂,百姓皆曰:我自然。"就是说一切的援助、支援的最佳途径是激活了当地人民的自觉与自信,是满足了当地各族人民的切身利益,是使当地老百姓认为,成绩首先是自身努力奋斗的结果。

我们要宣传内地省市对于援助边疆地区的卓越贡献,同时我们也要宣传边疆人民对于伟大祖国的不平凡的伟大贡献。

还有一个问题我们需要正视,整个中国,从落后走向进步,从贫穷走向小康，从封闭走向开放，从愚昧与迷信走向文明与科学，从封建专制走向民主与法制，从前现代走向现代化，经过了几代人的流血牺牲、前仆后继，付出了巨大的代价，经受过严重的混乱、纠纷与挫折，才终于有了今天的一些进展。难啊！那么，在一些相比沿海地区是更加滞后的边疆少数民族聚居区域，实现跨越式的发展，走向现代化的过程就会更加艰巨和曲折。他们的优势在于有走在前面的内地与沿海区域的支援与带动。他们的困难在于如何在现代化的发展过程中保持自己的身份与文化的认同，抵御外来的挑拨与恶意煽动。事实是全世界都有这样的现象，一些群体面对急剧的现代化与全球化的形势，感到绝望，感到压力，选择了敌视现代化全球化的非理性对策，而一些发达地区发达群体的自高自大、恃强凌弱的霸权主义，更激化了民族与宗教矛盾。可惜的是全世界太少有专家与要人从这个角度分析与解决问题。至于我们国内，发展是硬道理的说法同样适用于边疆少数民族聚居区域，但这样的发展同样绝非一帆风顺，对于边疆少数民族地区是一个艰难的历程。对此我们应该有足够的理解、认识与讲说，这也有利于正我们视听而减少外部世界对中国边疆问题的歪曲与误解。

顺便说一下，跨越式发展如果是指例如农奴制社会跨越到社会主义，好；如果是指文化、科技、教育、基础建设、经济发展，那么，较快地发展是可能与必需的，同时还只能是可持续的发展，仍然是循序渐进的发展，而且只能是由本地区的人民做主体，才能发展得稳妥良好。这好比一个神童，他可以在一年内学到别的孩子五年学到的功课，但仍然是一二三四五地学，而不是从文盲直接学五年级课程。如果是被发展，则可能是事倍功半，乃至留下后遗症。

新奥运、新北京

上世纪五十年代，苏联闹了一段唯"新"主义。当时的苏共中央的理论刊物《共产党人》上发表了一篇专论，叫做《新与旧的斗争是社会主义社会的主要矛盾》。在斯大林亲自撰写的《联共（布）党史简明教程》第四章中，也特别强调了对于新生力量的重视与对于老旧事物的轻蔑。

毛主席的革命的豪情壮志，表现在他的诗词里，有道是："萧瑟秋风今又是，换了人间。"又曰："为有牺牲多壮志，敢教日月换新天"，还有"旧貌换新颜"等等。早在一九四九年，毛泽东就在《论人民民主专政》一文中提出："我们不但善于破坏一个旧世界，还要善于建设一个新世界。"

我们在生活中经常碰到这样的口号：苦战多长多长时间，改变旧面貌。

这样，我们在进入新世纪，从事"申奥"的时候，便提出了"申奥"口号：新奥运，新北京。其意可嘉可勉，其词可圈可点，它符合我们的一贯的建设新生活、新世界、新人间的理念。

也有一点推敲的余地。第一，什么是新奥运？奥运已有长久的历史。我们对于自己的"申奥"的口号的英语译文中，没有新奥运的含义，我们没有用 new、neo- 这些代表新旧之新的词，我们在该用 new 或 neo- 的地方用的是 great，即我们译出来的是伟大的、大的、了不起的奥运。

姑且放下奥运有无新旧区别的问题不论。反正新北京的说法从一开始就令我不安。

北京不是深圳，不是共青城，不是上海也不是青岛，不是休斯敦也不是迪拜，它不是一个新兴的城市而是一个古老的城市。北京城北面的蓟门燕树亭，距今已经有两千余年。北京正式建立为元朝的大都，距今已经有七百多年。不仅故宫、天安门、三座门、东四与西四牌楼、紫禁城、正阳门、地安门、内城与外城城墙、钟鼓楼、天坛、地坛、日坛、月坛、颐和园和各公园都发出文明古国古城的芳香，就是北京的胡同、胡同里的四合院、院里的影壁墙、垂花门、假山石，还有北京的饭馆、茶馆、商店、摊贩也都放射出中华文明的特殊情调，构建了人类文明的一个特殊品种、特殊氛围。

当然旧中国的衰落与败坏使人们看到的是旧北京的满目疮痍，但这不是中国的悠久的历史的罪过，不是北京的独特文化情调与城市格局的罪过，而是近代以降的中华儿女的尴尬与频频失误所形成的。北京的古老面貌无罪，北京的独特面貌正好成为对现代性的匡正与补充，现代化建设的高潮，本来应该带来的是北京的古老面貌的妥为保护与善自珍惜。事实已经证明，随着物质生活的提高与传统文化意识的增强，人们的这方面的自觉已经向前走了一大步。

唯新的观念，使我们吃了太多的亏。北京的城墙被拆掉了。许多四合院已经被千篇一律的楼房所替代。近年来发生了不少令人痛心的事情，例如，北京西绒线胡同的四川饭店，三进大院，气魄宏大，环境优美，是北京的一景，是百年老店，是绒线胡同与西城区的"风水"所在。我们居然把它腾给了境外人经营，使其成为中国会即中国俱乐部，变成了外国大人物活动的地方。随随便便地把原绒线胡同的四川饭店迁到后海的恭王府，过了几年，此店寿终正寝，再无原来的繁荣与历史文化记忆。当然，北京还有几处名为四川饭店的店铺，也不是原来的那个名店喽。

北京东城区椿树胡同的康乐酒家，也是名餐饮店，它的赛螃蟹等菜独一无二。被行政命令迁移到了安定门。苟延残喘了几年，终于灰飞烟灭。

一个饭馆，一个名店，并不仅仅提供酒水菜肴，而且提供的是环境氛围与文化历史，是古老的城市记忆，提供的是设施、建筑、业务与地点的良性互动，提供的是一种文化地理的格局，对这种文化地理的格局，过去缺少科学的说法，就被称之为风水。通俗地说，乱点鸳鸯谱地用行政命令的方法任意调遣商业网点，就是颠倒风水、挑战风水、任意挖掉风水的基础，必然受到风水的惩罚，其特效是改一个灭一个，太悲哀了。

这样的城市建设代价太高。

全国各地都在不断发生这样的事:真正的文物与具有文物意义的建筑被破坏了,然后再制造低俗的伪文物,争抢古代名人的冠名权,理何以存,情何以堪!

对于新与旧,要有一个全面的认知。我们渴望新中国的新面貌,同时我们珍惜中国的历史与文化,尊重我们的祖宗先人遗留给我们的许多宝贵的文化与物质遗产。新中国是伟大的,原因之一是新中国继承了记住了古老中华的一切好的东西。新奥运不一定会新到哪里去,因为奥运已经有了悠久的历史,已经成为人类体育运动的久经考验、受到欢迎的盛事、盛会。北京的特点更不是新而是古老与独特。近现代以来的许多耻辱与尴尬的经验使我们渴望祖国与北京焕然一新,即使是焕然一新也不是必定要以埋葬与遗忘过去为代价。苟日新、又日新、日日新是事物的一个方面,天不变道亦不变,薪尽火传,天长地久,这是另一方面。我们再也经不起文化上的简单的破旧立新啦。

我们要的是现代化的、欣欣向荣的北京,在这个意义上说什么新北京是可以接受的,但我们不要改变面貌,不要全然的新。北京的价值在于它的文化记忆与历史积淀,北京的魅力在于它的古色古香,北京的意义在于它提供了完全不同的一个城市面貌,真正的一个有着现代意义的北京不是对于它的历史的排斥而是对于它的历史的珍惜,不是对于它的原来面貌的摈弃而是对于它的旧有面貌的保持与坚守。北京如此,整个中国也是如此,中国的存在的理由很大程度上在此。在这个意义上,老北京的意义大于新北京。

八十年代初期我首次去贵阳市。我看到了贵阳市的一大片青石片房顶的住房。我为之惊叹,太美丽也太有特色了。当时已经有人提出,要保护这一片房子。如今,灰飞烟灭,片瓦无存。

在一个新兴城市,一位城区的领导同志告诉我,由于他们原来盖的房太多,现在已经没有空地盖房了,怎么办呢?只好拆掉半新不旧的房再盖新房。

无怪乎越来越多的人认为中国的麻烦在于China的发音:拆哪!

同一个世界,同一个梦想

在我们的奥运口号中,"同一个世界,同一个梦想"是相当精彩的,译成英语:one world, one dream,更加精练顺当,我猜想是先有了英语口号,后有的中文口号。这在我们的各种口号中颇有自己的特色。它实际上在某种程度上承认了地球与人类、世界各国之间的同一性统一性全球性普世性。当然,人间,尤其是洲际国际种族民族间有许多矛盾,有许多麻烦,一面是矛盾冲突,包括意识形态冲突、宗教信仰冲突、利益(领土、主权、势力范围等)冲突乃至仅仅是因为相异而产生的不信任感、敌意等等。一方面,又有共同性。

一位高级领导人在上世纪九十年代讲到西方发达国家的经济情况时曾取笑说,过去,毛主席的名言是"敌人一天天烂下去,我们一天天好起来",现在呢,如果"敌人"的财政经济太烂了,我们的好形势也会受到负面的影响。许多年过去了,显然,他的话是正确的,原因很简单,他说的是事实。这里需要修改的恐怕一是对"敌人"的命名,二是一边烂另一边就好的逻辑。我们需要有理论创新、观念创新,创不了新也不要紧,只要我们正视现实、正视事实就好办。

体育毕竟好一点,我们接受了全球的手、足、篮、排、网、乒乓、高尔夫、门、保龄、冰等球类运动的规则,我们接受了田径、体操、游泳、马术、拳击、国际象棋、桥牌等的规则,没有计较这些规则的制定者不是我们自己。当然我们也会制定例如中国武术、中国散打、中国象棋、中国围棋等方面的竞赛规则。还有更高更快更强呀、重在参与呀、费厄泼赖即公平竞争啊、和平与友谊呀这些常常在奥运会上出现的口号,在我们这里像在世界上其他地方一样,也没有引起争议。至少在体育上,还是有同一性与普世性的。好,同一性与普世性有利于构建和谐世界,积少成多,积小同为大同,我们可以上纲上线到我们的老祖宗的理想:世界大同。

举国体制

外国人说中国的体育尤其是争夺金牌，靠的是竞技体育的"举国体制"。人家这么说也就罢了，问题是我们的自己人，乃至自己的有关领导竟然也自吹起举国体制来，实在是贻笑大方。

举国体制是个挖苦咱们的话，是说，我们倾全国之力争几枚小小金牌。西方国家，绝对没有一个正部级的国家或内阁部门掌管体育事宜的。

这个说法，并不符合中国的情况。小政府、大社会的理念，不一定符合中国国情。在中国，没有一个强势的政权，没有一个管很多事的政府，国家就会四分五裂以至于一片混乱。辛亥革命后的三十八年的历史已经证明了这一点。中国长久以来，体育事业并不发达，竞技活动并没有开展起来。没有国家体委，没有体育总局，没有贺龙、荣高棠、李梦华、何振梁等体育界的领导人物，没有少年体校等一系列选拔与训练机制，不会有中国今天的体育事业的成绩。

二〇〇八年北京奥运会上，中国队的金牌数量是世界第一。这，第一，鼓舞了全国人民。第二，为国家荣誉作出了贡献。第三，告诉我们，金牌不过是金牌，这未必能翻天覆地到哪里去。一些重要的项目，如田径、足球等，我们都相当差，仅仅一个金牌数量，得到了很好，但也牛不到哪里去。第四，回顾一下我们的人民体质，余心有戚戚焉。我们有时候在抗日题材的影片中称日本侵略军为小日本，其实即使是侵略军，也宜尽量避免从生理上丑化他们的国家归属。而现在的信息证明，日本的中学生的身高，高于我国同龄中学生的。

好吧，反正我国得到过金牌第一的成就了。但根本没有发生过倾举国之力争牌的事态，最多是有关部门的局处级单位与协会等费了劲，定了目标，下了功夫。国家花了钱，总体体育经费，未必比其他国家多。外国有公司资助有市场机制，如 NBA 的篮球比赛，中国也有，光一个诺基亚就常常资助乒乓球赛，而明星化的中国运动员也常常在广告上露脸与挣钱。不能把这些全算成"举国"。

软实力

软实力的说法来自美国,这个说法极富美国特色,原因是美国一直自诩为世界的领导者,它是老大,它是盟主。凭什么它能当老大?因为第一,它认为它的价值观是能够也必须推广的。第二,它有力量,它有 power。

西方强国从不讳言力量、实力、能量、能力,因为他们相信自由竞争,相信物竞天择,优胜劣汰;强者生存,弱者灭亡。美国既然要"领导世界",当然就必须具有世界第一流的实力,这种实力包括美国文化:摇滚乐、迪斯科、好莱坞大片、音乐剧、基督教,当然也包括美国的价值观念、生活方式、法律系统、学术讨论、大学教育、经典思想家及其著作等等。

问题是欧洲很少有什么政要更没有什么学者讲软实力,欧洲人可能更矜持些,他们认为文化是他们的长项,他们的骄傲、瑰宝、丰碑、光环和灵魂,说这样的文化是个软实力,说这样的文化是国家力量的一个软的部分——硬实力当然首先是指核武器、航空母舰与巡航导弹——不见得准确。

我们现在接受了这个说法,也行,原因是近一二百年来,国人深感自身国力的不足,一切有助于增强国力的事儿,都必须倍加重视。还有,我们的目标是,中国的迅速发展壮大是和平的过程,我们无意在军备等"硬实力"上与超级大国或邻国较劲。我们宁愿强调发展自己的文化,构建文化强国,扩大自己的文化影响力。明白。

同时不妨强调,其实文化的力量不在于,至少是首先不在于增强国力,参与世界竞争,因为文化是完全可以多元化的、难分轩轾的。文化的力量在于它对于接受此种文化的人提高生活质量的有效性,在于它本身的凝聚力、吸引力、魅力、活力、抗逆性(受到排斥、挫折、灾难时的应变能力)、适应性、包容性、发展与创新的能力与空间,在于它增加了接受此种文化的人群的精神能力、意志品质、创新智慧。你的文化强健蓬勃,人们会乐于倾倒于你的文字和语言,人们会倾倒于你的文艺杰作,人们会佩服赞叹接受你的人众的素质与文化果实,人们会尊敬崇拜你的文化人才、文化大师,人们会尊敬你在人文、信仰、价值观念、科学、技术、教育、管理、经济、艺术、学术、娱乐、军事上对人类的重大贡献,人们会羡慕你所提供的生活质量。这些都做到了,世界对于你的文化会有一种好感、一种倾心,如果说这是软实力,当然可以。但这对文化的本质与深层次意义来说,只是水到渠成,只是副产品,只是相对浮在面子上的东西。人们不是为了增强国力而创造了文化,而是创造了好的文化成果后有利于增强国力。古埃及人的文化遗产至今令世界为之惊叹,但这些"软实力"并没有帮助古埃及人存活下来,那些使用象形文字的古埃及人早已彻底灭绝。古今中外,文化高的人被文化低的人打败,这样的事屡见不鲜。说文化具有软实力,这如同是说学术也可以创收,艺术也可以促销,这是对的,却也是需要进一步探讨与深入思考的。

我们对于美国人发明的"软实力说"接受到什么程度、跟进到什么程度、强调到什么程度更合适,这还可以推敲。

还有一句话,各级领导越来越重视文化了,太好了,这符合毛主席新中国成立初期的预言:

> 随着经济建设的高潮的到来,不可避免地将要出现一个文化建设的高潮。中国人被人认为不文明的时代已经过去了,我们将以一个具有高度文化的民族出现于世界。

我们抓的,我们要作决策、要部署与投入的,我们要改革与发展的,主要是意识形态、文化建设、文化工作、文化事业、文化活动、文化团体与文化从业人员,是文化事业上的国家行为与社会意志。而更深层次的文化精神、文化心理、文化内在结构、文化气质、文化氛围、文化品格、文化习俗等,则需要潜移默化,长期、超长期积累。例如语言文字是文化的基础,但语言文字的规律却很少因受到自上而下的指挥而有根本性的改变。文化如水,润物无声。例如海峡两岸,一九四九年以来,文化方针的区别势如水火,但两岸的文化仍然是同根同源、同干同躯同血脉、互通互补互相整合交流。内地与港澳之间,也有同样的隔阂与相互认同。

在文化建设上我们要有高度重视高度关切增加投入的一面,也要有细心研讨慎重调节妥为因应的一面。

舆论阵地

称舆论为阵地,以阶级斗争为纲的色彩太浓,或不利于更好地发挥舆论的作用。

舆论一词的原意,是指下层人士,如抬轿的人、引车卖浆的人的议论。舆论不可靠,看看现在的网络,就会发现:一、它常常仇富、仇官、仇名人、仇洋人、仇一切背景。这几"仇",值得深为警觉,社会要注意约束各种"成功人士"与自命高端、自命优越者,要注意抚慰与帮助弱势群体,用老子的话就是要损有余以奉不足,要让有余力的人多对弱势百姓作出贡献。二、它常常来不及对证、查证、确认,常常是一哄即起,不容分说,人多势众也就泰山压顶。三、它情绪化十足,听不进不同的意见,有的以谩骂为软实力,也许用来威胁的是硬实力,语言暴力,出口伤人,有一种非理性趋势。四、它难以深层次地看问题。

但即使有许多低水准的舆论,也比消灭一切自发的舆论,只允许被舆论、代你舆论、牵引舆论好。

我们的目标应该是有各种层次的舆论,有手机上、酒桌上与茶肆里的段子,网络上的博客,论坛上的发言,报刊上的署名文章,各层级会议上的声音,也有精益求精的论文、文集、专著等等。

舆论既有导向,又不能没有空间。舆论而不多不杂,舆论而不争不辩,舆论而一面倒大轰隆,舆论而与人为恶、唯恐不横不狠……舆论而丢掉了起码的政治文明、精神文明、法治精神与求真务实精神,等于没有舆论,等于求糊涂与盲从愚昧,等于丢丑出洋相,等于害人害己,等于国家出了妖孽。

舆论主要不是一个通过恶斗来确定由谁来占领的问题,古人早就明白"腹诽"一词,你太不公了,老百姓惹不起你,但肚子里仍然会提出非议,不论你"占领"得多么绝对与厉害,不论你的阵地防范得如何严密。舆论的问题在于提高文明程度,压缩非理性化的乖戾之气,树立法治与尊重他人的观念,培养彬彬有礼的君子之风,培养实事求是与与人为善的社会风气而不是恶狠狠的虎狼牙口,更不是动辄用谩骂、脏话、扣帽子来哗众取宠。毛泽东早在延安就提出,我们应该靠科学、靠实事求是吃饭,而不是靠吓人吃饭。看来吓人云云,早已经是我们某些志大才疏、气盛底虚的人的老病根儿了。

忧患意识

近十余年来,中央常常正面地提出加强忧患意识。我想起了当年我与胡乔木同志的一次讨论,他说"忧患意识"的提法是受了现代西方现代派哲学思潮(不知是海德格尔还是福柯,请识者教之)的影响;我则说,它是来自范仲淹的"先天下之忧而忧,后天下之乐而乐"的担当与使命感。

然而,只是提出来要有忧患意识是不够的,问题是人们是不是真的需要忧患意识,人们敢不敢正面地倾听忧患意识的表达,人们能不能更多地谈忧患、论忧患、揭忧患、大大方方地面对忧患与制定预案。如果到处是一片颂歌入云,欢声雷动,谁还敢忧患?你在这种气氛下忧患,不是自找倒霉吗?陈毅的诗:"颂歌盈耳神仙乐",我认为陈毅早已经觉察到了颂歌盈耳的现象不利于我们的事业了。

您只是笼统地让大家树立忧患意识,却不欢迎、不喜欢乃至不允许认真地与建设性地摆忧寻患、明忧议患、析忧论患、呼忧吐患……我们的人民即使有了很好很负责的忧患意识,又能怎么样呢?能知无不言、言无不尽吗？能防患于未然吗？能把工作做到前头吗？能逢凶化吉、遇难成祥吗？

中国特色社会主义

我期待着就中国特色社会主义的命题进行深入的与认真的研究讨论评说切磋。

其重要性不言自明。我们只能团结在中国特色社会主义旗帜下，而不可能是美式或欧式的资本主义模式，不是苏联东欧的计划经济的社会主义模式，不是中东、西亚的伊斯兰社会主义模式，不是北欧的社会民主主义模式，不是日本的脱亚入欧模式……

中国特色社会主义应该是初级阶段的社会主义，应该是马克思主义、毛泽东思想、邓小平理论、"三个代表"重要思想、科学发展观的指导下的社会主义。即应该是马克思主义中国化、本土化的社会主义。是坚持一个中心两个基本点的社会主义。应该是改革开放的社会主义。是以德治国与依法治国相结合的社会主义。是以一国两制的方法完成国家统一大业的社会主义。是构建和谐社会的社会主义。

总之，它应该是一个中华民族化、中华文化化的社会主义，是一个深入中国人心的社会主义，是一个实事求是，有些地方只能因陋就简、从长计议的社会主义，是一个压缩意识形态姓社姓资的抽象争论、兼收并蓄、古为今用、洋为中用、调动一切积极因素、一切为我所用的社会主义，是既讲民主也一刻不能放松集中统一的社会主义，是高度体现了中华民族文化的包容、宽阔、机变、精明与务实特色的社会主义。

我不知道我说得对不对，但是我觉得我们应该下功夫做这方面的研究与讨论，我们理应充实丰富并不断发展、发扬光大中国特色社会主义的提法。

同样重要的提法非常多、非常好。例如以人为本；没有民主就没有社会主义;加强主流意识形态的吸引力与凝聚力;建设创新型国家与政党;作为执政党的考验与危险——执政考验、改革开放考验、市场经济考验、外部环境考验;精神懈怠的危险、能力不足的危险、脱离群众的危险、消极腐败的危险;共产党绝对不能成为特殊利益集团;与邻为善,以邻为伴……这些命题都同样需要充实与丰富、发扬与光大,需要身体力行,需要从群众中来到群众中去,从实践中来到实践中去,需要成为我们当前的要务。切切不可把极好的命题摆在那里、挂在那里,却在实践中随波逐流、升降浮沉,有时还做一些与这些提法相悖谬的错事,错失大好的机遇。

一次又一次,中央确实提出了许多很好的大政方针的命题,但是我们的总体的理论工作还需要一个大发展。需要想得透彻,讲得清晰,说得明白,允许讨论,允许补充,允许发展。真理越辩越明。中国仍然是一个讲政治的国家,从全体中国人来说,首要关心的仍然是政治。何时中国人见面而不谈政治了,外国人谈中国也不怎么谈政治了,它说明中国已经从政治上尘埃落定,已经是海晏河清,已经是定了型却又能自动调节了……大家就可以松一口气了。

27. 要让领导了解真情而不仅仅是让领导高兴

我已经七十有七,超出了我的预期。在我十六岁时,我在新民主主义青年团北京市第三区工作委员会工作,党的区委的领导同志毫不顾忌地当着我的面说:"这个孩子太聪明、太早熟(指参与政治方面),活不长,也就是三十来岁吧……"

倏忽之间,六十年过去了。在"文化大革命"中间,在"思想改造"之后再"劳动锻炼",在锻炼之后再上"五七干校"深造,大革了一段命以后被成就了"反动","反动"完了再继续革命……那些时刻,我多次自问:"我怎么活得这样长久啊!"经过了日本人的盘踞时期,经过了吃混合面的日子,经过了美军在天津登陆,并收听过美国海军陆战队的电台的中文广播,经过了各种媒体对于国民党接收大员的攻击,经过了红旗飘舞、歌声喧天的学生运动,经过了这又经过了那,哭了笑,笑了哭,盖了房再拆,拆了房再盖。欢呼完了(国民党、老美、苏联、刘少奇、江青、丁玲、周扬……)再批再咒骂,或者骂完了再接待乃至再欢呼,与老婆孩子被迫分手了再聚会,聚会完了再分手。还有我开始写作得正欢,不能再写了,不写了,还是要写的,老树正开着新花,你上了天啦,不必要也没有时间再写作,终于回到写字台前面来了……这些眼花缭乱的变化,哦,我未免活得太长了。

然而,不,我的生活刚刚开始。我的正常的与正经的经历刚刚开始。在我刚刚感觉与确认自己的正常生活的开始的时候,我知道,我已经相当老了,快八十了。

年轻的时候,朋友们老说我有一种淡淡的哀愁,我喜欢无病呻吟?我充满了"酸的馒头"——伤感?我"为赋新词强说愁"?

我经历了一些,用一位德国友人的说法,是经历了一些如果发生在他的头上他不是发疯就是自杀的事情,然后所有的人夸奖我阳光、豁达、乐观、健康,心态之好是全国第一,晚上是一沾枕头就睡,早上是一睁眼先微笑,是吗?我有那么可爱?有那么缺心眼吗?

然后我做了别人难以设想的事情,我经历了别人难以渡过的关卡,我出了更多的书,我得到了更多的好评与版税,我到处出国到处讲课到处发表"高论",到处受到一些小老弟的攻击,攻击的结果是更加红火,气得发晕的结果,是我更加顺遂丰满。

于是又回到了"这孩子太聪明了"的古老评价,不但是太聪明,而且是绝顶聪明,太聪明了所以没有成为烈士,没有得到崇高的墓志铭,没有领到百万欧元或美元的大奖,没有变成火炬,没有移民出走,也没有进班房也没有做什么什么。哈哈哈哈哈哈……

我似乎还是我,我似乎只不过是王蒙,然而当下的我已经不是当年的我了。中国似乎仍然是那么中国,没有学会说话先学着读"床前明月光,疑是地上霜……"用筷子而不是用刀叉,吃馍馍而不是吃面包,遇事常常模棱两可,调子时而提得很高,脸上的微笑有时候不辨真假。然而,中国已经不是原来的中国了:不只城里人而且全民都在往楼房公寓房里搬家。私人不但有了电冰箱洗衣机电视电脑而且有了汽车。过去出个国需要祖坟头上冒青烟,现在连最一般的上镜人也会动辄讲两句"英格历史"。国人学会了用信用卡消费,也有学得更快的是用信用卡与电脑犯罪。昨天还被视为异己的文艺明星与西方时尚,现在毫无悬念地就被全民接受。连艾滋病与吸毒也被接受了。过去财富是罪恶与危难的渊薮,现在则深恐别人不知道自己是愚昧浅薄的暴发户。所有在巴黎与纽约发生的事情、主张与高论,第二天就可以在中国找到它的克隆版山寨版。要贫农的时候我们这里到处是贫农,要学历的时候我们这里到处是文凭,要学衔的时候我们这里到处是博士与博士后,而当海外关系不再可怕而且有益的时候,我们各地都是因海外关系而受到照顾的"统战对象"。

要烈女的时候我们这里到处是贞节牌坊,要典型的时候我们这里到处是与植物人丈夫相依为命并且不断地侍奉着公婆的媳妇,要性感的时候我们这里到处可以丰胸与买到伟哥。我们这儿有令人惊诧莫名的贪官与"干爹",有突然剧烈繁衍的教派与道门,有见什么人说什么话的通吃者,有愤青儿愤老儿与念起稿子来眉飞色舞的官员与朗诵起讲话稿来令人起鸡皮疙瘩的小学生。我们已经逐渐直得起腰来了。我们已经有了法网冠军,虽然前不久我们还不知道观看网球比赛的规则。我们已经有许多艺术家在维也纳的金色大厅里举行了音乐会,但也有文化外交官员撰文说,那个大厅只要交钱就能进去表演。

我们有了姚明,个子比美国的任何一个职业球员都高。我们的乒乓球经常包下所有的金牌。我们已经在国内召开过奥运会、世博会、世园会。我们有自己的品牌——博鳌论坛。我们的杨立伟等英雄已经上过太空。我们正在造航空母舰。我们的经济总量的排名已经是世界第二。我们已经是被世界银行评出的中上等收入国家。甚至传出了中美两国领导世界的 G2 梦。而我们的二〇〇八年奥运会金牌数已经是世界第一。第一也就第一了，并没有谁觉得这里的人们身体最健壮。还如当年《上海宝贝》之类的书里神往的还是欧洲人的阳具。

我们已经不知不觉之中请出了孔圣人，恢复了孔圣人的名誉，以致二〇〇八年秋季开学时全国有数个地方让小学生穿上古装集体朗读《三字经》与《弟子规》，可惜的是我们这里没有《老板规》与《父母规》。我在"八〇后"小说里常常读到拿铁、卡布奇诺与从苏黎世打来的越洋电话，读到时尚的同性恋与二奶、小三、高潮、毛片。我们已经有了上福布斯财富榜的作家，同时也有专门写特异功能与气功大师的作家。有从西方马克思主义者那里学到了批判资本主义的学者，这让人想起早年间的那个段子：说是英国作家向苏联的同行吹嘘自己所在地域的言论自由，声称他可以毫无顾忌地批评丘吉尔，苏联的作家哈哈大笑，说："我们这里批起丘吉尔来，会更放得开！"

我们的银行里有了理财金金卡客户，当初，一次存取款额达到三十万元的储户可以用金卡。不久，金卡户已经不足为奇，又出现了动辄存取百万元的白金卡户即财富户。有了上千万元的房产，有了上亿元的房产。有了上千万元的原装宝马汽车。有了昂贵得令人抽羊角风的法国化妆品。有了每个人消费超过千元的宴请，而居然还有人在网上撰文批判作协的某次会议吃了十人一桌、每桌一千五百元，即每人用餐标准是一百五十元的饭是铺张浪费，超过了震区的救灾标准。不知道是谁在起哄，说是全球的奢侈品很大一部分是销往中国的。早在十多年前，一位德国朋友已经与我讨论，说是他的同胞在中国旅行的印象是中国绝对不是发展中国家而是发达国家。另一位外交官告诉我说，我国的一位高层领导人，在非洲的一次顶级会议上讲到中国还是发展中国家，听讲的许多非洲政要竟然哈哈大笑起来，他们认为中国人太谦虚了。

二〇一一年，中国出现了城市的保姆荒。五年前，只有极少数家庭的家政工人的月工资能满千元,现在,三千元已经不足为奇,而在电视台的谈话节目中,保姆这一行业的从业人员提出的理想工资价位是每月八千元。已经有越来越多的中产以上家庭考虑雇用受过良好的职业训练的菲律宾女佣,她们的要求是月工资五千元,超过了一些地区的县长的工资水平,而且雇主还要为这些女佣每年提供国际机票与带薪年假二十天,每周则至少有一天假期。伟大的中国啊,至少你的内地居民在摸到自己的口袋时不会在港澳台同胞面前那样自惭形秽啦!

再以我自己的一些经验为例,我与我的前任部长,都不敢邀请日本友好的人士组织的音乐剧团到中国来演《猫》,因为《猫》的某些场面令人想起当年的所谓"群魔乱舞"或"牛鬼蛇神"。现在,何止是《猫》,更放开得多的《妈妈咪呀》也在北京演出得十分成功。

是太慢了还是太快了?简直是眼花缭乱。人们抱着猫儿狗儿等宠物,打的去兽医院看病,农学院学兽医的毕业生吃得开了。合法的与非法的小煤窑主扛着成麻袋的现金到大城市炒房。广东的农民布下天网捉鸟吃肉,不知道SARS("非典")是救了果子狸还是灭了果子狸。一个又一个高级干部的子女扎根海外。你在欧洲到处可以看到原来的青田与温州的农民。信息改称资讯、出租车改称的士、公共汽车改称大巴、付账改称埋单、计算机改称电脑、继承改称传承、波动改称脉动、渠道改称管道、交流改称沟通、舞台改称平台、境外华语替代着境内汉语,北京话、普通话的轻声正在与无轻声的台湾"国语"和新加坡中文花开并蒂。花钱变成烧钱,副职变正职已经称为扶正——过去是说妾的升格的,当干部变成了从政或者进入仕途。有一个笑话说是在大巴上驼背者与孕妇争座,驼背者说:"我有靠山。"孕妇说:"我中央有人。"房子变成了求偶与婚姻成败的决定性因素。一个又一个男女作家在自己的回忆文章中称自己的父母具有贵族气质,表示自己出身贵族,但仍然掩盖不住身上的流里流气。甚至于也有人问:我们回到"五四"以前去了吗?

我间接结识过一位企业家。他本来是要学哲学的，没有考上大学，便去做工，还不放弃业余的哲学研究。后来一个偶然的机会，他改卖烤肉串，突然大为成功。成功后，他制作用金粉书写的《金刚经》《论语》《孝经》与《孟子》赠送给东南亚的国家政要。没有几年，他变卖了全部财产，移民美国，去美国庙里当和尚去了，愿佛陀赐他吉祥。

　　还有一位朋友，身体羸弱，站立不稳，卖玉米花发了大财，他雇的保镖胳臂上刺着"恩公×××"的字样，当然×××是他的名字。他支援地方建设，当上了县或地区一级的人民代表。还选上了什么委员。他又与公安部门合作办起了保安公司，他任此公司的头领……又过了几年，他因做期货生意上了大当，成为欠账不还的经济犯，幸亏他早就预备了东南亚某国护照，现在已经在原地销声匿迹，不知其近况了。愿他从此顺遂。

　　太快了太快了。我常年生活在北京，我已经找不到童年的北京的痕迹。西四、东四，这样的地名，已经无人知晓，它们本应该叫做西四牌楼、东四牌楼，我在少年时代学骑自行车的时候，路过这两个四牌楼，赶上红灯，就扶着牌楼基石歇脚。现在，崇文区与宣武区的名字也已经与北京告别，以致香港媒体说北京市的更改区名是"焚琴煮鹤"。北海和前门稍靠西一点，是金鳌玉蝀桥，也早已无影无踪。遥想"大跃进"时的扫"五气"与"文革"时期的红海洋，年轻人已经无法想象。

　　一批批的学生留美，一批批的商人找美国做生意，他们当然从来不会想到抗美援朝，一口炒面一口雪，杨根思英雄连与黄继光烈士用胸口堵上了敌人碉堡的枪眼。炮轰金门时留下的弹壳，已经做成了菜刀与旅游纪念品，卖给乘"小三通"的渡船前来旅游的大陆观光客。延安窑洞前的摄影服务，明文宣告，出租红军帽戴上照相，每人次若干若干元，而集体入党宣誓照，以窑洞为背景，每人若干若干元。延安和井冈山的旅游称作红色旅游。庐山旅游呢，当然不是白色旅游,但是仍然给游客以哭笑不得的异样感。有一阵子,由一些老革命主导的弘扬延安精神学会或研究会曾经活跃一时,最近已经没有太多动静。《中流》杂志,热闹了一回,而今安在哉?它的主编、著名作家魏巍同志与著名的文艺工作的领导人林默涵同志,都已经溘然长逝。他们的事业显然无人继续,回想魏巍同志上书中央并且得到了某领导同志的回应的批示的一九九一年,已经没有什么人对此事关注啦。

杨宪益先生打油诗曰:"周郎事业已成灰,沈老萧翁去不回。好汉最长窝里斗,老夫不吃眼前亏。"周郎说的是周扬。他最后还想用人道主义与异化论来发展马克思主义,要将党的事业推向新的阶段,他的结局,大家都是知道的,现在,已经没有多少人知道,估计此后更没有人知道了。沈老是说沈从文,萧翁是说萧军,俱往矣。个把气虎虎的人还是有的,也是瞎子磨刀——快啦您哪。

让我们设想一下,例如二十一世纪中叶,中国实现了发展战略的第三步,即人均收入达到了二十世纪后期中等发达国家的水平,那时候,我们希望出现怎样的情景呢?一成不变是不易做到的,能不能变得健康、平衡、平稳、有序,而不产生任何破坏性的震荡呢?能不能对得起老一辈人的拼死拼活的努力呢?我们的这个大国,再也闹不起、折腾不起了。

让我们从一些具体的事情说起:

人、人民、头脑与创造
我们有世界上最多的人口。我们希望我们的人民的利益关系与利益分配能够平衡、和谐,大家都抱有更好的前景期待。几十年后,农村与城市的二元格局会有很大的改变。

同时,仅仅有人口的数量是不够的,我们需要有伟大的富有创造性的头脑。我们所具有的伟大头脑的状况将决定我们的未来、我们的形象与我们的民族的智慧水准。我们一定会有更多的发明创造,我们会有自己的崭新的产品与品牌。我们会有自己的具有尝试与真正的创意的理念即理论新篇。

理论创新、科技创新、制度创新,我们讲得何等好啊。但是创新谈何容易?创新就是挑战,就是向陈腐僵硬挑战,向智力的平均数挑战,向人云亦云与随大流挑战,向得过且过与拾人牙慧挑战,更是对非理性的煽情与起哄、对靠人多势众与大嗓门谩骂来判断真理的拒绝。这样的挑战和拒绝很可能具有风险,很可能一时不为大多数人所接受,很可能给国人自身带来祸患。

是的,在一个人口大国,谁能赢得人民群众中的最大多数,谁便赢得了把握政权的合法性。但同时,也许同样重要的,有时候是更重要的,乃是怎么样保护少数暂时与众不同的头脑,能够求新创新,能够先走一步或者两步,能够敢于开风气之先,能够不因它们的超前而被视为异端,不会受到在"多数""人多势众"的名义下的潮流的过度压制。

我们现在有科学院与工程院的院士了,原因是对于自然工程的规则我们的歧义不大。我们现在有体育上的无数世界冠军与金牌得主了,我们在体育优劣与名次排列上的歧义也很小。但是我们没有人文学科上的院士,少有人文艺术创造上的金牌得主,有几个获奖的人士也还缺乏足够威望与正面影响力,甚至缺乏公信力。几十年后,情况会不会有所变化呢?什么时候我们敢于自信,正是我们的人文科学把握了真理、人文学术上的最高成就了呢?

天安门

对于历史来说,北京的天安门广场是一个重要的地方。我们有过许多歌曲歌唱天安门,强调它是革命的标志、祖国的心脏。天安门是政治的中心,是新中国的开国典礼举行的地方,也是国庆阅兵与群众游行的集结地。

随着时间的前行、形势与任务的变化,我总是想着什么时候,拥有巨大面积的、等待着大集会大检阅大宣告、呼唤着政治风暴的天安门,在平时,首先是一个太平的与快乐的地方,是一个享受生活、享受现代性、享受中华传统文化、享受全面小康、享受卓有成效的中国特色社会主义的地方。我想象着天安门能够成为可移动的森林、花坛、旅游与文化市场、演出场地、音乐厅、歌厅、舞厅、棋牌厅、高雅的休闲产业的集合地……这里会有也应该有更多更好的文化活动、联谊活动与民间婚嫁祝寿和出生庆典、民族节日、体育竞技与游艺活动。

如果一个社会的发展正常、处境正常,民生、民乐、人民的福祉与健康,就是最大的国内政治,民间就是最大的政治舞台,天安门可以向这个方向过渡,而不是用它的空间召唤或暗示群众政治运动的暴风雨在积蓄中。

我相信,这里的硬件的可移动性,在技术层面上是能够解决的。逢五逢十的国庆庆典,包括群众大会与阅兵式照样会在这里举行,照样是规模盛大,气势夺人。而平常它是一片绿树、鲜花店、书店、画店、游艺厅、网吧、照相馆与茶肆、咖啡店、酒吧、巡回或定点演出场地。它充实、幸福、充满生活气息、充满负氧离子、充满老百姓的欢愉日子,它不是呼风唤雨,也未必那样激动人心,却更致力于美好的生活。

不怕做不到,就怕不这样想也就不这样做。

讲话与作报告

我相信,几十年后,发言多数用不着念稿。除了少数特别长篇或特别郑重的内容,如"两会"的工作报告、党代会的政治报告,必须有规范与面面俱到的讲稿作依据以外,其他的会议讨论、征求意见、汇报总结、庆祝活动、政治协商,能少用一点讲稿就少用一点,或者能减少一点念稿就减少一点,如不妨养成在讲稿的基础上加以即席发挥与补充的习惯。

这样的好处是:有效地压缩空、套、假、大话。缩短讲话人与听话人间的距离,一、增加亲切、亲和、亲民的气氛。二、使干群之间、师生之间、长幼之间与上下之间,有更好的沟通,使人民群众、受众,能真切地感受到尊长们的真情实感、头脑心灵、个性特色。三、有助于我们的尊长在一次又一次的讲说之中切磋琢磨、自问自答、互动互补、发展延伸。讲话,是为了给别人听,也是给自己听,自己听了,就会知道哪里还不够全面,哪里还不够深入,哪里还不够清楚明晰。"自圆其说"一语,恰恰说明,在说中才能"自圆",说了而不是念一念才能圆满才能完成。我们有时需要的是自圆其说,在讲解中发展与推进自己的领导思想,而不仅仅是准确无误地读好讲话稿。

现在,甚至"请就座""现在开会""请领导讲话""今天的会议内容十分重要"一类的"主持词"都要由秘书起草,主持人到时照读不误了。现在,甚至小学生在开学典礼上的讲话也是朗诵或背诵文稿了,从用词到腔调也已经是千篇一律与陈词滥调化的了。我期盼着,这样的情况将在数十年后减少。

廉政

一个大问题是公款消费与个人享用的界限有时不那么清晰。很简单,我们必须大大地减少福利与灰色收入,加大公开公正公平的工资在一个人的收入中所占的分量。这样每个官员的花销,都有账可查,都落实到人头。例如公款招待,不可避免,可以报销,但招待费必须落实到人,谁花的就是谁花的,谁花的谁负责。再如交通费用、出差费用、医疗费用都是如此。

我还希望派驻的纪检组真正能派驻化,我希望纪检部门与监察部门能大大地加强独立性、领导系统的垂直对人民的负责性。派驻人员一般不要兼部门或省市的副职。

首先是对人民负责

我去一个地方的政协办事,它的领导同志对我说,政协不但要围绕中心、服务大局,更要围绕民心、服务群众。我很感动。

我们有对上负责的传统,有领导决定你的生死荣辱的认识,如所言:"说你行你就行,不行也行;说你不行你就不行,行也不行。"那么相对比较起来,我们太缺乏对人民群众负责的意识与制度了。长此以往,其情可忧。无怪乎陈云同志早就说过,不唯上,不唯书,只唯实。

民间有各种段子,讽刺幽默,开心一笑,其中当然有不甚健康的东西,有打擦边球的、有低俗的、有淫秽的、有夸大其词糟蹋自身的。其中有些说法当然可笑,甚至是胡说八道。但是对于这样多的段子闭目塞听,非礼勿视,不是一个聪明的办法。吃力地编写少量歌功颂德的所谓红段子,费劲很大但收效甚微。聪明的办法是敢于研究、敢于正视、敢于讨论、敢于回应。例如有一个段子虽然刻薄难听,但反映了一定的民意民情民舆。说是有一家养了一只公猫,招引了太多的母猫,惹得主人烦乱,主人乃为此公猫去势。去势后此"不公"的公猫仍然猫气奇旺,招引众猫。主人乃审猫,猫曰:"我现在虽然受了打击,抓业务上差一些,但仍然可以组织会议……"

可以看出,民意中对于空头领导是不买账的。

什么是唯实?实当中当然包含着、重视着民意民情民舆。

现时的干部学习有了极大的改进,内容更加充实,选择性也增强了,说明我们的领导部门对段子所反映的对于不懂业务的"万金油"干部的讽刺问题不是没有觉察,也不是没有改进的措施,现在这方面已经是迈出了很大的步子。在职进修的干部越来越多,在职而获得博士和硕士学位的干部也越来越多。我对于中国的干部选拔与干部培训、对中国的干部学养与素质的提高寄予极大的希望与期待。

文明

究竟是什么原因可以慢慢合计,与西方发达国家的比较也可以从长计议。反正我们伟大祖国的居民的文明状况堪忧。

不一定将道德政治化或体制化,任何人都没有理由以对政治或对体制的见解为由来干伤天害理的无德损德之事。道德是可能简明而又成为不争之论的。例如刘邦的约法三章,既是法律的基础,也是道德的基石。

我们提倡过五讲四美三热爱,提倡过多用礼貌用语,提倡过推选服务行业的禁用语,这些都有了很好的效果,但还远远不够。我们应该有更多的这方面的学术研究,研究文明、礼貌、举止、待人接物,我们要从幼儿园抓起,使中国人彻底摆脱粗暴无礼的阴影。

救救孩子

鲁迅当年提出的口号,至今令人心怦怦然。

我希望,几十年后,早自习会取消,少年儿童将保证获得每天九小时的睡眠时间。由于家长方面的原因使儿童睡眠不足者,就依儿童保护的法律治家长的罪;由于学校方面的原因而致儿童睡眠不足者,就依同样的法律治学校法人代表的罪。

我希望游戏成为初中以下学生的神圣的不可侵犯的权益。我们会摒弃"勤有功,嬉无益"的陈腐教条。

我希望国家与教育专家试办几座不以分数取生的高校。我相信人们会越来越认识到,以升学为唯一目的的唯分数的教育与学习,会戕害我们的一代又一代人,会戕害我们的国运、我们的民族的未来。

宽阔的胸怀

我们是生活在中华人民共和国这样一个泱泱大国里面的。我们早已改变了人为刀俎、我为鱼肉的厄运,我们早已不是生活在丧权辱国、割地赔款的大清国了。我们应该及时结束悲情心态与生怕吃亏的小气。

表现抗日的影视剧目很多,这可以理解,但总要靠点谱。例如描写一个日本女特务潜伏来华,任务竟然是盗窃中国的酒窖里的一点泥土。忒邪门儿啦,朋友!

也不要动辄说什么"小日本儿"啦。不解释。

不要赢一个球或一枚牌牌就联系到鸦片战争或者八国联军吧,也别来劲地讴歌我们的肤色、眼珠颜色、鼻子不大或者使用汉藏语系的汉语吧。同时也别动不动地耍弄您那沾着洋泾浜味儿的"英格历史"啦,有多恶心!

相信我们终将会调整一下我们的思想方法,一般情况下,A 就是 A,B 就是 B,用不着谈 A 便上升到主义,谈 B 便联系到民族,谈 C 便联系到历史,谈 D 就联系到立场。如果就近现代历史来讲,非洲人并不比我们更不苦大仇深,人家跑出了那么多长短和中跑的世界冠军,打出那么多拳击冠军来了,我从来没有听人家得了冠军先忆苦思甜的。

健康的消费观

国人会更富裕,却犯不上因富裕便痛感扬眉吐气。我个人极不喜欢"扬眉吐气"一词,这样的形态很有些暴发户乃至小人得志的劲儿。与扬眉吐气相较,我极其喜欢的是不卑不亢、大大方方、从容淡定、不骄不馁、宠辱不惊、彬彬有礼、神态自若、举重若轻、与人为善、善解人意、礼尚往来、平等互利、互相尊重、互不干涉内政。各有各的情况,把我们换成外国人去搞外国的事情,把外国人换成中国人处理中国的问题,天知道是会把一些事做好还是做垮做成灾难。我不希望我们的同胞见了外边的人缩头缩脑、缩手缩脚、鞠躬哈腰、鬼鬼祟祟、眼珠乱转、交头接耳、左右为难。我也不希望我们的同胞见了洋人就念念有词、条条框框、假大空套、吹牛冒泡、言不由衷、虚与委蛇。正常就好,实事求是就好,兵来将挡、水来土掩。长处说长、短处说短,理直气平就好——不必气壮,更不必气短。中国的好词好语好说法太多太多了,让我们把"扬眉吐气"一词废了吧。

健康的消费是合理的,是能够推进生产与经济的发展的,你的消费离不开他人的生产,在你是消费,在他则是生产。你买房是消费,他盖房当然是生产,没有人买房,盖房的人就会失业。

但是斗富显富则是极端地野蛮与愚蠢。吃奇奇怪怪的珍稀动物或国家禁吃的物种,则是卑劣、无知、低级、野蛮。

如果你多一点国际旅行的经验,你会知道,正是在咱们国家,高级餐馆才会设立那么多雅间,机场才会设立那么多贵宾室。几十年后,我们的消费会更加透明、更加公开,大人物、非那么大的人物,会有更多的机会声气相通,共享葡萄酒或红烧肉、共乘到美国或者到乌鲁木齐的航班、共享生活的阔大与幸福。

与人为善而不是与人为恶

一个不正常的,应该算是变态的精神疾病,就是与人为恶。

看看我们的网络吧,听听同行们的互相贬低之词与业务争论吧,真是一股戾气在那里游荡。网民们发现了或自以为发现了"官富名"们的辫子空子,瞧那个兴奋那个望风捕影与落井下石的冲动与热烈吧。我们的文章具有一种常常重宣泄却轻甄别、重态度却轻事实、重文气却轻逻辑、重慷慨激昂却轻条分缕析的习惯。听听我们的戏曲就知道大锣大鼓、大善大恶、大喜大悲,坏人当场处斩、好人当场升官乃至登上龙位是我们整个民族的梦,我们到了二十一世纪了,该不会这样天真了吧。

这样就会与人为善,就会重视理性,就会无罪推断。就是说,你没有掌握住人家的有罪的确凿证据之前,你不能先认定他与最坏的人一样恶劣。

我相信,善良在我国终将不是一个无用的代名词,而恶声恶气也绝对不是一个自信与成功的表现。

科学发展就不是一味求快

我不是内行,但是我要说,我们的发展速度会略微或者会在相当程度上放慢一点。

慢一点,再慢一点吧,不止我这样说。

太快了会浮躁,太快了不利于维稳,太快了形成头晕眼花的局面。萝卜快了不洗泥,使我们付出了过多的成本,损伤了环境、损伤了文物、损伤了历史积淀,也损伤了我们自身的和的形象。太快了,用一个我不常用的词儿说,会损伤了我们的软实力。

让领导了解真情,不是仅仅让领导高兴

如果让我再集中一下讲讲我的愿望,我的最大愿望是:让每一个高级领导知道真实的情况,让每一个高级领导能有机会真正地与老百姓接触、交谈。

我知道,官大到一定程度,知道真实情况,不易,很难。例如我听说过以下的故事:

一位领导到一个省会城市要看当地的菜市,当然用意是视察菜篮子的情况,关心老百姓的负担。说是当地菜市场临时改了菜价,搞得很物美价廉,领导同志很满意。然后领导同志前脚一走,公布菜价的黑板立马换了另一块,价格翻了一番。前边用廉价买到手的菜不用补缴欠款,算您运气好。后边来买菜的人,您就甭想占便宜啦。

一位领导要到某地看文化产业,甚至有地方领导安排协助某公司从深圳运来了人和物,专供领导视察,使领导得到此企业的运营与深圳那边的一样水准的印象。

一位领导临时提出要到某村落去视察,地方的同志怕那里没有准备,让领导不高兴,连忙暗示底下的同志报告,那边正在修路修桥挖沟,汽车过不去。

一个省的暗语是,中央来的,叫首长;本省的,叫领导;厅局级干部,叫同志们;准备好了被接见的人们,叫群众;基层干部,叫孙子。他们的头头指示说:明天九点领导陪首长过来,同志们站在两边,群众要热烈鼓掌,孙子们千万不要往前挤……

一位高级领导要陪外宾看城市的晨练,特别指示不可作任何安排布置。幸好区长有经验,先在东单公园即晨练场地附近一个会议室,准备好了三四十个男女老少,大家先读报,每人发十五元辛苦费。结果,本来自发来晨练的人不少,忽见来了几个穿深色服装的保卫人员,个个精悍强壮、目光如电,带着对讲机……晨练的人胆战心惊,知道大事不好,立马抱头鼠窜。幸好区长准备了人,全部是有组织有领导的,上阵了,很好地完成了任务。我们的好领导,能理解真正发生的这一切吗?

甚至外访活动中,领导想了解真实情况也并非易事。一位大领导去某国进行访问,有一项安排是,到该国一位伟大诗人哈菲兹的陵墓参观。当地有一个风习,到该陵园后,拿出哈菲兹的精装诗集,任意翻开一页,指出一句话,可以以此方式,从该诗句的含义中占卜吉凶。我们的外交代表机构的专门高翻(高级翻译),得到随访工作人员的指示:不论领导指的是哪一行诗句,只准译成"心想事成、健康长寿"。夫复何言?

这太过分了。关键在于,我们有一个规则,叫做被领导者有义务让领导高兴。领导到你这儿来了,高高兴兴地来了、看了、指示了、走了,你就可能是万事大吉。领导到你这儿来了,看到听到觉察到某些令领导忧心的事儿、令领导不快的事儿,弄不好,你就会大祸临头!

让我们摒弃这个庸俗的、把一切情况抹光抹圆的哄领导高兴的规则吧。这么多挑战、这么多麻烦、这么多难点,领导只有真正地知情,才能正确决策、才能推动工作、才能真正有所欣慰。哄着领导高兴,那不是功劳,那是罪过!

我建议,高级领导能够微服私访。高级领导多交几个诤友,反正要多听真话,多了解真实情况。

在我的有生之年,七十七年了,我体会到了我国的仁人志士的英勇奋斗,体会到共产党的艰苦卓绝,体会到亿万人民的世世代代的愿望正在开始变成现实,也体会到我们付出了太多太多的代价。

我体会到没有共产党就没有新中国、没有毛泽东就没有中华人民共和国、没有邓小平与改革开放就没有今天的迅猛发展。

我也体会到中国选择社会主义并非偶然:一、中国人口太多,它常常会注意人际、人群、人与人的协调问题,胜过个人、个性、个体的自由发展问题。为了使一个人口处于爆炸状态的国家不至于发生大的互相砍杀的动乱,有时候它强调人生而有之的义务不下于强调人生而有之的权利。二、在这样一个人口大国,从东周时期雄心勃勃的有志之士就走上了一条风险而又实惠的蹊径:组织的力量、政权的力量、武装实力、集体的力量、驭民的学问、让亿万百姓跟着自己走的本事,远远胜过个人的学识技能和创造发明。谁掌握了权,谁也就掌握了价值的解释与一切创造发明的资源与利益。庄子说,诸侯之门而仁义存焉。他是说,夺得了诸侯的地位,也就夺得了给自身定义为仁义道德的模范的命名权。他当时还没有注意到,诸侯之门而包括科技发明创造的一切事功与美德存焉。三、中华文化的一大特点是规范人际关系、抑制恶性竞争。它一方面承认与提倡自强不息、精益求精,苟日新、又日新、日日新,不进则退,同时它更强调的是克己复礼、谦虚忍让。这造成了某些不利于科技与生产力发展的弊端,但也起过维护社会稳定的作用。四、长期以来,中国人口中的相当一部分,不具备参与并进行自由竞争的起码实力,文盲与半文盲、体质与体能上的欠缺使得中国的百姓首先渴望的不是自由竞争,而是社会保障。至今有些青年到欧美留学,从一个什么事都有人管的社会进入到一个什么事都要自行做主的社会,他或她会感到十分茫然与失落。五、没有有力的成熟的法制建设,就不可能实行更公开的民主与自由竞争。

发展是硬道理。但是发展绝对不可能自行解决中国的社会问题：人口问题、环境问题、分配不公正的问题、权力需要更好地监督的问题、教育问题、法制建设问题、深化改革的问题等等。

相反，发展带来了太多太多的新问题、新忧患、新挑战、新危险。尤其是一个是腐败，一个是动乱的危险，而且这二者是互为因果，互相推波助澜。第三个是外部环境带来的挑战与煽惑。如果这三者一起兴风作浪，咱们够呛！

我们一定会建设一个文明幸福的中国。我们用不着老是与别人比 GDP 或者人均收入的数字。我们也无法用欧美的观点与"范例"来设计我们的体制，或者用我们的体制来衡量评估欧美发达国家的社会制度与生活方式。我们的幸福在于我们的文明与我们的进展，我们的幸福在于我们的从容的自信而不是恒久的拼死拼活心态。我们的信心还在于我们的古老文化，我们是一个能够自我调整、自我修理、自我更新的民族，我们是一个有能力适应新情况新变化、大难不死、历久弥新的民族。

"社会主义"的定语提醒我们时时关注弱势群体、关注农民、关注百姓、关注贫富差别、关注城乡差别、关注民生与均富。我们的"中国特色"的定语，提醒我们珍惜传统，就更要汲取全世界的一切先进文明成果，不急不躁，不麻木也不闭目塞听，不强不知以为知，更不动辄大吹大擂、咋咋唬唬。我们将以更符合我们的古国大国身份的姿态从容有定地处理各种问题，回应各种挑战。

不搞假大空，也不搞狗熊掰棒子，动辄叫喊什么今是而昨非，总是用今天否定昨天。我们正视历史，是为了正视今天，我们肯定历史是为了沉稳前进，我们汲取教训是为了不犯相同的错误，我们不会靠痛心疾首、歇斯底里、夸大其词、装腔作势来哗众取宠，我们只能靠科学吃饭，靠实事求是吃饭，靠智慧与品格吃饭，靠尊重前人、今人与后人吃饭，靠踏踏实实地、一步一个脚印地走在地面上吃饭，靠民主与法制吃饭。

王蒙老矣，伟大祖国一定能够永葆青春、前途无量！

28. 欢喜、忧患、未来

鸦片战争以来，中国的历史充满了悲情与急切。以我的七十七年的经验，我体味了日本侵略军占领下的亡国屈辱、国民政府的贪腐与无能、旧中国的奄奄一息、新中国建立的凯歌阵阵、终于"站起来了"的欢欣希望、连连政治运动的昏头昏脑、"文革"的动乱折腾的五光十色，种种种种，可能比活在别的哪一国都热闹、多变、壮怀激烈。我要毫不犹豫地说，只是"文革"后，中国才走上了稳定发展的道路。我们无法不珍惜这一点。

能不欢喜吗？老作家巴金老师，尽管他也有许多遗憾与未酬之愿、未圆之梦，生前他与张光年在一次中秋泛舟西湖之时，也抒发了他的由于中国近二三十年的迅猛发展而体会到了的欣悦之情。光年告诉我的巴老的原话是："中国的发展，让我们的腰能直起一些来了……"

发展是硬道理。社会主义的首要任务是发展生产力。富民政策、一个中心两个基本点、社会主义初级阶段，一系列在邓小平等同志的努力下建立起来的信念与采取的路线方针，已经成为全民的共识与胜利的保证。

有许多发展令国人与全世界欢呼。但是，发展的结果并不是其他次要矛盾的迎刃而解，恰恰可能是其他矛盾的凸出乃至尖锐化。

最明显的就是官员的贪腐与弄虚作假。在各种生活消费品凭证的时代，贪腐问题不大可能浮出水面。现在可了不得了。老百姓中的有关议论、传闻、小道消息，无边无沿，惊心动魄。越是缺少有效的有充分公信力的与透明的监督机制、信息报道与舆论平台，传说越是会变得比事实可怕十倍。

弄虚作假的问题则与我们的传统文化有关，我们自古强调的是秩序，是和谐，是德行，是人际关系，是父慈子孝，是君明臣忠，是孝悌忠信、礼义廉耻，是勿为已甚与中庸之道，是统筹兼顾与保全面子，是人们的主观感觉的最大限度的满意化与合理化。但是我们缺少严格的求真的传统。《红楼梦》中平儿处理玫瑰露失窃事件，拉出宝玉顶缸，掩护了彩云，避讳了探春，停止了追查，令世世代代的读者叫好，却完全是不顾事实真伪。

各种禁忌与避讳，这可以理解，但不是常用的办法。在网络时代，禁忌、避讳，捂起来，一时的奏效顶不住长远的后遗症。

老百姓当中有一个词，叫做"黑"。他们认为在冠冕堂皇的背后，有某些见不得人的黑暗、无耻与丧尽良心。当然百姓们传的东西不见得靠得住，何况我们还不能排除充满敌意的造谣与诽谤一刻也没有停息。但怎么解决这个问题，不能含糊，只能增加透明度，尊重知情权，尽可能地减少"黑箱作业"，让更多的阳光照进我们的决策与选择的过程、管理与辛苦的过程。例如有些县，传出了买官卖官的价目表，只有让更多的人知道选择任命的过程，才能摒除买卖官职的街谈巷议。罪恶止于阳光，这是句很好的话。

贪腐的问题不仅是金钱与经济的问题，更是公平与正义的问题。关系学压倒了真才实学的地方，啥事都难办。

上面要的是长治久安、不折腾；百姓要的是天下太平、敬业乐群、安居乐业、温饱小康、自由呼吸。这二者本来是搭调的。但是贪腐与躲避群众的官僚作风大大地离间了党与人民群众的血肉关系。现时的党群关系已经与老苏区时期、延安时期、解放战争时期大不相同了，我们不能不正视不研究。一个党或一个政治理念与权力系统是怎么胜利的？靠的是与人民群众的血肉联系。一个朝代或一个政治力量是怎么失败的？最要命的还是它们与人民群众的渐行渐远，一直发展到互相抱怨、互不信任、互相蒙骗、互相对立。这是最大的危险，这是最大的令亲者痛而仇者快，这是最大的自我戕害。毛泽东时代有一句很尖锐、很有力量的话：自绝于人民。自绝于人民就是政治上的自取灭亡。

我们这里有一个很好的传统,叫做统一战线,叫做协商民主,叫做政治协商,叫做有什么大事大计,由中共中央的领导人邀集各党各界各路社会人士座谈征求意见。这很好。这样,一,避免了决策的单一化运作可能有的片面、匆忙、顾此失彼与捉襟见肘,注意了在中国这样的国情不一般的大国古国做任何事情都要统筹兼顾、照顾方方面面、把握分寸火候。二,避免了把人民内部矛盾激烈化、炒作化、对决化,避免了国家陷于分裂、失衡、恶性冲突、动乱不已。

协商民主的前提是承认界别、层次的多样性,承认利益、境遇、思想见解政治诉求的多样性。承认差别是统一战线的必要性与可能性的前提。大家本来就铁板一块地一致,还统什么战?承认某些统一的大原则又是保持多样性差别性的前提。如果根本不承认宪法、不承认党的领导与社会主义基本制度、不承认改革开放开始的新时期的宝贵进展,差别就会变成分裂、变成割据、变成内战、变成投机分子野心家的火并借口。

包括我们讲指导思想的统一性、非多元性,也是以承认被指导的思想的多样性为前提的。如果说我们的指导思想是马克思列宁主义、毛泽东思想、邓小平理论、"三个代表"重要思想与科学发展观,如果说这样的指导思想的确立有效是针对指导思想自身即马克思列宁主义、毛泽东思想、邓小平理论、"三个代表"重要思想与科学发展观,如果说统一的指导思想的功能是自我指导,是将前提当成结论,以主语做宾语,那是说不通的。

正因为社会上有各式各样的思想,有爱国主义者,有民族主义者,有各种不同的宗教信徒,有泛道德论者,有泛爱论者,有实业救国论者,有国粹崇拜,有西洋文化崇尚,有唯美派,有科学主义、实证主义,有文化相对主义,有实用主义,有精神至上派,有文化至上、艺术至上、真理至上、信仰至上、奉献至上、爱情至上、趣味至上,也有及时行乐者、拜金主义者,有奉公守法但追求个人与家室亲人的利益的最大化者,也有狂热地追求立德、立功、立言即个人的流芳百世但并不拘泥于某种特定政治派别的人,有追求专业成就而宁愿与政治拉开距离的人,有提倡为知己者死、为悦己者容的男男女女……正因为我们不可能将以上的种种都培训改造成清一色的马克思列宁主义……政治家,才需要指导思想的统领与发挥影响力。再说,即使口头上都服膺了马克思列宁主义,仍然会分成各种学派、派别、山头、门类,仍然各有各的脾气与关注。没有社会的多元性的现实,就没有强调一元化的指导思想的前提与必要。

有歧义才有讨论的必要,有不同的见解才有妥协与和谐的必要,有碰撞和摩擦才有强调团结的必要,有挑战有为难之处才见智慧与水平,有混乱才有认真进行法制建设的必要与针对性。

有权威才有认真的质疑,有诚意才有认真的议论,有共识才有各抒己见的空间,有合作才有各自的充分发挥,有统一的大目标才有异彩纷呈的各类发挥与表述。

这样,就会有真正有效的、代表性足够的协商民主,就可以大大减少表面上颂歌盈耳、紧跟照办、竭诚服膺,实际上各种矛盾冲突越积越多,直到最后恶化失控消解的非理性非良性后果。

毛主席时代就说过,要有一点不同的声音,没有不同的声音岂不成了自己与自己的亲密门徒的聚会,岂不成了关上门听自己的回响,岂不成了自言自语、自拉自唱?

我们在"文革"后非常强调知识分子的工作。我们在听到知识分子歌功颂德的表态以后会喜形于色,底下的事就都好说好办。同时我们确实无法不厌烦那些对世事国情一知半解,就汲汲于全盘西化,实际上要否定共产党领导的人民革命与中华人民共和国、否定社会主义与改革开放,指手画脚、成事不足败事有余的人物。

问题在于,除了经常出入于高层政治活动的,其合作精神与忠心耿耿、其言听计从与热爱拥戴绝对不下于中共成员中共干部的知识分子、各界人士,以及与上述人员完全相反的,即意在另起炉灶、唯西是瞻的人员,还有打着极"左"的旗号,想着在中国再搞一场"文革"的人士以外,除了这些非常鲜明非常坚决、我们非常中意或者非常警惕的人士以外,还有大量的中间状态的人。他们无意于搞什么异端异议,也无意于无保留无距离地参与政治生活。与政治制度与意识形态相比,与中央的文件与中央的精神相比,他们更关注的是民生、科技、文化、艺术、乡村建设、世道人心、积德行好、经济效益、实业救国、著书立说、学术贡献、获得国内大奖尤其是国际大奖、自成一家、保持清高与风度,他们可能是倾斜于社会政治的某种学派,但他们更多地注重的是自己的专业、行业与全世界同行人士的尖端成就。我们应该坚持一种有容乃大的胸怀,发扬一种闻过则喜的气度,追求一种厚德载物的美质,使我们的统一战线、我们的政治协商、我们的协商民主有越来越多的干货,有充实的内容,有争论也有妥协,有小异也有大同,有各执一词也有平衡协调。这样的协商政治、协商民主,确实可以成为中国共产党与中国人民对于人类政治生活的最重大贡献。

现在政治体制改革成了一个相当敏感的词。其实政治体制改革是咱们自己提出来的,是小平同志最早讲的。问题在于,不可以把政治体制改革看成削弱党的领导,也不可以把加强党的领导看成躲避或拒绝政治体制改革。如果,改革的结果是使人民大革命的结果付诸东流,是使中国陷入无政府状态,是中国的动乱与分裂,是亡党亡国亡头,这当然是一个悲剧而且是全中国全世界的大灾难。

另一种态度:硬是抱残守缺、无视如胡锦涛同志讲的"四个考验"与"四个危险",以捂盖子为有效法门,最后仍然会混不下去的,最后仍然是难逃孕育与积累下可怕的大不幸、大灾难。

鸦片战争已经过去了一百七十多年,《共产党宣言》已经问世了一百六十多年,十月革命胜利后已经度过了九十四年,苏联解体已经是二十年,中国革命胜利已经是六十多年,毛泽东去世已经三十多年,邓小平去世已经十四年,我们必须敢于面对现实,面对世界、东方、中国的新情况新问题新忧患新机遇。我们一定要有条不紊地、有秩序地、理性地研讨我们的下一步的走法。拖延不是战略,回避不是方法,炒作不是好心,闹腾只能自戕。不争论是不能让全国人民陷于政治的歇斯底里和政治纷争,不争论不是不讨论不思考不研究不未雨绸缪。

我们应该大方一点、聪明一点,我们应该掌握政治体制改革的主导权。我建议,可以委托几个不同的机构,包括党校与大学、社科院与政治理论刊物、政协研究室与法学专家团体,研究我国政治体制改革的路线图。有些比较复杂的问题,不要轻易地下结论,多有几个机构讨论研究,才是一种富有活力与从长计议的逐步成熟的民主化的表现。

修史也是这样,只允许一个版本的党史国史,难办。史是政治,更是学术。我希望我们的一九四九年后的党史国史有例如中央党校版、北京大学版、中央文史研究馆版、近现代史所版等。

这么大的国家、这么大的党,现在的全世界,再没有第二个政党像中国共产党一样体量巨大,而且执政经验如此丰富。让这样的党中央解答一切问题其实是不可能的。社会要能统,也要能分工,各安其业,各行其道,各守其规,各得其利其乐。在革命胜利与内外斗争的高潮中,我们这里常常会有全民"肃反"、全民批判胡适、全民讨论《红楼梦》或《水浒传》、全民唱《大海航行靠舵手》、全民呼喊"要古巴不要美国佬"的盛况。随着社会的正常化、执政意识的明朗化,我们会认识到各安其位的社会是稳定与和谐的社会。动辄全民陷于政治上的兴奋状态、激昂状态、高潮状态,长此以往,绝非吉兆。

一个正常的社会其实很简单:政治家努力谈政治做政治,厨师努力烧好菜,裁缝一心做好衣装,歌星一曲能销魂,作家笔落惊风雨,同时大家都有公民的自觉,维护应有的权利,也尽到自身的责任。

我出生后不久是日本占领军的入侵。然后是国民政府的贪腐与无能。然后是连年的政治运动。日本侵略军占领了大部分中国的时候中国没有亡,在内战的炮火燃烧了中国全部城乡的时候中国没有亡,在"文革"的混乱使多少新中国的缔造者、新中国的人民友人痛心疾首的时候,中国没有亡。中国的命很"硬",中国大有希望。中国会变得更加成熟,更加有勇气面对歧见与挑战,更加能正视忧患与曲折。成熟的特点是从容、务实、理性、沉着。成熟的标志是少情绪化、少夸张的高调。中国将不会再因为一句话而怒而喜而大轰大嗡,中国将不会再因为一件事情做好了就大吹大擂,中国将不会动不动宣布别人或者自己多么伟大或多么可恶、多么神奇或多么该杀。中国将越来越尊重知识与常识、尊重法理与程序。

中国应该成为一个成熟的现代的社会主义国家。政治、经济与民生,民主与法制法治,公民、知识分子的独立性与大局观念、责任观念,自信、自尊与尊重他人,尚文与尚武,道德监督、文化监督、权力平衡与法律监督,意志、人格与理性、科学,个性与共性,全面发展与扬长避短,自由、小康与忧患元元,求胜与共赢……我们需要从头学起,更好地安排妥当。而不文明的乖戾、粗暴、起哄、谩骂、《红楼梦》中赵姨娘式与马道婆式的弱智泼妇巫术方式、个体与群体的政治、社会、道德歇斯底里(点击一下咱们的互联网就知道了),希望终有一天与我们彻底告别。

有人质疑上边领导提出来的把政治体制改革与坚持党的领导和坚持法制结合起来的说法。当然这三者都做好绝非易事。然而,除了这三者,我们还有别的选项吗?我们的经验、我们的智慧、我们的爱国良心,难道不能回答历史对我们提出的要求吗?

我们应该做出,也能够做出对于历史的机遇与挑战的英勇与智慧的回答。

时代出版传媒股份有限公司、安徽文艺出版社 2012 年初版